LAÍS MEDEIROS

ATÉ VOCÊ Chegar

Editora **Charme**

CB005760

Copyright © 2017 de Laís Medeiros
Copyright © 2019 por Editora Charme
Todos os direitos reservados.

Nenhuma parte desta publicação pode ser reproduzida, distribuída ou transmitida por qualquer forma ou por qualquer meio, incluindo fotocópia, gravação ou outros métodos eletrônicos ou mecânicos, sem a prévia autorização por escrito do editor, exceto no caso de breves citações em resenhas e alguns outros usos não comerciais permitidos pela lei de direitos autorais.

Este livro é um trabalho de ficção. Todos os nomes, personagens, locais e incidentes são produtos da imaginação das autoras. Qualquer semelhança com pessoas reais, coisas, vivas ou mortas, locais ou eventos é mera coincidência.

1ª Edição 2019.

Produção Editorial: Editora Charme
Capa e diagramação: Veronica Goes
Imagens: Depositphotos
Revisão: Equipe Charme

FICHA CATALOGRÁFICA ELABORADA POR
Bibliotecária: Priscila Gomes Cruz CRB-8/8207

S231m   Medeiros, Laís

Até você Chegar / Laís Medeiros; Capa: Veronica Góes; Revisor: Equipe Charme. – Campinas, SP: Editora Charme, 2019.
320 p. il.

ISBN: 978-85-68056-97-4

1. Romance Brasileiro | 2. Ficção Brasileira - I. Medeiros, Laís. II. Goes, Veronica. III. Equipe Charme. IV. Título.

CDD B869.35
CDU B869. 8 (81)-30

loja.editoracharme.com.br
www.editoracharme.com.br

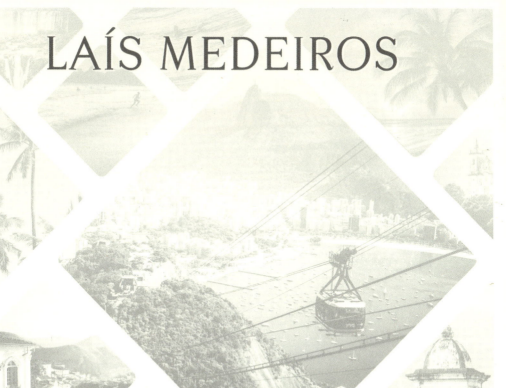

LAÍS MEDEIROS

ATÉ VOCÊ Chegar

Editora Charme

DEDICATÓRIA

Para os corações românticos incorrigíveis que nunca se cansam do friozinho na barriga causado por um doce romance.

PRÓLOGO

Mel

Eu sabia que isso poderia acontecer e, por isso, me preparei e me esforcei antes de me jogar de cabeça em um plano que prometia ser o melhor futuro para mim.

Agora, aqui sentada no chão do apartamento onde moro com minha melhor amiga, Olivia, só consigo me perguntar quando foi que deixei as coisas escaparem do controle.

— Você pode colocar alguns nos murais dos prédios de Artes e de Letras, e eu fico com os de Medicina e Educação Física. Procure colocar perto das secretarias, assim a chance de um calouro ver é bem maior, e já que só conseguimos imprimir tão poucos...

Tento prestar atenção enquanto minha amiga divide entre nós os papéis com os anúncios que fizemos.

O objetivo? Procurar um terceiro morador para o nosso apartamento.

Um tremor percorre minha espinha quando penso nisso.

— E, quando as aulas recomeçarem na semana que vem, vou conversar com alguns colegas. De repente, tem um conhecido procurando um lugar para... Mel? Está me ouvindo?

Pisco algumas vezes quando Olivia estala os dedos diante do meu rosto.

— Ah, err... sim, sim. Eu vou colocar no prédio de Medicina...

— Melissa.

O tom de Olivia me faz expirar com força. É o tom que ela usa para me repreender quando sabe que estou dispersa ou mentindo. Apesar de eu ser racional e controlada, é ela quem sempre consegue respirar fundo e pensar durante uma crise, enquanto meu controle tende a se desligar completamente e a preocupação toma conta de mim a ponto de me fazer surtar.

— Você sabe como me sinto em relação a tudo isso. — Aponto para os papéis que ela tem na mão. Percebo que ela respira fundo e relaxa os ombros antes de falar. Não a julgo por estar prestes a perder a paciência comigo.

— Mel, nós já conversamos, ponderamos e chegamos à conclusão de que essa é a melhor solução para o nosso problema. Não é hora de dar para trás. É isso ou voltar chorando para o colo das nossas mães, lembra?

Ô, se lembro.

Olivia é minha amiga desde sempre, e foi natural incluirmos uma no futuro da outra quando começamos a planejá-lo. Viemos do interior de Minas Gerais estudar no Rio de Janeiro, e tínhamos noção de que não seria fácil levar uma vida razoável aqui. Por isso, passamos um tempo economizando e chegamos à conclusão de que viveríamos bem dividindo as contas.

Com a cara, a coragem e o dinheiro que tínhamos guardado, nos mudamos e conseguimos nos virar por um tempo, até arranjarmos empregos justo quando nossa fonte estava perto de esgotar. Tem sido um pouco apertado, porque não são os melhores salários do mundo, mas não estamos passando fome e ainda conseguimos pagar o aluguel.

Bom, *estávamos* conseguindo pagar.

Há dois meses, a proprietária, Dona Guadalupe, nos deu a feliz notícia de que iria aumentar o aluguel. Ela é parente de uma vizinha nossa de Minas. Tentamos fazer um acordo, porque ela pretendia que três ou quatro pessoas vivessem ali, podendo assim cobrar um aluguel mais alto e — preciso admitir — justo. Acabamos conseguindo pechinchar para que ficasse ao nosso alcance, mas acho que ela cansou disso, visto que agora, dois anos depois, quer aumentar.

Estamos no início de fevereiro tentando descobrir como conseguiremos pagar dois meses de atraso. O primeiro mês de aumento nos deixou praticamente quebradas, e, no começo de janeiro, viajamos para passar uns dias de férias com nossas famílias, confiantes de que conseguiríamos nos conter e guardar o que recebemos para quitar tudo no próximo pagamento.

O problema é que o aluguel não é a única despesa que temos e, ao fazer as contas, Liv e eu percebemos que não conseguiríamos arcar com tudo; acabaríamos endividadas de um jeito ou de outro.

Foi então que, em meio ao desespero para encontrar uma saída, pensamos em várias possibilidades: implorar para a dona Guadalupe voltar atrás, pedir à pessoa que nos apresentou a ela que tentasse convencê-la a manter o valor antigo, pedir ajuda aos nossos pais. Quando decidi fazer faculdade e sair de casa, um dos meus objetivos era poder viver por meu próprio esforço, sem precisar depender dos meus pais ou arrancar até o que eles não têm. Posso estar soando orgulhosa, mas não me sentiria bem explorando-os. Sei que isso tudo vai acabar virando uma bola de neve e, quando percebermos, estaremos todos atolados na lama.

Até que Olivia teve a ideia de procurarmos uma pessoa para morar conosco e dividir as despesas. Nosso apartamento tem uma suíte, um quarto e um banheiro perto da sala, que não é muito grande, com sofá de três lugares e uma poltrona, uma mesa de centro, uma estante e uma bancada que separa esse cômodo da cozinha, que também possui apenas o essencial. Eu ocupo a suíte, e Liv, o outro quarto, e usa o banheiro da sala. É o suficiente para nós duas e, não vou negar, dá para morar mais uma ou duas pessoas tranquilamente.

Embora eu tenha plena consciência de que é a melhor solução, isso me traz apertos na boca do estômago de ansiedade e receio. Ver a que ponto chegamos me deixa muito frustrada, mas tenho tentado engolir as sensações que me afligem para resolvermos isso de uma vez e seguir em frente.

— Eu sei, Liv, eu sei... — Esfrego o rosto, cruzando as pernas no sofá. — É tão injusto. Parece que estamos, literalmente, pagando o preço por não termos percebido que era bom demais para ser verdade um apartamento tão bom por um preço ao nosso alcance. Poxa, sempre fizemos tudo tão certinho, e ver que as coisas saíram do controle assim me deixa nervosa.

— Todo mundo está sujeito a isso, Mel — Liv me interrompe e se endireita, virando de frente para mim e apoiando o cotovelo no encosto do sofá. — Não dá pra planejar absolutamente tudo, nem teria graça se isso fosse possível. Não imaginamos que chegaríamos a esse ponto, mas o importante é que tem jeito e estamos quase resolvendo. — Ela ergue os papéis. — Vai dar certo, amiga.

Olivia pronuncia as palavras com certo tremor na voz. Sei que ela deve estar tão receosa quanto eu, mas seu otimismo vence e consegue fazê-la sorrir com mais franqueza do que eu. Ela aperta minha mão, como se quisesse me confortar e buscasse conforto ao mesmo tempo.

— Vai dar certo — repito, respirando fundo e afagando sua mão para tentar passar-lhe a segurança de que precisa, incerta se consegui.

É a melhor solução, Mel. É a melhor solução.

Espero que seja.

1. UMA PÉSSIMA BOA IDEIA

Mel

— Cheguei!

Levanto a cabeça em um sobressalto ao ouvir a voz estridente de Olivia ecoar pela sala. Estava tão concentrada terminando um trabalho da faculdade que não vi a hora passar.

— Que susto, Liv — digo, fechando a apostila e colocando o notebook de lado. Ela faz uma careta.

— Poxa, Mel! Você não sabe como fico feliz em saber que você estava esperando por mim. — *Lá vem ela.*

— Ah, Liv, se você soubesse o quanto esse sarcasmo me irrita — declaro, arrumando as pilhas de papéis e livros no sofá.

— Melissa Benevides, sua vaca hipócrita! Não existe pessoa mais sarcástica do que você — aponta, jogando sua bolsa de qualquer jeito sobre a poltrona e indo até a cozinha. Dou risada do seu comentário.

— Bom, sarcasmo me irrita quando não vem de mim — provoco, e ela me mostra o dedo do meio, me fazendo rir mais ainda.

Desligo o notebook e olho a hora no celular, vendo que já passa das nove da noite. Estranho, Olivia costuma chegar em casa pouco antes das oito.

— Por que você demorou hoje? — questiono, e ela torce o nariz.

— Eu te mandei mensagem. Você não viu?

— Não. — Assim que respondo, noto o ícone no celular que de mensagem não lida. — Ih, está aqui. Desculpe, não vi. — Faço uma careta e ela estala a língua.

— Tudo bem, já que você nem percebeu minha demora, nem importa. — Ela dá de ombros, voltando para a cozinha.

Tão dramática.

Quando abro a mensagem, vejo que diz: "*Mel, vou ter q fazer hora extra. Vou chegar um pouco mais tarde. Bjo*".

Ok, né.

— Então, alguém entrou em contato com você sobre a vaga no apartamento? — questiona enquanto vasculha os armários.

— Você sabe que faz menos de uma semana que colocamos os anúncios, né? — digo, rolando os olhos, e me espreguiço no sofá.

— Argh, sei, Mel. — Não consigo ver seu rosto, mas sei que ela está rolando os olhos também. — Mas estou tentando ser otimista, uai! Tive um pesadelo essa noite, e nele a dona Guadalupe nos expulsava daqui sem nem dar tempo de pegar nossas coisas, e colocava um elefante e uma capivara no lugar.

— Credo! — Rio. Liv bufa.

— Para de rir, Mel! É trágico, não é engraçado.

— Trágico pra dona Guadalupe, né? Tenho certeza de que um elefante e uma capivara seriam ainda menos capazes de pagar esse aluguel.

Minha amiga se rende e vira-se para mim, entregando-se à risada. Não sei que bicho nos morde ao mesmo tempo, mas gastamos uns bons minutos gargalhando. Parece que chega um momento em que o nervosismo ataca tanto que nos faz ter reações fora do esperado. Dá um alívio momentâneo, pelo menos.

Olivia e eu fazemos faculdade de manhã. Eu curso Letras, com habilitação em inglês, e ela, Direito. Há alguns meses, consegui um emprego em uma escolinha particular que oferece cursos básicos de idiomas, e leciono inglês para crianças de quinta e sexta série.

Às terças e quintas-feiras, depois da faculdade, chego em casa antes de Olivia, já que seu expediente acaba à noite. Ela trabalha em uma pequena livraria, e mantém em mente que é temporário, até conseguir um bom estágio em sua área.

Essa tem sido nossa rotina desde que começamos a trabalhar. Nossos salários não são dos melhores, mas estávamos conseguindo dar conta. Mas, então, as coisas foram ficando mais apertadas e, de quebra, veio a Dona Guadalupe com a bomba do aumento do aluguel, e aqui estamos nós, aproveitando alguns minutos de risada antes de Olivia dizer algo que nos traz de volta à dura realidade.

— Então, o que vamos comer? Estou com uma cratera no estômago!

Ela torna a vasculhar a geladeira e os armários, e sua expressão me diz que ela não está contente com o que vê. Ou melhor, com o que *não* vê.

— Caramba, eu sabia que aquelas comprinhas que fizemos há duas semanas não durariam o suficiente — lamenta, fazendo uma careta frustrada.

Sinto a frustração crescer dentro de mim também.

— O mercado que fica a duas ruas daqui só fecha às 23h, não é? Você tem algum dinheiro aí? — pergunta, indo até a sala para fuçar sua bolsa.

— Vou ver, espera um pouco.

Vou até o quarto e pego minha bolsa, catando umas notas, o que me faz ter vontade de choramingar ao ver que é tão pouco. Fevereiro é mais curto, mas nossos próximos pagamentos irão esgotar no mesmo instante com o que temos a pagar.

Argh. Estou tentando ser otimista, mas está difícil.

Quando volto para a sala, Liv está contando o dinheiro. Dou o que tenho para ela, que junta tudo, contando novamente.

— Pelo menos dá para não morrermos de fome por mais alguns dias — conclui, guardando tudo no bolso frontal do jeans. — A notícia ruim é que vamos ficar sem chocolate — completa, fazendo um bico. — De novo. Que merda.

Prendo o cabelo em um coque, esboçando um sorriso sem graça. Mais do que nunca, compreendo a impaciência da minha amiga para encontrar logo alguém para morar conosco e dividir as contas. Nem parece mais uma ideia tão ruim assim.

2. UM SORRISO NO FIM DO TÚNEL

Daniel

— Mas que porra!

A voz aguda de Nicole ecoa pelo apartamento, que está relativamente silencioso, fazendo-me virar a cabeça em direção à cozinha. Um palpite passa pela minha mente e um sorriso malvado começa a surgir em meus lábios, mas me contenho.

— Quem foi? — Ela entra na sala, furiosa, segurando um saco de biscoitos quase vazio. Dou de ombros e abaixo a cabeça, tentando esconder minha risada sutil. — Foi você, não foi, Daniel? — questiona, fincando seu olhar raivoso com tanta força em mim que quase posso sentir poderes assassinos emanarem dela.

— E por que diabos tu acha que fui eu? — questiono, despreocupado.

— Porque foi você da outra vez — acusa, amassando o saco, provavelmente imaginando que é a minha cabeça.

— Eu não tinha como adivinhar. Não vi teu nome no pacote — defendo-me, voltando minha atenção para a televisão. Ela bufa e entra no meu campo de visão, atrapalhando-me de propósito.

— Seu idiota! Eu sempre aviso quando fazemos compras. Sempre! É ridículo chegarmos ao ponto de eu ter *mesmo* que escrever meu nome até numa droga de pacote de biscoitos!

— Ei, Nicole, não é para tanto — diz Alex, meu primo, tentando acalmá-la ao entrar na sala e perceber o que está acontecendo.

— Fala isso para a minha TPM! — ela rebate, e ele ergue as mãos em rendição, sentando-se no sofá que está vazio.

— A desculpa é sempre essa.

Meu comentário, acompanhado de um revirar de olhos, resulta em mais um olhar ferino de Nicole.

— Não dificulta, Daniel — Alex pede em tom autoritário, que não me abala nem um pouco. Ele já deveria saber disso.

Ok, fui eu. Na outra vez, eu realmente não sabia que os biscoitos eram dela. Mas ela quase cortou minha garganta quando descobriu que os peguei e é basicamente uma vaca comigo o tempo todo, então, dessa vez, comi só para irritá-la. Muito infantil, eu sei, mas estou cheio dessa pirralha me torrando a paciência.

— *Bah*, se essas porcarias de biscoitos são tão importantes, eu compro mais pra ti, tá legal? Agora, saia da minha frente e me deixe em paz, por favor.

— Agora. — Ela continua bloqueando a televisão, batendo o pé de um jeito que me faz olhar para o chão a fim de conferir se ela não abriu um buraco nele.

— O quê?

— Eu quero agora!

— Vai ficar querendo.

— Alex, eu vou esganar o seu primo! — Juro que quase posso ver fumaça saindo de suas orelhas. Guria chata.

— Dá pra vocês acabarem com essa merda logo? Eu estou tentando assistir, cacete! — Desta vez, é Arthur que reclama, afundando mais ao meu lado no sofá e colocando os pés sobre a mesa de centro.

— Vai se ferrar, Arthur — murmuro, acertando seu braço com o cotovelo.

— Argh, resolvam logo isso, pelo amor de tudo que é mais sagrado! — diz Carol ao sair do quarto, com a mão dramaticamente na testa. — Estou morrendo de dor de cabeça e, se eu ouvir mais um grito, juro que vou me atirar pela janela — reclama, sentando-se ao lado de Alex. — E tire os pés da mesinha, Arthur — ordena e ele simplesmente ergue o dedo do meio para ela.

Solto o ar com força, olhando para Nicole com raiva antes de ir até o quarto pegar minha carteira e o celular. Quando passo pela sala, não olho para ninguém, batendo a porta com força ao sair. Aposto que a implicância de Carol com Arthur e a mesinha de centro vai render mais uma discussão. Está ficando cada vez mais difícil aturar essa porra toda.

Meu primo Alex só pode ser completamente maluco. Mesmo sabendo que seu apartamento é pequeno, insistiu que eu viesse morar aqui quando fui aprovado no vestibular — que também fiz devido à sua insistência —, com ele e sua namorada, Caroline, que já tinha a tiracolo os primos, Arthur e Nicole. Somos cinco pessoas dividindo um apartamento de dois quartos e um banheiro. Nem preciso mencionar que quase todo dia é um pé de guerra para tomar banho de manhã, o que faz com que algum de nós sempre chegue atrasado à faculdade.

Vivemos assim há pouco mais de um ano, desde que me mudei. Nós tentamos fazer dar certo, mas, na maioria das vezes, é impossível não ter uma briga como a de agora há pouco.

Nicole é a mais sensível e birrenta. É irmã gêmea de Arthur, que, apesar de ser dedicado e levar a faculdade a sério, é um tanto acomodado e se conforma com qualquer coisa, contanto que tenha o que comer. Alex, na condição de dono do apartamento e mais velho, *tenta* ser o mais racional, e Caroline vive na sombra dele.

Sei que parece que estou reclamando por pouca coisa, mas os últimos meses de convivência têm sido realmente duros de aguentar. Somos jovens universitários vivendo de forma independente e tendo que lidar com muitas responsabilidades. A pressão e o estresse que isso traz fazem com que até míseros biscoitos sejam o motivo de uma discussão séria.

Já conversei com Alex e lhe disse que pretendo me mudar e, apesar de não ter gostado da ideia, ele compreende meus motivos. No entanto, pelo que percebi assim que comecei a procurar outro lugar, não é tão fácil assim. Dinheiro não é o problema, já que tenho boas economias e consegui uma monitoria remunerada na faculdade esse semestre, mas também não é como se eu pudesse alugar sozinho o primeiro lugar que conseguir encontrar.

Voltar para a casa dos meus pais, em Porto Alegre, não é uma opção. E provavelmente nunca será. Nem sei por que isso passou por minha cabeça agora.

Ignoro o mercado que frequentamos ao passar por ele, decidindo andar mais alguns quarteirões, para esfriar a cabeça. Está um pouco tarde e talvez seja perigoso, mas nem me importo.

Após cerca de trinta minutos caminhando, avisto outro mercado e apresso o passo para o caso de estar perto de fechar. Procuro logo pelo corredor de guloseimas, para comprar as drogas dos biscoitos e esfregar na cara da Nicole. Aproveito e compro alguns para mim, já imaginando onde vou escondê-los, porque tenho certeza que ela vai querer se vingar.

Quando saio, meu celular vibra no bolso, e paro para pegá-lo e checar a mensagem. É Arthur pedindo que eu aproveite a viagem e compre chocolates para ele. Estou prestes a escrever uma resposta mandando-o ir à merda, quando ouço uma risada. Ergo a cabeça, na curiosidade automática, e olho para a esquerda.

Duas gurias estão saindo do mercado, a poucos passos de mim. Uma delas balança os cabelos lisos e claros de um lado para o outro, imagino que tentando afastá-lo do rosto, já que suas mãos estão ocupadas. É ligeiramente mais alta que a outra, que tem o cabelo mais escuro e preso no alto da cabeça, então posso ver bem seu rosto. Ela está rindo de algo que a outra disse ou fez, provavelmente.

E seu sorriso é *lindo*.

Lindo demais. Tanto que não consigo parar de olhá-la. Consigo ver que seus olhos se fecham um pouco quando os cantos de sua boca repuxam, deixando a expressão de divertimento tímido ainda mais atraente. De onde estou, é difícil que ela me note, então apenas fico parado feito um bocó, admirando-a, até que ela segue com a amiga exatamente na direção que devo ir para voltar para casa.

Começo a me mover também, praticamente seguindo-as — momento interrompido alguns minutos depois, quando elas viram a segunda esquina, e eu tenho que continuar em linha reta. A sinaleira para pedestres está fechada, e fico ali parado, observando-as se afastarem enquanto conversam, pensando em como eu poderia me aproximar sem parecer um perseguidor tarado.

Estou com uma estranha vontade de descobrir o nome da guria das risadas e, principalmente, de ver aquele sorriso mais de perto.

3. COINCIDÊNCIA OU SORTE?
DESTINO, TALVEZ...

Mel

Estamos terminando de passar as compras no caixa, e Olivia está fazendo bico. Balanço a cabeça e começo a rir, chamando sua atenção.

— Pessoas que riem da desgraça alheia não vão para o céu. Só estou avisando, Melissa — diz, quase rosnando meu nome no final da frase.

— Larga de exagero, Liv. Sei que ainda falta um cadinho para o próximo mês e as contas irão nos deixar tão quebradas quanto agora, mas podemos tentar encaixar um chocolatinho na próxima lista de compras para você matar a sua vontade — tento animá-la.

Saímos do mercado, e sei que ela está chateada por toda essa situação — também estou —, mas é impossível não rir do jeito que ela bate o pé no chão quando alcançamos a calçada. O olhar que ela lança na minha direção quando não escondo que estou achando graça me faz segurar as gargalhadas que tentam irromper por meus lábios, apertando-os o quanto posso para não deixá-la ainda mais irada, conforme caminhamos para casa.

— Para mim, parece que tenho que esperar uma eternidade — Olivia continua fazendo birra. Em seguida, ela suspira alto, soltando o ar pela boca. — Eu sei, é ridículo ficar chateada por isso, mas argh! E, para piorar, não aparece ninguém interessado no nosso anúncio! Vai chegar o dia de pagarmos aquele aluguel absurdo e ficarmos completamente pobres! — lamenta.

— Calma, Liv. Você mesma disse que vai dar tudo certo. Precisa aprender a confiar nas suas próprias palavras.

Paro de andar quando sinto que ela parou também, de repente. Sua expressão agora está divertida e surpresa.

— Opa, o que foi que perdi? Estou delirando ou você está começando a aceitar a ideia? — Seus olhos brilham. Dou de ombros.

— Eu aceitei desde o início. Você sabe que me deixa meio desconfortável, mas fazer o quê? É a melhor solução mesmo — rendo-me e Liv sorri, animando-se quando voltamos a andar.

Olivia é quase o completo oposto do que sou. Costumamos dizer que é por isso que nos damos tão bem. O que falta em mim sobra nela e vice-versa. Aposto que a quantidade de palavras que ela diz por dia deve ultrapassar a média "normal" para uma mulher. Ela não é do tipo de pessoa que cede facilmente, não importa a situação. Enquanto eu sempre prefiro baixar a cabeça para dar fim a qualquer confusão, ela bate o pé, joga o cabelo loiro e se impõe até o fim.

Outra característica de Olivia que a diferencia muito de mim é a facilidade que ela tem para lidar com situações amorosas. Mesmo que ela não queira admitir, sei que evita sentimentos mais profundos e relações sérias demais, mas não é por isso que deixa de aproveitar a vida. Apesar de se considerar romântica, ela nunca se apegou o suficiente para sofrer após um término ou decepção.

Que sorte a dela.

— Mel? Onde você está? Marte? Júpiter? Lá o chocolate é mais barato? — minha amiga pergunta de repente, tirando-me do meu breve devaneio. Balanço a cabeça diante de sua pergunta engraçadinha. — Posso saber o que está pensando?

— Nada de mais, nada de menos — respondo, dando de ombros. Ela estreita os olhos para mim.

— Humm, tem certeza? Você está bem distraída. — Seus olhos se arregalam subitamente e ela se vira, começando a andar de costas para me olhar enquanto tagarela. — Espera! Ah, meu Deus, não me diga que está pensando em algum cara? Como ousa não me contar, sua vagabunda? Como ele é? É da faculdade? Eu conheço?

— Olivia! — interrompo, ficando sem fôlego por ela. — Pare de viajar, uai! Não tem nada a ver. Até parece que não vivo distraída — explico quando viramos a esquina da rua onde moramos. Ela estala a língua e vira-se para andar de frente novamente.

— Droga. Pensei mesmo que, dessa vez, eu acertaria — resmunga. — Falando sério, Mel, não sei como você consegue — comenta e eu franzo a testa.

— Consigo o quê?

— Ficar sozinha.

Solto uma risada preguiçosa.

— Não faço esforço nenhum — digo, mas ela não ri.

— Não estou brincando, Melissa. Faz muito tempo. Desde que... — Ela se interrompe quando lhe lanço um olhar nada agradável, pedindo que não conclua a frase. — Enfim, faz muito tempo.

— Eu sei. Estou bem, Liv — murmuro e ela me olha com dúvida, como sempre faz quando digo isso.

Ela tem razão em me olhar duvidosa. Não estou mesmo *tão* bem assim, mas deixa pra lá.

Balanço a cabeça e cutuco sua costela de leve com o cotovelo. Olivia me entrega as sacolas para achar as chaves do apartamento em sua bolsa.

E então, *acontece*.

Leva praticamente o tempo de um piscar de olhos. Em um segundo, estou levando minha mão ao botão que chama o porteiro para que ele abra o portão, e, no outro, sinto dor no braço esquerdo, devido a um impacto breve, mas intenso. Quando olho em volta, Liv está no chão e sua bolsa já não está mais em seu ombro. Ela grita, e eu largo as sacolas de compras e vou até ela. Quando me ajoelho, o olhar apavorado da minha amiga encontra o meu e seguro seus ombros, para perguntar se ela está bem. Antes que eu consiga, ela olha para trás, e eu a acompanho, para ver o caminho por onde o assaltante filho da puta fugiu.

E tenho uma enorme surpresa.

Ele também está no chão, a poucos metros de nós. Observo enquanto um rapaz, que parece furioso, lhe dá mais um soco antes de puxar de volta a bolsa de Liv. O ladrão tenta se levantar, e quando consegue, está cambaleante. Percebo que há um homem com uma criança no colo, afastando-se rapidamente do local, e algumas pessoas começam a surgir do interior do restaurante fast food que há do outro lado da rua e da farmácia vizinha ao prédio, provavelmente atraídas pelos gritos.

Sinto um desespero crescente e sufocante e, olhando ao redor, preparo-me para gritar por ajuda, mas, ao invés de lutar com o cara que o derrubou, o bandido foge, correndo aos tropeços. Compreendo o motivo quando percebo uma viatura da polícia passando pela rua, mas nem dou a devida atenção para descobrir se irão pegar o meliante, ou se nem ao menos se tocaram da situação e estão apenas fazendo a ronda rotineira.

Meu Deus. Não consigo me mexer. Posso sentir Liv segurando meu braço, mas simplesmente não consigo me mover. Continuo ajoelhada e estática enquanto observo o moço corajoso se aproximar de nós duas.

— Ei, vocês estão bem? — pergunta, e nenhuma de nós responde. Fico surpresa por até mesmo Liv não dizer nada.

Mas, pudera. Sei que ela está vendo o que estou vendo. O cara não é apenas absurdamente corajoso e louco do juízo. Ele é bonito. *Muito* bonito. Meu coração, que já estava saltando forte no peito por causa do medo, começa a martelar com ainda mais enquanto tento recolher meu queixo do chão. Imagino que o rapaz tenha percebido que estamos meio em choque, pois toma a iniciativa e puxa minha mão para me colocar de pé, fazendo o mesmo com Liv em seguida.

— Por favor, falem alguma coisa. Estou ficando nervoso — ele pede, um pouco ofegante.

Abro a boca, mas nenhum som sai dela. Realmente estou em choque. Tanto pelo susto, pois nunca havíamos sofrido qualquer ataque desde que viemos para cá, quanto pelo moço que surgiu do nada para nos ajudar. Quase tenho vontade de olhar em suas costas para ver se tem alguma capa de super-herói pendurada.

— E-eu estou bem. — Ouço Olivia dizer. — Muito obrigada. Foi muita coragem da sua parte, nossa... Ainda nem consigo acreditar e... Mel? — me chama e eu pisco. — Você está bem? — questiona, e eu viro a cabeça lentamente para ela.

— Sim, eu... estou, eu acho — balbucio, voltando a olhar para o rapaz. — Você... é louco!

— Mel! — Olivia me cutuca com o cotovelo.

— O quê?

— Ele acabou de nos salvar! — ela me repreende como se eu fosse uma criança mal agradecida.

Torno a olhar para o rapaz, que alterna olhares entre mim e minha amiga, a expressão impassível.

— Obrigada, mas você é louco!

Ouço Olivia soltar um som constrangido.

— Desculpa. Acho que ela ainda está meio em choque — diz, esfregando minhas costas em um gesto um tanto bruto para ser reconfortante. É bronca mesmo. — Se tiver algo que a gente possa fazer para agradecer...

— Não esquenta. — Ele ergue as sobrancelhas e posso jurar que um rastro de sorriso enfeita seus lábios no momento que devolve a bolsa de Olivia e mantém o olhar sobre mim, que me vejo incapaz de desviar a atenção dele.

O cara passa a mão pela testa, o que chama minha atenção para seus cabelos curtos e revoltos, e seus olhos que, devido à luz parca e artificial da rua, ainda tem uma cor indefinida para mim, mas posso dizer com certeza que são claros. Eles demonstram espanto e diversão ao mesmo tempo, e me pergunto por que estou analisando os possíveis sentimentos de um estranho só olhando em seus olhos.

— Vocês moram aqui? — ele questiona, e acho que Liv assente, pois em seguida ele completa: — Acho melhor entrarem. — Aponta para o portão, onde agora está o porteiro, que apenas observa. — Err... Se cuidem — diz, colocando as mãos nos bolsos frontais da bermuda e virando-se para ir embora.

Simples assim. Sem um nome, sem uma explicação. Nada mais.

Quando volto a olhar para Olivia, ela me encara com um olhar preocupado.

— Está tudo bem com você mesmo, Mel?

— Dentro do possível — respondo e me toco de que ela que foi jogada no chão. — Ah, e você, Liv? Está machucada? — Seguro seus ombros.

— Não muito. Caí de bunda no chão com a força que o idiota fez ao arrancar minha bolsa, mas não me machuquei feio — explica. — Mas, Mel... Puta. Que. Pariu.

— Eu sei. — Balanço a cabeça, abaixando-me para pegar as sacolas do chão.

Os olhares curiosos já se dispersaram quando Liv me ajuda e entramos no prédio, dizendo ao porteiro que estamos bem e explicando o que aconteceu.

— Quem era ele, hein, Mel? Estava tão atordoada que não consegui ver se era Clark Kent, Peter Parker ou o Chapolin Colorado — Olivia comenta ao trancar a porta do apartamento.

— Não faço ideia, Liv. Só sei que foi sorte demais da conta. Demais até para ter sido *apenas* sorte — digo, pensativa, começando a guardar as compras.

— Estou besta com a coragem daquele rapaz. Ele poderia ter apanhado feio e ainda ser roubado, como eu quase fui. Mas, sinceramente, graças aos céus ele apareceu, porque, do jeito que estamos quase passando fome, se aquele bandido tivesse levado minha bolsa, eu iria me atirar da janela — completa, jogando-se no sofá.

Tão dramática.

Vamos para a cozinha após tomar banho e preparamos algo rápido para comer.

Olivia não consegue parar de falar no que aconteceu, ainda claramente abismada, e posso dizer o mesmo de mim. Não sabemos quem era aquele cara, assim como ele não sabe quem somos, e mesmo assim nos ajudou. Chega a ser estranho um ato de coragem desses a troco de nada. Pode até ser que ainda existam boas pessoas por aí, mas experiências ruins só me ensinaram a desconfiar.

Está tarde quando Liv e eu vamos dormir. Mas demoro a pegar no sono, porque imagens do acontecido invadem minha mente e, apesar de ainda estar assustada com o fato de um bandido ter nos atacado, o que está me deixando impressionada, na verdade, é a coragem daquele desconhecido de olhos bonitos.

Aquele que sorriu quando o chamei de louco.

Aquele que, provavelmente, nunca saberei quem é.

4. NÃO CUSTA NADA TENTAR

Daniel

Minha cabeça está fervendo quando chego à porta do apartamento. Ainda sinto a adrenalina percorrer meu corpo quando passo pela entrada, e levo alguns segundos para perceber a presença de Alex e Arthur na sala. Quando olho para meu primo, ele está me encarando, confuso. Arthur está quase cochilando enquanto tenta manter sua atenção na televisão.

— Você demorou. Nicole cansou de esperar e disse que mata você amanhã — Alex comenta, mas continuo sem reagir. — O que aconteceu, Daniel? Você está estranho — observa, e vou até o sofá para sentar ao seu lado. Noto que Arthur se endireita e esfrega os olhos.

— Ei, cara! Cadê os biscoitos? — pergunta, e só agora percebo que esqueci a sacola pelo caminho devido ao que aconteceu.

— Err... Aconteceu uma coisa muito louca agora há pouco — tento explicar e Alex se aproxima da beirada do sofá para me ouvir mais atentamente. — Eu soquei um assaltante.

Meu primo quase cai do sofá quando as palavras saem da minha boca. A reação de Arthur não é muito diferente.

— O quê? Tentaram te assaltar? E você reagiu?! Tá louco, cara? Mas que porra você...? — Alex esbraveja, mas eu trato de interrompê-lo.

— Não, não! Não tentaram *me* assaltar — digo, olhando para ele, que faz uma expressão ainda mais perplexa. Expiro com força. — Olha, deixe-me explicar do começo, ok?

Então, conto para eles que só encontrei mercado aberto no bairro vizinho — é, eu minto um pouco nessa parte —, sobre as gurias que acabei seguindo "sem querer" e como as salvei de um assalto.

— Nossa... quanta aventura para quem só foi comprar biscoito — Arthur fala, balançando a cabeça.

— O que você fez foi insano — aponta Alex, em tom reprovador. — Você correu o risco de se dar muito mal se o assaltante não tivesse fugido. Foi muita sorte sua. E muita sorte a *delas*!

— Por que você as seguiu, afinal? — questiona Arthur.

— Eu não segui... pelo menos, não de propósito — balbucio, envergonhado para confessar que somente a risada de Mel foi o suficiente para eu querer chegar mais perto.

Mel. Foi assim que a amiga a chamou. Pergunto-me se esse é o nome dela. Ou, talvez, seja só um apelido carinhoso, até porque combina totalmente com ela, por causa dos seus olhos. A iluminação da rua estava um pouco fraca e nosso contato foi breve, mas, ainda assim, pude admirar seus olhos de tom castanho muito claro ao me encararem com medo e surpresa quando me chamou de louco.

— Olha, cara, até entendo que você esteja carente, sabe, mas não acho que virar um perseguidor tarado vá dar jeito na sua solidão, não. No máximo, vai te levar para a cadeia — Arthur comenta e dá uma risadinha no final. Antes que eu possa revirar os olhos, Alex me surpreende:

— Nunca pensei que esse dia chegaria, mas concordo com o Arthur — diz, fazendo o sorriso do nosso amigo crescer ainda mais.

— Caramba! Tô tão emocionado com esse momento que nem consigo me importar com a parte ofensiva da sua declaração. — Ele coloca a mão no peito teatralmente, e eu empurro seu ombro, recebendo um empurrão de volta.

Arthur ri mais um pouco e volta a se recostar no sofá, e, quando olho para Alex, ele está me fitando com atenção. Tenho certeza de que quer saber a mesma coisa que Arthur queria antes de estragar tudo com suas piadinhas.

— Eu já disse que não as segui de propósito! — continuo defendendo a minha meia-verdade. — Mas... *bah*, você não a viu, cara — falo, diante do olhar do meu primo. — Ela era... era... nossa, ela era... — Apoiando os cotovelos nos joelhos e a testa nas mãos, tento esclarecer, sem sucesso.

Algo em sua expressão parece suavizar, conforme minha voz se perde cada vez mais.

— Acho que nem preciso ver. Não gosto nem um pouco da ideia de você ter corrido perigo, mas não consigo nem contar quanto tempo faz desde que te vi empolgado assim por uma garota que você nem conhece, a ponto de se colocar em risco — diz, surpreendendo-me. — Então, quem é ela?

— Não sei — respondo sinceramente. Sua expressão muda de expectativa para confusão no mesmo instante.

— O quê? Como assim? Você salvou a garota de um bandido e não sabe nem o nome dela?

Balanço a cabeça negativamente.

Não é mentira. Nem tenho certeza de como se chama.

Mel.

— Não deu tempo! Ela estava bem em frente ao prédio em que mora com a amiga, então só garanti que estivesse tudo bem e vim embora — explico, compreendendo a expressão no rosto do meu primo. Assim como a de Arthur, que torna a inclinar-se para frente para participar da conversa.

— Você seguiu a garota porque gostou dela e deixou passar a oportunidade de flertar um pouco? — questiona. Seu tom de voz parece me chamar de idiota, mas, diante do que lhes contei, até concordo com ele.

— Ela havia acabado de sofrer uma tentativa de assalto junto com a amiga, porra — retruco. — Se eu desse em cima dela numa situação dessas, teria levado um fora mais doloroso do que os socos que dei na cara do assaltante.

Expiro com força e recosto-me no sofá. Eles não dizem nada por alguns instantes, então apenas continuo.

— Não pensei direito. Elas estavam ali, diante de mim, e simplesmente não consegui ficar parado quando vi a guria das risadas em pânico, entendem? Foi, sei lá... instinto. Me pareceu certo. E, felizmente, acabou sendo mesmo.

Quando olho para Alex, ele está assentindo, mas logo uma risada sugestiva escapa de seus lábios. Franzo as sobrancelhas para ele, que apenas dá de ombros.

— Ok, ok. Acho que entendi — diz, mas sei que não entendeu merda nenhuma. — Mas ainda vai procurá-la? — questiona, e só então penso nisso.

Eu vou?

Não sei.

— Não sei — digo em voz alta a resposta que pensei. — Acho que preciso dormir — desvio do assunto. Honestamente, não sei o que vou fazer. Alex assente.

— É, também acho que você precisa descansar. Foi emoção demais em poucas horas — brinca, levantando-se e desligando a televisão. — Boa noite, Daniel — diz, seguido de Arthur, e eu murmuro boa noite de volta para eles.

Eu disse que precisava dormir, mas acho que agora é a última coisa que conseguirei fazer. Minha mente fica revivendo os momentos quando me deito, mantendo meus olhos bem abertos, encarando o teto no escuro.

Aquela não era a maneira que eu esperava que tudo terminasse. Para falar a verdade, nem sei ao certo como esperava que acontecesse. Eu, tecnicamente, as segui, mas agora não sei dizer se, caso não tivesse ocorrido a tentativa de assalto, teria me aproximado e me apresentado, ou se ao menos saberia qual abordagem usar. Não sou inexperiente com mulheres, mas meu instinto de segui-la foi movido por algo completamente novo, disso eu tenho certeza. Meio assustador, até.

Sem dúvida as duas devem estar se perguntando o motivo de eu tê-las ajudado. Eu poderia muito bem ter somente assistido feito bobo, como fizeram as outras poucas pessoas que estavam por perto.

Mas *ela* estava sorrindo. Em um segundo, estava sorrindo, e no seguinte, seu rosto foi tomado pelo pânico, e eu odiei aquilo. Odiei e, quando percebi, meu punho estava indo e voltando com força na cara daquele maldito. A possibilidade de ele levantar e reagir nem chegou a me atingir.

Só o que me importava era trazer o sorriso dela de volta.

— Daniel!

Quase engasgo com a água ao ouvir meu nome. Estava tão concentrado analisando o mural à minha frente, à procura de ofertas de vagas em apartamentos e repúblicas, que fiquei alheio a todo movimento e barulho ao meu redor.

Há alguns dias, comecei a ver os murais da faculdade, procurando uma boa oferta. Havia inúmeras, mas eram longe demais da faculdade ou davam preferência a mulheres. Cheguei a contatar duas ou três pessoas, mas todas me informaram que as vagas já haviam sido preenchidas. A sorte não parece estar do meu lado nessa busca, mas não vou desistir.

Capturo com o dorso da mão as gotas de água que escorreram pelos cantos da boca quando afastei a garrafinha de repente e me viro para ver Arthur se aproximando.

— O que tá fazendo aí? — pergunta, olhando para o mural. Sua testa franze no mesmo instante. — Procurando estágio? Já? Mas você não conseguiu a monitoria?

Isso não conta? Achei que só precisasse disso lá pelos últimos períodos. Puta merda, eu tenho que arranjar um estágio agora também?

No instante em que abro a boca para interrompê-lo, uma guria se aproxima e faz isso por mim.

— Arthur! Onde você estava? Te procurei por toda... — Seu sorriso fica mais tímido quando ela percebe minha presença. — Ah, oi, Daniel.

Franzo a testa no mesmo instante, intrigado com o fato de ela saber meu nome. Sua fisionomia não me é tão estranha, mas nenhum nome me vem à mente.

— Conhece a Bianca, Daniel? — Arthur pergunta, com pouco entusiasmo.

— Eu estudo com a Carol — ela completa, e a lembrança de quando nos conhecemos me vem à cabeça.

Melhor, de quando nos beijamos em uma festa e ela começou a chorar em seguida por estar se sentindo culpada por ter brigado com o namorado e pedido um tempo a ele. Nem sei se isso acabou bem, mas, pela expressão dela e por estar no pé de Arthur, já devem ser águas passadas.

— Ah, sim! Tudo bem? — cumprimento-a ao guardar a garrafinha na mochila e ela dá de ombros.

— Tudo ótimo. — Ela se vira para Arthur. — Então? Vamos almoçar juntos ou não? — Fico dividido entre sentir pena dela e raiva de Arthur. Ele tem essa mania de sair pegando geral e ainda ilude as gurias que caem na lábia dele.

— Ah, err... desculpa, gata, não vai dar. Vou ajudar meu amigão aqui a procurar... o que quer que ele esteja procurando nesse mural.

Ele é tão cara de pau que nem consegue mentir direito.

— Estou procurando vaga em algum lugar para morar, Arthur. E acho que não preciso da tua ajuda, então você pode ir...

— Espera... o quê? Você vai se mudar?

— Sim. Pensei que soubesse.

— O Alex já sabe? — O jeito que ele pergunta é acusatório, como se meu primo fosse nosso pai, e eu precisasse consultá-lo. Reviro os olhos ao responder.

— Sabe.

— Poxa, cara — lamenta, e posso ver que está realmente surpreso e nada contente. — Tudo bem que ultimamente parece que todo mundo naquele apartamento só sabe brigar e brigar, e você sempre está no meio, mas...

— Acho que tenho motivos suficientes, não é?

Arthur balança a cabeça e parece travar uma batalha interna entre compreender que talvez isso vá ser melhor para todos e ficar magoado por estarmos nos separando. Mas ele deveria saber que não deixaremos de ser amigos.

— Bom, não que vá fazer diferença pra vocês, mas tô caindo fora — Bianca se manifesta, fazendo-me perceber que a deixamos completamente de lado. — Faz o favor de não me ligar, Arthur — ela finaliza e sai, deixando clara sua decepção com meu amigo.

— Tu é um canalha mesmo, hein? — comento, acertando seu braço com o dorso da mão.

— O quê? Nunca prometi nada a ela. Aliás, nunca prometi nada a nenhuma delas. A culpa não é minha. — Ele dá de ombros como se meu comentário fosse equivocado. Balanço a cabeça.

— Tô só esperando o dia em que a situação se inverter.

Ele joga a cabeça para trás, gargalhando.

— O quê? O dia em que vou ficar morrendo de amores por uma garota que não está nem aí pra mim? Vai esperar sentado, amigão. Já tô devidamente vacinado contra isso. — Ele me dá um tapinha nas costas. — Bom, vou deixar você aí, procurando meios de nos abandonar, e torcer para que não dê certo.

Arthur acerta minha cabeça com um cascudo leve e sai andando, me deixando com um meio sorriso no rosto e uma parte da consciência pesada, mas decido respirar fundo e continuar minha busca, mesmo com sua torcida contra.

Utilizo o tempo em que deveria estar na aula para visitar os outros prédios do campus e procurar por mais possibilidades. Sinto como se estivesse diante do milésimo mural e observo os anúncios ali, que são bem poucos, revirando os olhos para cada um que informa endereços praticamente fora da cidade ou que está procurando exclusivamente meninas.

"Procuro meninas que queiram dividir apartamento de 3 quartos..."

"Vaga para duas meninas na república..."

"Vaga para colega de quarto, de preferência, do sexo feminino..."

Porra! Essas pessoas não pensam que também há homens precisando de lugar para morar? Mas que droga!

"Pensão para meninas. Vagas disponíveis para..."

"Vaga em apartamento de ótima localização. Sala, dois quartos, um banheiro. Mercados e farmácias por perto..."

"Apartamento com sala, cozinha, dois quartos, dois banheiros e varanda, boa localização em bairro da zona sul. Vaga para uma pessoa. É essencial que esteja disposta a contribuir com as despesas; valores a combinar. Interessados devem entrar em contato pelos telefones abaixo."

Opa. Esses dois últimos não especificaram a preferência de sexo. Tiro os dois papéis do mural e analiso-os por completo. As localizações são realmente boas; o segundo, inclusive, tem chance de ser próximo do apartamento do Alex. O telefone para contato do primeiro pertence a um cara, enquanto os do segundo pertencem a duas gurias.

Por um instante, penso em descartar, porque já vivo com duas gurias e a experiência não está sendo das melhores. Mas parece um apartamento maior que o do meu primo, e melhor do que o oferecido nos outros anúncios que cheguei a considerar. Além de ter ganhado pontos comigo por ter mais de um banheiro. Anoto os nomes e telefones no celular, a fim de entrar em contato mais tarde.

Acho que não custa nada tentar.

5. CAMINHOS CRUZADOS

Mel

Bocejo pela centésima vez ao checar o relógio e ver que faltam seis minutos para terminar a aula. Deus, como estou com sono. E olha que hoje ainda é quarta-feira e mal faz um mês que as aulas recomeçaram.

Os anúncios renderam alguns interessados que acabaram não dando certo. Duas meninas desistiram depois de conversar conosco — Olivia insiste em me culpar por não ser "bem receptiva", mas estou pouco me lixando — e descobrimos que o menino que nos ligou há dois dias tem envolvimento com coisas ilícitas.

Está mais difícil do que pensei, e mais difícil do que isso é fingir que não estou aliviada por ainda não termos o terceiro elemento dentro de casa. Sei que as coisas não andam bem para o nosso lado, mas pelo menos me dá mais tempo para me acostumar com a ideia.

Levanto quando o professor dispensa a classe, cogitando não almoçar com Olivia, como sempre faço, e ir direto para casa tirar um cochilo, aproveitando que não trabalho hoje, mas, quando saio, minha amiga surge no meu campo de visão.

— Mel! Oh, olha essa sua carinha de quem está morrendo de fome! Também estou! Vamos comer, vamos...

Ela começa a me puxar e entro em alerta diante de sua euforia, pois vi essa empolgação três vezes na última semana. E foram as vezes em que surgiram possibilidades de termos encontrado alguém para a vaga no apartamento.

Olivia poderia ganhar a vida dando palestras sobre como ser insuportavelmente otimista.

— Ei, Liv! Calma aí! Que animação toda é essa? Apareceu mais um candidato à vaga? Mais um barco furado pra nossa coleção?

É, eu sei. Se o poder dela é ser otimista, o meu é azedar os momentos de empolgação dos outros.

Reconheço isso, sei que é uma droga, mas não consigo evitar.

Estou sendo um pé no saco, mas não posso me culpar por agir racionalmente.

Não podemos colocar qualquer pessoa dentro de casa, e sei que Liv sabe disso, mas é bem mais impulsiva do que eu. Pelo nosso bem, preciso ficar com um pé atrás. Não sou a melhor pessoa para tomar decisões, mas colocar a razão à frente da emoção sempre me manteve fora de problemas desde que aprendi, na marra, que essa era a melhor maneira de lidar com as coisas.

Ela expira com força e seu sorriso diminui um pouco, mas consigo perceber que está tentando disfarçar isso.

— Err, não. Infelizmente.

— Então?

— O quê?

— Por que você está tão eufórica?

Minha amiga me olha como se eu tivesse perguntado por que está nascendo uma cabeça em seu ombro.

— O quê? Nah, estou normal. Estou bem, uai. Est... — ela se interrompe ao notar que a encaro com os olhos estreitos, desconfiada. — Argh, tá. Vamos comer que te conto.

Seguimos para o local onde sempre comemos. Começo a beliscar o almoço, enquanto Liv fica olhando ao redor, como se procurasse alguém. Ao perceber que a estou observando, dá uma risadinha e beberica seu suco, mas o olhar continua a vasculhar o ambiente.

— Desembucha de uma vez, Olivia — demando, referindo-me à sua promessa de me contar o porquê do seu comportamento efusivo e nervoso.

Ela termina de tomar o suco de uma vez só e dá de ombros, mesmo que esteja meio sem fôlego.

— É um carinha que conheci. Ele disse que queria almoçar comigo hoje. Bom, com a gente, né.

— Ah, Liv, se você quiser ficar a sós com ele, não tem problema...

— Não, Mel. Pode ficar. Eu quero que você o conheça. — Ela cutuca sua comida com o garfo ao falar. Balanço a cabeça e sorrio.

— Humm, está ficando sério, é? — provoco e ela me mostra a língua. — Há quanto tempo vocês se conhecem?

— Mal faz uma semana — responde, e isso me deixa ainda mais surpresa. —

Eu o conheci na quinta-feira passada, quando estava trabalhando. Ele foi fazer um favor ao irmão e trocar um livro, e acabou me convidando para um café na hora do meu intervalo. Fiquei besta quando descobrimos que estudamos na mesma faculdade, só não no mesmo prédio. Nós conversamos, e eu gostei bastante dele e... e ele está vindo para cá — completa, olhando para algum ponto além de mim.

Ela se endireita na cadeira e sorri quando um cara para ao lado dela.

— Oi, Victor — ela diz, e me seguro para não rir, pois as bochechas dela estão vermelhas.

— Oi, Olivia. Posso sentar aqui com vocês? — Ele olha para mim e para ela, alternadamente, ao questionar, segurando sua bandeja com comida.

— Claro que sim — ela responde e o rapaz vai até o lado dela, sentando-se na cadeira vazia.

Ele é bem alto, bonito, pele bronzeada, e cabelo muito curto, quase raspado. Seus olhos castanhos alternam olhares entre mim e minha amiga, esperando que alguém fale alguma coisa. Pigarreio e Liv balança a cabeça, piscando com força.

— Ahm... Esta é minha amiga, Melissa. Nós moramos juntas. Mel, esse é o Victor — ela nos apresenta. Victor estende a mão.

— Prazer, Melissa.

— Prazer, Victor. — Aperto sua mão. — Pode me chamar de Mel — acrescento.

Volto a atenção para meu almoço quando Liv começa a conversar com ele. Respondo com monossílabos e sorrisos breves quando começam a me contar como se conheceram e sobre nunca terem se esbarrado, o que ele explica com o fato de fazer Biomedicina, que fica em outro prédio.

É impossível não notar o jeito estranho que ela está agindo. Ela ri alto de qualquer bobagem que ele diga ao tentar ser engraçadinho, toca seu braço constantemente, enrola os cabelos nos dedos. Suas ações estão um tanto exageradas, eu diria. Só não consigo dizer se ela está tentando fazê-lo gostar dela, ou se é *ela* que está tentando gostar dele. Mas balanço a cabeça, espantando esses pensamentos. Não é da minha conta. Sei que Olivia sabe o que faz.

Sinto minha cabeça começar a doer após alguns minutos, e decido que é hora de ir embora. Preciso urgentemente de um cochilo bem longo.

— Liv, vou indo. — Levanto. — Vou direto para casa, não me sinto bem.

— Tudo bem. Sorte a sua não ter de trabalhar todo dia — ela comenta e faz uma careta, levantando-se também. — Qualquer coisa me liga, tá? Toma cuidado no caminho — recomenda e eu a abraço.

— Pode deixar. Foi um prazer, Victor. — Aceno para ele e pisco para Liv. — Até mais tarde.

Tento relaxar ao tomar um banho e um analgésico após chegar em casa, e procuro algo confortável para vestir. Observo meus olhos cansados no espelho, enquanto penteio meus cabelos escuros — que estão precisando muito de um bom corte —, e reparo que estão um pouco avermelhados ao redor das íris castanho-claras. Vou para minha cama e me deito para esperar o remédio para dor de cabeça fazer efeito, mas não consigo adormecer. Mesmo que a dor não tenha amenizado por completo, decido pegar um livro para ler. Levo um tempinho para conseguir me concentrar e, alguns instantes depois, me vejo presa a mais uma história.

Não tenho noção exata de quanto tempo se passa, mas estou virando a primeira página do penúltimo capítulo do livro quando a campainha toca.

Fecho o livro devagar, ponderando quem poderá ser, e só então percebo que já é noite. Quando vejo a hora — minha nossa, passei esse tempo inteiro lendo! —, deduzo que pode ser Olivia, mas estranho o fato de ela tocar a campainha, já que tem a chave. Talvez tenha esquecido. Ou pode ser alguém tocando na casa errada.

Vou até a sala a passos arrastados e a campainha toca novamente. *Que impaciência.* Reviro os olhos ao alcançar a maçaneta, girando-a devagar.

Meus olhos se arregalam e, subitamente, engulo o palavrão que me vem à ponta da língua quando vejo quem está do lado de fora.

— Você? — dizemos ao mesmo tempo, nossos tons de voz igualmente espantados.

Seus olhos — verdes e incríveis, arregalados e incrédulos — me analisam e, assim como na vez que nos defendeu do assalto, um canto de sua boca se curva em um meio sorriso. Ciente de que meu rosto deve estar um horror devido ao meu estado pós-dor de cabeça e leitura ininterrupta por horas, minhas bochechas esquentam pelo constrangimento e as mãos suam. Meu coração começa a bater forte dentro do peito.

É ele.

O cara que nos defendeu do assalto há duas semanas.

Faz tempo, estava escuro, mas nunca fui capaz de esquecer aquele sorrisinho presunçoso.

Puta merda. O que ele está fazendo aqui?

— O que você quer? — inquiro, segurando a porta com força.

Ele franze as sobrancelhas, confuso. Como se esperasse que eu soubesse o motivo pelo qual está aqui, na minha frente, demorando a responder.

— Como assim? — ele devolve, e uma risada sarcástica me escapa.

Era só o que me faltava.

— Você que tocou a campainha, oras!

Então, ele começa a rir. Rir, para valer.

Estreito os olhos, a um passo de bater a porta em sua cara, mas ele logo fala.

— Me desculpa. Pelo visto, não foi contigo que falei ao telefone mais cedo. Você não é Olivia Meirelles — afirma, apesar de sua sentença soar um pouco como uma pergunta.

— Não.

— Então, quem é você?

— Eu é que pergunto, uai! — Minha voz sai um pouco mais alterada do que eu pretendia, mas é tarde para me preocupar com isso. — Olha aqui, sei que você deve estar se lembrando da noite que nos livrou de um assalto e, acredite em mim, nós somos muito gratas pelo seu gesto, mesmo que eu tenha te chamado de louco e soado mal-educada, apesar de ter sido bem sincera, mas...

— Ei, calma aí! Não estou aqui por isso — argumenta, desfazendo completamente seu sorriso. — Vim pela vaga no apartamento — explica, e sinto como se todo o sangue do meu corpo estivesse concentrado apenas no meu rosto.

Que mancada.

— Hã?

— Mel? — A voz de Olivia chama minha atenção e viro a cabeça para vê-la vindo pelo corredor. — O que está acontecendo aqui?

6. HUMM... BEM-VINDO?

Mel

— Você deve ser a Olivia, certo? Oi, eu sou Daniel Mazonni. Nos falamos por telefone hoje à tarde, lembra? Sobre a vaga no apartamento — esclarece, e tudo em que consigo pensar é que finalmente sei como ele se chama.

Daniel.

Olivia fica surpresa por alguns segundos, alternando olhares entre Daniel e mim. Continuo muda, um tanto constrangida por ter soltado os cachorros em cima dele antes de entender o que está acontecendo.

— Ah, claro! Oi! — ela o cumprimenta, apertando a mão que ele estende.

— Vim em uma hora ruim? — ele pergunta, olhando para mim.

— De jeito nenhum! Vamos entrar. A Mel deve estar surpresa porque esqueci de avisá-la. — Ela bate a mão na testa e me lança um sorriso de desculpas ao perceber que estou meio perplexa.

Liv empurra a porta para passar por mim e a fecha assim que Daniel entra, largando a bolsa sobre a mesa de centro. Continuo parada perto da entrada, enquanto minha amiga diz a ele que sente e fique à vontade. Ela me puxa para a cozinha, sem nem ao menos tentar ser discreta. Antes que comece o que quer que tenha para falar, me adianto.

— Muito obrigada, Olivia. — Ela faz uma expressão culpada ao sentir o sarcasmo pingar da minha voz.

— Desculpa, Mel! Desculpa, desculpa! Pensei que eu chegaria antes dele e te falaria pessoalmente...

— Uma simples mensagem teria me poupado desse constrangimento, Liv!

— Eu sei! Já pedi desculpa, caramba! — Ela tenta não elevar o tom de voz.

Inspiro e expiro com força, tentando me acalmar.

— Então ele está interessado na vaga? — Liv apenas assente. — Não acha muita coincidência ser o mesmo cara maluco que nos salvou daquele assalto?

Vejo a expressão da minha amiga mudar de culpada para horrorizada e confusa até chegar na surpresa, tudo em uns dois segundos. Ela dá uma espiada rápida e me lança um sorriso enorme de empolgação.

— Bem que ele me pareceu meio familiar!

— Pois é! E como eu não sabia do que se tratava, achei que estava aqui por isso, e você chegou a tempo de me impedir de dizer algumas coisas bem mal-educadas e bater a porta na cara dele.

— Por que você faria isso, sua doida? Ele salvou as nossas vidas! Acho que isso é o destino nos dando a chance de agradecê-lo.

Arregalo os olhos imediatamente.

— O quê? Olivia, o que...

— Vamos lá conversar com ele.

— Olivia!

— O quê? — Ela cruza os braços, erguendo as sobrancelhas e exigindo uma resposta. Mas não digo nada diante do seu olhar desafiador e confiante, e ela pega minhas mãos entre as suas. — Mel, por favor. Você vai ver que não tem nada de mais, uai! Pense nas dificuldades que estamos passando. Pense no quanto precisamos dele, caso ele seja confiável para morar aqui. Você sabe que eu compreendo seus receios melhor do que ninguém, mas tente sufocá-los um pouco para dar chance a uma possível melhoria na nossa vida, e quem sabe na dele, já que está em busca de um lugar para morar. Eu sei que você pode fazer isso.

Suas palavras ficam no ar, envoltas pelo suspiro alto que deixo escapar. Olivia tem razão. Droga, ela *sempre* tem razão. E sei que ela nunca me colocaria em uma situação que eu não fosse capaz de lidar.

Vamos lá, Melissa. Renda-se.

O jeito é ver no que vai dar.

Liv puxa meu braço quando dou de ombros e, assim, voltamos para a sala. Daniel está distraído, olhando ao redor, e ergue as sobrancelhas quando nos vê, remexendo-se na poltrona. Sentamos lado a lado no sofá, e cruzo os braços. Olivia dá um sorrisinho educado e abre a boca para falar, mas Daniel se adianta.

— Olha, se estiverem procurando um jeito mais educado de me mandar embora, não precisam fazer isso. Eu juro que entendo se preferirem procurar uma guria — diz, claramente decepcionado, mas usando um tom divertido para tentar não demonstrar.

— Não, não se preocupe com isso. Precisamos mesmo de mais um colega de apartamento porque as contas ficaram um tanto apertadas, e, nesse caso, acredito que ser homem ou mulher é o de menos, contanto que não queira nos matar ou levar toda a mobília. Não é, Mel? — Minha amiga se vira para mim, rindo da própria piada, mas não esboço reação. — Ela é legal, juro — diz para Daniel.

— Tenho certeza de que é. — O sorriso dele cresce. *Merda.*

— Então, Daniel, você é novo na cidade?

— Não exatamente. Sou de Porto Alegre, mas comecei a faculdade aqui ano passado e estou no terceiro período.

— Ah, então era por lá que você salvava garotas de assaltos antes de vir prestar seus serviços por aqui?

Posso jurar que vejo as bochechas dele ficarem um pouco vermelhas. Liv ri da própria brincadeira enquanto reviro os olhos e ele dá um sorriso constrangido.

— Basicamente.

— Você foi corajoso demais da conta, e nós nem ao menos nos conhecíamos. Estou chocada com essa coincidência!

— Também fiquei assim quando ela abriu a porta — diz e aponta para mim. — Quando segui o endereço que você me deu ao telefone, reconheci o prédio, mas realmente não fazia ideia de que eram vocês. Foi uma bela surpresa.

E é verdade. Pude ver que seu olhar tão ou mais surpreso que o meu quando ele chegou era bastante genuíno.

— Que coisa. — Liv olha para mim, balançando as sobrancelhas, demonstrando animação. — Parece que era para ser, não é?

Fico dividida entre revirar os olhos e prender a respiração. Minha reação acaba sendo a segunda, porque Daniel me olha ao responder, com um sorriso satisfeito.

— É — concorda, simples assim, e eu pigarreio ao desviar meu olhar do dele, que reage da mesma forma.

Liv também pigarreia e trata logo de preencher o silêncio estranho que se instalou por dois segundos, mas que pareceram duas horas.

— Então, gaúcho? Bem reparei no seu sotaque.

— É. Saí de lá há mais de três anos, e passei boa parte desse tempo morando com uns parentes que vivem nos Estados Unidos.

— Legal. Nós somos de Alfenas, no interior de Minas Gerais. Faz pouco mais de dois anos que nos mudamos, e estamos no quinto período dos nossos cursos — ela diz, olhando para mim, provavelmente esperando que eu fale alguma coisa, mas estala a língua quando apenas concordo com a cabeça. O que ela quer que eu diga? *Eu, hein.*

Daniel continua a se explicar.

— Mudei para cá em janeiro do ano passado, depois que meu primo Alex me convenceu a prestar vestibular e me ofereceu um lugar para morar. Apesar de ser grato, acho que o apartamento já está cheio demais. Somos em cinco, e há algumas semanas resolvi procurar outro lugar. Mas, *bah*, a sorte não parece estar do meu lado. Pelo menos, não até agora.

Olivia e eu nos entreolhamos, e, mais uma vez, o olhar dela exige que eu fale alguma coisa. Não sei o que diabos ela quer que eu diga, mas sei o que quero perguntar, assim como também sei que não devo.

Por que ele só voltou para o Brasil porque poderia morar com o primo aqui no Rio? Por que não voltou para sua cidade natal para fazer faculdade lá?

A curiosidade começa a me corroer, mas fico quieta. Não vou me meter na conversa só para interrogá-lo depois de ter sido tão grossa, e também não sou ninguém para questionar os motivos de uma pessoa para fazer o que quiser com a própria vida. Eu mesma saí da minha cidade natal para fazer faculdade.

Olivia limpa a garganta e torna a falar, visto que nem movi meus lábios.

— Daniel, como eu disse, começamos a procurar alguém para morar conosco porque os gastos meio que começaram a sair do controle. A dona do apartamento aumentou o aluguel, e apesar de Mel e eu trabalharmos, achamos que não daremos conta e não queremos nos mudar a essa altura.

— Não se preocupem com isso. Tenho dinheiro guardado suficiente para ajudar, eu acho. E consegui uma bolsa de monitoria esse semestre, que, apesar de não ser muito, será uma ajuda extra até que eu arrume um bom estágio remunerado ou um emprego — diz, seu olhar tomado por esperança. — Juro que não deixo cuecas no chão, nem toalha molhada em cima dos móveis. E estou livre de tendências assassinas. A prima da namorada do Alex me torra a paciência todo santo dia e posso provar que ela ainda está viva. Aliás, se quiserem, podem falar com meu primo para comprovar que não tenho antecedentes comprometedores — completa, erguendo as mãos, e dessa vez cedo à vontade de rir.

Contenho-me assim que nossos olhares se encontram. Estou bastante confusa quanto a como me sinto em relação a esse cara. Dá um aperto na barriga que é bom e ruim ao mesmo tempo. Bem estranho.

— Bom, então acho que chegamos a um acordo, não é? Você precisa de um lugar para morar, e nós precisamos de alguém que more conosco. Matamos duas cobras com uma facada só! — Olivia exclama, animada.

Nem consigo rir — Olivia não mataria um coelho nem mesmo ao pronunciar um ditado popular —, porque meu coração acelera e eu a fito, surpresa.

— Sério? — Daniel e eu dizemos ao mesmo tempo, mas somente ele assume a mesma postura animada de Olivia.

— Claro! Você parece boa pessoa, Daniel. E, vamos combinar, estamos todos desesperados aqui, não é? Por que não dar uma chance? — Liv dá uma risadinha e me olha. — Mel?

Percebo que seu olhar, apesar de preocupado, tenta me passar conforto ao perceber meu espanto.

— Humm, err... é, eu acho...

— Bom, a não ser que você queira pensar mais um pouco, considerar outras opções... — minha amiga diz a ele, que balança a cabeça negativamente.

— Se estiver tudo bem mesmo, acho que minha busca acaba aqui.

Ele dá uma risada e Olivia o acompanha.

— Quando pode se mudar? — ela pergunta, levantando-se.

— Bah, acho que só não me mudo hoje porque ainda não arrumei minhas coisas — ele responde, ainda brincalhão, levantando também. Seu olhar pousa em mim e seu sorriso diminui quando faz isso. Minha reação quase nula é um contraste à animação deles. — Tem certeza de que está tudo bem? — Ele quer se certificar, olhando de Olivia para mim.

Liv me olha com cautela, e eu suspiro com força, desistindo de replicar qualquer coisa. Ele parece mesmo animado com a mudança, e embora eu não tenha gostado disso desde o começo, pensar que daqui para frente ficaremos mais aliviadas quanto à possibilidade de sermos expulsas do apartamento ou ficar com a geladeira vazia me faz começar a mudar de ideia.

Olho para Daniel mais uma vez e ele sorri.

Outro motivo pelo qual começo a mudar de ideia.

Tento sorrir de volta, ignorando minha barriga cheia de cosquinhas por pensar que verei esse sorriso com muita frequência.

Estou ferrada.

— Err... me desculpe por não ter sido muito agradável, Daniel — falo finalmente, soando como uma criança forçada pela mãe a se desculpar com o coleguinha. — Essa situação toda tem me deixado bem nervosa e acabei me deixando levar por isso e confundi tudo quando abri a porta... Enfim, deixa pra lá. Seja bem-vindo, eu acho.

Levanto do sofá e dou de ombros, fazendo-o sorrir ainda mais. *Ai, ai.*

— Obrigado, Mel. — Ele diz meu nome devagar, sorrindo como na primeira noite que nos vimos. — Muito obrigado mesmo, gurias. — Sua expressão é puro alívio e gratidão.

Ainda existe uma parte de mim que se mantém completamente alerta, teimando em me amedrontar ao imaginar que ele possa não ser tão bom quanto parece. Que pode ter más intenções por trás de suas palavras. Que pode não ser apenas coincidência o fato de termos nos encontrado tantas vezes. Mas é uma parte que diminui a cada sorriso constrangido que ele dá, a cada vez que posso ver seus olhos brilharem pela satisfação de poder finalmente alcançar seu objetivo... É tão confuso. Estou conseguindo confiar nele, e isso está me deixando assustada ao invés de aliviada.

— Ah, que é isso! Que bom que estamos podendo nos ajudar — diz Liv.

— Então, melhor eu ir. Preciso arrumar minhas coisas. Depois de tantas tentativas frustradas, nem imaginava que fosse conseguir mais — Daniel declara. — Devo chegar amanhã somente à noite. Algum problema?

— Nenhum — Liv garante.

— Ótimo. Obrigado mais uma vez.

Ele se aproxima de Olivia e a cumprimenta com um beijinho no rosto e um abraço rápido. Em seguida, vem na minha direção e meu coração dá um salto estranho no peito. Dou um passo para trás e cruzo os braços quando ele fica perto demais, e minha postura acaba lhe dizendo tudo, porque ele dá um passo para trás também, levantando a mão num aceno improvisado e sem jeito.

— Vejo vocês amanhã, então — despede-se, e Liv o acompanha até a porta. Ele me lança mais um olhar antes que ela a feche, mas, dessa vez, ele não estava sorrindo. Parecia estar pedindo desculpas.

Solto uma lufada de ar pela boca, surpreendendo-me com a quantidade de tensão que estive segurando. Desabo no sofá e jogo o braço por cima do rosto.

— Eu não tinha reparado no quanto esse cara é gato no dia que ele deu uma surra no assaltante — Liv comenta. — E você viu como ele fala bonitinho? Que sotaque mais amor — continua. Tiro o braço do rosto e a olho.

— E o Victor? — pergunto, e nem sei exatamente por quê. Não estou incomodada. Nem um pouco. Nadinha.

— O que tem ele? — Ela senta ao meu lado no sofá.

— Pensei que gostasse dele.

— O que te faz pensar que não gosto mais? — Ela estreita os olhos. Desvio o olhar do dela de propósito. — Mel, não é só porque estou de regime que não posso olhar o cardápio. E, aliás, nem se preocupe. Vi muito bem o jeito que ele estava te olhando. — Ela bate o ombro no meu. — Seria até maldade dispensar o coitado e privá-lo de babar mais em você.

Reviro os olhos, tanto por sua observação quanto pelo fato de sentir um frio na barriga quando ela diz aquilo.

— Você está viajando, Olivia. Como sempre — digo, e torno a cobrir o rosto com o braço.

— Ahh, isso vai ser interessante! — ela exclama e sinto quando levanta do sofá. Ergo o dedo do meio para ela.

Meus pés não param de balançar. Meus dedos batucam de leve no balcão da cozinha, enquanto observo Olivia colocar a lasanha no forno e a ouço falar pela milésima vez o quanto o Victor é lindo, como o Victor a faz rir, o quanto ela quer beijar o Victor. Parece que esse garoto fisgou mesmo a minha amiga. Estou feliz por ela. Pelo menos, ele parece um cara muito legal, o que é um alívio.

Começo a mordiscar a unha do polegar direito, assentindo quando Liv pede licença para atender ao celular. Observo-a quando entra no nosso quarto. Sim, agora é nosso. O meu sempre teve duas camas de solteiro juntas, enquanto ela tinha uma de casal no quarto dela. Que, de agora em diante, pertencerá a Daniel.

Daniel. Passo a morder a unha do polegar esquerdo quando penso que ele chegará a qualquer momento. Estou fazendo meu melhor papel de "estou lidando muito bem com tudo isso, não estou surtando de nervosismo porque um estranho passará a morar conosco", mas tenho certeza de que sou pouco convincente. Não sei o que esperar. Quero dizer, nós vamos morar sob o mesmo teto! Do nada, o cara nos salva de um assalto, e semanas depois está vivendo conosco. É muita doideira.

Quase caio do banco quando a campainha toca. Meu coração palpita com tanta força que sinto vontade de cruzar as mãos sobre ele, para tentar segurá-lo antes que atravesse a minha caixa torácica e me mate de vez.

Levanto-me e vou até a porta do quarto para chamar Olivia.

— Liv! — chamo num sussurro. — Acho que ele chegou.

Ela retira o celular da orelha e também sussurra.

— Vá abrir a porta então, uai! — Ela faz gesto com a mão e volta à conversa, como se nada tivesse acontecido.

— Olivia! — sibilo, um pouco desesperada, mas ela coloca um dedo sobre os lábios para mandar eu me calar e vira de costas. Expiro com força. — Bela primeira impressão. Mal educada — acuso, e ela nem se dá ao trabalho de se importar.

Volto para a sala, com meu órgão vital ainda aos pulos, e a campainha toca novamente.

Já vou, menino impaciente! Deixe que eu consiga ao menos parar de tremer antes de abrir essa porcaria de porta.

E, quando finalmente a abro, lá está ele, com uma mochila nos ombros e duas malas no chão.

Lindo.

Merda.

— Oi, Mel — ele me cumprimenta e sorri. — Estava começando a pensar que vocês tinham mudado de ideia — brinca. Respiro fundo.

— Nada disso. — Dou de ombros e abro mais a porta, dando-lhe espaço. — Pode entrar. Quer ajuda? — ofereço automaticamente, mas ele balança a cabeça.

— Obrigado, mas não precisa. O elevador está quebrado e tive que subir de escada carregando isso tudo, e nem foi tão ruim assim — diz enquanto eu fecho a porta depois que ele entra. Arregalo os olhos diante das suas palavras.

— O quê? O elevador está quebrado e você carregou esses trens todos pela escada sozinho? Tá maluco, menino? São seis andares! Podia ter interfonado, nós teríamos ido te ajudar, uai! — repreendo e ele começa a rir. Pela primeira vez desde que nossos olhares se cruzaram depois do assalto, sinto vontade de socá-lo.

Apesar de estar apertando os lábios para não rir junto com ele.

Que risada contagiante. Que sorriso lindo.

Que droga!

— Tô brincando — ele diz, e a vontade de fazer seu rosto bonito se encontrar com força com meu punho cresce um pouco mais. *Ha-ha-ha, engraçadinho.* — Mas fico lisonjeado pela preocupação. — Ele pisca, tirando a mochila das costas. — Teu sotaque é adorável. E as tuas bochechas estão vermelhas. Gosto disso.

Resisto ao impulso de esconder o rosto e tento não demonstrar o rebuliço de sentimentos que fico por dentro. Estou prestes a despejar um monte de palavras mal educadas quando Olivia sai do quarto, sorrindo de orelha a orelha.

— Oi, Daniel! — ela o cumprimenta, indo abraçá-lo. *Como ela consegue fazer isso com tanta facilidade?* — Então, animado?

— Como nunca estive antes — ele responde, sorrindo largamente.

— Que bom! — Liv está quase quicando. — Não é lindo quando tudo dá certo? A vida não é mesmo bela? Estou quase vendo borboletinhas brilhantes no ar! — exclama, fazendo um gesto amplo com os braços ao ir para a cozinha. Daniel me lança um olhar curioso e eu dou de ombros.

— Ela está apaixonada.

— Ah, menos mal. Achei que estivesse drogada — confessa, baixando a voz, e dou risada junto com ele.

Droga, esse garoto me confunde pra cacete. Consegue fazer eu me zangar com ele e, logo em seguida, rir de suas brincadeiras.

Estou *mesmo* ferrada.

7. NEM TÃO DOCE COMO MEL

Daniel

Estou nervoso.

Esfrego as mãos discretamente na calça, a fim de secar um pouco o suor delas, enquanto analiso o quarto que a partir de agora será meu, sabe Deus por quanto tempo. Sinto uma enorme vontade de me ajoelhar e choramingar de alegria. *Cacete!* Eu vou ter um quarto só para mim depois de passar tanto tempo dormindo num beliche embaixo do Arthur e aturando os roncos dele.

— Já me mudei para o outro quarto. O armário está vazio e a roupa de cama, limpinha. É só se instalar — diz Olivia atrás de mim, animada, e eu volto do meu encanto momentâneo.

Espera. Ela está me dando seu quarto? Isso não me parece justo.

— Se eu soubesse que seria todo esse transtorno, teria tentado comprar um sofá-cama ou algo assim. Não precisava abrir mão do teu quarto, Olivia. Eu ficaria bem na sala — argumento, envergonhado de repente. Isso tem acontecido muito nos últimos dois dias.

Pare de ser menininha, Daniel! Que porra! Quase posso ouvir a voz de Arthur dizendo isso.

Olivia faz um gesto com a mão e estala a língua.

— Desde que decidimos procurar mais alguém para morar conosco, esvaziamos esse quarto. O da Mel é maior e tem duas camas ótimas. Boa parte da mobília já estava aqui quando chegamos. Fique tranquilo e aproveite.

Sorrio e apoio a mochila no chão.

— Muito obrigado mesmo. Isso é tão além do que eu esperava — comento e olho para Mel, que está encostada no batente da porta, quieta, desde que ela e Olivia me trouxeram até o quarto. O canto de sua boca se remexe num sorriso quase imperceptível quando termino de falar.

Acho que meu coração nunca bateu tão forte e tão rápido como no momento em que a porta do apartamento se abriu e Mel estava lá, olhando-me assustada e surpresa. Eu realmente não esperava que ela e a amiga fossem as gurias do anúncio.

Alex nunca foi contra minha decisão de me mudar, mas sei que não ficou muito feliz quando falei que já me mudaria no dia seguinte. Aliás, fiquei bem surpreso com a reação de todos os meus, agora antigos, colegas de apartamento. Achei que concordariam que minha mudança seria melhor para todos, mas gastaram um bom tempo tentando me convencer a mudar de ideia.

Arthur insistia em argumentar que eu não gostava mais deles, e até mesmo Nicole disse que implicaria menos, mas já estava decidido. Arrumei minhas coisas e vim embora, sob o olhar um tanto decepcionado de Alex, mesmo que eu tenha deixado claro que ele não tem culpa e que sou grato por tudo o que fez por mim.

Mas, se é verdade que cada pessoa tem uma missão, a minha é decepcionar quem amo. Houve um tempo em que eu nem ligava para isso. Mas hoje, por mais que eu tente ser uma pessoa melhor, alguém sempre sai magoado por minha culpa.

Se a situação fosse outra, talvez eu me deixasse levar pelas tentativas deles. Mas eu vou morar com a Mel. Porra, o universo ou qualquer merda dessas conspirou a meu favor e eu vou morar com a guria de sorriso e olhos mais lindos que já vi na vida. Mesmo que ela não me permita admirá-los pelo tempo que eu realmente gostaria, se ficar tão séria e evitar cruzar seu olhar com o meu.

Mesmo que ela não pareça gostar da ideia de me ter aqui.

— Bom, deixe para desfazer as malas depois. Vamos jantar — Olivia chama, saindo logo em seguida.

A lasanha está muito boa, mas o nervosismo me deixa de estômago travado. Tento engolir mais um pedaço e me concentrar no que ela está tagarelando, mas meus olhos insistem em observar Mel, que mantém a atenção fixa no prato e, por poucas vezes, na amiga. Talvez eu esteja sendo indiscreto, mas é tão inevitável olhá-la. O jeito que afasta a franja dos olhos e coloca atrás da orelha, o jeito que balança a perna ininterruptamente, o jeito que ela morde o interior das bochechas, formando um bico com os lábios...

Queria entender por que ela me evita. Exceto pelo mal entendido de ontem, acho que não fiz nada de tão errado desde que nos conhecemos.

— ... e eu escolhi Direito porque não fazia a menor ideia de que curso escolher, mas acabei seguindo o resultado de um teste vocacional que fiz quando estava no último ano do ensino médio...

— Mel também faz Direito? — questiono de repente, interrompendo-a.

Acho que fui mal educado, mas não sei o que vou fazer se essa guria não olhar para mim agora. Eu não fiz nada, caralho!

— Não. Faço Letras — Mel responde, olhando-me por apenas dois segundos antes de voltar a fitar qualquer coisa que não seja eu.

— Letras...? — insisto.

— Inglês.

Dessa vez, ela nem se dá ao trabalho de erguer o rosto. Isso me deixa muito frustrado.

— E você, Daniel? — Olivia pergunta. Viro-me para ela. Pelo visto, ela não se abalou depois da minha interrupção grosseira, o que é um alívio, porque não foi minha intenção ser um babaca com ela, apesar de ter agido como um.

— Engenharia Civil — articulo, e desisto de pegar outro pedaço de lasanha em seguida porque, *finalmente*, Mel ergue a cabeça e me encara com curiosidade.

— Nossa, que legal! — comenta Olivia, enfiando mais um pedaço de lasanha na boca e cutucando Mel. — Viu só, né? Muito inteligente, além de bonito.

— Olivia! — Mel a repreende, e seu rosto fica sutilmente corado. Deixo escapar uma risada leve.

— O quê? — Olivia pergunta como se não tivesse dito nada de mais, revirando os olhos. — Ah, por favor. Não sou cega, e ele já está acostumado com isso. — Ela se vira para mim. — Não estou dando em cima de você, Daniel, só para deixar claro. É que sinceridade é uma das minhas melhores qualidades. — Ela ergue o queixo e faz um gesto de superioridade com a mão. Mel balança a cabeça.

— E um dos piores defeitos — ela complementa, apertando os lábios para não rir da reação da amiga.

— Desculpa pela propaganda enganosa que fiz dela para você quando disse que ela é legal — Olivia diz para mim, ganhando um empurrão leve de Mel, que se levanta e vai até a cozinha por uns instantes e depois retorna, sem o prato.

Minha vontade é de repetir o gesto, mas não quero fazer desfeita na primeira impressão, por isso me forço a comer um pouco mais enquanto continuamos conversando. Ou, pelo menos, tentamos conversar.

— Então, por que você foi para os Estados Unidos depois do ensino médio? — Olivia quer saber, colocando sua comida inacabada de lado.

Fico em alerta, já pensando em um jeito de desviar do assunto. Preciso me esquivar de entrar nos detalhes, porque não precisam ouvir a merda toda, e eu estou longe de ter vontade de falar.

— Eu ainda não sabia o que fazer na faculdade. — Não é mentira. Apesar de não ter sido somente por esse motivo.

— Seus pais te pressionavam ou algo assim? Porque, vamos combinar, você fugiu para bem longe.

Não posso culpá-la. Não é de propósito. Ela não sabe de nada. Apesar de ter utilizado a palavra "fugir" corretamente.

— Não — digo, dando mais uma garfada na lasanha, que já está morna.

Forço um sorriso e começo a perguntar sobre elas, para tirar o foco de mim, e não sei se é alguma paranoia minha, mas noto olhares desconfiados antes que me contem que cresceram juntas e, desde o ensino médio, planejavam vir morar na cidade grande para fazer faculdade.

Não sei quanto tempo passa, mas finalmente nos despedimos para ir dormir e, quando me deito, o sono está lá, mas não acredito que eu vá conseguir dormir direito, devido à pouca familiaridade com o lugar e por ficar me perguntando se pode dar muita merda eu acabar me apaixonando pela guria que, além de agora ser minha colega de apartamento, parece não estar nem aí para mim.

8. SENTIMENTOS INESPERADOS

Mel

Abro os olhos lentamente na manhã de sexta. Tomo um susto quando estico o braço para alcançar meu celular no criado-mudo e verifico a hora. 6h24. O despertador tocou há quase meia hora e não ouvi. Isso nunca me aconteceu. Bato a mão na testa quando imagino que talvez tenha sido por ter acordado várias vezes durante a noite e rolado na cama por sentir uma ansiedade muito irritante.

Apresso-me em sair da cama e ir direto para o banheiro e, enquanto me preparo para tomar banho, penso na noite anterior.

Depois que mostramos a Daniel o quarto e esperamos que se instalasse, fomos jantar. Liv conversava animadamente com ele, e eu respondia de vez em quando, com palavras breves, qualquer coisa que me perguntassem.

Os assuntos eram variados: a faculdade, nossos cursos, o jeito que seus antigos companheiros de apartamento reagiram à sua mudança — "Eles vão superar", Daniel disse —, nossa rotina, nossas vidas, apesar de ele claramente ser bastante sucinto ao falar da sua vida antes de chegar ao Rio. Isso me deixou um pouco intrigada, mas não ficaria fuçando cada detalhe da vida pessoal do menino, principalmente depois de mal trocar uma palavra com ele.

Passei a maior parte do tempo apenas beliscando a comida, porque vê-lo sorrir e conversar me deixava de estômago apertado. Aquela sensação boa e ruim ao mesmo tempo, que já sei que é perigosa e pensei que nunca mais seria capaz de sentir novamente, que pensei ter sufocado o suficiente para nunca mais vir à tona.

Tinha que aparecer esse garoto para estragar tudo e me deixar com medo dos meus próprios sentimentos, que estão alvoroçados e se rebelando contra o meu controle. Argh.

Solto um longo suspiro quando termino de prender o cabelo em um rabo de cavalo e volto para o quarto, para guardar meu pijama e calçar os tênis. Dou um rápido jeito na minha cama e respiro fundo ao abrir a porta do quarto.

Encontro Olivia na cozinha, com uma caneca de café, enquanto ri de alguma coisa. Quando me aproximo um pouco mais, fico surpresa quando avisto Daniel no instante em que ele põe um bolo sobre a bancada. Sou um desastre tão grande quando se trata de cozinhar que nem sabia que o que tínhamos em casa dava para fazer bolo. É graças a algumas habilidades de Olivia e ao almoço da faculdade que não vivemos exclusivamente de comida congelada. E parece que, de agora em diante, graças a Daniel também.

Salvador de mocinhas inocentes assaltadas, inteligente, bonito, sabe cozinhar... Tenho até medo do que mais possa entrar na lista "A Mel Está Ferrada E Se Importando Cada Vez Menos".

O cheiro está muito bom. Ele me vê e eu sinto vontade de rir, pois tem farinha em seu rosto e um pouco na camisa.

— Bom dia, Mel — ele diz e sorri.

— Bom dia — retribuo e viro-me para Olivia, torcendo para que não reparem que meu rosto está ficando corado. — Não ouvi meu despertador. Acordei quase meia hora atrasada. Por que você não foi me chamar? — questiono, porque, geralmente, ela só levanta quando já estou pronta e preparando o café da manhã.

— Ah, relaxa, Mel. Ainda temos tempo, e o café da manhã já está pronto, olha só. — Ela aponta para Daniel, que pisca para nós ao cortar uma fatia de bolo.

— Nossa. Caiu da cama, foi? — pergunto, já que aparentemente ele acordou muito cedo para preparar tudo. Talvez não tenha conseguido dormir direito.

Ele ri e dá de ombros.

— Não foi nada. Cortesia de agradecimento do novo morador — diz e senta no lado oposto ao que estamos Olivia e eu, e começa a se servir de café também.

Seu rosto continua sujo de farinha. É engraçado. E *tão* fofo. Droga, quero rir.

— O que foi? — ele pergunta, e só assim percebo que deixei a risada escapar. Sinto meu rosto esquentar um pouco mais.

— É que... tem farinha no seu rosto — explico, apertando os lábios para não continuar rindo da cara dele.

— Onde? — ele questiona e passa a mão no nariz. — Saiu?

— Não.

— E agora? — Ele passa a mão na bochecha direita.

— Ainda tem na outra bochecha — aponto e ele passa as duas mãos pelo rosto, mas a farinha ainda está salpicada na barba por fazer. Avisto um pano de prato limpo ao lado de Olivia e o estendo. — Melhor usar isso.

— Valeu — ele agradece e esfrega o pano pela bochecha e o queixo. — Não tenho o costume de cozinhar e, quando me meto a fazer isso, sou um verdadeiro desastrado. — Ele ri.

— Como assim não tem costume? — Olivia pergunta com a boca cheia. — Esse bolo está bom demais da conta! Nem vem com essa pra cima de mim, Daniel — diz, colocando mais um pedaço na boca. Daniel dá de ombros.

— Obrigado, mas é sério. Aprendi a fazer esse bolo por acaso enquanto crescia, quando passava férias e feriados prolongados com a minha avó. Vou logo adiantar a decepção de vocês e avisar que é a única coisa que eu sei fazer.

Ele ri e Olivia o acompanha. Provo o bolo em silêncio, concordando mentalmente com Liv sobre estar muito bom. Esse sorriso, essa risada, esse olhar me deixam insegura quanto a conseguir falar sem vomitar.

Ugh.

Coloco na cabeça que é apenas questão de me acostumar.

Eu consigo fazer isso.

Meu novo mantra.

E até que não começa tão difícil. Passo o fim de semana inteiro praticamente trancada no quarto, lendo, estudando, fazendo planejamento de aulas. Daniel quase não para em casa, indo até o apartamento do primo para pegar o restante de suas coisas aos poucos. Acho que dá para contar nos dedos das mãos a quantidade de palavras que trocamos, e as minhas todas se resumiram em "Aham".

Na segunda, ele chega em casa no fim da tarde e me pergunta como estou. Respondo "ótima" e volto para o quarto, ficando lá até o dia seguinte, tentando não sorrir sozinha feito uma besta toda vez que penso no carinho em sua voz.

Na terça-feira, ele me ajuda a entrar em casa quando me vê tentando abrir a porta com os braços cheios de pastas com trabalhos e atividades. Agradeço sem nem olhar para ele. Seu toque fica formigando em minhas mãos pelo resto do dia.

Na quarta, reviro os olhos para mim mesma quando sinto o coração acelerar ao encontrá-lo na cozinha de manhã para tomar café. Que idiota.

Na quinta, chego do trabalho e o encontro cochilando no sofá. Ele parece tão relaxado, tão em paz, que me sinto muito mal quando tropeço na poltrona e o barulho o assusta. Seu sorriso, na cara amassada de sono, é o suficiente para os bichos voadores insuportáveis que agora habitam meu estômago baterem as asas com tanta fúria que quase posso vê-los debochando de mim enquanto repito meu mantra mentalmente.

Eu vou conseguir me acostumar.

Aham, claro.

É sexta-feira e, quando chego em casa, depois de ter passado boa parte da tarde perambulando em uma livraria após as aulas, encontro Daniel na cozinha bebendo água, de bermuda.

Isso mesmo. *Só* uma bermuda.

Assim não tem mantra que ajude, caramba.

As cosquinhas no meu estômago estão aí pra me lembrar disso.

Ele olha para mim e sorri.

— Oi.

— Oi.

Daniel continua me olhando e sorrindo, deixando-me um pouco desconfortável. É sempre assim. Ele me cumprimenta, sorri, tenta puxar papo, mas parece que já estou programada para desviar e me esconder no quarto.

Passo direto por ele e vou guardar a mochila. Livro-me dos tênis e torno a sair, encontrando Daniel no exato momento em que começo a torcer que ele não esteja mais na cozinha para que eu possa beber água sem engasgar.

Ele coça a nuca e abre a boca, como se quisesse dizer alguma coisa, mas percebo que desiste e vai para seu quarto. Franzo a testa, olhando para porta fechada do seu quarto. Tê-lo em casa ainda é estranho, mas tento me acalmar, repetindo mentalmente que é só questão de me acostumar. Só isso.

Tomo um banho, coloco uma roupa confortável e vou para a sala com o livro que comecei a ler ontem antes de dormir. Estou quase na metade, então esse resto de tarde e quietude serão perfeitos para finalizar a leitura.

Só tenho noção do tempo que passou quando a sala fica escura, à medida que a noite toma conta, e levanto para acender a luz. Quando estou sentando novamente no sofá, a porta de Daniel se abre, e olho para trás a tempo de vê-lo entrar no banheiro da sala, segurando uma toalha.

Ignoro as sensações estúpidas que sempre me acometem quando o vejo e torno a cravar os olhos no livro, mas até o barulho do chuveiro parece alto demais. Leio e releio a mesma frase quinhentas vezes até o ruído de água caindo cessar, e minha concentração em nada melhora quando ouço a porta do banheiro abrir.

Uma lufada de ar me escapa pela boca quando ele retorna ao quarto e, tentando colocar a mente no lugar, volto a atenção para a leitura. Ou melhor, para as letrinhas dançando diante dos meus olhos, formando tudo, menos frases.

— Estudando numa sexta-feira à noite?

Quase grito ao ouvir a voz de Daniel. O livro escapa e cai no meu colo.

— Desculpe. Te assustei? — ele pergunta, sentando-se na poltrona perto do sofá onde estou. Tomo uma respiração antes de responder.

— Não! Imagina! Eu gosto de reagir assim quando as pessoas falam comigo, sabia não? — digo, pegando o livro e procurando a página onde estava.

— Ok, eu mereci essa. — Ele ri e se recosta na poltrona. — Cadê a Olivia?

— Trabalhando — respondo, olhando o relógio. — O expediente dela só termina às 19h30. Mas acho que é bem possível que ela saia com o namorado depois — explico, usando o livro para evitar encará-lo.

— E por que você está estudando? — questiona e, antes que eu possa responder, ele ergue as mãos e continua: — Opa, mais uma pergunta idiota. Deixe-me reformular: por que está estudando numa sexta à noite, quando poderia estar fazendo qualquer outra coisa mais divertida? — Ele cruza as mãos na nuca e estica as pernas. Dou de ombros.

— Não estou estudando. Estou lendo. É a coisa mais divertida que tenho para fazer.

Ele fica quieto por uns instantes. Continuo olhando para o livro, sem realmente ler o que quer que esteja escrito. Ouço quando Daniel solta um suspiro pesado.

— Já jantou? — pergunta, e continuo sem olhá-lo.

— Não — respondo, já pensando em levantar e ir para o quarto.

— Está lendo o quê?

— Um livro.

Sua risada me faz espiá-lo e me arrepender no mesmo instante. Sua expressão risonha é uma das coisas mais adoráveis que já vi.

— Sobre o quê? — ele insiste, e lanço-lhe o típico olhar "Você está atrapalhando a minha leitura, caramba!".

— Não tem nada mais divertido para fazer nesta noite de sexta? — indago, sarcástica. Ele ri. Nem se abala com o fato de eu usar sua pergunta contra ele.

— *Nah* — murmura. — Aliás, responder uma pergunta com outra não é educado, sabia? — aponta, inclinando-se e apoiando os cotovelos nos joelhos.

— Bom, então não me pergunte nada. Posso ser pior que isso.

Ele ergue um canto da boca em um sorriso pequeno e presunçoso.

— Você não é sempre marrentinha desse jeito, é? — questiona, e ergo as sobrancelhas.

Ele está me enchendo a paciência e ainda quer que eu seja simpática?

Sinto muito, colega. Não sou simpática nem quando quero.

— Não. Às vezes, eu durmo — respondo, e o sorriso dele cresce.

— Bom saber. Vou adicionar na minha listinha de coisas que sei sobre ti.

— Tá de sacanagem, né? — digo, estreitando os olhos, porque ele falou com tanta convicção que chego a duvidar que esteja zoando com a minha cara.

— Tô falando sério, guria — afirma, e seu sorriso me diz que ele não está falando sério coisa nenhuma. — Até agora, eu tenho dois itens: usa livros como escudo para espantar guris chatos que ficam perturbando, e é menos marrenta quando está dormindo, então preciso tentar conversar com ela de madrugada quando estiver babando no travesseiro.

Aperto os lábios com força. O jeito como Daniel olha para a palma da mão como se fosse um pedaço de papel e gesticula com a outra como se segurasse uma caneta me dá muita vontade de rir, mas ele está certo sobre estar me perturbando, então não me rendo tão facilmente.

— Você deveria adicionar aí que eu tenho uma ótima mira para acertar com um livro a cabeça de garotos chatos que ficam me perturbando, e que sou capaz de esganar alguém que tente me acordar no meio da madrugada — digo e ele sorri, voltando a anotar em seu caderninho imaginário.

— Maravilha. — Ele morde o lábio conforme "escreve". — O que mais? Ah, ela tem vinte e cinco anos...

— Tenho vinte!

— Ela gosta de ler ficção científica...

— Na verdade, prefiro romances.

— Odeia pizza...

— Tá maluco, menino? Eu amo pizza!

— A cor preferida dela é verde...

— É vermelho.

— Nem percebeu que, em trinta segundos, me ajudou a descobrir coisas sobre ela que, mesmo depois de uma semana de convivência, eu não fazia ideia...

Sua última afirmação me faz ficar quieta. Me pareceu tão natural rebater suas afirmações que nem parei para pensar. Estava apenas... conversando com ele, como tanto me recusei até agora.

Tão simples. Tão... bom.

— E agora ela está surpresa por ver que o novo colega de apartamento até que é um cara mais ou menos e que não é nada mal bater um papo com ele. Eu sei, eu sei, Mel. Não precisa encher tanto assim a minha bola. Você também é legal. — Ele pisca e sustenta meu olhar, expressando satisfação ao ver que estou, aos poucos, me rendendo à risada que se nega a ser reprimida. *Que droga, garoto. O que você está fazendo comigo?* — Se importa se eu ligar a televisão? — pergunta, tirando-me do transe momentâneo.

Nego com a cabeça e ele se levanta e pega o controle remoto.

Observo quando ele mexe no menu interativo até encontrar uma lista com os mais variados gêneros musicais, testando um e outro, até parar em uma música específica, de uma seleção de sucessos internacionais dos anos 90, que reconheço. Fecho o livro e me preparo para fugir, mas o que Daniel diz me pega de surpresa.

— Olha só. Está tocando a tua música.

— Minha música? — questiono, franzindo as sobrancelhas.

Está tocando *Honey*, da Mariah Carey. Realmente gosto da música, assim como de várias outras da cantora, mas não falei nada sobre isso para ele.

— Tem o teu nome no título. Honey significa mel. Ah, vai, você sabe disso.

Claro que sei, mas nunca parei para pensar nisso, e nunca pararia se ele não tivesse trazido isso à tona. Mel é apelido de Melissa. Só.

A ideia de me esconder no quarto nem existe mais quando Daniel tenta acompanhar a música, se enrolando todo e resultando apenas em "nanana" e "lalala" no ritmo da canção. Ele vira para mim e começa a estalar os dedos, embalando uma dança tão desajeitada que não tenho mais forças para segurar.

Começo a rir tanto que quase me desequilibro no sofá ao tentar apoiar a mão no assento, e, quando ele afina a voz para acompanhar o tom da Mariah, o que faz com que fique esganiçada, tenho que me abanar para não ficar sem fôlego.

And it's just like honey when your love comes over me

Rio tanto que sinto minha barriga começar a doer. Ele gesticula para que eu levante e o acompanhe, e não se abala nem um pouco com minha recusa. Continua dançando e cantando, sem se importar por estar totalmente ridículo.

Honey, I can't describe how good it feels inside...

Quando a música termina, ele diminui o volume e vem até mim, sentando-se ao meu lado no sofá, rindo junto comigo.

— Você dança mal pra caramba.

— Eu sei — concorda, recostando-se. — Mas, pelo menos, consegui te fazer rir. — Sustenta meu olhar. — Valeu a pena — diz e me dá uma piscadela.

O sorriso continua no meu rosto, apesar do tremor que atinge minhas pernas enquanto continuamos a nos encarar. Não consigo não ficar tocada com o fato de ele admitir ter feito um papel ridículo só para me fazer rir. Ninguém jamais me fez sentir assim, como ele faz, embora eu não saiba explicar direito.

Quero me afastar, mas me aproximo cada vez mais. Quero não pensar nele, mas é impossível. Quero não gostar dele, mas gosto.

É tão confuso.

— Então, que tal uma pizza? — pergunta de repente, e pisco, subitamente envergonhada por estar devaneando. — Por minha conta.

Pego o livro e me levanto, torcendo para que minhas pernas estejam fortes o suficiente para que eu não caia.

— Seria ótimo — balbucio. — Eu vou... — Aponto para meu quarto. — Vou guardar o livro enquanto você pede.

— Mel, espera. — Ele levanta e pega meu pulso para me parar.

Oh, não. Ele vai sentir o tremor da minha mão. Não quero que ele sinta.

Não quero que ele me solte.

— Não quis dizer para pedirmos. Vamos sair — sugere, e sua mão ainda me segura. — Quero dizer... Olivia vai sair com o namorado, como você disse. Nós não temos nada mais divertido para fazer. Acho que é uma boa ideia, sabe, sair e comer pizza. — Suas sobrancelhas franzem por um segundo, como se ele estranhasse o que acabou de dizer, mas logo dá de ombros e o canto de sua boca se ergue naquele sorriso pequeno que ele sustenta todas as vezes que me analisa com o olhar.

Fico alternando olhares entre sua mão, que ainda me toca, e seu rosto, que me fita com expectativa. E algo na combinação desses dois fatores acaba desligando a minha razão e tudo o que, até agora, me fez afastá-lo, porque, quando dou por mim, estou respondendo:

— Claro. Só... preciso trocar de roupa.

Ele sorri com vontade dessa vez.

E eu também.

9. AMIGOS...

Daniel

O silêncio que se instala entre Mel e mim, logo depois que a garçonete pega nosso pedido, é um tanto desconfortável. Não consigo entender essa barreira que ela insiste em colocar entre nós, na hora que bem quer. Digo isso porque, antes de convidá-la para virmos comer pizza, ela não se conteve tanto quando estávamos em casa e eu pirei cantando e dançando enquanto ela se retorcia de rir.

E, droga, é isso que eu quero. Ela sorrindo. Comigo, para mim.

Alguns minutos se passam e continuamos como dois bobos, analisando o ambiente e dando sorrisinhos sem graça a cada vez que nossos olhares se cruzam. Preciso pensar em algo para falar. *Agora*.

— Eu te fiz algo ruim? — questiono e, mesmo que sinta vontade de esmurrar minha cara, não me arrependo por ter ido direto ao ponto.

— O quê? — ela indaga de volta, juntando as sobrancelhas, confusa.

Ok, agora estou arrependido.

Porra, ela fica linda até fazendo careta.

— Nada. Deixa pra lá — digo, balançando a cabeça. Agora *eu* estou evitando olhar para ela.

— Não, eu quero saber. Por que você acha que me fez algo ruim? — insiste, endireitando as costas. Exalo com força e apoio os antebraços na mesa.

— Não sei. Talvez por causa do jeito que você age comigo — confesso. Posso vê-la engolir em seco e corar, enquanto olha para os lados. — Olha aí! Estou falando disso. Você está sempre evitando me olhar ou me dirigir a palavra. Bah, sou tão feio assim, Mel? — pergunto e ela me olha, rolando os olhos e segurando o riso.

Não, não faça isso, Honey. Sorria, por favor.

— Se você fosse feio, seria bem mais fácil te olhar — comenta ao desviar o olhar mais uma vez, e sua expressão mostra que ela se arrepende assim que as palavras saltam da sua boca, enquanto imagino se seria muito ridículo se eu levantasse e repetisse a dancinha que fiz mais cedo, mesmo sem música.

— O que quer dizer com isso? — instigo, inclinando-me mais sobre a mesa em direção a ela.

Seu rosto está ficando vermelho de novo. Me dá muita vontade de tocá-lo.

— Ahm... eu não quis... err... ah, porque sim! — exclama, um pouco alterada. Ela coloca uma mão em cada bochecha, esfregando-as com nervosismo. — Olha, eu só não estou muito acostumada com isso, entende? Normalmente, eu mal abro a boca para falar com alguém além de Olivia e, de repente, você surge e está morando na mesma casa que eu, e acho que ainda tenho que aprender a lidar com isso. Parece que tudo fugiu do controle tão rápido, essa situação mal me deu tempo de respirar e processar... Quero dizer, você realmente é um cara legal, mas eu... o problema não é com você... Argh!

Ela gesticula vorazmente ao vomitar todas as palavras, me fazendo ficar preocupado com a possibilidade de ela morrer sem fôlego ao falar tudo de uma vez. Soa até como se estivesse compensando tudo que não falou desde que nos conhecemos, mas não estou me sentindo bem com isso. *O que diabos eu estou pensando?* Ela não é obrigada a gostar de mim, por mais que o sentimento de frustração me atinja com força total quando constato isso.

— Mel, calma — peço, e não tenho certeza se posso esticar a mão para ao menos afagar seu braço a fim de tentar acalmá-la. Mantenho minhas mãos para mim, por via das dúvidas. — Não precisa se desesperar para se explicar. Eu sou um idiota. Desculpe por pensar que posso cobrar algo de ti, mas, como você mesma disse, nós vamos morar na mesma casa, quem sabe por quanto tempo, e eu não queria que ficasse nada estranho entre nós. Quero que sejamos amigos — esclareço, satisfeito por, desta vez, ela estar prestando atenção em mim.

Assim que ela abre a boca para falar alguma coisa, a pizza é posta diante de nós, fazendo-me recuar. A atendente pergunta se queremos algo para beber, e peço que nos traga refrigerantes. Mel continua quieta, deixando-me pensar que estraguei tudo de vez, e o pior é que não consigo pensar em nada melhor para falar. No entanto, alguns segundos torturantes depois, ela se manifesta.

— Desculpe, Daniel — pede, alternando olhares entre mim e suas mãos pousadas na mesa. — Eu não percebi que estava te tratando tão mal assim. Não foi de propósito. Pelo menos, não totalmente... — Ela aperta os olhos por um instante e balança a cabeça. — Humm, eu não sou uma pessoa tão fácil de lidar, e você não tem culpa de nada. Acho que também quero que sejamos amigos. Desculpa, tá?

— Relaxa, Mel. — *Até porque, com esse biquinho lindo, você pode me encher de porrada e nem vou achar ruim.* — Eu só estava meio perdido sem entender o que eu poderia ter feito de errado para você me evitar tanto. Não quis dizer que estava me tratando mal. Fico feliz que tenhamos nos entendido — comento, servindo-me de uma fatia de pizza e em seguida colocando outra no prato dela.

A atendente serve nossos refrigerantes e trocamos mais algumas palavras enquanto comemos, desde coisas sem importância ao fato de ela odiar ketchup — por favor, isso é *muito* importante. Como uma pessoa pode não gostar de ketchup?

Balanço a cabeça, pensando no quanto Mel é surpreendente. E, apesar de eu mesmo ter aberto a porra da boca para dizer que quero que sejamos amigos, o jeito que meu coração acelera a cada risada tímida que ela dá, ou quando ela sustenta meu olhar por mais que meio segundo, me diz que talvez essa história de amizade não vá dar muito certo. Há grandes chances de eu acabar estragando tudo, como sempre, mas, argh... vai ser dureza evitar. Merda, eu não quero nem *tentar* evitar. Ela é tão linda, tem o sorriso mais encantador que já vi, apesar de não mostrá-lo com frequência... mas isso é algo que pretendo mudar.

Eu a avisei que a pizza seria por minha conta antes de sairmos, mas Mel quase corta meu pescoço quando tenta ajudar a pagar e eu recuso. Entrego o dinheiro que paga a conta toda e mais a gorjeta da atendente, ignorando os protestos dela, e peço para embrulhar o resto para viagem. Mel permanece de braços cruzados e fazendo bico quando andamos de volta para casa.

Ela me lança um olhar muito zangado quando começo a rir.

— Qual é a graça? — questiona, erguendo as sobrancelhas.

— Você. — Cutuco seu ombro com o dedo indicador.

— Ah, valeu. Patati e Patatá aprenderam comigo, sabia? — Sua voz está carregada de sarcasmo, mas sua expressão zangada ameniza. Desta vez, rio pra valer, e posso ver que ela balança a cabeça, escondendo uma risada.

Ficamos calados pelos cinco minutos seguintes. Nos olhamos algumas vezes, e posso apostar que ela está esperando que eu fale alguma coisa. Acho que ela disse algo sobre não ser boa em puxar assunto.

— Você alguma vez já se perguntou, em qualquer situação, como seria se agisse de forma completamente idiota ou algo muito louco acontecesse? — questiono de repente, e constato que sou tão ruim ou pior do que ela no quesito "puxar papo". Mas não me importo.

— Como assim? — ela inquire, curiosa.

— Ah, você sabe... quando se está à toa ou com os pensamentos longe e, do nada, surge um do tipo "cara, e se esse prédio desabasse nesse instante?".

— Credo, Daniel!

— Sério que sou o único?

Estreito os olhos para ela, que exala devagar e dá de ombros, tentando segurar o riso.

— A pensar tragédias, talvez. Meus pensamentos variam de "e se eu saísse daqui correndo sem me importar com as consequências?" a "e se eu mandasse essa pessoa calar a boca?". — Ela faz uma pausa e, diante da minha expressão receosa, dá de ombros. — Geralmente surgem quando estou na faculdade em uma aula maçante.

— Que alívio. Pensei que esses pensamentos se aplicariam aqui. — Gesticulo para indicar nós dois e ela sorri.

— É. Eu também.

Fico tentado a perguntar por que ela disse isso, mas parece um caminho perigoso. Então, ao invés disso, continuo a compartilhar com ela os pensamentos loucos que me surgem, e ela faz o mesmo. O que começou como a maior bobagem do mundo se tornou o bate-papo mais bizarro e hilário que já tive na vida. Nós rimos como idiotas na rua, imersos um no outro, nos conectando, de certo modo, a cada pensamento compartilhado.

Esse sorriso, essa risada... será que Mel tem noção do quão linda é? Puta merda.

— E se eu pegasse o sanduíche daquela menina que está virando a esquina? — Mel aponta para uma garota entretida em devorar um sanduíche, enquanto uma mulher caminha e fala ao seu lado.

— E se eu chutasse a vitrine dessa loja?

— E se eu te empurrasse em direção à próxima pessoa que passar por você?

— E se você levantasse a blusa agora?

Dessa vez, ela não rebate, porque está tendo um ataque de riso. Caralho, é contagiante. Me dá tanta, *tanta* vontade de puxá-la pela cintura, trazer seu rosto para perto do meu e...

— Daniel?

Pisco algumas vezes para perceber que suas gargalhadas cessaram e ela agora me encara confusa e um tanto assustada. Quando estou prestes a responder, vejo que minhas vontades não ficaram apenas em pensamento. Estamos de frente um para o outro, minha mão pousada na curva de sua cintura e nossos rostos próximos. Sinto seu toque no meu antebraço e, antes que eu possa ficar animado, percebo que se trata de um sutil empurrão. Como se fosse um gesto reflexivo, embora ela não pareça com vontade de fazê-lo.

Vai devagar, cara.

— Humm, eu... err, eu te puxei porque você ia bater na árvore — explico, apontando para o tronco que está a pelo menos três metros de distância de nós. Quando Mel olha para a árvore e depois para mim, mais confusa do que nunca, apresso-me em completar: — Ei, e se você abraçasse aquela árvore?

Sinto-a relaxar aos poucos, embora sua mão continue no meu antebraço, ainda em dúvida sobre me enxotar ou não. Ela sorri e estreita os olhos para mim ao dar um passo para trás.

— E se você abraçasse a velhinha que está atrás do balcão da farmácia?

Mel aponta para o estabelecimento do outro lado da rua, e logo uma ideia me ocorre. Talvez isso quebre a tensão súbita e traga de volta a leveza de minutos atrás.

— Vamos descobrir — respondo, no melhor estilo "desafio aceito".

Aperto seu queixo levemente com o polegar e o indicador, entrego-lhe a sacola da pizza e atravesso a rua, com ela me seguindo.

— Daniel, o que você...? — Ouço-a balbuciar ao me seguir, mas continuo.

Entro na farmácia, indo direto até o balcão, tentando me manter inexpressivo, e Mel fica perto da entrada, ainda sem acreditar no que estou fazendo. Porra, nem eu acredito no que estou fazendo. Só sei que se um dia alguém me perguntar: "qual foi a coisa mais estúpida que você já fez para impressionar uma guria?", terei que responder: "abracei a balconista idosa de uma farmácia".

Que romântico, Daniel.

A senhora atrás do balcão percebe minha presença, olhando-me entediada e me perguntando se pode me ajudar, sem a mínima vontade. Continuo calado e analiso o local à procura de alguma abertura que dê acesso ao lugar em que ela está. Atravesso a pequena passagem, respirando fundo para não rir, e me deparo com o olhar de horror da senhora antes de jogar meus braços ao redor dela, sem dizer nada.

Ela tenta se desvencilhar de mim e começa a me xingar, mas não a solto, até que as duas moças dos caixas vêm salvar a pobre velhinha do meu ataque. Suas expressões demonstram desespero e elas começam a gritar por socorro.

— Não! Esperem! — Mel também grita, aproximando-se com pressa. — Fiquem calmas, ele não vai fazer mal a ninguém. Daniel, o que eu disse sobre sair abraçando todo mundo por aí? — pergunta, fazendo cara de durona, com as mãos na cintura. Por muito pouco eu não caio na risada e estrago tudo.

— Você conhece esse rapaz, moça? — uma das mulheres do caixa questiona, apontando para mim. Vejo Mel engolir em seco e alternar olhares entre todas ali presentes, que esperam alguma resposta dela.

— Err... me desculpe, senhora — ela pede para a velhinha, que está encolhida no canto para que eu não a agarre novamente. — Hum, é que ele... err, meu... meu irmão é mudo e frequenta um grupo de apoio que tem um projeto chamado "Abraços Gratuitos". Ele acabou levando muito a sério, tadinho.

Desta vez, preciso apertar minha mão contra a boca para não nos entregar. Caralho, agora é que não posso falar nada mesmo.

Faço cara de coitado, franzindo a testa e projetando meu lábio inferior para fora, fazendo um bico, e de repente as expressões de todas mudam. Elas me olham com piedade, como se eu fosse um filhote de cachorro recém-nascido e abandonado, e começam a falar ao mesmo tempo coisas do tipo "Awn, tadinho!", "Que adorável!", "Eu abraço você também!". Acabo recebendo abraços das três e a senhora ainda me presenteia com um pacote de pastilhas de hortelã e gengibre.

— Ok, vamos embora, *maninho* — Mel me chama, puxando meu braço e me empurrando para a saída. — Obrigada por compreender. Tchau!

Assim que pisamos na calçada, agarro o braço de Mel e praticamente a arrasto para nos distanciarmos da farmácia, para só então liberar a gargalhada que estava me sufocando. Preciso apoiar minhas mãos nos joelhos de tanto rir, e vejo que ela está na mesma situação, segurando a barriga e sua risada alta se misturando com a minha.

— Abraços gratuitos? — Minhas palavras lutam para sair enquanto tento parar de rir. Ela respira fundo para responder.

— Sei lá! Foi a primeira desculpa esfarrapada que me veio à cabeça na hora do desespero. Eu não queria que acabássemos presos porque você agarrou uma idosa — explica, massageando a barriga.

— *Bah*, você poderia ter pensado em me mandar abraçar uma funcionária de algum *fast food* ou sorveteria. Desse jeito, eu provavelmente teria ganhado algo mais interessante do que um pacote de pastilhas para a garganta — comento e Mel revira os olhos. — Ah, confessa, vai. Foi divertido.

Ela dá de ombros assim que começamos a andar de volta para casa.

— É, foi — admite. — Acho que nunca ri tanto na vida — comenta, soltando mais uma risada leve.

— Pensei a mesma coisa. E acho que seria justo você cumprir algum dos meus pensamentos doidos também, hein — sugiro, mexendo as sobrancelhas.

— Contanto que eu não tenha que ficar pelada na rua ou outra coisa que vá me levar para a cadeia — diz, dando de ombros.

Meu coração dá um salto no peito. É algo bobo, pequeno, mas ela parece estar cedendo. Ela deve estar sentindo o mesmo que eu, pelo menos no que diz respeito ao fato de que realmente nos damos bem juntos.

Mesmo que sendo só amigos.

— Vou pensar em algo bem interessante — digo, piscando para ela.

Cerca de quinze minutos depois, alcançamos o portão do nosso prédio. Quando entramos no apartamento, Olivia está no sofá, e interrompemos nossa conversa e risadas no mesmo instante, porque ela está acompanhada. E sua companhia está debruçada sobre ela, enquanto os dois estão muito envolvidos no maior amasso. Segurando o riso, olho para Mel, que, como eu imaginava, está com as bochechas coradas e os olhos arregalados. Mais uma vez, minhas mãos quase pinicam com a vontade de tocá-la.

Balanço a cabeça quando a ouço pigarrear. Assim como eu, o casal apaixonado percebe nossa presença. Olivia abre um sorriso enorme, enquanto o cara fica vermelho de vergonha.

— Ei, vocês dois! Por onde andaram? Eu estava preocupada, sabiam? — ela pergunta, endireitando-se.

— Estamos vendo sua preocupação, Liv. Muito obrigada — Mel responde, sarcástica. — Saímos para comer pizza. Trouxemos para você. — Ela ergue a sacola e segue para a cozinha.

— Awn, muito bem! Tem que se lembrar da amiguinha mesmo, já que ela não foi convidada, não é? — O tom de Olivia é sugestivo quando ela levanta do sofá.

— Bom, err... Acho que vou indo, Liv — diz o cara que está com ela, levantando-se também, ainda envergonhado.

— Ah, mas tão cedo? — ela faz manha, abraçando-o pelo pescoço. — Ah, Victor, esse é o Daniel. Ele mora com a gente agora. Daniel, esse é o Victor, meu... err... o Victor — ela nos apresenta, e eu estranho a relutância em sua fala. Victor se solta dela para apertar minha mão.

— Tudo bem, cara? — cumprimento-o. — Tudo ótimo pelo visto, não é? — tento brincar. Olivia ri, mas Victor não. Ele continua sem graça.

Nossa, esse cara nunca foi pego dando uns amassos com a namorada? Está parecendo coisa de outro mundo para ele.

— Err... É. Prazer, Daniel. Eu... eu já vou. Tchau, Mel — ele grita e Mel apenas vira-se na cozinha e acena para ele. — A gente se vê amanhã, Liv — diz para ela, que faz bico e o acompanha até a porta, atacando-o novamente e em seguida sussurrando algo que o faz ir embora rindo.

Olivia suspira ao fechar a porta e Mel volta para a sala, bebendo água. Jogo-me no sofá.

— O que foi isso, Liv? Vocês estão namorando ou não? — Mel inquire, olhando para mim e mexendo as sobrancelhas, sentando-se no sofá também.

— Humm, não tenho certeza. Estamos, não estamos... não sei. Só está... acontecendo — Olivia explica, mas suas palavras possuem certa insegurança. É bem estranho, visto o jeito que ela estava enroscada com o Victor minutos atrás. Ela se joga no colo de Mel, sem se importar com o fato de a amiga estar com o copo na boca, terminando de tomar água.

— Ei, sua doida! Cuidado! — ela reclama, quase engasgando. Mas Olivia a ignora, passando os braços pelo pescoço dela e esticando-se em seu colo.

— Enfim, me contem. Como foi o passeio? — questiona, e Mel e eu nos entreolhamos, com sorrisos cúmplices.

— Foi ótimo — respondo e Olivia vira-se para me olhar.

— Imaginei que tivesse sido — ela diz, piscando para mim e voltando-se para Mel, dando um beijo estalado em sua bochecha. — Bom, eu vou dormir. Estou cansada — anuncia, saindo de cima de Mel. — Graças a Deus amanhã é sábado, então façam o favor de não me acordarem antes do meio-dia. Boa noite, meus amores. Que a imagem que vocês presenciaram ao entrar em casa sirva de inspiração. — Ela joga beijos e segue para seu quarto.

E lá está novamente. Mel Bochechas Vermelhas. Apenas dou risada.

— Não liga pra ela. Está um pouco sem noção — ela diz, girando o dedo próximo à sua orelha para demonstrar que a amiga está louca. — Ahmm... eu também vou dormir — completa ao sair do sofá e ir até a cozinha.

— Sim... dormir. Claro. Boa ideia — balbucio, entrando na cozinha assim que ela sai em direção ao seu quarto.

Encho um copo com água e bebo devagar, com uma mão apoiada na geladeira. Um sorriso bobo surge no meu rosto de repente e balanço a cabeça, pensando que hoje foi um dia de muitos sorrisos. Mais sorrisos do que eu pensei que pudesse arrancar dela. Sorrisos como o que ela deu na primeira vez que a vi. Aquele que me trouxe até ela. Literalmente.

Assim que termino, ouço passos apressados e viro-me no mesmo instante para encontrar Olivia vindo em minha direção. Sua expressão está mais suave do que há alguns minutos, estampando um sorriso pequeno e o olhar um tanto desconfiado. Ela pega a embalagem da pizza e guarda na geladeira antes de sentar em um dos bancos da bancada, apoiando os cotovelos sobre ela, sem deixar de me encarar. Quando estou prestes a perguntar se há algo errado, ela se adianta.

— O que fez para convencer a Mel a sair com você? — ela inquire, pegando-me de surpresa. Aproximo-me dela para responder.

— Não fiz nada. Só sugeri que saíssemos para comer alguma coisa, já que não tínhamos nada melhor para fazer. Tem algo de mais nisso? — pergunto, na defensiva. Ela dá de ombros.

— *Nah*, não tem nada. Bom, nada além do fato de que a Mel odeia sair, a não ser que seja necessário. Você não faz ideia da minha luta semanal para convencê-la a sair comigo e alguns amigos, e não faz ideia de quantas vezes eu falhei — diz, e fico cada vez mais confuso. — Eu sei o que está acontecendo aqui, Daniel.

— Sabe? — Engulo em seco. Não sei por que ela me deixa tão intimidado.

— Sei. Vi como vocês se olharam. Vi como estavam próximos, de um jeito que a Mel nunca permite que ninguém mais faça — explica, e fico cada vez mais intrigado.

— Devo encarar isso como algo bom ou ruim? E por que está me dizendo essas coisas? — emendo uma pergunta na outra, apreensivo, e ela continua com a expressão suave e impassível.

— Porque conheço minha amiga. Vivemos grudadas praticamente desde que nascemos e eu a conheço até melhor do que a mim mesma. Ela tem... muros ao redor dela, Daniel. Estou um pouco assustada por você estar conseguindo enfraquecê-los tão facilmente.

O jeito quieto e introspectivo de Mel é indiscutível, mas eu não parei para pensar se havia motivos para que ela fosse assim. Pensei que o problema dela fosse somente comigo. O que ela disse mais cedo sobre não ser uma pessoa fácil de lidar está começando a fazer um pouco mais de sentido.

Encaro o olhar de Olivia com toda a segurança que consigo ao tentar me explicar.

— Olivia, eu nunca faria...

— Não, não estou querendo dizer que acho que você vá fazer algum mal a ela, mas eu a amo como se fôssemos realmente irmãs, e estar ao lado dela durante todos esses anos me desperta um instinto protetor. Ela gosta de você.

Ergo uma sobrancelha assim que as palavras saem de sua boca.

— Ela te disse isso?

— Não precisa. Posso apostar minha unha do mindinho direito que ela está lutando para não admitir isso nem para si mesma, mas eu sei que ela gosta.

Respiro fundo. Meu coração salta dentro do peito, e falho ao tentar não sorrir de satisfação.

— Eu também gosto dela, Liv — confesso, e o sorriso de Olivia cresce.

— Eu já sabia, bobo. Fico feliz em ouvir isso. Fico feliz que você esteja trazendo de volta o brilho aos olhos da Mel, mas achei que você deveria saber que ela ainda está colando pedaços dela mesma por trás dos muros. Eu a admiro demais por ser a pessoa forte, correta, focada que é hoje, e a última coisa que eu quero é ver todo o esforço dela desmoronar antes que consiga terminar de se juntar completamente, mesmo que ela não acredite que isso vá acontecer um dia.

Suspiro com força quando ela termina de falar.

Eu sei o que é ser uma pessoa quebrada.

Eu sei o quão difícil é tentar juntar os pedaços e seguir em frente.

No meu caso, foi quase impossível. Porque eu era fraco, e talvez ainda seja.

Certos pedaços meus se perderam no meio do caminho, e a certeza de que nunca poderei recuperá-los tem se esvaído aos poucos desde que coloquei meus olhos em Mel pela primeira vez.

— É melhor eu ir deitar. Já me meti demais. Espero não ter te assustado — diz, com uma risada. — Eu só quero ver a Mel feliz.

— Eu também — murmuro e ela me lança um olhar terno antes de virar-se para ir para seu quarto. — Ah, Liv? — chamo antes que ela vá.

— O quê?

— Você sempre faz isso com os caras que gostam da Mel? — pergunto, divertido, mas genuinamente curioso. Ela aperta os lábios antes de responder.

— Não houve outros caras — revela, e eu arregalo os olhos.

— O quê? Por quê?

— Muros, Daniel. Muros. Acho que você foi o único que conseguiu enxergá-la de verdade através deles — explica, piscando para mim. — Boa noite.

Desta vez, eu não a chamo quando ela segue para o quarto. Estou com mais perguntas entaladas na garganta, mas duvido que eu consiga verbalizá-las agora. Mal percebo que estou sorrindo feito um babaca quando apago a luz da cozinha, e me surpreendo quando encontro Mel parada no meio da sala, olhando concentrada para a tela do seu celular, enquanto a outra mão repousa no encosto do sofá. Quando me vê, percebo que tenta retribuir o sorriso que está cravado no meu rosto.

Ah, foda-se.

Foda-se o passado dela. Foda-se o *meu* passado. Fodam-se os muros, os outros caras que não existiram, os nossos pedaços que ainda não foram colados, as nossas feridas que ainda não foram cicatrizadas.

Foda-se tudo!

Estou apaixonado por essa guria.

— Você ainda está aí — ela comenta, sorrindo, e eu apenas assinto. — Err, eu... só queria agradecer por essa noite, Daniel. Eu realmente me diverti. Como não fazia há muito tempo — diz baixinho, com a expressão suave.

A porra do meu controle não existe mais. Com alguns passos, diminuo a distância entre nós. Seus olhos se arregalam um pouco e vejo que ela começa a ficar nervosa, mas não se afasta. Coloco a mão em sua bochecha esquerda e me aproximo para dar um beijo na direita, ficando inebriado ao sentir seu cheiro, calor e maciez tão de perto. Sinto seu suspiro sutil quando me afasto para olhar em seus olhos.

— Disponha, Honey.

Ela balança a cabeça e sorri quando a chamo daquele jeito, antes de virar-se e seguir para seu quarto novamente.

Sou um bobo, eu sei. Mas tem funcionado. É o que importa.

10. ... ACHO QUE NÃO

Mel

— Você deveria deixar o Daniel fazer isso, Mel. Vai acabar se espatifando no chão ou morrendo eletrocutada. — Olivia reclama pela centésima vez em quinze minutos, enquanto eu tento terminar de trocar a lâmpada da cozinha. Reviro os olhos.

— Não vou cair se você segurar esse banco direitinho, Liv — digo, concentrando-me em rosquear a lâmpada. — Já fiz isso várias vezes. Não precisamos do Daniel para tudo — completo, soando um tanto debochada, mas sentindo cosquinhas internas como sempre ao mencionar ou ouvir o nome dele.

— Ah, Mel, fico nervosa por ter que ficar segurando esse banco enquanto você corre o risco de levar um choque. Anda, vamos esperar o Daniel voltar — pede e eu olho para ela por alguns segundos, bufando, subitamente incomodada.

— Blá, blá, blá, Daniel, "Daniel, Daniel"! Você só sabe falar isso, uai? Desse jeito, não parece que você se interessa somente pelas habilidades masculinas supostamente corajosas dele — aponto, sem pensar direito, e ela arregala os olhos.

— O quê?! — grita, soando indignada, e solta por um momento o banco sobre o qual estou em pé.

— Olivia, o banco! — aviso, sentindo-o oscilar antes de ela perceber o que fez e voltar a segurá-lo com firmeza.

No mesmo instante, sinto-me um pouco mal por insinuar que ela está a fim do Daniel. Ela tem namorado — ou o que quer que o Victor seja. Meu Deus, acabei de chamar a minha melhor amiga de vadia!

Quando olho-a para pedir desculpas, a culpa começa a se dissipar, pois ela está com um sorriso enorme e sugestivo no rosto.

— Humm, ficou irritadinha, foi? Por que você disse isso? Está com ciúmes, por acaso? — questiona, movendo as sobrancelhas. Balanço a cabeça e faço minha melhor expressão de "você está louca", mas não adianta de nada, pois Liv continua sorrindo feito uma retardada.

— Nem vou responder, Olivia — digo, voltando a atenção para a porcaria da lâmpada para terminar de colocá-la, torcendo para que o calor no meu rosto não esteja resultando em rubor. O que, com certeza, é impossível. E uma droga, porque acaba me entregando. — Pronto, terminei. Lâmpada novinha em folha. — Desço do banco e vou até o interruptor para testar. — De nada.

Vou direto para a sala e sento no sofá, pegando o controle remoto e ligando a televisão. Começo a zapear os canais, sem prestar muita atenção no que está passando, e suspiro quando Olivia senta ao meu lado. Observo-a pelo canto do olho, apertando os lábios para que não imitem o mesmo sorriso enorme que ela tem no rosto. Continuo ignorando-a, apertando o botão do controle enquanto ela continua estática, encarando-me e sorrindo. Solto uma grande quantidade de ar pela boca, rendendo-me, e desligo a televisão.

— Será que dá para você voltar ao normal, Liv? Está me assustando — esbravejo e engasgo de surpresa quando ela joga os braços ao meu redor.

— Awn, você está com ciúmes! — ela mia, e eu me retorço para me desvencilhar do seu abraço.

— Não estou com ciúmes porra nenhuma. Você está viajando de novo. Sinceramente, Olivia, sua mãe ficaria muito decepcionada se descobrisse que você está usando drogas — digo, irritada e envergonhada por ter sido ridícula minutos atrás, e Olivia balança a cabeça.

— Não adianta, Mel. Você não me convence — ela afirma e me interrompe quando estou prestes a contra-argumentar. — Você está diferente. Tudo está diferente nas últimas semanas. Você não o evita, não o ignora. Você sorri mais, fala mais. Isso não é uma coisa ruim, uai!

Começo a morder a unha do polegar direito enquanto ela fala. Para variar, Olivia está certa. Faz quase um mês desde que Daniel veio morar conosco e, a cada dia, sinto que é mais fácil conviver com ele. Sem contar que a nossa vida, no geral, melhorou significativamente.

Estamos os três bem despreocupados com o aluguel; Daniel estava sendo modesto quando disse que tinha "algum" dinheiro guardado para ajudar, porque fez questão de pagar sozinho o mês de atraso e, ao dividirmos o desse mês e as outras contas, Olivia e eu até ficamos com algum dinheiro sobrando, o que não acontecia há algum tempo. Foi um gesto apreciável da parte dele. Até mesmo a minha mãe pergunta por ele toda vez que nos falamos por telefone, porque Olivia fez o favor de falar bem até demais dele para ela quando informamos aos meus pais e à mãe dela que temos um novo colega de apartamento.

O dia em que saímos para comer pizza pela primeira vez acabou mudando tudo. Senti-me culpada quando ele perguntou o que havia feito algo de errado para eu evitá-lo e tratá-lo mal, porque eu nunca tive, de fato, essa última intenção. Eu só não sabia direito como agir diante de toda a nossa situação. Foi tudo muito repentino, mas dar uma chance foi o melhor que eu poderia ter feito. Nós estamos nos dando bem, *muito* bem. É natural conversar com ele, ir para a faculdade com ele, rir com ele, ver televisão com ele. Nossa convivência está favorecendo o crescimento da nossa amizade.

Só isso.

Merda.

— Você está se roendo para não admitir que estou certa, não é? — Olivia pergunta, cutucando meu braço. Mostro a língua para ela.

— Nós estamos mesmo nos dando bem. E é, sim, uma coisa boa, até porque surtei quando você sugeriu que procurássemos outra pessoa para morar com a gente, e eu realmente não acreditava que pudesse me dar bem com alguém além de você. Mas nós somos amigos, Liv. Só isso — enfatizo, tentando convencê-la. Claro que sem sucesso algum.

— Oh, sim, claro! Só isso! E eu sou prima da Beyoncé — ela rebate, rolando os olhos.

— Você adora ver coisa onde não tem — aponto, esfregando minha testa. Ela cruza as pernas sobre o sofá e aproxima-se de mim, assumindo sua postura de Srta. Vou-Falar-Sério-Agora.

— Melissa, Melissa. Você pode negar o quanto quiser. Pode não admitir para mim, nem para ninguém, mas você sabe que eu não estou vendo coisa onde não tem — diz, e estica o braço para segurar minha mão. — Para de reprimir isso, menina! Manda esse receio que você carrega para o inferno e deixa rolar. Já faz muito tempo, Mel. O Daniel só tem provado ser um cara muito legal. E, vamos combinar, ele está caidinho por você. — Ela pisca quando termina de falar.

Alterno olhares entre seu rosto e nossas mãos juntas enquanto tento engolir o nó que se formou na minha garganta. Pondero suas palavras por alguns segundos e balanço a cabeça negativamente para ela.

Eu preciso reprimir. É a forma que tenho de me proteger. Preciso manter esse receio que carrego. *Preciso*, porque não quero acreditar no que minha amiga acabou de falar. Não quero acreditar que ele gosta de mim *desse jeito*.

Não quero alimentar essa expectativa e correr o risco de quebrar a cara novamente.

Às vezes, eu reconheço que posso estar sendo dramática além da conta. Mas não sei reagir de outra forma. É assustador quando, depois de anos construindo defesas e me escondendo por trás delas, aparece alguém que é capaz de penetrá-las e enfraquecê-las apenas com um olhar.

Construí minhas fortalezas com muito esforço. E elas sempre funcionaram perfeitamente, permitindo-me levar a vida normalmente. Pensar em deixá-las cair de vez provoca uma bagunça desastrosa dentro de mim porque, ao mesmo tempo em que quero que isso aconteça, tenho medo de que não seja a decisão certa e eu não tenha para onde voltar, caso tudo dê errado novamente.

Não sei se ainda possuo forças para construir novos muros.

Sei que soo pessimista, mas prevenir é melhor do que remediar. Embora, nesse caso, um seja tão difícil quanto o outro.

Olivia solta um forte suspiro e estala a língua, apertando minha mão.

— Cabeça dura você nunca vai deixar de ser, pelo visto, mas, diante do progresso das coisas, não vou me preocupar — ela diz, afagando minha mão antes de soltá-la e levantar do sofá. Ela sai da sala, me deixando um pouco confusa, e volta dois segundos depois, apontando o indicador para mim. — E, ah! Você vai ter que aguentar me ouvir dizer "eu sabia!" quando vocês estiverem se pegando!

Meu queixo cai no mesmo instante e viro-me para pegar uma almofada e arremessar em sua direção, mas ela desvia e volta correndo para o quarto, gargalhando. Balanço a cabeça e percebo que estou rindo também, mas em poucos segundos a animação passa e eu me obrigo a não pensar nas palavras de Olivia.

Amigos. *Amigos*.

Concentra, Melissa!

Meu pensamento é interrompido quando a campainha toca. Fico confusa, pois Daniel saiu há mais ou menos uma hora sem explicar exatamente para onde ia, e acho um tanto estranho ele tocar a campainha, visto que tem a chave. Levanto-me para abrir a porta, pronta para fazer alguma piada sobre ele ter esquecido as chaves, mas tenho uma baita surpresa.

Do lado de fora, há duas garotas e um rapaz. A loira está segurando um pacote de papel pardo e seus olhos castanhos encaram-me com certa relutância e expectativa. A morena está com os braços cruzados e a expressão impaciente, batendo o pé no chão. O rapaz, de cabelo escuro e cheio, está com as mãos nos bolsos frontais da bermuda e, apesar de seus olhos azuis estarem focados em mim, como os da loira, ele mantém uma postura indiferente. Começo a achar que tocaram na casa errada, mas a loira se manifesta.

— Oi! Ahm, o Daniel está? — pergunta, olhando por sobre meu ombro.

— Não, ele deu uma saída. Quem são vocês?

A loira sorri, um pouco sem graça, e estende a mão para mim.

— Eu sou Caroline. Estes são Arthur e a irmã dele, Nicole. — Ela aponta para o casal. — O Daniel morava com a gente... sabe, antes de se mudar para cá. Sou namorada do primo dele, Alex. Você deve ser a Melina, não é?

— Melissa — corrijo-a e ela assente. — Er... oi, gente — digo, e Arthur acena com a cabeça, enquanto a tal Nicole continua emburrada e bate o pé ainda mais, como se meu cumprimento a tivesse irritado. Pergunto-me qual é o problema dela. — Vocês querem entrar e esperar pelo Daniel? Acho que ele não vai demorar — ofereço com um sorriso, mas Caroline balança a cabeça.

— Ah, não, não precisa se incomodar. Nós só viemos entregar esse pacote com algumas correspondências dele que ainda estão chegando lá em casa e aproveitar para fazer uma visita, mas já que ele não está, podemos vê-lo outra hora — esclarece, entregando-me o volume. — Na verdade, nos vemos na faculdade o tempo todo, mas achei que seria legal conhecer onde e com quem ele mora agora.

Ela dá de ombros ao terminar de explicar.

— Mel, quem está...

Ouço Olivia chegar, e estranho quando ela não conclui a pergunta.

Viro-me para explicar, mas fico confusa ao vê-la estática e com os olhos arregalados. Volto a olhar para as pessoas do lado de fora e reparo que Arthur também a está encarando, mas sua expressão é de surpresa, em contraste com a dela, que está mais para horror.

— O que esse cara está fazendo aqui? — ela inquire baixinho, finalmente piscando e olhando para mim.

— Ei, quer dizer que agora sou apenas "esse cara"? O que houve com o "babaca metido à besta"? Acho que estamos progredindo, hein, bonitinha? — Arthur se manifesta, dando um pequeno passo à frente, sem desgrudar os olhos de Liv.

— Argh, não me chame assim — minha amiga diz entre dentes.

Até mesmo Nicole reage, prestando mais atenção na conversa.

— Vocês se conhecem?

— Infelizmente. — Liv cruza os braços e fecha a cara. Arthur mantém o sorrisinho convencido e debochado, me deixando muito curiosa. É estranho Olivia nunca tê-lo mencionado.

— Ahm... err... — Fico um tanto desnorteada com o clima, mas obrigo-me a falar alguma coisa. — Liv, estas são Caroline e Nicole, e pelo visto você já conhece o Arthur. — Pigarreio antes de continuar. — O Daniel morava com eles antes de vir para cá. Esta é Olivia, minha amiga.

Liv descruza os braços e se aproxima para apertar as mãos das garotas.

— Oi, gente. Prazer em conhecê-las — ela as cumprimenta, simpática.

— O prazer é todo nosso — Caroline responde.

— Fale por você — Nicole murmura, olhando para as unhas da mão esquerda. Caroline olha para ela com uma expressão de insatisfação antes de cutucar seu braço com o cotovelo. — Ai!

A loira logo se recompõe e planta um sorriso simpático no rosto antes de virar-se para Olivia e mim.

— Bom, era só isso. Diga ao Daniel que estamos com saudades dele — pede, e posso sentir sinceridade em suas palavras. Nicole deixa escapar um riso breve e sarcástico, mas ignoramos. — Foi um prazer conhecer vocês, de verdade.

— Ah, foi nosso também — Liv responde. — Quero dizer, não foi um prazer conhecer exatamente *todos* vocês, mas você conseguiu compensar, Caroline — completa, olhando para Arthur, e aperto meus lábios com força para não gargalhar. Olivia precisa me explicar essa história.

Ele balança a cabeça e sorri, lançando um olhar divertido para ela, que com certeza a provoca mais.

— Humm, será que eu preciso te lembrar de que você sentiu, *sim,* prazer quando me conheceu? — inquire, e meu queixo cai. Não exatamente devido às palavras dele, mas porque Olivia fica muda durante os segundos seguintes.

Cacete, o negócio é sério!

Ouço-a ofegar e, enquanto penso em algo para quebrar esse silêncio constrangedor, minha amiga se pronuncia.

— É um babaca metido à besta mesmo — ela diz entre dentes, fazendo Arthur rir ainda mais.

— Ah, agora sim. A loirinha esquentadinha que eu conheço.

— Já disse para não me chamar assim!

— Eu sei.

Olivia grunhe e sinto-a se afastar, enquanto Arthur a segue com o olhar, erguendo uma sobrancelha e sorrindo como se estivesse comemorando uma vitória.

— Ahm, err... então, acho que está na hora de ir — Caroline balbucia, já dando passos para trás. — Espero que possamos nos encontrar em outras oportunidades — diz, sendo seguida por Nicole, que puxa Arthur pelo braço. Ele continua encarando minha amiga. — Tchau, Olivia. Tchau, Melinda. — Caroline acena até as portas do elevador se fecharem.

— É Melissa — digo em vão, rindo do nervosismo dela.

Quando fecho a porta, solto um suspiro. Caroline me pareceu uma pessoa realmente agradável, mas Nicole e Arthur são diferentes. A garota nem ao menos me conhece e me tratou como se eu fosse portadora de alguma doença contagiosa. E ele...

Oh, meu Deus. Olivia.

Me aproximo dela em três passos e seguro seus ombros, mas seu olhar não encontra o meu de imediato. Sua expressão demonstra que ela está tendo pensamentos assassinos, mas mesmo assim eu a chacoalho um pouco para que ela desperte e preste atenção em mim.

— Liv? Você est...

— Sete bilhões — ela grunhe entre dentes e eu a solto, intimidada por seu tom. — Mais de sete bilhões de pessoas na *porra* desse mundo, e justo esse panaca tinha que ser amigo do meu colega de apartamento! Puta que pariu! — ela explode, começando a andar de um lado para o outro, as mãos esfregando as bochechas.

— Calma, Liv! — peço, mesmo que pareça em vão. Ela expira com força e senta no sofá. — Então... quer me contar o que foi isso?

Minha pergunta fica no ar por alguns segundos, enquanto Liv continua a respirar fundo até me responder.

— Ah, ele é um babaca que cruzou meu caminho em um péssimo dia e foi um grosso imbecil comigo — resume, esfregando os dedos uns nos outros.

Minhas sobrancelhas franzem em confusão.

— Só?

— Você acha pouco?

— Ah, é que... sei lá, você ficou tão brava que...

— Ah, sim, tem mais uma coisa. Ele me beijou — diz de uma vez, deixando-me de olhos arregalados. — E foi bom demais da conta.

Meu queixo cai de vez.

— O quê?! Mas... mas você quase o matou com a força do pensamento minutos atrás! Estou confusa, Liv.

Ela coça a cabeça e estala a língua enquanto me atrapalho com as palavras.

— É por isso que o detesto, uai! Ele não passa de um idiota, babaca, arrogante, grosso e... e beija bem pra caralho — confessa, com as mãos no rosto.

— Mas e o Victor? — Não consigo evitar a pergunta.

— Foi antes do Victor — explica, e sinto alívio por um instante. — E, poxa, nós estamos nos dando muito bem. Quero dar uma chance, sabe? Ele é tranquilo, carinhoso, não tem aquela arrogância que o idiota do Arthur tem, nem a babaquice nojenta, nem o mesmo charme petulante, nem a pegada forte e intensa e... Argh! — ela exclama e levanta-se quando emito um som de choque diante de suas palavras.

Ela anda um pouco para lá e para cá, e quando estou prestes a fazer mais perguntas, ela respira fundo, ergue as mãos e começa a falar:

— Bom, deixa isso pra lá. Estou com o Victor, e gosto dele. O Arthur foi... um momento de fraqueza, vulnerabilidade. E passou. Acabou. Puff! Quem é Arthur, mesmo?

Isso não melhora em nada minha confusão, mas respeito o que ela diz. Nós somos o tipo de amigas unha e carne que dividem tudo, mas nunca sob pressão. Às vezes, desabafar é uma ótima maneira de se sentir melhor. Às vezes, não.

Fico de pé também e sorrio junto com ela, abraçando-a.

— Está melhor? — questiono e ela balança a cabeça freneticamente.

— Sim, estou.

— Você sabe que estou aqui se precisar de mim, não é? Meu ombro e meus ouvidos são seus na hora que você quiser, mesmo que eu não seja de grande ajuda na hora de dar conselhos — asseguro para ela, dando de ombros. Ela dá risada.

— Eu sei, amiga. A recíproca é verdadeira.

No mesmo instante, o interfone toca. Olivia vai para a cozinha e eu atendo, pronta para ouvir a voz do porteiro.

— Alô?

— Mel, sou eu. — É Daniel do outro lado da linha. Minhas pernas ficam ridiculamente bambas de imediato. — Preciso que você e Liv desçam aqui para me ajudar — ele explica e eu fico preocupada, apesar de seu tom estar tranquilo.

— Ajudar? Com o quê?

— Com a polícia. Estão querendo me levar por ter sido um guri malvado e preciso de alguém que testemunhe a meu favor ou pague a fiança — responde, e começo a rir. Olivia aparece observa-me com curiosidade.

— Palhaço. Estamos descendo — digo antes de desligar.

— Quem era? — Liv questiona.

— Daniel. Ele está lá embaixo e pediu para descermos e ajudá-lo.

— Ajudar em quê?

— Não faço ideia.

Assim que chegamos à portaria, paro de repente quando avisto Daniel. Ele está acenando animado e ao lado dele há um rapaz, que parece impaciente, com um carrinho de supermercado transbordando de sacolas. Percebo que Olivia tem a mesma reação. Entreolhamo-nos, surpresas.

— Nossa Senhora! O que é tudo isso? — ela questiona, descendo os três degraus que levam até a entrada e abrindo o portão para ele.

— Nossas compras do mês — ele responde, começando a descarregar. — Podem me ajudar? Tenho que devolver o carrinho para o mercado. — Ele aponta para o rapaz que nem ao menos se dá ao trabalho de ajudá-lo.

— Por que não nos chamou para ir junto? — Olivia inquire quando terminamos de colocar tudo no elevador e subimos.

— Porque vocês iam querer me ajudar a pagar. — Ele dá de ombros, como se fosse uma reposta óbvia e natural.

— E não é assim que deveria ser, uai? — rebato.

Lembro-me que, antes de vir morar conosco, ele pediu que não nos preocupássemos, porque tinha uma boa fonte de dinheiro, além da bolsa de monitoria da faculdade. Eu sei que não é da minha conta, mas essa tal fonte parece boa até demais. Talvez sua família, que mora longe pra caramba e sobre a qual ele mal fala, tenha economizado para ele desde o momento em que nasceu. Ou talvez receba ajuda financeira deles. Ou, ainda, talvez ele tenha recebido uma herança absurdamente generosa.

Bom, de qualquer jeito, não é da minha conta.

— Não desta vez — ele responde com uma piscadela.

— Daniel, isso é... quero dizer, você não precisava ter... — começo a balbuciar, mesmo achando que eu não deveria ficar contestando seus gestos gentis, mas ele me interrompe.

— Tá, se vai fazer vocês se sentirem melhor, eu não vou interferir nas compras do mês que vem. Mas agora, um "Valeu, Daniel, você é o melhor colega de apartamento do mundo!" *me* faria sentir melhor — ele diz e faz um bico, fingindo estar magoado. Balanço a cabeça para sua atitude.

— Ok, desculpe. Obrigada.

— E?

— Você é o melhor colega de apartamento do mundo. — Reviro os olhos ao repetir suas palavras. Ele sorri, triunfante.

— Bem melhor.

Após guardarmos tudo e jantarmos, entrego a ele o pacote com correspondências que Caroline deixou e ficamos os três na sala assistindo *How I Met You Mother*, porque eu ganhei o "pedra, papel ou tesoura" quando cada um quis ver uma coisa diferente.

E essa é a nossa noite de sábado para lá de badalada.

Olivia está acomodada na poltrona, parecendo sonolenta, e eu estou sentada no sofá, com as pernas cruzadas sobre ele. Daniel está comigo, deitado, com a cabeça apoiada em uma almofada sobre meu colo, enquanto minha mão acaricia seus cabelos com movimentos suaves. É mais uma das coisas que se tornou natural com ele. Tocá-lo, acariciá-lo, simplesmente porque quero, porque gosto disso.

Após alguns episódios, Olivia diz que vai para o quarto dormir. Mas antes, ela observa a cena no sofá por alguns segundos, inclinando a cabeça para o lado e suspirando, e fico um pouco sem graça. Ela retoma a postura e gesticula para que eu entenda que ele já adormeceu. Inclino-me sobre ele para constatar isso, e quando volto a olhar para minha amiga, ela pisca para mim e ergue os polegares antes de seguir para o quarto. Sorrio, sem conseguir me conter.

Alcanço o controle remoto e desligo a televisão, antes de me perder por alguns instantes ao observar o rosto sereno que dorme em meu colo. Tão lindo... Parece tão errado afastar minha mão dele. Por isso, não me permito pensar demais quando passo os dedos por seus cabelos sedosos mais algumas vezes, e percorro um caminho por sua nuca, pescoço, até chegar ao ombro e chacoalhá-lo para fazê-lo despertar e ir para seu quarto. Ele suspira e se move devagar, abrindo os olhos aos poucos e apertando-os ao me fitar.

— O quê? — questiona, um pouco desorientado.

— Você caiu no sono — explico, sorrindo. Simplesmente não consigo não sorrir para ele. — Levanta, você tem que ir para o seu quarto.

— Mas aqui tá tão bom. O teu carinho... — ele grunhe, virando-se de lado e afundando a cabeça na almofada sobre meu colo. Meu coração salta no peito. — Muito, muito bom.

— Imagino que esteja, mas sinto muito, Daniel, eu também quero dormir. — Sacudo levemente seus fios.

Ele expira, rendendo-se, mas não levanta. Vira a cabeça mais uma vez e me fita diretamente, suspirando e piscando devagar quando, devido ao seu movimento, minha mão pousa em seu rosto.

Eu não a tiro. Não quero tirar. Mas ele tem outras ideias. Põe a sua mão sobre a minha e a aperta, levando a palma até seus lábios para depositar um beijo leve que a faz tremer, assim como o restante do meu corpo. Sinto que posso começar a ofegar a qualquer momento, para tentar acalmar a fúria com que meu coração martela, e só então ele levanta do sofá e fica de frente para mim, estendendo sua mão para levar-me junto com ele.

E isso acontece em um sentido muito mais amplo do que esse simples momento.

Apago a luz da sala quando passamos pelo interruptor, e ele me puxa para perto quando chegamos à porta do seu quarto.

— Boa noite, Honey — diz, beijando meu rosto, como tem feito todas as noites.

Eu sempre fico quieta, sentindo, durante breves segundos, sua proximidade e seus lábios sobre a minha pele, antes de me afastar e sussurrar boa noite de volta. Mas, desta vez, a vontade de ter minha palma em contato com qualquer parte dele mantém-se incessante.

Ergo rapidamente a mão e, com os dedos enredados em seus fios macios, viro o rosto o suficiente para que meus lábios encontrem sua bochecha. Ele solta um suspiro nada discreto, inclinando seu rosto ainda mais na direção do meu. Está segurando minha outra mão, mas, diante do meu gesto, ele a solta e desliza sua palma por minhas costas, causando-me ainda mais arrepios com sua tentativa de nos manter tão próximos quanto possível.

Próximos demais. *Demais.*

É bom. É ruim.

É confuso.

Quero. *Não quero.*

Quero.

Mas...

— Boa noite, Daniel — murmuro antes de me afastar dele.

Entro no quarto, suspiro, encosto-me na porta e o frio na barriga se intensifica quando admito para mim mesma que talvez eu esteja, *sim*, apaixonada pelo Daniel.

Que isso me apavora ao mesmo tempo em que me faz flutuar.

E que, de algum jeito, é possível que ele sinta o mesmo. Porque, por mais que minha experiência com garotos e relacionamentos seja praticamente nula, sei reconhecer que olhar como ele olha, tocar como ele toca, acariciar como ele acaricia, não são gestos de quem é só amigo.

São gestos de quem quer algo a mais. De quem *sente* algo a mais.

Assim como eu quero.

Assim como eu sinto.

11. "FAZ ISSO NÃO, GURIA..."

Daniel

Sinto a mente fervilhar assim que os alunos da monitoria começam a recolher as coisas para irem embora. Tantos números e cálculos durante mais de três horas seguidas me deixaram um pouco tonto.

Despeço-me de todos e, assim que penduro a mochila nas costas, Murilo, meu colega de turma e monitor de outra matéria, entra, com um sorriso enorme.

— E aí, cara? — cumprimento-o. — Turma legal hoje? — pergunto, tentando descobrir se é esse o motivo do entusiasmo estampado em seu rosto, que se desfaz conforme ele se prepara para me responder.

— Pfff, quem me dera. Os coitados estão quase comendo os próprios dedos, e ainda estamos entrando no terceiro mês de aula.

— Ah, mas tenha paciência, Murilo. Já estivemos no lugar deles e sabemos bem o que estão passando — digo, quando saímos da sala e alcançamos o corredor.

— Eu sei disso, Daniel, e tenho paciência. Não quero que tomem bomba por minha culpa, mas eu sou um monitor, não um operador de milagres. — Ele dá de ombros e eu rio novamente. — Enfim, eu vim até aqui te fazer um convite.

— Convite?

— Sim, escuta: meus pais vão para Angra do Reis amanhã cedo, e vou ficar com a casa livre durante o fim de semana. Meu irmão fez aniversário ontem, mas vamos aproveitar a oportunidade de fazer uma festa amanhã à noite, para comemorar e tal. Vamos convidar a turma e alguns calouros. Tá a fim de ir?

— Ah, legal. Vou sim — aceito e ele acerta meu ombro de leve com o punho.

— Beleza! Vou te mandar uma mensagem com o endereço — ele diz e tornamos a andar pelo corredor.

De repente, uma ideia me passa pela mente.

— Vou convidar as gurias que moram comigo. Pode ser, né?

Tenho quase certeza de que Liv toparia na hora, em contradição à resposta de

Mel, que não gosta muito de sair, mas seria falta de educação convidar uma e não chamar a outra.

Que é a que mais quero que vá comigo.

— Você quer dizer a namorada boazinha do seu primo e a irmã enfezada do Arthur? — Murilo pergunta, com pouca empolgação.

— Não, elas não, cara. E não se refira a elas desse jeito — defendo-as. Não tínhamos a melhor convivência do mundo em boa parte do tempo, mas elas ainda são minhas amigas. — Enfim, eu me mudei — explico, percebendo que não cheguei a contar a ele. — Agora moro com outras duas gurias.

Ele arregala os olhos.

— Você mora com duas garotas?

— Sim.

— Só você e elas?

— Aham.

— Filho da puta sortudo! Elas são gostosas? — ele pergunta e minha única reação é lançar-lhe um olhar nada satisfeito. Sua expressão continua cheia de malícia e, quando fico mais de cinco segundos sem dizer nada, ele ergue as duas mãos. — Oh, entendi. Você está pegando alguma delas, não é? Ou as duas?

— Bah, para de falar merda, Murilo! Elas são só minhas colegas de apartamento, porra — esclareço, tentando não demonstrar tanto incômodo com o que ele disse. Tentativa falha, no entanto.

— Tsc, tsc, você é muito lerdo mesmo.

— Só porque não saio desrespeitando cada guria que cruza o meu caminho não significa que eu seja lerdo, idiota.

— Calma, cara, tava só brincando — ele se defende, rindo sem graça. — Pode levá-las, sim. Já que você não quer nenhuma delas, quem sabe eu queira — comenta com naturalidade, dando de ombros e enfiando as mãos nos bolsos da calça. Acerto-lhe com o cotovelo. — Ai, porra! O que foi que eu disse? — questiona, massageando onde lhe machuquei.

Sei que estou exagerando, mas a imagem dele tocando em um fio de cabelo da Mel me deixa muito irritado.

— Uma delas tem namorado. E você não pense, nem sonhe, por um segundo *sequer*, em chegar perto da outra — aviso, soando firme, mas ele não me leva a sério. Um sorriso perverso surge em seus lábios.

— Humm, saquei, saquei. Você não está pegando nenhuma delas, mas *quer* — conclui, estreitando os olhos para mim.

Fico sem resposta imediata. Ele não está totalmente errado, afinal.

— Pode deixar, vou manter minhas longe da sua "colega de apartamento". — Ele faz aspas no ar. — Enfim, espero vocês lá amanhã. Agora tenho que ir pra casa mostrar o garoto bom e responsável que sou para que meus pais confiem em mim e não tenham motivos para mandar alguém me vigiar — ele diz, movendo as sobrancelhas e dando dois tapinhas no meu peito. Deixo escapar uma risada e balanço a cabeça. Murilo é um cara legal, mesmo sendo um pouco cretino, às vezes.

— Nem se preocupe, eles vão confiar em ti. Não é como se tu fosse dar uma festa em casa na ausência deles — digo, sarcástico, e ele revira os olhos.

— Até mais, cara — despede-se, mas torna a virar depois de dar dois passos. — Ah, aproveita a oportunidade amanhã para se embebedar um pouquinho e criar coragem com a garota lá! — ele diz, piscando e erguendo um dos polegares.

— Murilo, vai embora logo antes que eu mude de ideia, vai — ameaço, diminuindo a distância entre nós, e ele gargalha ao sair correndo.

Apresso-me para chegar ao ponto de ônibus e se passam uns bons vinte minutos até que eu consiga pegar um para casa. Coloco os fones de ouvido e exalo impaciente para o engarrafamento assim que o ônibus sai do campus. Observo pela janela o dia que está acabando e fico pensando nas palavras de Murilo.

Ele me disse para criar coragem, mas a verdade é que eu *tenho* coragem. O que eu não quero é correr o risco de estragar a amizade que tem crescido entre nós, assustando-a ao confessar que eu quero bem mais do que isso. E ainda tem os tais muros sobre os quais Olivia me alertou. Existe alguma mágoa ou medo que ela carrega, e talvez a minha vontade de ser mais que um amigo não seja o que ela quer ou precisa agora.

Apesar de considerar essa possibilidade, gosto de me deixar levar pelos momentos em que acredito que ela corresponde aos meus sentimentos. Que a nossa proximidade está cada vez mais estreita, que está cada vez mais fácil atravessar suas barreiras conforme ela se infiltra nas minhas sem nenhuma dificuldade, e talvez esteja só esperando que eu tome alguma iniciativa.

Talvez Murilo esteja certo; talvez eu seja lerdo.

Porra, eu não sei.

Quando finalmente chego em casa, mais de uma hora depois, está de noite. Assim que entro, encontro Mel recolhendo algumas apostilas e cadernos do sofá, enquanto segura o celular entre a orelha e o ombro. Permito-me olhá-la, movendo-se de um lado a outro, concentrada, até que ergue a cabeça e me vê. Ela sorri e logo desvia o olhar, como sempre faz — mais precisamente nos momentos em que parece ficar desconfortável quando não consigo fazer outra coisa além de encará-la quase babando —, e eu fecho a porta, largando minha mochila sobre a poltrona antes de me aproximar dela.

— Não, mãe, foi apenas exagero dela. Estou bem, juro. Acho que comi algo que me fez mal, mas já passou — ela diz, arrumando tudo em apenas um braço para endireitar a postura e segurar o celular com a mão. — Sim, só um pouco atarefada. Como está o papai? — continua a falar e, ao passar por mim, acaba esbarrando a papelada no meu braço. Alguns deles caem e me abaixo no mesmo instante para pegar e lhe entregar. — Ops, desculpe! Não, não é com você, mãe. O Daniel acabou de chegar. Está bem também. Não, mãe! Argh, eu já disse que a Liv tem mania de ver coisa onde não tem.

Ela olha para mim e revira os olhos, apontando para o celular. Finjo que não percebo o jeito como ficou sem graça, e dou risada da sua impaciência com a mãe quando ela murmura um agradecimento por ajudá-la os papéis que caíram.

Enquanto a observo entrar em seu quarto, penso por um instante em quanto tempo faz que não falo com a minha mãe. Ou sobre ela.

Balanço a cabeça para espantar o pensamento repentino e vou para o quarto pensando em fazer algo para jantarmos. No entanto, após tomar banho, deixo-me levar pela tentação — e pelo cansaço — e a bancada da cozinha passa a conter duas embalagens de papel enormes, cheias de hambúrgueres e batata frita.

Mel arregala os olhos ao entrar na cozinha, instantes depois de eu chegar.

— Nossa Senhora! Temos convidados e não fiquei sabendo? — pergunta. — Daniel, os armários e a geladeira ainda estão bem abastecidos. Não precisava gastar mais dinheiro desse jeito — me repreende, apontando para as embalagens depois que retiro uma Coca-Cola de dois litros da geladeira.

— Mel, relaxa — peço, abrindo um dos sacos e pegando uma batata frita.

— Ah, não me peça para relaxar. Você não veio para cá para nos sustentar, uai. Você não tem essa obrigação, nós deveríamos dividir! Primeiro, você paga as contas mais caras, depois, faz as compras do mês sozinho, e agora isso! Vai acabar torrando todo o seu dinheiro e tendo que ir...

— Mel — chamo sua atenção quando o filtro que controla a quantidade de palavras que ela fala sem respirar sai de controle. Dou a volta na bancada e fico de frente para ela. — Já disse para relaxar. Você me vê reclamando, por acaso?

— Não, mas...

— Então, relaxa — peço novamente, e ela revira os olhos. — E não se preocupe, Honey. Não vou a lugar algum.

Dou um sorriso pequeno e prendo o olhar no seu conforme aproximo uma batata frita da sua boca.

Estava esperando que ela se afastasse, batesse na minha mão ou algo assim, por isso sou pego de surpresa quando ela separa os lábios e logo em seguida os fecha ao redor da batata, deixando-me ciente do milésimo de segundo em que meu polegar toca seu lábio inferior.

Puta merda.

Ela começa a mastigar e minha mão continua suspensa no ar, enquanto nos olhamos tão fixamente que fico um pouco tonto. Não faço muita ideia de como está minha expressão agora, mas algo nela faz Mel apertar os lábios para não rir.

Porra, faz isso não, guria. Já está ficando difícil demais me controlar.

Não é possível. Para ela, sendo como é, estar me encarando como raras vezes faz e achando graça do meu estado estarrecido, *tem* que haver algo a mais.

Começo a me perguntar o que aconteceria se eu fechasse meus braços ao redor dela e acabasse com a pouca distância que ainda nos separa, tanto física quanto emocional. Imagino como ela reagiria se eu aproximasse nossos rostos o suficiente para sentirmos a respiração um do outro e, então, beijá-la até esquecer meu próprio nome. Pelo jeito como está me olhando, permito-me deduzir que ela não faria nada além de corresponder.

Deixo a mão cair sobre a bancada, e no exato momento em que a deslizo sobre o mármore em direção à cintura de Mel, a bolha ao nosso redor estoura quando ouvimos a porta da frente abrir e, após alguns segundos, fechar.

Mel pigarreia e dá um passo para trás ao virar o rosto para ver Olivia entrando na cozinha.

— Ora, ora, ora! Será que fui atropelada no caminho para casa, morri e estou no paraíso. Não me lembro de ter me comportado tão bem! — ela diz, admirando as embalagens e esfregando as mãos. — Vocês estavam esperando por mim? — questiona, com um largo sorriso enfeitando seus lábios.

— É... acho que sim. Bom, eu acabei de chegar com a comida, então... — explico, dando de ombros e coçando a nuca, tentando parecer descontraído ao andar para o outro lado da bancada.

Ela comprime os lábios e ergue as sobrancelhas, olhando para mim e Mel, repetidas vezes, até que volta a sorrir. Liv não é nada boba, conhece meus sentimentos por sua melhor amiga, e tenho quase certeza de que ela percebeu que chegou bem no momento em que estava rolando um clima e tanto.

— Ah, ok, isso vale também. Sinto-me amada — ela diz e solta um longo suspiro. — Vou tomar um banho e já volto. Me desculpem por atrapalhar. — Ela nos lança um olhar sugestivo antes de seguir para o quarto.

Mel e eu nos olhamos e sorrimos, um tanto sem graça.

E, no mesmo instante, lembro-me das palavras de Murilo.

Eu sou muito lerdo mesmo.

Olivia se recosta no sofá ao colocar mais uma batata frita na boca e pousar a mão na barriga.

— Nossa, eu poderia comer somente isso para sempre — comenta, mastigando preguiçosamente. Mel dá risada após terminar seu refrigerante e começa a recolher as embalagens vazias.

Assim que estico a mão para ajudá-la, lembro-me de algo.

— Ah, tenho um convite para fazer a vocês.

— Convite? — elas perguntam ao mesmo tempo.

— Um amigo meu vai dar uma festa de aniversário para o irmão na casa dele amanhã e me chamou para ir. Eu perguntei se poderia convidar vocês, e ele disse que sim — explico, olhando-as alternadamente. — E aí, o que acham?

— Ah, eu adoraria! Estou mesmo precisando me divertir — responde Olivia, extremamente animada. — Posso levar o Victor?

— Acredito que sim. Se conheço bem o Murilo, para ele, quanto mais gente, melhor — respondo e ela bate palminhas.

— Ótimo!

Liv e eu olhamos para Mel ao mesmo tempo e ela nos encara, franzindo as sobrancelhas, como se estranhasse o fato de esperarmos uma resposta.

— Mel? Você também vai, não é? — Olivia pergunta, cutucando seu braço com o dedo indicador. Ela pigarreia e esboça um sorriso amarelo.

— Humm... não sei. Não gosto muito dessas coisas — diz, dando de ombros.

— Ah, Mel, vamos! Vai ser legal, por favor! — Olivia vira para ela, juntando as mãos em frente ao rosto para implorar. — Poxa, você vai mesmo fazer isso com o Daniel? Deixá-lo sozinho e segurando vela?

Seguro-me para não rir do argumento de Olivia, que não brinca na hora de fazer drama. Eu até esperava que a resposta de Mel fosse essa, mas ainda tinha esperança de que ela não fosse resistir.

— A festa vai estar cheia de gente, Liv. Eu não sou a única amiga do Daniel — ela rebate, olhando para mim em seguida.

Aproveito sua atenção para olhá-la fixamente, como fiz ao lhe dar batata na boca, e vejo que seu braço treme um pouco quando passeio meus dedos por ali, praticamente amansando a fera.

— Mas você é a única que eu quero que vá. Por favor, Honey.

Ela estreita os olhos para mim por alguns segundos, como se soubesse o que estou fazendo, e não consigo evitar o sorrisinho antecipado de vitória.

— É, por favor, Honey. — Ouço Olivia me imitar, percebendo a diversão em sua voz ao chamá-la daquele jeito.

Mel aperta os lábios, tentando não sorrir, mas acaba falhando quando projeto o lábio inferior para fora, fazendo um bico. Ela revira os olhos e balança a cabeça, rindo ao desviar o olhar do meu.

— Eu odeio vocês — diz, deixando-me confuso a princípio, principalmente diante do gritinho que Olivia solta.

— Isso foi um sim? — questiono.

— Pode apostar! — Liv responde. — A Mel tem um jeito muito meigo de concordar com algo à força — completa, e a amiga lhe mostra a língua.

— Deixa de palhaçada, viu? Ainda posso mudar de ideia — ela ameaça, voltando a recolher a bagunça que fizemos na mesinha da sala. — Só concordei pra vocês me deixarem em paz.

— Ah, sim, claaaaaro! — Olivia pega os copos e foge para cozinha, rindo, quando Mel a olha como se não tivesse achado graça.

Minha risada chama sua atenção e, mesmo que ela me lance o mesmo olhar, não faço questão de esconder minha animação. Pisco para ela, que passa por mim revirando os olhos, mas isso só faz meu sorriso aumentar ainda mais.

12. CADA VEZ MAIS PERTO

Mel

— Até que enfim, hein!

Olivia revira os olhos e me mostra a língua diante da minha brincadeira quando ela termina de me maquiar — trabalho que ela fez questão de reivindicar e eu nem discuti, porque não sou muito boa nisso.

Não costumo ser vaidosa, mas não sou tão relapsa a ponto de nunca aplicar ao menos rímel e batom, ou usar a primeira roupa que encontro ao abrir o armário — a não ser que esteja em um dia ruim. No entanto, sinto muita vontade de mudar essa realidade quando me olho no espelho e vejo o "trabalho" de Olivia finalizado.

Caramba, e não é que eu tô bonita?, penso e rio enquanto encaro o espelho, observando meu rosto impecavelmente maquiado e meus cabelos ondulados e soltos emoldurando-o. Estou usando uma blusa vermelha soltinha, com fendas nas mangas compridas — e que eu nem lembrava que tinha — e uma calça jeans preta emprestada da minha amiga, que alegou que não tenho uma peça justa o suficiente para me fazer parecer "sexy". Meu alívio foi ter conseguido convencê-la de que meu melhor par de tênis combinou perfeitamente com o visual.

— Arrasei, né? Pode falar! — Olivia guincha atrás de mim, olhando-me pelo espelho. Dou de ombros, apenas para provocá-la.

— É, dá para o gasto.

Ela me estapeia de leve no ombro e eu dou risada.

— Você está linda, Mel! Vai deixar o Daniel de queixo no chão — comenta, sugestiva, e eu suspiro.

— Você quer parar com...

— Blá, blá, blá, tanto faz. Vamos logo — ela me apressa, olhando-se no espelho mais uma vez para ajeitar seu short jeans escuro e blusa azul-marinho tomara que caia. Olivia está linda, como sempre.

Daniel está esperando na sala com Victor. Os dois estão conversando, e se interrompem no momento em que Victor nos avista. Daniel, de costas para nós, para de rir assim que o outro levanta e olha para a namorada com admiração.

Daniel também fica de pé e se vira. Esfrego os dedos uns nos outros. Nossa Senhora, ele está lindo. A camisa polo preta e a bermuda cargo bege contrastam maravilhosamente com sua pele clara, fresca do banho. Quando olho para seu rosto, ele está me encarando tão fixamente que, por um momento, penso que fantasiei toda a produção de Olivia em mim e estou nua.

Olho para baixo para constatar que está tudo certo e lembro-me do que minha amiga disse sobre deixá-lo de queixo no chão.

Até que estou gostando disso.

— Estamos prontas! Vamos? — Liv chama depois de dar um beijo em Victor.

— Claro. Vocês demoraram pra caramba — diz ele, e ela o acerta no peito com o dorso da mão. — Ai! Mas valeu totalmente a pena, Liv — ele se retrata. — Não é, Daniel? — pergunta e, por um segundo, não há resposta. — Daniel? — ele insiste, e finalmente Daniel pisca e olha para ele.

— O quê? Oh, sim, err... o quê? — balbucia, franzindo a testa e engolindo em seco, constrangido. Seguro a risada.

— Nada, deixa pra lá — Olivia responde, fazendo um gesto com a mão. — Vamos logo.

Pegamos um táxi e Daniel dá ao motorista o endereço.

Ele segura minha mão e, no momento em que entramos na casa, franzo o nariz em antecipação, mas, para minha surpresa, a cena que surge não é das piores. A música está quase estourando as caixas de som, a luz está um pouco fraca e há pessoas dançando, bebendo e conversando, mas não tem cheiro de vômito nem tanta porcaria espalhada pelo chão, como aconteceu em uma balada para a qual Liv me arrastou certa vez, e de onde fui embora meia hora depois de chegar.

Olivia está abraçada a Victor e movendo-se no ritmo da música e, de repente, vejo um rapaz alto, de pele morena, lábios carnudos e olhos escuros brilhantes acenar enquanto vem ao nosso encontro.

— Ora, ora, mas você veio mesmo! — diz ele, cumprimentando Daniel com um tapa no ombro. Ele olha para mim e vejo que ergue as sobrancelhas ao reparar em nossas mãos dadas. Isso me deixa um pouco desconfortável. É como se ele soubesse de algo que não sei.

— Eu disse que viria. Só não sei por quanto tempo, porque do jeito que esse som está alto, talvez não demore muito até que um vizinho incomodado chame a polícia. — Daniel ri, enquanto o rapaz rola os olhos para ele. — Ah, gente, esse é o Murilo, dono da casa.

— E da festa! — Murilo acrescenta, animado, mas logo sua postura murcha um pouco. — Bom, na verdade, é do meu irmão, mas a ideia foi minha.

— Tanto faz. Estes são Victor, Olivia e Mel — Daniel continua nos apresentando e cada um de nós o cumprimenta com um aperto de mãos.

— Prazer em conhecer vocês — Murilo diz e vira-se para Daniel com um sorriso cúmplice no rosto. — Então, ela é a sua "colega de apartamento"? — pergunta, fazendo aspas no ar. Olho para Daniel, que o está encarando como se ele tivesse dito algo errado.

— Sim.

O sorriso de Murilo é grande diante da resposta.

— Hummm... — Ele me olha e posso ver que está prestes a fazer um comentário, mas, ao olhar para Daniel, claramente muda de ideia. — Ok, podem ficar à vontade. Tem churrasco na área dos fundos e um amigo meu está cuidado das bebidas na cozinha. Podem se servir o quanto quiserem. E façam o favor de se divertirem. Não posso perder meu título de melhor anfitrião. — Ele pisca para nós, e rimos antes que ele desapareça por entre as pessoas.

— Vamos pegar bebidas. Vocês querem alguma coisa? — Victor pergunta.

— Não, obrigada — respondo.

— Também não quero. Agora não — Daniel também nega, e Victor e Olivia vão procurar a cozinha.

Daniel e eu continuamos de mãos dadas, e eu olho ao redor do ambiente. Apesar de eu não dançar ou beber, poderia ser divertido ficar apenas ouvindo a música e conversar com meus amigos.

— E então? Já pensando em ir embora? — Daniel pergunta, sua voz em tom brincalhão. Balanço a cabeça.

— *Nah*. Não é tão ruim assim. Posso conviver com isso por uma noite. — Dou de ombros, sorrindo para ele, que retribui.

— Maravilha. — Ele puxa meu braço para me deixar perto o suficiente para falar no meu ouvido. — Aliás, você está linda. Talvez a minha incapacidade de parar de te olhar ou te tocar tenha deixado isso bem claro, mas eu precisava dizer.

Suas palavras me pegam de surpresa, apesar de imaginar que, ao olhar para mim, ele estava gostando do que via. Não é a primeira vez que ele me elogia, e eu sempre fico completamente sem graça, mas, dessa vez, abro um grande sorriso e dou de ombros.

— Obrigada — sussurro. Seu sorriso espelha o meu e ele pisca para mim.

Começamos a nos mover por entre as pessoas, e vez ou outra alguém acena para Daniel. Murilo surge novamente, junto com o irmão, e assim temos a oportunidade de cumprimentá-lo rapidamente, antes que alguns rapazes o puxem de volta, gargalhando e gritando coisas que mal consigo entender. Resolvemos ficar perto do corrimão da escada para esperar por Victor e Olivia, quando um rosto familiar — e bastante animado — começa a vir em nossa direção.

— Olha só quem está aqui! — Arthur diz, cumprimentando Daniel, que sorri para ele e lhe dá um soco leve no ombro. — Oi! Mel, certo? — indaga ao me notar, estendendo a mão para mim, e eu balanço a cabeça, sorrindo.

— Oi, Arthur.

— Ah, você também lembra de mim! — ele exclama. — Não sei se pelos mesmos motivos que eu, né, porque o Daniel fala tanto em você que é impossível esquec...

— Então, Arthur — Daniel o interrompe, elevando o tom de voz para fazê-lo se calar. Aperto os lábios, sentindo que não querem me obedecer quando tento segurar o sorriso. — Alex veio contigo?

— Por quê? Eu não sou suficiente? — Arthur manda de volta, rindo em seguida, e Daniel revira os olhos, segurando a risada. — A Carol não estava se sentindo bem e ele não quis deixá-la, mesmo que Nicole tenha ficado em casa também — ele explica, tomando um gole de bebida. — E vocês? Vieram sozinhos? Estou atrapalhando alguma coisa?

Daniel começa a responder, mas eu não presto atenção, pois Olivia entra em meu campo de visão, segurando duas garrafas de bebida, tentando passar por entre as pessoas para chegar até nós, parecendo furiosa. Aceno para que nos veja, e ela expira com força quando avista meu braço erguido.

— Liv, o que houve? — pergunto assim que ela nos alcança. Suas sobrancelhas estão tão franzidas que aquela expressão parece ter sido congelada em seu rosto. — Cadê o Victor?

— Foi embora! Ele recebeu uma ligação enquanto pegávamos as bebidas e disse que tinha que ir, alegando emergência familiar ou algo assim. Eu disse que iria embora também, mas ele disse que não queria que eu deixasse de me divertir só por causa dele, e saiu, sem mais, nem menos. Como ele acha que vou me divertir agora? Estou com muita raiva! Idiota! — desabafa. — Segura isso aqui! — Ela entrega uma das cervejas para Daniel. Na verdade, ela o acerta no peito com a garrafa. Ele recebe, confuso, e quase a deixa cair quando ergue a mão para segurá-la.

— Tsc, tsc, lindinha, não fica assim — Arthur intervém, e vejo a expressão de Olivia mudar de raiva para espanto ao perceber que ele está ali. — Se o namorado não deu conta e você quer tanto uma companhia, eu estou aqui. Que tal? — ele oferece, e aperto os lábios para não rir.

— Oh, ótimo! — ela guincha, rindo, mas nervosa. — Minha noite salva por um babaca convencido. Que sorte a minha! — Ela vira a garrafa de cerveja após falar, tomando a metade de uma vez só.

— Ei! Estou tentando ser legal, não precisa ofender — ele diz, sério dessa vez. Olho para Daniel, e ele está tão confuso quanto estaria caso estivessem falando em japonês.

Olivia encara Arthur, batendo o pé no chão, e sua expressão, embora impaciente, parece estar considerando a proposta dele. Ela toma o restante da bebida de uma vez e, diante do silêncio um tanto constrangedor que perdura entre nós por vários segundos, tento falar com ela.

— Liv...

— Preciso de mais disso — ela me interrompe, mostrando-me a garrafa vazia antes de sair apressada em meio às pessoas.

— Olivia! — grito, dando um passo à frente para segui-la, mas Arthur segura gentilmente meu braço.

— Deixa que eu vou atrás dela — ele pede e eu o olho, desconfiada. Ele estala a língua. — Não me olhe assim, só vou garantir que ela fique bem. Não vou fazer nada com ela. Juro — assegura e desaparece por entre as pessoas.

Suspiro e fecho os olhos por um instante e, quando me viro para Daniel, ele está tomando a cerveja que Olivia lhe entregou.

— Só faltou a pipoca — comenta, divertido, e eu não consigo evitar a risada.
— O que diabos há entre eles? Tô por fora — diz, bebendo mais uma vez.

— É um pouco complicado. Depois te explico. Estou preocupada com ela —

digo, tentando ver para onde Olivia foi.

— Bom, não sei o que está acontecendo, mas, mesmo que o Arthur seja meio babaca às vezes, ele não tem más intenções, se isso te deixa mais tranquila — Daniel defende o amigo.

Pondero suas palavras por alguns segundos e olho mais uma vez em direção ao caminho pelo qual ela seguiu, não totalmente aliviada, mas Daniel o conhece melhor do que eu, afinal de contas.

— Se você está dizendo. — Dou de ombros, e ele balança a cabeça, tomando o restante de sua bebida.

Ele se afasta por alguns instantes para procurar alguma lixeira e se livrar da garrafa vazia.

— Está com fome? — pergunta quando volta para perto de mim.

— Mais ou menos.

— Vamos lá ver o que tem para comer.

— E Olivia? — inquiro, ainda preocupada, sem saber onde ela está.

Daniel responde apontando com o queixo para o lugar onde posso ver minha amiga conversando com Arthur. Liv está de costas para mim e não consigo dizer ao certo se ela está bem, mas eles não parecem estar brigando. Quando me viro de volta para Daniel, ele ergue o braço e o agita, até chamar a atenção de Arthur. Assim que o amigo o vê, aproxima a mão do rosto e gesticula como se estivesse falando ao telefone, pedindo que Arthur o contate, caso necessite, recebendo de volta um sinal afirmativo. Isso me deixa um pouco mais aliviada.

Seguimos até os fundos da casa, onde o cheiro de carne toma conta do ar. Não há tantas pessoas concentradas ali, e concluo que a grande maioria só quer mesmo encher a cara e dançar como se não houvesse amanhã.

Um casal está junto à churrasqueira: ele põe tudo para assar, enquanto ela se encarrega de cortar as carnes para servir. Daniel e eu pegamos dois pratos com comida e refrigerantes, e nos sentamos em um banco baixo perto da piscina. Passamos o tempo comendo, rindo das pessoas que passam trôpegas por nós e das que estão se agarrando com tanta vontade que fico receosa pelo momento em que tirarão a roupa ali mesmo.

— Aposto que aquele cara vai enfiar a mão na blusa da guria antes que ela consiga tirar a dele — Daniel diz, apontando para um casal a poucos metros, e eu viro a cara rapidamente, rindo e tentando não engasgar por estar de boca cheia.

— Nah! Aposto que ela vai acertar o joelho nas partes baixas dele quando subir em seu colo, como está parecendo que vai fazer — rebato. Daniel ri tanto que quase derruba o prato.

— Que pessimista!

— E você, um tarado! Não sabia que tinha tendências ao *voyeurismo* — retruco, tomando vários goles de refrigerante em seguida.

— Ah, de vez em quando é legal observar e aprender umas coisinhas. Nunca se sabe quando vai rolar um clima, né? — diz, colocando seu prato de lado e bebendo refrigerante também. Quase coloco o meu para fora pelo nariz, mas respiro fundo e engulo. Não vou deixá-lo me fazer perder a piada por me deixar constrangida.

— Tenho certeza de que você não precisa disso — respondo, sem olhar para ele, mas o sorriso em meus lábios aparece mesmo que eu tente escondê-lo.

Ele tem flertado de um modo tão óbvio que tem ficado difícil não flertar de volta. Não acho que eu seja boa nisso, mas está sendo surpreendentemente natural.

Sim, a culpa é dele. Não é da atração quase insuportável que sinto, nem da minha incapacidade de parar de pensar nele, nem da minha necessidade de senti-lo perto de mim, como ele está agora.

— Humm, o que você quis dizer? Acha que já sou bom o suficiente? — pergunta, aproximando-se ainda mais, afastando o cabelo do meu rosto e prendendo-o atrás da orelha. Continuo sorrindo e balanço a cabeça, olhando para ele por alguns segundos antes de tornar a desviar meu olhar e dar de ombros.

— Não sei de nada — respondo e, em seguida, sinto sua risada baixa e suave bem próxima a mim.

Ele está cada vez mais perto.

— Posso te mostrar, se quiser — completa, baixando o tom de voz, e tão, mas *tão* perto que posso senti-lo soprar no meu pescoço quando as palavras saem da sua boca.

Encolho-me um pouco, devido aos arrepios que me atingem por inteiro. Continuo sem olhá-lo, mas incapaz de parar de sorrir. Sua mão desliza da minha orelha para minhas costas, lentamente, arrepiando-me e fazendo-me quase perder o ar devido à força com que meu coração bate no peito.

Basta eu virar o rosto um pouco. Um pouquinho só...

Mas eu não viro.

— Podemos voltar lá para dentro? Estou ficando com frio — digo, afastando-me e lançando-lhe um sorriso sem graça.

Eu sei. Sou uma idiota.

Quando olho para Daniel, espero ver frustração ou talvez decepção, mas ele continua com um sorriso divertido nos lábios e o olhar carinhoso. Como antes. Como sempre.

Eu sou muito *idiota, puta merda.*

Assim que entramos, começo a vasculhar o local com os olhos para procurar por Olivia, ficando surpresa quando a encontro a pouca distância de mim, quase no meio da sala/pista de dança, em uma situação bem diferente da que estava momentos atrás, depois que o Victor foi embora.

— Parece que a situação entre eles não está mais tão ruim assim, não é? — Daniel comenta no meu ouvido enquanto observo, embasbacada, Olivia dançando com Arthur. Ele tem as mãos ao redor da cintura dela, e ela está tentando seguir os movimentos dele e rindo de algo que ele diz.

— Ok, agora eu não sei o que está acontecendo. Estou tão confusa quanto você. — Rio, um pouco nervosa.

— Então, vamos dançar também? — Daniel pergunta, puxando-me pela mão. Estreito os olhos para ele.

— Não, obrigada. As pessoas não merecem me ver dançando — declino, e ele gargalha.

— Ah, para com isso, Mel. Você já me viu dançando e quase desmaiou de rir. O máximo que vamos fazer é divertir as pessoas, não assustá-las — ele argumenta, e é minha vez de rir. — Anda, vamos. — Ele chega mais perto e segura minha outra mão. Não consigo responder, e ele entende que foi um sim, pois começa a me puxar para o meio das pessoas.

Daniel envolve minha cintura e começa a se mover, tentando seguir o ritmo da música, e eu mantenho as mãos em seus braços, deixando que me guie. Algumas pessoas esbarram em nós vez ou outra, e eu sei que estamos parecendo duas marionetes mal manuseadas, mas não me importo mais. Ele segura uma das minhas mãos e me gira antes de me abraçar novamente, e finge não notar quando piso em seu pé. Apenas continua sorrindo e olhando em meus olhos, e nesse momento percebo que não há outro lugar em que eu gostaria de estar. Quero estar sempre ali, envolvida por ele, seus braços, seu sorriso, seu olhar.

— Viu? Não é tão ruim assim — ele comenta, com a boca próxima à minha orelha, espalhando mais uma onda de arrepios por mim.

É bom até demais da conta, penso.

Ele desliza nossas bochechas uma na outra até encostar o rosto no meu ombro, e meu instinto é abraçá-lo com mais força.

— Mel — diz, com sua voz baixa e grave causando vibrações na minha pele. — Me diz que não estou louco. Me diz que não sou o único que está sentindo isso.

Fecho meus dedos em punho em seu cabelo, sentindo o coração bater com tanta força que tenho certeza de que ele pode sentir.

Ele leva uma mão até meu rosto ao mesmo tempo em que ergue a cabeça para olhar em meus olhos. Enxergando-me como ninguém fez antes; como eu nunca *permiti* que ninguém fizesse antes.

— Daniel...

— Me diz que você também quer. — Ele passa o polegar gentilmente no meu queixo, aproximando-se do meu lábio inferior, e minha atenção se volta para sua boca. Parece tão macia. Me deixa desesperada para sentir seu sabor. — Por favor, me diz que eu posso...

Seu rosto se aproxima cada vez mais, e de repente me vejo tomada pela necessidade de sentir seus lábios contra os meus. Sinto como se tivesse perdido a capacidade de respirar, mas meu último pensamento é resistir. Tão, tão perto...

Pisco algumas vezes quando sinto alguém me cutucar no ombro. Quando me viro para ver quem é, ofegando tanto pelo susto quanto pela intensidade do momento de poucos segundos atrás, deparo-me com Olivia apoiada em Arthur. Ele a segura enquanto ela cambaleia ao tentar continuar dançando.

— Desculpa atrapalhar aí, mas acho que a noite já deu o que tinha que dar pra ela — diz Arthur, e Liv coloca as mãos nas bochechas dele, apertando-as.

— Nãããããão! Eu tô bem! Tô óóótima! — ela grita e me olha. — Fala pra ele que eu tô bem, Meeeeel! — Ela joga o peso do corpo em cima de mim e eu me desequilibro, mas Arthur não a deixa cair.

— É melhor vocês a levarem embora — sugere, como se pedisse desculpas.

— Por que você está querendo se livrar de mim? — minha amiga pergunta para ele, batendo em seu peito. — Eu sabia que era mentira. Sabiiiiia! Você não gosta de mim. Eu gosto de você, e você não gosta de miiiiiiim!

Ai, meu Deus. Olivia vai querer se matar quando souber as bobagens que está dizendo agora. Tenho certeza.

— Não é isso, lindinha. Você precisa... — ele começa, mas ela o interrompe ao erguer a mão para bater nele novamente.

— Eu sabia! Você me odeia! Eu odeio você! Odeio gostar de você! Quero ir embooooora! — ela berra, desvencilhando-se dele e vindo em minha direção. Desequilibro-me devido à força com que ela se joga em cima de mim, mas Daniel me ajuda a não deixá-la cair.

— Ahm... obrigada por trazê-la, Arthur — agradeço e ele faz um gesto no ar com a mão.

— O prazer foi meu. Ela até que é divertida quando não está me xingando — brinca, olhando-a com carinho, mesmo que ela continue murmurando barbaridades para ele. Dou risada enquanto apoio um dos braços da minha amiga nos meus ombros.

Daniel a pega pelo outro braço e despede-se do amigo antes de irmos embora. Só consigo torcer para que minha amiga não tenha feito nenhuma besteira.

Ao chegarmos em casa, escancaro a porta para que Daniel possa passar com Olivia apoiada em seu corpo, completamente bêbada. Acendo a luz da sala quando eles entram e tranco a porta. Daniel leva minha amiga até nosso quarto, assentindo e concordando com todas as coisas ininteligíveis que ela murmura sem parar. Sigo os dois e acendo a luz do quarto assim que ele a põe sentada sobre a cama.

Ajudo-a a retirar os sapatos enquanto ele a segura pelos ombros. Liv começa a reclamar que está tudo girando e põe uma mão sobre a boca, tentando dizer que precisa ir ao banheiro. Ela levanta cambaleante, e eu a ajudo a chegar até o vaso sanitário, diante do qual ela se debruça e vomita tanto que chego a acreditar que ela está colocando para fora todos os órgãos, enquanto seguro seus cabelos.

Acompanho de perto quando ela escova os dentes — ou pelo menos *tenta* escovar — e a faço sentar sobre a privada fechada para que eu possa prender seus cabelos. Pego uma toalhinha e a umedeço bem para passar em seu rosto, retirando ao menos um pouco da maquiagem antes de levá-la de volta para o quarto. Ela se joga na cama, de roupa e tudo, e a cubro com um edredom.

Sento na cama, inspirando e expirando profundamente, e imagino se Daniel está lá fora. Se está esperando que algo ainda aconteça... argh.

Minha curiosidade é vencida por minha covardia. O clima evaporou completamente, e eu não sei se consigo olhar na cara dele sem ficar desconfortável.

Talvez seja melhor esperar pelo dia seguinte.

Mas essa ideia é substituída por outra quando, após tomar um banho e estar pronta para dormir, encosto a cabeça no travesseiro e olho para a porta, mais precisamente na direção onde fica o quarto de Daniel.

Talvez eu deva aprender a deixar de ser tão covarde.

13. SEM MAIS FUGIR

Mel

Dia seguinte.

Ok.

Frio na barriga, calor no rosto, antecipação...

Nada de novo sob o sol. Ugh.

Estou terminando de prender o cabelo após escovar os dentes quando a porta do banheiro abre abruptamente. Viro-me e vejo Olivia com o rosto amassado e os olhos apertados, incomodados com a luz da manhã. Seus cabelos estão uma bagunça e ela põe a mão na cabeça ao se dirigir ao vaso sanitário.

— Como está se sentindo? — pergunto, indo até ela, que fecha a tampa da privada e se senta.

— Envergonhada e com setenta anões sapateando na cabeça — responde, com a voz arrastada e preguiçosa. — Por que você me deixou beber daquele jeito, Mel?

— Ei, não me culpe! Você ficou zangada com o Victor, depois com o Arthur, e resolveu encher a cara por conta própria.

Vejo que minhas palavras fazem seus olhos se arregalarem.

— Ah, merda! Victor, Arthur... argh, estou tão, *tão* ferrada! — lamenta, apoiando os cotovelos nos joelhos e descansando a cabeça nas mãos.

— Olivia, o que você fez? — indago, preocupada. Liv tem estado meio fora dos eixos.

— Não vou te dizer nada até que você me traga alguma coisa que acabe com a festa de sapateado na minha cabeça.

Expiro com força e vou até o quarto procurar um remédio para dor de cabeça. Quando coloco a mão na maçaneta para ir até a cozinha buscar água, paro por um instante. Será que Daniel já acordou?

Após alguns segundos de debate interno, respiro fundo e abro a porta. Minha amiga precisa de mim, e posso deixar para lidar com *isso* depois. Mas meu coração palpita com força enquanto me aproximo da cozinha, e não desacelera mesmo quando constato que ele não está lá. Pego um copo, uma jarra de água e volto para o banheiro do quarto, onde Olivia ainda está na mesma posição.

— Aqui, Liv.

Ela ergue a cabeça e faz uma careta ao pegar o comprimido que lhe ofereço.

Ela acaba com a jarra de água inteira em questão de minutos e depois vai escovar os dentes, sem dizer nada. Sento sobre a privada fechada e espero quieta enquanto ela se prepara para tomar um banho. Começo a balançar o pé, para que Liv veja que estou curiosa e impaciente, mas ela só começa a falar quando está dentro do box.

— Ele foi muito legal ontem. Na maior parte do tempo, pelo menos.

— Ele quem? O Arthur?

— Sim.

Ergo as sobrancelhas, entrando em alerta.

— Olivia... vocês...?

— Não, Mel! Claro que não, uai. Eu não faria isso com o Victor, mesmo zangada com ele e louca de bêbada — ela esclarece, e fico aliviada. — Eu não lembro de tudo com muita clareza, mas sei que fui atrás de mais bebida e o Arthur apareceu logo em seguida, me dizendo que não era uma boa ideia e eu o mandei ir à merda. Mesmo assim, ele ficou lá comigo, falando bobagens que, em certo ponto, deixaram de ser bobagens. Quando percebi, estava rindo do que ele dizia e dançando com ele — conta, e eu posso sentir carinho em sua voz.

— É, ele foi bastante atencioso ao ir atrás de você e ter... sabe, prestado atenção em você.

— Consegue entender agora por que estou ferrada? — pergunta após desligar o chuveiro, abrindo o box e saindo de lá enrolada em uma toalha.

— Acho que sim. — Assinto quando ela olha para mim antes de ir para o quarto. Eu a sigo.

Ela pega a primeira roupa que encontra no armário e começa a se vestir, vez ou outra ainda gemendo de dor. Me aproximo com cautela e sento em sua cama.

— Você gosta do Arthur? Quero dizer, do jeito que gosta do Victor? — pergunto, e Liv para de repente, logo após colocar a blusa. Ela assume uma expressão pensativa e vem sentar ao meu lado.

— Não sei. Ele foi legal ontem à noite, eu me diverti com ele, mas sei lá. Acho que isso não quer dizer que eu queira ou vá largar o Victor por ele, simples assim, e que ele tenha deixado de ser um cretino — ela fala, me fitando com olhos cansados.

— Bom, não quero te confundir ainda mais, mas fiquei surpresa quando ele te seguiu, te fez companhia, te fez rir e ficou preocupado quando viu que você tinha bebido além da conta. Não me parecem gestos de um cara cretino.

Percebo que Olivia suspira e um rastro de sorriso surge em seus lábios, mas ela o evita.

— Eu... eu não sei, Mel. Minha cabeça está doendo muito para eu conseguir raciocinar. Só quero descansar e não pensar nisso agora — ela diz, apertando minha mão. Eu aperto de volta.

— Tudo bem, não pense. Você parece péssima, então vamos tirar o sábado para descansar e curtir a preguiça — tento animá-la, e ela dá um sorriso pequeno.

— Obrigada, Mel — ela agradece, me abraçando. Afago suas costas.

— Já disse que estou aqui para isso. Eu segurei o seu cabelo enquanto você colocava as tripas para fora na noite passada, por favor! Isso não é nada!

— Eca! — ela geme e torce o nariz, rindo.

Aproveito para arrumar nossas camas enquanto minha amiga penteia os cabelos úmidos e, assim que terminamos, ela puxa minha mão para sairmos do quarto, mas, novamente, eu congelo antes que o façamos. Ela me olha, confusa.

— O que foi? — inquire, já assumindo uma postura desconfiada.

— Humm, err... ah, nada! Nadinha. Vamos.

Mesmo que eu me recomponha, ela olha para a porta e em seguida para mim pelo canto do olho, e fico apenas esperando pelo momento em que ela vai...

— Vocês se pegaram ontem!

Aí está.

— Não, Liv! Nada disso, eu...

— Você está mentindo! Jure para mim que vocês não se beijaram ontem. Jure! — ela exige, baixando o tom de voz.

— Nós não nos beijamos ontem, Olivia. — Tento passar firmeza.

— Você não está jurando!

— Argh, Liv! Eu vou te contar tudo, ok? Agora vamos lá para fora, você precisa comer — argumento, abrindo eu mesma a porta do quarto.

— Você não vai escapar dessa, viu? — ela sussurra enquanto saímos. Eu apenas balanço a cabeça.

Dessa vez, quando chegamos à cozinha, Daniel está lá. Terminando de fazer café, bocejando, usando bermuda de pijama, sem camisa.

Olivia cutuca meu braço e eu lhe lanço um olhar irritado, recebendo uma risada.

— Bom dia, Daniel — ela saúda, encostando-se no balcão.

Ele se vira e sorri ao nos ver. Meu rosto esquenta.

— Bom dia, Liv. Está se sentindo bem? — pergunta para ela, colocando a cafeteira sobre a bancada.

— Não muito. Minha cabeça está me matando e parece que quantidade nenhuma de água nesse mundo vai saciar a minha sede. Uma ressaca dos infernos — ela responde, e ele ri.

— Imaginei. Aqui, tome uma xícara de café — ele diz, colocando uma xícara diante dela. — Vou pegar umas torradas e fritar uns ovos.

Ele começa a se mover pela cozinha, e eu sinto que preciso me sentar.

Ele parece estar... me evitando.

Não me cumprimentou e não me olhou por mais que um segundo.

Agora sim eu tenho plena certeza de que estraguei tudo.

Não consigo tirar os olhos dele enquanto ele se apressa em fazer o café da manhã, andando de um lado para o outro e mantendo a cabeça baixa. Fico enjoada de repente. Por mais que a visão do seu peito nu me faça desejar ficar encarando até ficar vesga, sirvo-me com uma xícara de café e saio da cozinha.

— Não estou com fome — digo para Olivia quando ela me lança um olhar inquisitivo.

Vou para a sala, sem olhar para trás para conferir se ele reparou, e ligo a televisão, deixando em qualquer canal, porque sequer presto atenção. Tomo o café em pequenos goles, sentindo uma angústia quase insuportável. Estava tudo indo bem. *Nós* estávamos indo tão bem... agora parece que voltamos à estaca zero, só que com os papéis invertidos.

Nem me movo quando Olivia senta ao meu lado no sofá, com um prato e uma caneca com café. Ela arruma o prato em seu colo e começa a comer, fitando a televisão. Olho para ela e, consequentemente, consigo ver Daniel na bancada da cozinha, comendo sozinho. Meu coração aperta e quero muito falar com ele para saber o porquê de ele estar me ignorando e o que eu posso fazer a respeito, mas estou muito envergonhada e magoada para isso.

— E eu continuo sem entender nada — Olivia cantarola, baixinho, ainda sem olhar para mim, na tentativa de disfarçar.

Suspiro ao terminar de tomar meu café.

— Eu também.

Chacoalhando.

Está tudo tremendo e chacoalhando.

Terremoto. *Oh, meu Deus, terremoto!*

— MELISSA!

Abro os olhos bruscamente, debatendo-me. Sento com dificuldade, desorientada, até perceber que estou no sofá e há um livro aberto no chão.

Ah, agora me lembro. Deitei no sofá com um livro e... devo ter caído no sono.

Meu corpo está agitado de susto e, só então, vejo Olivia na minha frente, olhando-me com uma expressão de desculpas.

— Desculpe, mas comecei a pensar que você tinha morrido, menina! — fala, apertando uma mão na outra. Coloco minha palma na testa, respirando fundo mais uma vez para me recuperar.

— O que aconteceu? Que horas são?

— 17h25 — Liv responde prontamente, e noto que ela parece ansiosa. — O Victor me ligou — revela, e eu suspiro quando se passam alguns segundos e ela deixa a informação por isso mesmo, esperando que eu pergunte.

— E então? Você ainda está zangada com ele? — questiono, recolhendo meu livro do chão. Ela franze os lábios e senta ao meu lado.

— Não sei. Acho que não. Quero dizer, ele teve motivos, que, querendo ou não, vai me explicar, então... Ele disse que vem me buscar daqui a pouco para darmos uma volta — diz, sua voz completamente livre de entusiasmo.

— E isso não é bom?

— Bom, é — responde, sem olhar para mim por alguns segundos.

Quando ela finalmente me olha, sua expressão está coberta de culpa.

— Argh, o Arthur me ligou também — confessa de uma vez. — Quase tive um ataque do coração e estava pronta para matar você ou o Daniel por achar que deram meu número para ele, mas ele explicou que eu mesma dei ontem. Disso eu não lembrava. — Ela franze o nariz. — Estou ficando tonta de tão confusa. Isso é uma merda, Mel.

— Tsc, tsc, Liv. Eu sinceramente não sei direito o que você está sentindo, então não me acho a melhor pessoa para te aconselhar, mas, se você deixar, eu posso te dizer o que acho. Você pode considerar ou não.

Ela logo se ajeita no sofá, demonstrando interesse no que tenho para falar.

— Estou aceitando qualquer ponto de vista.

Respiro fundo antes de elaborar como dizer sem parecer intrometida ou dona da razão. Observar tudo de fora da situação me fez chegar a uma conclusão, mas não quer dizer que eu esteja certa.

— Liv, você disse que gosta do Victor, e eu acredito em você. Mas você não pode negar que também gosta do Arthur. E o que te assusta é o fato de que você gosta *mais* do Arthur, mas o jeito que vocês se conheceram te faz achar que gostar dele é errado, que *ele* é errado, ao mesmo tempo em que não quer magoar nem deixar o Victor porque, nas suas palavras, ele é seguro. Não quero tomar posição a favor de ninguém, mas acho que te dei algo em que pensar.

Ela exala com força assim que termino de falar, e no mesmo instante me pergunto se soei rude ou se a repreendi. Mas ela logo ergue a cabeça para mim e esboça um sorriso.

— Também é uma merda quando a melhor amiga enxerga o óbvio melhor do que você — comenta, divertida. — Eu queria não ter que lidar com isso.

— Eu sei. E também sei que, mesmo assim, você vai lidar muito bem. Ninguém sabe o que é melhor para você do que você mesma, afinal — encorajo-a, recebendo um sorriso sincero dessa vez.

— Eu já disse que te amo, Mel? — pergunta, me abraçando. Gargalho.

— Não disse hoje, mas eu já sabia — respondo e ela me mostra a língua. — Também amo você, Liv.

Tomo um leve susto ao ouvir uma porta fechando atrás de mim. Viro-me a tempo de ver Daniel ir para a cozinha e nos lançar um olhar rápido, dessa vez completamente vestido e com o cabelo úmido.

— E sobre o que você ia me contar? — Olivia questiona, com certeza por ter percebido minha tensão ao vê-lo.

A expressão "salva pelo gongo" nunca fez tanto sentido na minha vida, pois, no instante em que tomo fôlego para tentar contar, a campainha toca. Arregalo os olhos e ergo as sobrancelhas.

— Acho que é o seu namorado! — exclamo, com uma animação um tanto fora do normal.

— Não é justo. Eu conto tudo pra você! — ela se queixa, fazendo um bico.

— Ah, para, Liv. Eu vou te contar, mas agora acho que você tem uma coisinha para resolver, não é? — Aponto com a cabeça para a porta, e a campainha toca novamente. Olivia estala a língua e se levanta com pouca vontade.

— Ok. Faça um transplante mental da sua sabedoria e discernimento para mim, por favor — pede, indo para a porta. Balanço a cabeça.

— Não é disso que você precisa, Liv. Precisa ouvir o que diz aqui — instruo, colocando a mão sobre o coração. Ela sorri e pisca antes de atender à porta.

Daniel vem até a sala e senta na poltrona, ligando a televisão em seguida. Victor nos cumprimenta antes de sair com Olivia e vou ao quarto guardar o livro e tomar um banho.

Lavo os cabelos demoradamente, ainda sem saber como lidar com o gelo que Daniel está me dando. Isso não é justo! Tudo bem ele estar chateado comigo por ontem à noite, mas ele deveria ao menos agir com maturidade e vir conversar. Esse clima estranho é uma porcaria, e está me deixando louca.

Quando termino, seco os cabelos e visto uma roupa confortável antes de ir para a sala. Já está escuro, e fico sem saber o que fazer. Não sei se vou até a cozinha e continuo evitando-o, ou se me junto a ele na sala para tentar uma aproximação.

No caminho, acabo escolhendo a segunda opção, mas permaneço calada, ora mexendo no celular, ora tentando não pirar de vez. Mudo de posição inúmeras vezes, inquieta, e balanço a perna sem parar, impaciente, vendo pelo canto do olho que ele permanece imóvel, como se não percebesse que estou presente.

Argh, não aguento mais!

LAÍS MEDEIROS

— Então, vai ser assim? Vai continuar me ignorando?! — explodo, levantando do sofá e sentindo alívio ao colocar aquilo para fora.

Ele agarra os braços da poltrona quando grito, e vejo choque em seus olhos arregalados. *Foda-se!*

— O quê? Te ignorando? Eu não estou...

— Está sim! Desde o primeiro momento em que me viu esta manhã, uai! Você me leva numa porcaria de festa, me faz rir, dançar, sentir coisas estranhas e *muito* boas ao ficar perto demais, e hoje, por uma merda de motivo idiota que podemos muito bem resolver, nem ao menos me deu bom dia e passou o resto do dia todo sem me olhar na cara!

Ofego depois de cuspir todas as palavras, engolindo em seco e lutando para que meus olhos não se encham de lágrimas. Ele continua me fitando, até que reage expirando com força e esfregando o rosto.

— Cacete, eu não acerto uma! — murmura, sua voz carregada de frustração. — Eu não estou te ignorando, Mel. Quero dizer, eu até estou, mas é porque estou com vergonha — confessa baixinho e eu abafo um som agudo de surpresa.

— Vergonha? — indago, incrédula. Ele balança a cabeça, as mãos ainda no rosto. — Mas de quê? Por quê? — exijo saber, minha voz sob controle.

Franzo a testa. Ao se preparar para explicar, ele levanta da poltrona e dá alguns passos na minha direção, mantendo pouca distância.

— Não sei mais de que jeito eu posso deixar isso claro pra ti, além de todas as maneiras com que tenho agido ultimamente, então é melhor eu ser direto, ok? Eu queria... eu quero, *muito*, te beijar. E ontem, eu achei que fosse algo que você também quisesse. Mas então, nós chegamos em casa e você entrou no quarto e não saiu mais, e hoje eu não conseguia olhar pra ti, sabendo que tinha estragado tudo.

Descruzo os braços e os deixo pendendo ao lado do corpo. Sua postura ontem deixou muito claro para mim que ele ia me beijar, mas ouvi-lo dizer isso deixa minhas pernas ainda mais bambas.

Esfrego as mãos nas laterais das coxas enquanto absorvo a conversa. Ele passou o dia todo me evitando por achar que tinha estragado tudo. Passei o dia todo me torturando por achar que *eu* tinha estragado tudo. Quando, na verdade, ninguém estragou nada.

Dois belos imbecis.

Ele arregala os olhos e franze as sobrancelhas alguns instantes após terminar de falar, e só então percebo que estou rindo.

— Por que diabos você acha isso engraçado? — inquire, um tanto indignado. Chega a ser fofo.

— Não é que eu ache engraçado. Humm... estou nervosa, acho — tento explicar, batendo a mão na testa e cessando o riso. — Achei que estivesse irritado comigo por ter amarelado — concluo e é a vez dele de rir e balançar a cabeça.

— É impossível ficar irritado contigo — diz, e meu coração falha uma batida, para em seguida saltar no peito. — É impossível, para mim, sentir algo por ti que não seja atração, desejo, carinho... é impossível não querer estar perto de ti, te beijar... impossível.

Ele dá mais um passo adiante conforme fala, e sinto minha perna querer dar um passo para trás, mas decido ser mais forte do que esse instinto. Mantenho-me onde estou, sentindo arrepios enquanto ele se aproxima cada vez mais e suas palavras me invadem.

Daniel desvia o olhar do meu por um instante, somente para observar o momento em que sua mão pousa no meu ombro e desliza aos poucos pelo braço, até encontrar a minha e me puxar, fechando a distância mínima que ainda nos separa.

Sinto nossas respirações ansiosas se perderem uma na outra, e seus olhos verdes penetram nos meus tão profundamente que é natural correr minha outra mão por seu braço e pousá-la em seu ombro.

— Você não está louco, Daniel — sussurro. Seus olhos se fecham por um segundo e sua boca forma um sorriso aliviado quando ele torna a me olhar e percebe que me lembro dos pedidos que fez na noite anterior. — Você não é o único que está sentindo isso.

Ele inspira e me envolve em seus braços, segurando-me com tanta firmeza e carinho que meus olhos se fecham para apreciar a proximidade pela qual tanto ansiei e, estupidamente, tanto evitei.

— Eu também quero...

Daniel inclina a cabeça na minha direção e sinto nossos narizes se tocarem.

Eu não quero mais fugir. *Não consigo mais fugir.*

Eu tinha medo. Tinha razões para ter medo. Razões das quais eu nem consigo me lembrar nesse momento.

— Sim, você pode.

E então, não sei de mais nada.

Não sei onde estou. Não sei que dia é hoje. Não sei nem meu nome.

Tudo o que sei é que seus braços envolvem minha cintura com força, antes mesmo que eu possa ter mais algum pensamento coerente.

Tudo o que sei é que, no mesmo segundo, sua boca macia está na minha, tomando-a em um beijo inicialmente delicado.

Tudo o que sei é que minhas mãos ganham vida própria e serpenteiam por seus braços até envolverem seu pescoço, onde, um pouco mais acima, encontram seu cabelo macio e se perdem por ali.

Tudo o que sei é que Daniel está me beijando, e eu o estou beijando, e que não sou capaz de evitar os gemidos baixos que saem da minha garganta quando ele me beija com mais desejo, e que nem em meus sonhos e devaneios mais loucos eu conseguiria chegar perto da real sensação que é, finalmente, me entregar às minhas vontades em relação a ele.

Eu não quero parar. E, considerando a urgência com que ele devora meus lábios, concluo que ele também não quer. Mas já estamos ofegantes, e a maldita necessidade de respirar faz com que separemos nossas bocas aos poucos, até encostarmos as testas enquanto recuperamos o fôlego.

— Se eu conseguisse te dizer quantas vezes sonhei com esse momento desde que te vi pela primeira vez, você pensaria que sou louco, sim — ele diz, dando mais um beijo leve em meus lábios, fazendo-me rir.

Abraço-o com mais força, tanto pela empolgação do momento quanto para me segurar e não cair devido aos arrepios violentos que me atingem por inteiro e me fazem duvidar do meu equilíbrio. O que eu sinto por ele é forte, é sincero, é de aquecer e acelerar o coração, é de flutuar, de suar as mãos... Seu toque e suas palavras estão me levando para um caminho sem volta. Não tenho dúvidas disso.

E mais importante: não tenho medo.

— Se eu soubesse que seria tão bom, teria deixado de ser estúpida antes — sussurro, recebendo de bom grado mais um beijo seu. — Eu só não estava...

— Shhh. Isso não importa. — Ele se afasta um pouco para olhar em meus olhos e acariciar meu rosto. Tão lindo.

Minha boca se estica em um grande sorriso e vejo o mesmo acontecer com a sua, e não é necessário dizer mais nenhuma palavra. Estico-me novamente e logo estamos perdidos nos beijos, toques e suspiros um do outro, não restando nada em minha mente, além disso.

Até, pelo menos, o momento em que ouvimos a porta abrir e fechar alguns segundos depois, com um estrondo nada discreto.

A bolha ao nosso redor estoura e viramos ao mesmo tempo para ver Olivia parada, nos observando. Mal consigo identificar sua expressão antes que ela diga:

— Porra, até que enfim, hein!

Ela abre os braços e bate as mãos nos quadris, balançando a cabeça. Começo a rir, porque essa reação é tão Olivia que nem sei por que, por um momento, pensei que fosse ser diferente. Daniel continua com os braços ao meu redor, rindo junto comigo, e Liv vem até nós, sorrindo, para nos abraçar e chacoalhar, como se fôssemos duas crianças e ela uma vovozinha.

— Mas, então — ela começa, ao se afastar. — Vocês estão namorando, namorando *mesmo* ou vão enrolar mais um pouquinho para não perderem os títulos de Rei e Rainha da Enrolação?

— Olivia! — eu a repreendo, constrangida, mas, ao mesmo tempo, querendo saber a resposta. Esfrego meu rosto em chamas e sinto Daniel dar de ombros, ainda me abraçando.

— Bom, considerando que começamos de trás para frente, porque já moramos juntos, acho que o próximo passo seria casamento, mas eu me conformo em só namorar mesmo — ele declara, arrancando uma gargalhada de Olivia e colocando uma expressão de choque no meu rosto. — Isso se a Honey quiser, é claro — completa, piscando para mim e erguendo a mão para afastar meu cabelo do rosto, acariciando-o.

O sorriso que abro é instantâneo, assim como o calor que sinto no coração. Balanço a cabeça, olhando de Olivia para ele, e aperto os lábios, pronta para entrar na brincadeira, que não é tão brincadeira assim.

— É, a Honey também se conforma em "só namorar mesmo". — Dou de ombros como ele fez e ainda desenho aspas no ar para as últimas três palavras.

Daniel beija meu rosto e meus lábios mais uma vez. Olivia emite um som esganiçado e, depois que jantamos, assistimos televisão e conversamos até cansarmos, vou para a cama, e passo horas encarando o teto com um sorriso bobo por ainda sentir nos lábios os beijos do cara que está dormindo no quarto a poucos passos do meu e que, por enquanto, estou só namorando mesmo.

14. COMO NUNCA ANTES

Daniel

Daniel: *Onde vc tá?*

Mel: *Saindo do trabalho.*

Daniel: *Estou com Alex e Arthur naquela lanchonete q viemos semana passada. Vem p cá. Vamos p casa juntos.*

Mel: *Ok. Bjo.*

Daniel: *Quero.*

Mel: *O q?*

Daniel: *Beijo. ;)*

Mel: *Hahahaha, bobo. Tô indo.*

O sorriso que se espalha pelo meu rosto é impossível de conter. E é claro que meus amigos não deixam passar despercebido.

— Ah, como o amor é lindo! Tão lindo, tão doce como *mel*... — Arthur cantarola, colocando a mão teatralmente sobre o peito e encostando a cabeça no ombro de Alex, que gargalha junto com ele quando acerto seu braço.

— Você não tem jeito mesmo — comento, guardando o celular no bolso.

— Ah, Daniel, tirar sarro da sua expressão de bobo apaixonado é inevitável e muito divertido, mas estou feliz por você, cara, sério mesmo — ele diz, dando tapinhas camaradas nas minhas costas.

Sorrio para ele e penso em suas palavras por um momento. Por mais que Arthur goste de me zoar o tempo todo, ele não está errado. Desde as últimas duas semanas, tenho sido sim, um bobo apaixonado. Poder finalmente beijar Mel toda vez que a vejo, abraçá-la e sentir seu cheiro antes de dormir, e receber seu sorriso enorme de bom dia seguido de um carinho tem me feito um cara feliz, e não faço questão de esconder isso. Felizmente, ela também não.

— Estava falando com ela? — Alex pergunta, apontando para o bolso onde guardei o celular.

— Sim. Ela está vindo para cá.

— Olivia também? — Arthur tenta parecer casual, mas falha miseravelmente.

— Não sei. Ela não dormiu em casa esta noite, e geralmente trabalha até 19h30 — respondo, levando decepção à sua expressão.

Ainda não entendo bem o que aconteceu ou acontece entre eles, mesmo que Mel tenha me contado algumas coisas, mas tenho certeza de que Arthur está gostando da amiga da minha namorada. Parece que Liv também gosta dele, mas não admite. E ainda tem um namorado, pelo qual se declara apaixonada. Vai entender.

— E você ainda fala de mim, hein? — aponto, bagunçando seu cabelo. Ele afasta minha mão com um safanão.

— Cala a boca, idiota.

— Tá todo apaixonadinho também!

— Tô mesmo, tá legal? — ele se irrita um pouco, evitando olhar para mim ou Alex. — Completamente louco e apaixonado — confessa, baixando a cabeça e encarando os próprios dedos. Olho para Alex, que apenas dá de ombros, como se já soubesse disso. — Eu sei que ela também gosta de mim. E sei que ela também me quer. Só não sei por que ela não larga aquele namorado otário.

Fico atônito por um instante. Primeiro, por Arthur usar o adjetivo "apaixonado" para si mesmo. E, segundo, por este ser um dos momentos em que ele está falando sério.

— Sinto muito, cara. Que merda — digo, apertando seu ombro. Ele me olha por um segundo antes de baixar a cabeça novamente.

— Há tantas garotas por aí, legais, bonitas, disponíveis e que tenho certeza de que não me dispensariam... mas eu não consigo desistir da única que está fora do meu alcance. É uma merda mesmo — ele concorda, rolando os olhos, como se estivesse reprovando a si mesmo.

— Caramba. Se alguém me dissesse que um dia eu estaria presenciando você e o Daniel apaixonados desse jeito, eu teria gargalhado na cara dessa pessoa e mandado interná-la — Alex diz e, para afirmar suas palavras, começa a rir. Arthur e eu nos entreolhamos e reviramos os olhos, mas não discordamos dele.

Há um tempo, parecia mesmo uma realidade bem distante eu permitir que meu coração batesse mais forte por alguém. É algo incontrolável, eu sei, mas eu não deixava. Não queria. Mas a Mel faz isso finalmente ter sentido. É simplesmente certo deixar o sentimento crescer cada vez mais, a cada palavra, cada gesto, cada olhar, e pouco me importar em parecer meloso.

Sinto-me feliz como há muito tempo não sentia.

Como passei tanto tempo achando que não merecia me sentir.

Talvez eu já tenha pago meus pecados.

— Rá, engraçadinho — Arthur debocha de Alex, olhando para ele como se tivesse lembrado de algo. — Por falar em gargalhar na cara de alguém, você já contou ao Daniel quem te ligou uns dias atrás? — Ele balança as sobrancelhas para meu primo, que, no mesmo instante, o atinge no braço.

— O que diabos isso tem a ver?

— Nada. Mas eu desconfiava que você não tivesse contado, e acho que ele tem o direito de saber.

Alex exala com força e olha muito irritado para nosso amigo, que volta a atenção para mim. Franzo a testa, sem entender do que eles estão falando.

— O que houve, Alex? — indago, olhando de um para outro. — Quem ligou?

Meu primo abre a boca para se explicar, mas Arthur é mais rápido.

— A Laura — responde, e é o suficiente para eu sentir gelo percorrer minha espinha.

Ela havia desistido. Depois de eu fugir tanto e ignorar suas ligações, ela havia desistido. Parou de me procurar. Achei que tivesse entendido que seria melhor assim, mas, aparentemente, eu estava errado.

Talvez eu ainda não tenha pago todos os meus pecados.

— O que ela queria? — pergunto com cautela, engolindo em seco, ficando dolorosamente dividido entre estar feliz e irritado com aquela notícia.

— Merda, Arthur! — Alex dá um peteleco no nosso amigo, que pouco se importa com sua irritação.

Tenho que dar razão a ele. Por mais que essa não seja a notícia da qual preciso agora, eu tenho o direito de saber. Talvez eu também entenda o porquê de Alex ter escondido de mim, mas, porra, ele não deveria ter feito isso.

— Ela queria saber de você, é claro — meu primo responde. — Queria saber se ainda está vivo, se está bem... Se pretende voltar algum dia...

Ele diz a última sentença baixinho.

— Ela já deveria saber que não — digo, seco, lutando contra a angústia que ameaça crescer dentro de mim.

— Mas ela é sua irmã. Ela te ama e tem esperanças — ele rebate, inclinando-se sobre a mesa para que eu ouça o tom baixo que ele mantém. Balanço a cabeça e deixo escapar uma risada sem humor algum.

— Engraçado que, da última vez que a vi, ela disse que me odiava. Pensei que já tivesse destruído as esperanças dela. Ela nunca mais me procurou. Por que voltou agora? Justo agora?

O olhar culpado que eles trocam não me deixa dúvidas de que sabem de algo que não faço ideia. Arthur estreita os olhos para Alex e posso ler em seus lábios que ele diz "Fala você".

— Fala logo, porra! — começo a me exaltar, mas meu primo ergue as mãos e se rende.

— Não é a primeira vez — confessa, expirando com força mais uma vez. — Ela mantém contato comigo desde que você veio embora dos Estados Unidos, e me fez prometer que não te contaria nada.

Respiro fundo diante da surpresa da sua confissão. Minha mão se fecha em punho sobre a mesa, na tentativa de esconder o quanto ela está tremendo. Mal posso acreditar no que ele está me contando. Mal posso acreditar que, durante essa porra de tempo todo, ele escondeu isso de mim!

Olho para Arthur, que me lança um olhar de compaixão, e torno a encarar Alex, que se prepara para falar novamente.

— Ela se preocupa com você, Daniel. Mas, olha, assim como prometi a ela que a manteria informada e não te contaria nada, a fiz prometer que não contaria nada aos seus pais, e nós temos mantido nossas promessas. Bom, pelo menos até o Arthur estragar tudo.

— Até o Arthur sabia... — acuso, mas ele logo se defende.

— Ele só sabe porque uma vez me pegou falando ao telefone com ela e pensou que eu estivesse traindo a Carol. Fui obrigado a explicar, né?

— Sempre insisti para ele te contar — Arthur diz, colocando a mão no meu ombro. — Já faz muito tempo, cara. E não adianta ficar bravo comigo, porque você sabe que, mais cedo ou mais tarde, isso viria à tona. Deixar tudo inacabado e fingir que esqueceu não conserta as coisas, e carregar esse rancor não é o melhor caminho.

Mantenho a cabeça baixa, ponderando suas palavras, cerrando os lábios para não admitir que eles estão certos. Mas não sei se quero lidar com isso agora. Não sei se *consigo* lidar com isso agora. Estava tudo indo bem do jeito que estava...

Ou, pelo menos, eu pensava.

— Eu... eu não...

— Sabia que você reagiria assim quando descobrisse, mas não se preocupe. Não dei a ela nenhum contato seu, nem a sua localização exata. Ela respeita a sua decisão e não virá atrás de você, mas precisava saber que você está bem, e eu não quis negar isso a ela. Você pode ter sofrido, mas não foi o único. Sabe disso.

Claro que sei. E foi por isso que eu me afastei.

Meu talento incomparável de ir ao fundo do poço e trazer comigo quem não tem culpa de nada fez eu me afastar.

— Não fica assim, cara. Tudo continua do mesmo jeito. Nada mudou, até porque, para isso acontecer, só depende de você — Alex tenta me confortar, recostando-se na cadeira. — Não tínhamos a intenção de azedar o seu momento. Relaxa e aproveita a melhor coisa que te aconteceu, depois de tanto tempo.

Ao dizer a última frase, ele aponta com o queixo para algum ponto atrás de mim, sorrindo. Assim que me viro, sinto como se minha capacidade de respirar tivesse escapado, deixando-me sem fôlego diante do martelar furioso do meu coração contra o peito. A sensação de paz e euforia começa uma batalha com a aflição, que leva um golpe fatal a cada passo que vejo Mel dar em minha direção.

Ela segura a mochila sobre apenas um ombro e retira com a mão livre as mechas de cabelo que ricocheteiam seu rosto devido ao vento, sorrindo no momento em que me vê. Meus olhos percorrem a guria que, como disse meu primo, é a melhor coisa que me aconteceu depois de muito tempo, e a força invisível que me faz praticamente gravitar ao redor dela me coloca de pé para dar os passos que faltam até que eu alcance sua silhueta e a envolva com meus braços, sentindo o conforto que só ela tem sido capaz de me dar, e voltando a sufocar tudo o que há tanto tempo tenho mantido sufocado como única maneira de sobreviver.

— Oi, linda. Tudo bem? — murmuro perto da sua orelha.

— Sim. Só um pouco cansada. E você?

— Melhor agora.

Mel retribui meu abraço e afasta um pouco o rosto em seguida para me dar um beijo, o qual faço durar um pouco mais do que ela provavelmente pretendia. Sinto seu suspiro de satisfação bater no meu rosto, e tudo no que consigo pensar é que não há outro lugar no mundo onde eu preferiria estar nesse momento.

Estou perdido. Completamente perdido nela e por ela.

O pigarro que ouvimos — que tenho certeza de que é proposital — faz com que nos afastemos, e eu viro para ver os rostos divertidos dos meus amigos.

Foda-se.

— Oi, Mel! — dizem em uníssono. Ela solta uma risadinha.

— Oi, meninos.

Mantenho meus braços ao seu redor e ela corresponde, agarrando em punho minha camisa, em minhas costas. Noto quando ela abre um sorriso complacente na direção de Arthur, e, quando olho para ele, vejo que tenta ser discreto ao alternar olhares entre minha namorada e a entrada da lanchonete.

— Olivia não vem — ela diz, apertando os lábios. — Ela vai passar o fim de semana com o Victor. Desculpe.

Meu amigo tenta disfarçar a decepção, mas sei que ela o atinge com força.

— Eu... eu não perguntei.

— Nem precisava — Mel rebate, ainda olhando-o com compaixão.

Ele olha para Alex, em seguida para ela e depois para mim, talvez surpreso por ser tão óbvio. Arthur não diz mais nada e seu desconforto é totalmente perceptível. Afasto-me um pouco da Mel e afago o ombro do meu amigo, que me lança um olhar grato.

— Tudo vai dar certo, cara — afirmo, mesmo sem ter certeza, porque é o único jeito que encontro de confortá-lo. — Do jeito que tiver de ser.

— Valeu — ele agradece, sorrindo sinceramente desta vez.

— Bom, nós vamos indo — digo, pegando a mochila da Mel.

— Hummm, vão aproveitar que estão com o apartamento todo só para vocês, não é? — Arthur inquire maliciosamente, causando um forte rubor no rosto de Mel. Mesmo na merda, ele não perde uma oportunidade.

— Cala a boca, Arthur. — Reviro os olhos e seguro a mão da minha namorada.

Nunca vou deixá-lo saber que está certo. Bom, não que Mel e eu já tenhamos avançado *esse* passo. Mal faz um mês que começamos a namorar e, conhecendo-a bem, não quero forçar nada e acabar estragando tudo. Nossa química é inegavelmente forte, a atração e o desejo que sentimos um pelo outro fica claro em cada beijo e carícia, por isso, deixar as coisas acontecerem no seu próprio ritmo é o melhor caminho. Ficamos mais próximos e mais conectados a cada dia, e curtir um ao outro tem sido maravilhoso.

Ok, admito que isso não quer dizer que eu não tenha imaginado. Não quer dizer que eu não fique animado até *demais* toda vez que as coisas ficam intensas, nem que eu não tenha tomado muitos banhos frios, nem que eu não olhe para o lado vazio na minha cama todas as noites e me pergunte como seria se ela estivesse ali, para dormir agarrada a mim depois de...

Cabeça de cima, Daniel. Cabeça de cima.

— Daniel? Vamos? — Desperto do meu breve devaneio com o som da sua voz e seu aperto na minha mão.

— Ah, sim. — Pisco, ficando constrangido quando Arthur solta uma gargalhada alta.

— Cuida direitinho dele, Mel. O cara já está até viajando, e posso imaginar em que terras ele está querendo pousar — ele diz, ainda gargalhando alto, protegendo-se com os braços quando dou um passo em sua direção.

Mel me puxa pela mão para me impedir, e, quando a olho, suas bochechas estão avermelhadas, mas ela sorri e continua me olhando quando fala com Arthur.

— Deixa comigo.

Meu sorriso espelha o seu, e me concentro tanto em fitá-la e me apaixonar ainda mais que as risadas e assobios dos meus amigos são meros ruídos ao fundo.

Despedimo-nos deles e vamos embora, entre carinhos, sussurros e risadas, e só penso no quanto me sinto feliz e em fazer tudo o que estiver ao meu alcance para não acabar arruinando tudo.

Eu sei que não saberei viver comigo mesmo se chegar a magoá-la, um dia.

Sei que não aguentarei ver a história se repetir.

Mel

— Acho que tem uma pessoa aqui animada demais da conta com o que Arthur disse sobre termos o apartamento todo só para nós — comento quando Daniel e eu entramos em casa, grudados, quase ofegando por não afastarmos nossas bocas uma da outra por um mísero segundo.

O bem que ele me faz é incrível. Sempre que penso que é impossível me apaixonar ainda mais, ele me surpreende e prova que isso é, sim, possível, seja com uma palavra, seja com um gesto. Mais importante do que isso, ele me faz sentir que tudo o que sinto em relação a ele é recíproco.

Como a bela pessimista que ainda não deixei de ser, às vezes, tenho um pouco de receio quando penso no quanto estou feliz com ele. Fico me perguntando se já paguei o preço dessa felicidade, ou se essa dívida ainda está por vir me cobrar. Mas basta um sorriso dele, um toque, um sussurro, para que tudo isso evapore e eu só consiga pensar em aproveitar o *meu* namorado.

Ok, ria de mim, mas ainda fico boba quando penso nisso.

— Tenho certeza disso. E eu também estou animado — ele brinca e eu rio contra sua boca. Ele se afasta para me olhar e segura meu rosto com as duas mãos, afagando as bochechas com os polegares. — O que acha de jantarmos, irmos para o sofá, colocarmos um filme e não assistir? — sugere, beijando meu queixo.

— Adorei a ideia — murmuro, sentindo suas mãos deslizarem por meus braços e voltarem a envolver meu corpo, e seus lábios migrarem para minha garganta, para, em seguida, distribuir beijos por meu pescoço e ombro.

Assim que ele ergue o rosto para me olhar e se prepara para atacar minha boca, nos sobressaltamos ao ouvir a porta da frente abrir e fechar. Fico em alerta, pois Olivia só deveria chegar domingo à noite. Ela nos olha antes de entrar no quarto, batendo a porta, e a preocupação cresce ainda mais porque percebi seu rosto molhado e o nariz vermelho.

Olho para Daniel e desvencilho-me dele.

— Vou ver o que ela tem — digo e ele apenas assente, parecendo preocupado também. Entro no quarto e encontro minha amiga na cama, deitada de bruços e com o rosto enterrado no travesseiro.

Me aproximo com cautela e toco sua panturrilha para chamar atenção. Ela funga e ergue o rosto, olhando para trás com a expressão completamente desolada. Logo ela se remexe na cama e me puxa para perto, abraçando-me pela cintura e chorando copiosamente. Meu coração fica apertado e eu afago seus cabelos, pedindo que se acalme e dizendo que tudo vai ficar bem, mesmo que eu nem ao menos saiba o que aconteceu.

— Liv...

— Eu sou uma idiota, Mel! — ela explode, agarrada a mim como se sua vida dependesse disso. — Sou uma idiota!

Entre lágrimas, ela se lamenta, segurando minha blusa com força. Afasto os cabelos de suas bochechas e, aos poucos, tento fazer com que ela me olhe, mas ela insiste em esconder o rosto. Parece decepcionada e envergonhada.

— Liv, olhe para mim, por favor — imploro, tentando enxugar suas lágrimas quando ela retira as mãos do rosto. — Fique calma, ok? Não se martirize desse jeito. Você não é uma idiota! Não sei o que aconteceu, mas tenho certeza de que você não é — digo com afinco, enquanto ela me olha, soluçando.

Sento na cama e ponho um travesseiro no colo, onde ela repousa a cabeça e afunda o rosto, chorando mais. Continuo a acariciar seus cabelos, deixando que desabafe, que coloque suas frustrações para fora até que consiga se acalmar.

Não sei quanto tempo passa, mas ela acaba ficando mais quieta, sem mais se autointitular estúpida ou idiota. Minha amiga suspira, e, por um momento, penso que ela acabou dormindo.

— Liv? — chamo, só para confirmar se ela está acordada. Ela leva a mão ao rosto e esfrega o nariz, para me fazer constatar que não caiu no sono. — Está melhor? — questiono prudentemente, apertando seu ombro.

— Não — ela responde em um fio de voz, ainda embargada pelo choro.

— Quer falar sobre o que aconteceu?

Ela suspira mais uma vez, fungando em seguida, e se ajeita.

— O Victor... é um canalha. Ele me fez de idiota. Cretino, cafajeste, mentiroso... eu me odeio, me odeio!

Ela esconde o rosto novamente.

— Não diga isso, Liv! Se ele foi canalha, você não deve se culpar — tento acalmá-la. Ela funga mais uma vez e se levanta, sentando ao meu lado na cama.

Liv me fita com seus olhos ainda úmidos e o rosto inchado.

— Sim, Mel, eu sou uma idiota. Sim, eu me odeio! Sabe por quê? Porque, esse tempo todo, eu gostei dele e quis ficar com ele por achar que ele fosse alguém que não me machucaria, que não me faria mal. Eu sempre morri de medo disso. Sempre! E, quando eu achava que estava me livrando disso, estava, na verdade, me colocando na situação da qual tanto fugi. Eu tenho tentado, com todas as minhas forças, detestar o Arthur, tirá-lo da minha cabeça, não deixá-lo entrar no meu coração, por pensar que ele, sim, o quebraria. E, agora, o cara com quem eu achava que teria um relacionamento feliz destruiu tudo isso e ainda me fez dispensar o cara por quem eu *realmente* estou apaixonada e que não faria isso comigo. Agora eu sei, Mel. Agora eu sei que ele não faria. E eu fui estúpida e cega para deixá-lo passar. Agora é muito tarde...

Ela vomita as palavras conforme mais lágrimas caem, deixando um nó na minha garganta. Estou tão acostumada com uma Olivia forte e determinada. Vê-la tão frágil e magoada me parte o coração.

Alcanço a gaveta do criado-mudo e pego alguns lenços.

— Calma, Liv. Não fique assim! Não é tarde demais, pode ter certeza — afirmo, e ela me olha com uma centelha de esperança nos olhos, mesmo que seus soluços digam outra coisa.

— Claro que é. Não viu como eu o tratei esse tempo todo? Não me viu dizer coisas ridículas, enquanto ele estava tentando me provar que não é o cretino que eu pensei que fosse? Isso cansa uma pessoa, Mel.

Liv está tão enganada. Vi hoje a prova de que, mesmo que ele tenha se magoado com ela em algum momento, ele não a rejeitaria. Arthur realmente gosta da minha amiga.

— Vá atrás dele, Liv. Se você errou, reconheceu o quer, por que não lutar por ele? — questiono, tentando abrir seus olhos, mas ela ri sem humor algum e funga mais uma vez.

— Queria que fosse fácil assim, Mel. Eu o tratei tão mal e, agora que descobri que meu namorado realmente era o canalha que ele tentou me fazer enxergar, vou pedir que venha feliz da vida para os meus braços? Acho que não.

Pego uma de suas mãos, segurando-a firmemente entre as minhas.

— Pode ser fácil, Liv. Só depende de você.

Ela baixa a cabeça, deixando escapar mais um soluço, e depois de alguns segundos, limpa o nariz novamente e enxuga mais uma lágrima que deseja cair.

— Não sei. Estou magoada demais. Estou me odiando muito por ter sido tão estúpida. Só queria continuar trancada aqui e chorar ainda mais — diz, começando a embargar a voz novamente e deixar mais lágrimas correrem por suas bochechas.

Eu a abraço e digo que tudo ficará bem. Deixo que ela ensope meu ombro com seu choro de decepção. Alguns momentos depois, Liv se afasta de mim, olhando-me com o rosto inchado e vermelho, enxugando-o com mais um lenço. Ela solta um suspiro longo e me lança um sorriso pequeno.

— Obrigada, tá? Desculpa por te lambuzar toda — pede, apontando para meu ombro. Balanço a cabeça e sorrio para ela também.

— Não se preocupe. É para isso que ele serve — respondo, arrancando-lhe uma risadinha. — Não quero ver você assim. Me promete que vai tentar ficar bem?

— Vou tentar.

— Vai dar tudo certo, Liv. Do jeito que tiver de ser — afirmo, usando as palavras que ouvi Daniel dizer a Arthur mais cedo.

Não sei se ela põe muita fé no que digo, mas tenta sorrir e me abraça mais uma vez antes de me dizer que posso tomar banho primeiro, já que ela está precisando de uma chuveirada bem longa. Quando termino e ela entra no banheiro, vou para a sala, encontrando Daniel sentado no sofá, com os pés apoiados na mesinha de centro, zapeando os canais de televisão. Ele se endireita assim que me vê, e sento ao seu lado, explicando o que aconteceu. Entre uma frase e outra, nos distraímos ao tentar decidir o que jantar, optando por pratos prontos congelados. Olivia ainda não saiu do quarto, então fazemos somente para nós.

Não muito tempo depois, estou tentando prestar atenção na TV enquanto Daniel prefere dar atenção até demais ao meu pescoço — ok, não estou tentando prestar atenção em porcaria de TV nenhuma —, e a campainha toca. Sinto o suspiro de insatisfação do meu namorado contra minha pele antes de ele erguer o rosto. Daniel levanta e vai abrir porta e, assim que o faz, minha boca se estica em um sorriso pequeno.

Arthur mal cumprimenta o amigo, pois logo sua atenção se volta para outro foco. Quando sigo seu olhar, encontro Olivia, a dois passos do nosso quarto, de onde acabou de sair. Seus cabelos úmidos emolduram seu rosto ainda alterado pela crise de choro, mas posso jurar que nunca vi seus olhos brilharem tanto quanto agora. Eles se olham por um bom tempo, e Daniel vem até mim, para não atrapalhá-los. É quase como assistir a uma cena de filme, onde os personagens ficam estáticos devido a tantos pensamentos e sentimentos em conflito; devido à dúvida sobre como agir em seguida.

Olho para Daniel e aponto para o quarto com a cabeça, para que possamos dar privacidade a eles, e, quando estamos nos levantando para sair de fininho, vejo Olivia andar em direção a Arthur, que também anda até que os dois estejam frente a frente, com quase nada de distância separando-os. Ele coloca a mão delicadamente sobre os lábios dela antes de dizer:

— Shhh. Não precisa dizer nada. Só vem comigo.

Ele a segura pela mão e, antes de sair com ele pela porta, Liv olha para trás e posso ver um sorriso sincero de alívio estampando o rosto da minha amiga. Quando Daniel e eu estamos sozinhos novamente, suspiro e ele me abraça.

— Será que agora vai? — pergunta, e eu dou risada das palavras e do tom que ele usa.

— Agora vai.

15. MAIOR QUE O MEDO DE QUEBRAR DE NOVO

Mel

Respiro fundo após acenar para a última criança que sai da sala de aula. Recolho as provas, guardo em uma pasta grande e junto o restante das minhas coisas. Passo pelos corredores, querendo mais do que nunca chegar em casa, descansar por algumas horas e deixar para planejar a próxima aula amanhã, quando voltar da faculdade, e corrigir os testes somente no fim de semana.

Assim que alcanço o pequeno pátio antes do portão, surpreendo-me ao ver Daniel sentado em um dos bancos de madeira, conversando com um aluno que não reconheço. Fico parada enquanto sorrio e meu coração se aquece ao presenciar aquela cena fofa, em que meu namorado está dizendo algo, como se fosse um segredo, ao garotinho, que acena positivamente com a cabeça e ergue o polegar. Daniel estica o punho e o menino faz o mesmo, batendo no dele antes de levantar e sair correndo para ir embora com a mãe que acaba de chegar.

Vejo quando ele começa a olhar ao redor, provavelmente me procurando, e vou em sua direção, sendo agraciada com seu sorriso lindo quando seus olhos encontram os meus. Deus, eu nunca vou me cansar disso.

Daniel levanta e arruma a mochila nas costas bem no momento em que paro em sua frente.

— O que está fazendo aqui? — pergunto enquanto ele tira as pastas das minhas mãos.

Geralmente, os dias e horários em que ele dá monitoria coincidem com os que trabalho, e por isso ele nunca apareceu aqui para me buscar antes.

— Não tinha monitoria marcada para hoje. Tive uma aula depois do almoço e vim direto da faculdade para irmos embora juntos — explica, dando de ombros. — Saímos com tanta pressa hoje de manhã que mal nos tocamos. Já estava com saudade, sabia?

Ele me beija e eu rio contra sua boca.

— Humm, tem alguém mal acostumado aqui ou é impressão minha? — brinco, acariciando seus cabelos. Seu braço livre me envolve pela cintura.

— Muito mal acostumado. E a culpa é toda tua. Vai ter que arcar com as consequências, Honey.

Balanço a cabeça, e ele ri. Entrelaçamos as mãos e seguimos caminho para casa.

— Vamos dar uma volta na praia? — Daniel sugere quando alcançamos o portão do nosso prédio. Franzo a testa para sua ideia.

— Hummm... — Olho para ele, que ri ao abrir o portão e me deixar entrar primeiro. As últimas semanas têm sido bem chuvosas, e somente hoje o sol resolveu fazer uma visitinha pela manhã. Agora ele não está mais brilhando tanto assim, mas o tempo está fresquinho.

— Dooois... — ele brinca e eu faço uma careta.

— Daniel, a praia não é tão perto assim daqui, e eu vou acabar ficando ainda mais cansada e ranzinza.

— Ah, não se preocupe. Tenho soluções perfeitas para esses seus problemas aí. — Ele pisca para mim.

— E elas seriam...?

— Bom, se você ficar cansada, posso te carregar. Se ficar ranzinza, te encho de beijos.

Estreito os olhos e aperto os lábios, tentando evitar entregar meu divertimento, mas isso se torna impossível diante de palavras tão convincentes.

— Odeio quando você argumenta tão bem — digo e reviro os olhos, arrancando uma gargalhada dele, que me dá um beijo estalado nos lábios.

— Vamos guardar nossas coisas.

Subimos e vou direto até meu quarto, aproveitando para tomar banho.

Quando volto para a sala, Daniel está lá, em pé ao lado do sofá, também de roupa trocada. Suas sobrancelhas estão franzidas e, por um momento, penso que sua expressão representa apenas concentração, mas, no mesmo instante, posso jurar que leio seus lábios proferirem um palavrão sem emitir som, enquanto ele olha para o celular e agarra um punhado de cabelo na nuca.

Seja lá o que ele esteja vendo, sem dúvida, o preocupou ou o irritou, e isso *me* deixa preocupada. Arrisco dizer que Daniel é a pessoa mais tranquila do mundo, e sei que é preciso muito para tirá-lo do sério. Aproximo-me com cautela e, quando estou a dois passos, ele ergue a cabeça e me vê, se esforçando para suavizar o vinco entre as sobrancelhas. Elimino o espaço entre nós e afago suas costas.

— Tudo bem? — questiono, sorrindo e soando o mais casual possível.

Ele bloqueia a tela do celular e o joga sobre o sofá no mesmo instante.

— Claro. Estava só respondendo uma mensagem do Alex — explica, passando o braço por meus ombros e beijando minha testa. — Vamos?

Apenas assinto, tentando não me incomodar com a sensação de que ele está escondendo alguma coisa. Pode ser algo simples, bobo, que diga respeito somente a ele, e eu posso estar criando paranoias sem sentido na minha mente, afinal, sou expert nisso.

Balanço a cabeça, recusando-me a ser escrava dos meus pensamentos pessimistas, e o abraço com mais força ao sairmos.

Depois de tomarmos sorvete, pedalarmos e Daniel usar seu poder de persuasão para me fazer tirar os tênis e andarmos pela areia, nos deparamos com uma pequena reunião em volta de um rapaz que toca violão e canta músicas românticas com uma voz suave. Nos mantemos a alguns passos de distância, de repente alheios ao resto do mundo, com as canções embalando ao longe.

Daniel encosta a testa na minha e deslizo as mãos por seus ombros e peito, até abraçá-lo pela cintura, ao mesmo tempo em que ele também me envolve, suspirando quando distribuo beijos por sua mandíbula e pescoço, antes de fechar os olhos e pousar a bochecha em seu peito, sentindo seu calor reconfortante e as batidas do seu coração.

Eu poderia ficar assim para sempre.

— Amo quando você me abraça — murmuro contra seu peito, sentindo-o subir e descer conforme ele respira. — Pode parecer loucura, mas... é como se todos os meus pedaços se juntassem novamente. Cada um no seu devido lugar. Como eu pensei que nunca fosse acontecer.

Continuo de olhos fechados, apreciando o carinho que suas mãos fazem em minhas costas. Não costumo falar coisas assim, relacionadas à minha resistência a deixá-lo se aproximar antes, ou qualquer outra pessoa. Algumas coisas simplesmente não valem a pena serem trazidas à tona. Mas o jeito que ele me faz sentir torna natural a vontade de expor a forma que me sinto.

Ele beija meu cabelo antes de falar.

— Não é loucura. Sinto a mesma coisa.

Abro os olhos e encaro o horizonte, ouvindo somente seu inspirar e expirar cadenciados e o barulho das ondas do mar. Às vezes, ele fala como se entendesse exatamente como me sinto. Como se soubesse as mágoas que até pouco tempo pesavam em minha vida, mesmo que eu ainda não tenha aberto essa parte do meu coração. Não sei dizer se isso é para me fazer sentir melhor ou se há alguma parte do seu coração que ele também não tenha aberto ainda, apesar de minhas certezas estarem pesando mais para o lado da segunda opção.

— Sente?

— Uhum.

O palpitar em meu peito me faz inspirar com força. Meus braços apertam ao seu redor, enquanto a angústia que sinto com sua revelação batalha com a minha vontade de fazer por ele o que ele faz por mim.

— Não sabia que você já havia quebrado um dia.

— Acho que todos passamos por isso em algum momento da vida.

Sua sentença vem acompanhada de um dar de ombros muito leve.

— Isso não te assusta? — inquiro baixinho, esperando sua reação que, pelos cinco segundos seguintes, se resume a nada. Não consigo ver seu rosto, então apenas assumo que ele está ponderando a minha pergunta e tentando entender seu significado. — Quero dizer, quando algo quebra, nunca mais torna a ser o que era antes, mesmo com todos os pedaços recolocados no lugar. Fica frágil, vulnerável... inseguro. Esperando pelo momento em que o mínimo dos deslizes o despedace novamente.

Engulo o nó que ameaça surgir em minha garganta, e Daniel leva suas mãos ao meu rosto, afastando-nos um pouco para que possamos nos olhar.

— Quer que eu seja sincero?

— Sempre.

Seus polegares afagam as maçãs do meu rosto.

— Sim. Me assusta pra caralho — responde de uma vez, com uma expressão séria, mas suave. — Mas, então, eu olho pra ti. E, simples assim, o receio se torna insignificante. O que sinto por ti é muito maior do que o medo de quebrar de novo, Mel.

Vejo o momento em que ele olha para minha boca e a sua se estica em um sorriso grande, espelhando o meu. Suas palavras, suas carícias e tudo o que ele é fazem com que uma certeza comece a se plantar dentro de mim.

Mesmo que estejamos juntos há pouco tempo e não seja fácil deixar meus receios para trás assim, tão de repente, eu quero tentar de verdade. Tudo o que eu quero é apreciar seus sentimentos traduzidos em gestos e sorrisos. Acariciá-lo, senti-lo, amá-lo. Sem pensar no que foi ou no que poderá ser. Sem pensar que, a qualquer momento, eu possa quebrar novamente.

Não permita que eu quebre de novo, Daniel.

— Também amo quando você diz as coisas certas para me fazer sentir melhor.

Ele beija meu nariz.

— E você estava precisando se sentir melhor porque...

— Ah, é besteira minha, eu acho. — Suspiro. — Não quero parecer dramática ou fazer cena, mas sou meio insegura. Às vezes, é inevitável, para mim, pensar demais, sentir medo, me preocupar demais...

Ele põe um dedo sobre meus lábios, silenciando-me, e eu me perco na intensidade do seu olhar penetrante.

— Sempre farei o possível para te provar que nós valemos a pena. Talvez até o impossível. Eu prometo.

— Eu também.

Nossos lábios se juntam em um beijo com sabor de promessa e ternura, e decido que, se é isso que tenho para me agarrar, segurarei com as duas mãos. Com força. Sem medo.

Porque o que eu sinto por ele é maior do que o medo de quebrar de novo.

Um barulho alto nos sobressalta e nos afastamos no mesmo segundo. Um trovão.

Olhamos para o céu ao mesmo tempo, e estalo a língua ao ver que as nuvens estão escurecidas. Estávamos tão imersos um no outro que nem percebemos o tempo mudar.

— Ah, fala sério! — grunho, insatisfeita.

— Hora de ir embora, eu acho — Daniel comenta, rindo quando rolo os olhos.

— Merda, e quando penso em todo o caminho de volta para casa...

De repente, Daniel me ultrapassa e fica de costas para mim, curvando-se um pouco, e eu não entendo nada até que ele fale.

— Vem. Sobe nas minhas costas.

Estreito os olhos e fico em dúvida. Não acredito que ele aguente me carregar o tempo todo até em casa. Não sou tão leve assim.

— Daniel, não preci...

— Sobe logo, Mel — ele me interrompe, entregando-me seu par de chinelos.

— Ok, mas não reclame quando estiver indo para o hospital com as costas travadas de dor — digo ao pular nele, que segura minhas pernas para que eu fique bem presa ao seu corpo. Sinto-me um bicho-preguiça agarrado a um tronco de árvore. Mas um tronco bem quente, macio e com um cheiro muito bom.

— Bah, é uma pena termos que ir embora sem dar um mergulho — ele comenta, e começo a ficar nervosa quando o sinto se direcionar à água.

— Para de graça, Daniel! — aviso, tentando soar firme, mas o nervosismo me faz rir. Ele desvia das ondas que batem na areia, mas logo torna a ir em direção ao mar. — Daniel, é sério!

— Só um mergulhinho, Honey!

— Não! Eu vou ficar toda molhada!

— Ah, mas assim que é bom!

Ele gargalha da própria piada e, dividida entre rir e ficar encabulada, perco as contas de quantas vezes grito com ele quando ameaça entrar no mar, comigo nas costas e tudo. Minha barriga dói de tanto que gargalho, e ele me perdoa quando o tapa que dou em seu ombro é forte demais. Por sorte, estamos perto de casa quando as primeiras gotas de chuva começam a cair. Nossas pernas estão empanadas de areia quando entramos no prédio, e meu short está molhado dos respingos de água salgada, assim como a bermuda dele.

As evidências do nosso fim de tarde perfeito.

16. I LOVE HONEY

Mel

— Eu não vou lavar a louça. Já fiz o jantar — aviso depois que coloco meu prato na pia e volto para a sala. Olivia me olha com uma expressão indignada.

— Me poupe, Mel. Quem fez o jantar foi o Daniel. Você só colocou a água do macarrão para ferver e ficou agarrada a ele enquanto ele se movia pela cozinha.

Pego uma almofada e atiro em sua direção, mas Arthur a defende e a pega antes que atinja sua namorada. Puxa-saco.

— Participei mesmo assim, uai. — Mostro a língua para ela. — Acho justo que agora você e o Arthur lavem a louça.

O namorado da minha amiga assume uma expressão indignada.

— Ihh, que merda é essa? Sobrou pra mim agora, é?

— Fala direito com ela, porra. — Daniel tenta atingi-lo com o pé, mas ele se afasta antes que meu namorado consiga. — Você já está praticamente morando aqui também, Arthur. Uma ajudinha de nada não vai doer — Daniel replica a indignação do amigo, que pondera suas palavras e, quando penso que vai rebater, apenas dá de ombros e concorda, começando a arrastar Liv com ele, que se faz de molenga.

— Argh, mas amanhã vocês não fugirão, seus danados! — minha amiga ameaça, seguindo para a cozinha, com Arthur abraçando-a por trás.

Sigo os dois, indo até a geladeira para beber água, e surpreendo-me quando sinto a mão de Daniel em minha cintura e seus lábios em minha orelha, sussurrando que estará esperando por mim em seu quarto. Retribuo seu sorrisinho de cumplicidade e termino minha água depois que ele sai, virando-me para me deparar com o olhar sugestivo de Olivia.

— Humm, acho que hoje tem, hein...

Ruborizo imediatamente, esticando a mão para beliscar seu braço.

— Cala a boca, Liv! — peço, apontando com a cabeça para Arthur, que está de costas para nós e de frente para a pia, começando a colocar detergente na esponja.

— Já era. Já ouvi. — Ele vira o rosto para nós rapidamente, rindo ao ver minha expressão. — *Hoje... É hoje... É hoje... É hoooojeeeee!*

Arthur começa a balançar o quadril de um lado para o outro, cantando, e sendo acompanhado por Olivia, que fica atrás dele, com as mãos em sua cintura e seguindo seus movimentos. Os dois explodem em gargalhadas e eu fico dividida entre querer desmaiar e estapeá-los.

— Vocês dois se merecem mesmo — murmuro, erguendo o dedo do meio.

— Tenho camisinha no quarto, caso precise. — Liv fecha com chave de ouro a série "Matando a Mel de Vergonha – Episódio 2548".

Balanço a cabeça e, sentindo-me engraçadinha, olho para ela e ergo o polegar antes de sair da sala. Ela pisca para mim e gargalha mais uma vez, enquanto eu sigo para meu quarto esfregando o rosto. Vou escovar os dentes e, ao passar pelo cômodo novamente, penso no que minha amiga disse.

Bom, eu não estou esperando que aconteça alguma coisa. Hoje, agora. Pelo menos, eu não *estava*, até aquele casal pirado na cozinha colocar coisas na minha cabeça. De umas semanas para cá, durmo no quarto de Daniel quase todas as noites. E não é que nunca tenha rolado nada... mas nunca fomos até o fim. Ele sabe que sou virgem e respeita minha relutância, apesar de nos beijarmos, nos agarrarmos, nos tocarmos, e me segurar pareça meio idiota da minha parte.

Não sei se isso deve ser algo planejado, premeditado, antecipado — eu diria que não —, mas...

Tô de boa. Relaxada.

Pirando? Nem um pouco.

Respira.

Argh, ok!

Apresso-me e vou até o criado-mudo ao lado da cama de Olivia, sem nem ao menos ter certeza de que estarão ali, abrindo todas as gavetas até encontrar, na penúltima, uma caixa de camisinhas aberta. Mal acredito que estou fazendo isso, mas pego uma e coloco no único bolso traseiro do meu short de pijama. Nunca se sabe, e é justamente por nunca se saber que se deve andar prevenida, certo?

Sei lá. Só sei que, depois do nosso fim de tarde, me sinto mais do que pronta para isso. Aconteça hoje, amanhã, depois.

É o Daniel, pelo amor de Deus.

Quando chego em seu quarto, ele está deitado na cama, usado apenas uma bermuda de pijama, com os olhos fechados e movendo os lábios, cantarolando alguma música que não reconheço. Mordo o interior da bochecha conforme encaro seu peito nu.

Seus olhos abrem e sou pega no flagra, recebendo um sorrisinho travesso.

— Precisamos lembrar de comprar um babador pra ti, Honey — comenta, sentando-se na cama para me dar espaço. Sorrio e belisco seu braço.

— Bobo — sussurro antes de beijá-lo. — Ainda estou me acostumando com... tudo isso — digo, passando as mãos por seu peito. Sinto sua risada vibrar sob minhas palmas e ele me puxa pela nuca, emaranhando os dedos em meus cabelos e beijando meu pescoço.

— Sou o namorado mais gostoso que tu já teve, confessa.

Errr...

Bom, eu sei que seu comentário foi brincadeira. Daniel nunca perde o bom humor e eu amo isso nele, mas suas palavras me deixam um pouco desconfortável. E, o pior: ele percebe, diante do meu silêncio e minha tentativa de evitar seu olhar.

— O que foi?

— Nada. Err... nada.

— Mel? Nada? Tem certeza?

Merda, não me olha assim.

— O que você disse... eu nunca tive namorado.

Pronto. Falei. O buraco no chão já pode se abrir para que eu me jogue nele.

Daniel, no entanto, me surpreende ao erguer as sobrancelhas e sorrir.

— Ah, é verdade.

— O quê? Como você sabia? Eu nunca disse.

Não que eu me lembre, pelo menos.

Ele olha para os lados antes de responder.

— Ah, sei lá, eu só deduzi...

— Daniel...

Meu namorado expira com força.

— Ok. Olivia me disse, uma vez.

Fecho os olhos e é minha vez de suspirar.

— Danada linguaruda.

Mantenho meu olhar desviado do dele, mas Daniel não deixa que isso dure por muito tempo. Sua mão sobe por meu braço, fazendo carinho, e logo está em meu queixo, que ele puxa gentilmente para que eu o olhe.

— Vou soar muito babaca se te disser que gosto disso? — pergunta e eu apenas franzo as sobrancelhas, sem responder. — Apesar de pensar que a única explicação para você nunca ter namorado antes é o fato de que todos os outros caras do mundo são um bando de palermas com problemas de visão, fico feliz que tenha sido assim, porque adoro saber que sou o único que já te beijou, te tocou...

Seus lábios tocam os meus enquanto ele corre o dedo indicador por meu pescoço, seguindo pelo colo até parar entre meus seios. Inspiro profundamente.

— Bom, isso é verdade, mas...

— Mas o quê?

— Posso nunca ter namorado antes, mas você não foi o meu primeiro beijo — revelo, fazendo-o afastar o rosto minimamente para me observar melhor. — É quase como se fosse, já que o desastre aconteceu há tanto tempo, mas mesmo assim...

Daniel ri um pouco.

— Desastre? Por quê? O cara beijava tão mal assim?

Olho para baixo e pouso a mão em sua coxa, puxando o tecido da bermuda entre o indicador e o polegar, sendo inundada por lembranças que, surpreendentemente, não me incomodam tanto como costumavam há um tempo.

— Quem dera ter sido só isso.

Seus dedos escovam minha bochecha e se movem para colocar meu cabelo atrás da orelha, não sei se apenas pelo carinho ou para que veja melhor meu rosto. Acho que pelos dois motivos.

Olho para ele, esperando que pergunte mais alguma coisa. Mas Daniel não o faz. Continua me fazendo carinho, observando-me, como se esperasse que eu desse o próximo passo. Deixando-me à vontade para deixar para lá ou explicar.

Minha boca decide antes da minha mente.

— Eu tinha dezesseis anos. Estava no segundo ano do ensino médio, vivendo normalmente, sem pressão ou qualquer encanação. Eu não tinha pressa; sempre fui tímida e gostava de acreditar que as coisas sinceras acontecem naturalmente, sabe? Olivia me enchia o tempo inteiro, perguntando se eu achava tal garoto bonito, porque não conversava com eles, blá, blá, blá... mas eu estava quieta no meu canto, recusando-me a pirar por isso. Até que, certo dia, pegando-me desprevenida, um garoto que estudava no terceiro ano falou comigo na biblioteca, perguntando se eu não podia recomendar-lhe algum livro para estudar tal matéria. Fiquei confusa e apenas disse que não fazia ideia, já que estava um ano atrás dele, e ele logo abriu o jogo, dizendo que não conseguiu pensar em outra forma de se aproximar.

Faço uma pausa, rolando os olhos para o que acabo de relatar.

— A partir daí, conversar com ele passou a fazer parte da minha rotina. Ele falava comigo quando eu chegava à escola, íamos estudar juntos, e as investidas dele estavam cada vez mais evidentes, até mesmo para mim, que era completamente alheia a esse tipo de coisa. Algum tempo depois, em um dia qualquer, tínhamos perdido a noção da hora quando ele me convidou para ir até uma sorveteria, e me apressei para ir para casa quando vi que estava anoitecendo, e foi então que, antes que eu fosse embora, ele me puxou e... você sabe.

Reviro os olhos novamente e sinto vontade de rir quando Daniel faz o mesmo, logo se recompondo e segurando minha mão para acariciá-la.

— Eu gostava dele. Ele era gentil, carinhoso, e assim foi por algumas semanas. Eu ficava horas falando para Olivia como estava me sentindo bem. Tão bem e tão boba, que nem ao menos parei para reparar que ele não se aproximava de mim direito quando estávamos pelos corredores ou o pátio da escola. Só percebi isso no dia em que cheguei lá e algumas pessoas estavam me olhando estranho. Algumas estreitavam os olhos para mim, outras seguravam a risada, outras me olhavam de cima a baixo com uma expressão desdenhosa...

"Estava começando a ficar nervosa com aquilo quando, do nada, um garoto que nem me lembrava conhecer se aproximou e passou um braço por meus ombros, cumprimentando-me e perguntando se eu tinha algo para fazer no fim de semana. Afastei-me, perguntando qual era seu problema, e ele começou a rir. Ainda me lembro de suas exatas palavras: 'Ah, qual é? O Leo pode, e eu não? Se você foi louca o suficiente para dar pra ele, pode dar pra mim também'."

Suspiro com força antes de continuar. O incrível é que não está doendo falar sobre isso. É como se um peso estivesse sendo levado das minhas costas.

— Fiquei com tanta, tanta raiva. Além de estar me envolvendo com uma pessoa errada, fui ridiculamente ofendida. E, mais tarde, tudo veio à tona e eu entendi. Aquilo não passava de uma aposta. Descobri que até mesmo fotos de nós dois nos beijando ele havia espalhado, incluindo uma em que acabei cochilando no sofá da casa dele na única vez em que fui até lá, para provar aos amigos que havia conseguido comer a "garota que se achava boa demais para ficar com alguém dali". Gritei com ele, o soquei, destilei toda a minha repulsa, e o idiota apenas riu de mim, vitorioso por ter vencido a aposta.

"Fiquei tão mal que nem consegui ir para a escola nos dias seguintes e, quando decidi ir, os olhares e os cochichos não me deixavam esquecer toda aquela humilhação. Perdi as contas de quantas vezes Olivia quase se meteu em confusão por ir tirar satisfação com quem me olhava torto ou ria e cochichava quando eu passava. Meus pais falaram com os pais daquele imbecil, que mal quiseram acreditar que o filhinho precioso seria capaz de ser tão cretino e isso quase deu uma confusão grande também. Só não deu porque eu não deixei. Disse aos meus pais que achava melhor deixar o assunto morrer, porque não aguentava mais remoer aquilo. Eventualmente, o ano seguinte chegou e ele foi embora do colégio, e a história foi caindo no esquecimento, os dias foram ficando menos torturantes... mas, desde então, minha confiança ficou abalada e tudo o que fiz nos anos seguintes foi me esconder atrás de escudos de insegurança que criei."

Inspiro com força mais uma vez, surpresa comigo mesma por não ter deixado o nó em minha garganta arrebentar e resultar em lágrimas. Daniel continua me encarando e o vinco em sua testa parece ter se congelado ali. Ergo a mão e acaricio seu rosto, passando o polegar acima de suas sobrancelhas para tentar relaxá-las. Não funciona muito, mas é tão bom poder acariciá-lo. É tão bom olhá-lo e sentir uma segurança que eu achava ser impossível conhecer algum dia.

— Ah, Honey... que merda. Eu sinto muito.

— Não sinta. Já faz tempo.

— Faz tempo, mas te magoou muito. Porra, que filho da mãe escroto! Agora faz sentido. Agora eu entendo por que você ficava fugindo de mim.

— Eu não fugia de você!

Ele estreita os olhos para mim.

— Mel...

— Argh, ok! — rendo-me, rolando os olhos. — Mas você ouviu tudo o que acabei de dizer. Foi uma experiência que se fixou na minha mente que ninguém nunca se aproximaria de mim com sentimentos bons e sinceros, sabe? Eu sei, tem toda aquela história de não odiar todas as rosas só porque uma te feriu com os espinhos, mas, na minha cabeça e, principalmente, no meu coração, prevenir pareceu uma opção melhor do que ter que remediar.

"E, bom, manter distância nem foi tão difícil assim. Olivia, uma vez, me perguntou como eu conseguia ficar sozinha por tanto tempo, e eu respondi que nem fazia esforço. Talvez a minha postura tenha se refletido em um aviso em neon brilhando na testa dizendo 'Nem vem! Não tô a fim!', e, por um lado, isso era bom, porque a minha intenção era exatamente essa. Mas, deixando a hipocrisia de lado, às vezes... meio que fazia falta."

Digo essa última parte sussurrando. Nem mesmo para Liv eu confessei isso.

— Mas, então, você apareceu, e tudo o que você me fez sentir me assustou desde o primeiro momento. Sem contar que não parecia ver meus avisos mandando não se aproximar, e foi impossível te manter afastado. Eu não queria me permitir criar ilusões ou alimentar sentimentos que só me magoariam novamente, mais cedo ou mais tarde. Com você foi... forte, desde o primeiro instante. Eu sei que doeria demais quebrar a cara dessa vez.

Suspiro e baixo o olhar por apenas um segundo, pois Daniel acaricia meu rosto e o puxa suavemente para que eu volte a olhá-lo, encarando-me pensativo, analisando todos os meus traços, inspirando e expirando com força antes de falar.

— Honey... Eu juro que nunca faria nada para te magoar. Nunca. Me entregar a um sentimento tão forte também me assustou no início, mas você faz tudo valer a pena. Estou feliz como não me sinto há muito tempo, e não somente porque tenho você. É, principalmente, porque estou sendo capaz de te fazer feliz.

Aí está. Mais um daqueles momentos em que, quando penso que meu amor por ele atingiu o limite, ele faz com que cresça ainda mais. Mais um daqueles momentos que fazem toda e qualquer insegurança ir para a casa do cacete e me permitem aproveitar cada segundo perto dele.

— Já te disse hoje que você é incrível? — questiono ao pousar as mãos em suas bochechas e puxar sua boca para a minha.

— Não. — Ele franze os lábios e olha para os lados, como se estivesse pensando. — Na verdade, a última vez que você disse isso foi ontem, por volta das 22h30, quando eu estava com a mão entre as suas pernas e a boca no seu pescoço.

Rimos um contra a boca do outro, e eu belisco sua barriga antes de abraçá-lo com força, inspirando seu cheiro e me deleitando com sua pele quente contra mim, sendo correspondida com seus carinhos.

— Mel, eu... — ele balbucia de repente. Afasto-me um pouco e o observo enquanto o espero concluir o que quer que esteja querendo dizer. — Eu quero te dar uma coisa.

Ergo as sobrancelhas, curiosa.

— O quê?

— Espera um pouco aqui — ele pede antes de beijar minha bochecha e levantar da cama, indo até o guarda-roupa.

Assim que o abre, fico espantada com o embrulho enorme que está ali, amassando a maioria de suas roupas. Daniel abre bem os braços para retirá-lo, fechando as portas com o pé. Ele vem em minha direção e o coloca sobre a cama. Eu me ajeito, para dar-lhe mais espaço, e sinto meus olhos já ressecados de tanto que os arregalo de surpresa. O sorriso que se espalha por meu rosto faz minhas bochechas doerem.

— Eu pretendia te dar isso daqui a algumas semanas, no Dia dos Namorados, mas agora parece um bom momento. Na verdade, é o momento perfeito — explica, sorrindo e dando-me uma piscadela. — Abre — incentiva, ao ver que continuo com cara de boboca, alternando olhares entre ele e o embrulho gigantesco.

Meu sorriso permanece enquanto minhas mãos trabalham no laço. Aos poucos, o presente vai se revelando, e não consigo evitar o "Awwwn!" esganiçado que sai da minha boca quando o vejo por completo.

É o Ursinho Pooh. Ou melhor, o Ursão Pooh. Ele está com uma expressão feliz, usa sua habitual camisa vermelha e segura um pote de mel, onde está escrito "I Love Honey", com um coração bordado no lugar da palavra *Love*.

Meu coração acelera enquanto meus olhos leem e releem a frase singela e cheia de significado. Minha mão está trêmula quando a estico para pegar o bilhetinho que está preso entre o urso e o potinho de pelúcia que ele segura. É bem simples e, quando o abro, meu sorriso se estica ainda mais, mesmo que para mim isso pareça impossível.

Sim. É exatamente isso.
Feliz Dia dos Namorados, Honey.
Com amor,
Daniel

Daniel está sorrindo de orelha a orelha quando ergo a cabeça para encará-lo, e nossos sorrisos se espelham, assim como a infinidade de sentimentos bons que nos envolvem nesse momento. Pego o urso e o coloco mais perto de mim, percorrendo-o com as palmas para sentir sua maciez e parando quando chego ao pote de mel. Passo os dedos sobre as letras bordadas, sentindo meu coração bater frenético por compreender o porquê de ele ter me dado esse presente. Torno a olhá-lo, surpresa ao encontrar seu rosto mais perto do meu. Sua mão vem até minha bochecha para afagá-la e nossos olhares se sustentam por alguns segundos.

Sinto que poderia ficar assim para sempre. Enxergando sua alma através do brilho inegável em seus olhos e deixando que ele veja a minha, sem barreira alguma. Não há sensação melhor do que essa.

— Aquele cara não passava de um babaca que não merece as bolas que tem. Meu Deus, Honey. Eu não conseguiria me manter afastado nem se eu quisesse. Como é possível olhar pra ti e não se encantar? Como é possível te tocar, sentir o teu cheiro, te beijar, sem ficar completamente apaixonado? Você é tão linda, por dentro e por fora... como não te amar?

Seu olhar nunca deixa o meu. Seu toque nunca deixa minha pele. Nossas respirações se misturam com nossa proximidade, e suas palavras me desarmam por completo.

Eu já não tinha dúvidas disso. Mas ouvi-lo dizer é extasiante.

— Daniel...

— Eu te amo, Mel. Me apaixono ainda mais a cada sorriso que você dá, e, porra, é tão bom quando a causa deles sou eu. Eu te amo e te quero por inteiro. Os teus sorrisos, teus carinhos, tuas perfeições e imperfeições, tuas manias... você. Apenas você.

Suspiro e sinto como se meu rosto fosse se partir devido ao sorriso enorme que mantenho, porque é impossível não estampar a plenitude da minha felicidade ao ouvir suas palavras.

Sem dizer uma palavra, levanto-me da cama e coloco o urso no chão. Quando me viro, Daniel está sentado na cama de frente para mim. Aproximo-me, apreciando seu olhar sobre mim, até que estou bem em sua frente. Ele ergue o rosto e, com o olhar preso ao meu, leva suas mãos até meus joelhos, subindo-as e arrastando-as por minhas coxas, quadril, até chegar à barra da blusa. Ofego baixinho, entregando-me às sensações do seu toque em minha pele, e seus dedos levantam o tecido o suficiente para que parte da minha barriga fique exposta e sua boca explore a pele ali, enfraquecendo minhas pernas e me arrepiando inteira.

Quando puxo a blusa pela cabeça, ele para o que está fazendo para olhar para cima, demorando-se em minha seminudez, com um olhar muito intenso, quase intimidador. Sorrio para ele com ternura e levo minhas mãos até seus ombros para apoiar-me no momento em que as suas me puxam e me fazem sentar em seu colo. Sem perder tempo, nossas bocas se encontram em um beijo sôfrego, apaixonado, daqueles que me fazem pensar menos e querer mais, muito mais.

Quando ele para por alguns instantes e me fita, consigo ler o questionamento em seu olhar, em dúvida se deve ou não continuar.

Acaricio seu rosto ao falar.

— Daniel, você conhece a minha alma como ninguém. Você tem o meu coração. Meu corpo é apenas o detalhe que falta para que eu seja completamente sua. É isso que eu quero. Eu te amo.

Seus olhos ardem nos meus diante das minhas palavras e, sorrindo, ele aperta as mãos ao meu redor e puxa ar entre os dentes, reproduzindo um sibilar antes de me atacar com a boca novamente. Perco-me nas sensações, incapaz de reprimir os gemidos e a respiração alta. Minha cabeça gira ligeiramente quando ele me põe deitada na cama, acomodando-se sobre mim e apoiando as mãos em cada lado da minha cabeça, percorrendo-me inteira com o olhar antes de abaixar-se e explorar com a boca todo lugar que consegue alcançar.

Nossas poucas peças de roupa vão desaparecendo e meu coração quase falha quando, encarando-me, ele retira minha calcinha, dobrando minhas pernas de modo que meus pés finquem no colchão. Quando penso que ele irá se livrar da cueca e tornar a deitar sobre mim, sua boca beija a parte interna da minha coxa, primeiro uma, depois a outra, devagar, me torturando, até que sua língua percorre exatamente o lugar em mim que mais pede por ele.

Minhas mãos agarram seus cabelos e os movimentos da sua boca me deixam cada vez mais perto da explosão de prazer que ele já me fez sentir tantas vezes e da qual nunca me cansarei. Suas habilidades frenéticas fazem meu corpo inteiro estremecer e um gemido alto irromper por meus lábios quando atinjo o orgasmo.

Sinto seu corpo serpentear devagar pelo meu, até que ele esteja sobre mim novamente, com um meio sorriso no rosto e o olhar feroz. Ele respira tão pesado quanto eu, e a urgência me faz abraçá-lo com força e puxar sua boca para a minha.

Trocamos mais risadinhas cúmplices quando começo a empurrar sua cueca para baixo, quase implorando que se livre dela e, quando ele o faz, corar é inevitável, mas o desejo pulsa em mim mais forte do que nunca.

Penso na camisinha que está no bolso do meu short, mas fico encarando feito uma idiota enquanto ele se inclina até alcançar seu criado-mudo e retirar um preservativo de lá. Lanço-lhe um olhar inquisitivo enquanto ele a coloca, e apenas pisca para mim antes de baixar a cabeça e beijar o caminho que faz por meu corpo até o rosto.

Ele paira sobre mim, cravando seu olhar no meu, fazendo-me ofegar em antecipação. Daniel me beija mais uma, duas, três vezes e prendo a respiração quando o sinto tão próximo da minha entrada.

— Ainda quer continuar? — ele pergunta, deixando claro que percebeu meu nervosismo. Mas sei que não estou com medo, nem nada. A expectativa é que está me deixando assim.

— Quero sim — afirmo e ele baixa a cabeça para correr a língua por minha orelha. Minhas mãos se fecham em sua nuca.

— Você precisa relaxar, amor.

— Eu estou bem, Daniel.

Ele torna a me olhar.

— Não quero te machucar, Mel.

— Você não vai.

Eu o puxo para mim e nossas bocas roçam uma na outra.

— Eu te amo, Honey.

— Eu te amo, Daniel.

Devagar, sem deixar de me beijar e acariciar, sinto-o me invadir, reivindicando espaço, preenchendo-me. Franzo a testa e mordo o lábio ao sentir a dor e a ardência que isso provoca. Não é agradável de início e, entre arquejos, Daniel pergunta se estou bem, e eu apenas assinto. Quando ele entra por completo, demora apenas alguns segundos até que saia novamente, enterrando o rosto no meu pescoço e murmurando incoerências entre gemidos desesperados. Desço uma das mãos por suas costas, incentivando-o a me penetrar novamente, o que ele logo faz, e eu tento não gemer de incômodo. Desta vez, ele se demora um pouco dentro de mim, esperando que eu me acostume com o encaixe, para depois retirar e colocar novamente, logo assumindo movimentos cadenciados que já não ardem tanto assim, mas não é o suficiente para ser completamente prazeroso.

— Caralho... — ele geme no meu ouvido, deslizando uma mão por meu corpo e agarrando minha perna. — Porra, isso é tão... Eu queria tanto que fosse tão bom pra ti como está sendo pra mim.

— Mas está sendo. Por favor, não pare, Daniel.

Seu grunhido reverbera no meu peito, quase como um rosnado, conforme ele sente a necessidade de acelerar os movimentos. O incômodo vai cedendo aos poucos, mas sei que não será o suficiente para eu chegar ao orgasmo. Ele sabia disso, e por isso quis me dar prazer primeiro.

Eu o amo tanto...

— Honey... eu te amo, eu... merda, eu vou...

Suas palavras são quase desesperadas contra minha pele e meu ouvido. Tento movimentar-me junto com ele, fazendo com que ofegue ainda mais, e abraço-o com força, virando o rosto para correr a língua por seu pescoço até chegar à sua orelha e mordiscar o lóbulo, antes de sussurrar:

— Vem, amor, vem.

Ele geme alto, conforme seus movimentos, já frenéticos, dão lugar a espasmos enquanto ele goza. Acabo gemendo junto, fascinada com o jeito que ele fecha os olhos, morde os lábios e enterra o rosto no meu pescoço, inundando-me com seu hálito quente que bate na minha pele enquanto ele tenta normalizar a respiração.

— Você é tão perfeita, Honey... tão perfeita.

Você é que faz tudo ser perfeito, Daniel.

17. NÃO SEJA COVARDE

Daniel

Encaro meu rosto no espelho do banheiro assim que termino de enxugá-lo com uma toalha pequena. O objetivo é analisar a pele para ver se me barbeei direito, mas acabo preso à minha expressão. Não sou o tipo de cara que vive se admirando no espelho para conferir se está tudo perfeito ou ensaiar caras e bocas, mas, dessa vez, minha atenção se volta para o fato de eu parecer mais... vivo. Por muito tempo, fosse para pentear o cabelo, para me barbear, ou para qualquer porra, eu só via a minha imagem normal, como qualquer outra pessoa. Mas, definitivamente, durante os últimos meses, eu mesmo posso apontar a diferença.

Olhos com mais brilho, rosto corado, expressão animada.

E a razão está deitada na minha cama, nesse exato momento.

Ela tem dormido comigo todas as noites — bom, em *algumas* noites, nós dormimos, se é que me entende. Várias coisas suas já estão no meu criado-mudo e gavetas, sua escova de dentes está no meu banheiro, sua toalha já fez morada no cabide atrás da porta do quarto junto à minha, e não é difícil encontrar algumas roupas suas misturadas às minhas.

E eu amo pra caralho tudo isso.

Volto para o quarto e fecho a porta, encostando-me por alguns instantes, para observar Mel dormir, percorrendo com o olhar cada centímetro do seu corpo, levemente iluminado pela luz desta manhã de terça-feira que entra pela janela. Ela está deitada de lado, com a perna direita estirada e a esquerda dobrada, e o lençol cobre apenas parte de suas costas. Está usando somente a blusa do pijama e calcinha, mesmo que não esteja fazendo calor, e sorrio comigo mesmo quando me lembro de que isso é culpa minha. Seu rosto está virado para o outro lado e seus fios longos e castanhos se espalham em ondas pelo travesseiro de fronha clara, deixando a imagem ainda mais hipnotizante.

Os últimos dois meses têm sido os melhores da minha vida. Mel é tudo o que eu mais precisava e menos esperava, e o que ela me faz sentir está além do que posso colocar em palavras. Ela é incrível. E eu a amo tanto.

Faltam mais ou menos três semanas para o fim do semestre e já está tudo certo para passarmos uns dias de férias na casa dos pais dela, no interior de Minas Gerais. Sua mãe, dona Ângela, fez questão de falar comigo desde que Mel contou que estamos namorando e se mostrou ansiosa para me conhecer, o que me deixou animado.

O único problema é que Mel também vem se mostrando muito interessada em saber mais sobre a minha família e perguntando quando poderá conhecê-la, o que não é nada fora do comum, mas eu ainda procuro não me aprofundar nisso. Acho que já estou deixando isso chegar a uma situação ridícula, em que eu não me surpreenderia caso Mel começasse a pensar que minha família é imaginária.

Passei a falar mais sobre eles, mostrar algumas fotos, a convenci de que é melhor irmos visitá-los no final do ano, quando as férias durarão mais tempo e poderemos planejar melhor até lá, e sempre digo que o motivo pelo qual ela nunca tem a oportunidade de falar com eles é o fato de serem ocupados demais e terem tempo de falar comigo apenas vez ou outra. Mas acredito que isso nem seria mentira, caso realmente mantivéssemos contato.

Nesse período de fim de semestre na faculdade, estamos ocupados demais para sobrar espaço para tantos questionamentos. Isso me deixa aliviado, mas preciso manter em mente que não posso mais adiar muito tempo. Preciso ser honesto com ela. Apesar de acreditar que é desnecessário trazer à tona lembranças ruins e consequências drásticas, ela não merece que eu mantenha nada escondido. Sei que pode não ser o meu lado mais bonito, mas o que nos une é mais forte do que qualquer coisa que possa tentar separar.

Só estou esperando pelo momento mais certo. Esperando me sentir pronto de verdade.

Aproximo-me devagar, observando seu corpo mover-se conforme ela respira e ressona baixinho, e olho para o relógio sobre o criado-mudo. Droga, acabei me distraindo demais. As reações que ela me causa precisarão esperar um pouco, pois está passando da hora de acordá-la.

Mel não é uma pessoa muito matinal e odeia fazer as coisas às pressas logo cedo. Por várias vezes, ela ficou muito brava comigo porque perdi a noção do tempo e a acordei quase em cima da hora, o que, é claro, eu sempre consigo apaziguar enchendo-a de beijos e carinhos, mas é melhor não brincar com seu humor, apesar de eu achar uma graça — e um tesão — quando ela fica toda irritadinha e com um bico manhoso.

Apoio as mãos no colchão e abaixo a cabeça, dando um beijo em sua coxa, próximo ao joelho. Faço um caminho com a boca por toda a lateral da coxa macia, demorando-me quando chego à cintura, explorando com lábios e língua a pele, que se arrepia inteira. Ela começa a se mexer e dar sinais de estar despertando quando puxo sua calcinha com os dentes e o tecido bate de volta suavemente. Continuo subindo por toda a lateral do seu corpo, chegando à clavícula, em seguida, o pescoço e a orelha, inspirando seu cheiro gostoso e vendo o rastro de sorriso que começa a surgir em seu rosto.

— Bom dia — sussurro em seu ouvido, mordiscando seu lóbulo e infiltrando minha mão por sua blusa, acariciando sua barriga.

Mel suspira e se retorce, esticando braços e pernas ao se espreguiçar, esbarrando no meu membro que insiste em querer ficar pronto para ela. Beijo seu pescoço e mandíbula, onde e do jeito que sei que ela gosta, até que ela pousa sua mão em meus cabelos, ainda de olhos fechados. Sua palma corre por meus fios ainda úmidos e meu rosto, antes de grunhir e enterrar o rosto no travesseiro. Com certeza, ela acaba de deduzir que estou pronto e está quase na hora de sair.

— Se você me disser que só tenho quinze minutos para me arrumar, é melhor sair de cima de mim e me deixar voltar a dormir — resmunga, com a voz abafada pelo travesseiro.

Viu só o que eu disse?

Porra, e eu nem consigo me sentir culpado por ficar excitado com isso.

— São 6h30 ainda, Honey.

— *Bleh*.

— Não se preocupe. Você tem todo o tempo do mundo para ficar pronta na velocidade de uma lesma — digo e ela bate o pé na minha canela. Encolho-me um pouco e dou risada, inclinando-me para beijar seu pescoço mais uma vez. — Quero meu beijo de bom dia — murmuro contra sua pele, puxando-a para que ela desenterre o rosto do travesseiro.

— Ele está com um gosto muito ruim agora — ela responde, erguendo a cabeça aos poucos.

— Deixa de ser boba, Mel — peço quando ela começa a se desvencilhar de mim e a levantar da cama.

— Vai ter que esperar eu terminar de me arrumar na velocidade de uma lesma, amor — ela rebate ao ficar de pé, passando as mãos pelos cabelos e esfregando os olhos.

Mel se desequilibra um pouco ao tentar calçar os chinelos e eu me estico na cama para tentar alcançá-la e fazê-la deitar de novo, mas ela se afasta rapidamente, dando uma risadinha ao fugir e pegar sua roupa. Observo quando ela vai até a porta e, após pegar sua toalha, vira e me olha, com os olhos ainda pequenos de sono e os lábios apertados, segurando o riso.

— Se você não for logo, nós vamos nos atrasar pra valer — aviso, sentando-me na cama, fitando-a de cima a baixo. Devorando-a com os olhos. Ela é tão linda, mesmo com os cabelos revoltos e a cara amassada.

— Humm, por quê? O que vai fazer? — provoca, virando de frente para mim, apoiando o peso do corpo sobre uma perna e inclinando a cabeça para o lado.

Minha calça fica mais apertada no mesmo instante. *Essa guria...*

— Quer mesmo que eu mostre? Agora? — inquiro, já me levantando para ir ao seu encontro, mas ela é mais rápida e abre a porta para sair, deixando para trás apenas sua risadinha sapeca.

Rio também, e, tentando pensar em coisas que me ajudem a não sair de casa com uma ereção, dou uma rápida arrumada na cama. Visto uma camiseta e vou para a cozinha fazer o café da manhã.

Em questão de minutos, a omelete de queijo e presunto está pronta e eu arrumo alguns pães em um prato, colocando-o sobre a bancada ao lado de um pote de requeijão, no mesmo instante em que vejo a tela do meu celular acender e fazer um barulho sobre o mármore ao vibrar.

Sirvo café em uma caneca e sento em um dos bancos, tomando um gole antes de checar a notificação. Apoio um dos antebraços sobre a bancada e exploro a tela, vendo que há uma mensagem de Alex.

Mais uma.

As mensagens dele nunca foram tão frequentes. De uns tempos para cá, meu primo sente a necessidade de me torturar, porque é sempre para me dar notícias que me deixam aflito. Como agora.

Ele diz que Laura o está enlouquecendo porque quer falar comigo — ela está assim desde que ele fez a besteira de contar-lhe que agora eu sei que ele a mantém informada sobre mim há tanto tempo. E que vai acabar dando a ela meu contato de uma vez ou quebrando a minha cara, para ver se deixo de ser babaca. Bom, eu não o impediria de executar a segunda opção. Talvez eu precise de uma surra bem dada para deixar de ser esse covarde de merda que me tornei e resolver isso de uma vez por todas.

Minha garganta aperta quando penso na minha irmã. Fico feliz e irritado ao mesmo tempo toda vez que ela é mencionada. Feliz porque ela é minha irmã e eu a amo, nunca deixei de amar, e nunca deixarei, apesar de tudo. E irritado porque sua insistência em se aproximar novamente significa que o momento pelo qual tanto ansiei e temi nos últimos anos está cada vez mais próximo.

Suspiro, levando a mão à nuca e coçando com força antes de segurar o celular com as duas mãos para digitar uma resposta. Largo o aparelho sobre a bancada em seguida e solto um palavrão baixinho, esfregando a testa com força.

E então, tudo desaparece. A irritação, a preocupação, a tristeza, a nostalgia. Todas essas merdas voltam para seu lugar sufocado e escondido quando sinto braços me envolverem e lábios macios depositarem um beijo suave e demorado em minha mandíbula, próximo à orelha.

— Agora sim. Bom dia.

Suspiro e viro a cabeça para encontrar o bálsamo em forma de menina-mulher macia, quente e cheirosa, que parece bem menos irritada do que minutos atrás.

Sorrio, porque é impossível não sorrir para ela. Puxo-a para mim, porque não importa quantas vezes eu o faça, nunca parece o suficiente. Posiciono-a entre minhas pernas e apoio o rosto na curvatura do seu pescoço, só para absorver seu cheiro único de conforto, amor e desejo. E quando ela põe as mãos no meu rosto para me puxar para um beijo, nada mais existe.

Somente ela.

Eu.

Nós.

Esse momento.

O que eu não daria para que toda preocupação desaparecesse e eu não precisasse lidar com nada disso...

Sei que, pelo menos temporariamente, é possível que desapareça. Por isso, abraço-a com força pela cintura com um braço e seguro sua nuca com a outra mão, beijando-a com tudo o que ela me faz sentir, sem pressa.

— Isso que é beijo de bom dia — digo ainda contra seus lábios, quando nos afastamos para buscar ar, sentindo sua respiração errática bater no meu rosto.

— Só perde para o de boa noite — ela rebate, rindo quando balanço a cabeça positivamente e nossos narizes esfregam um no outro. — Está tudo bem? Você parecia um pouco estressado quando cheguei.

Corro as mãos por suas costas, sentindo a tensão me atingir quando penso na resposta, embora sua presença e seu toque abrandem o incômodo que isso me traz.

— Está, sim. Estou só um pouco preocupado porque tenho uma prova importante hoje.

Isso não é mentira. Tenho mesmo uma prova hoje, mas não estou preocupado com ela. Eu até deveria, porque a matéria é complicada como o inferno na Terra, mas acho que consigo dar meu jeito de tirar uma nota aceitável.

Não é mentira, mas não é a resposta verdadeira à sua pergunta.

Caralho, eu sou mesmo um merda.

Mel leva as mãos até meus cabelos, fazendo um carinho gostoso, e estala a língua antes de falar.

— Ah, não fica assim, não, amor. Você vai se sair bem, tenho certeza. Talvez não tão bem quanto se sairia caso tivesse estudado mais nos momentos em que preferiu tirar minha roupa com os dentes, mas mesmo assim...

Abro um sorriso enorme, sentindo o desconforto na calça aumentar com as lembranças, e deslizo as mãos para sua bunda.

— Vai me dizer que não gostou?

Ela morde o lábio inferior e suas bochechas inundam-se com uma coloração avermelhada. Minhas mãos apertam sua bunda e eu a trago para ainda mais perto, garantindo que ela sinta o que faz comigo com seu jeito tímido e sexy.

— Adorei, na verdade, você sabe. Mas vou me sentir culpada se você levar bomba.

— Tsc, tsc, não te preocupa com isso, não. Acho que dá pra fazer algo que preste.

Seus olhos se estreitam e ela balança a cabeça.

— Isso não me deixa aliviada, Daniel...

— Relaxa, Honey.

Abraço-a com força, desejando com todo o meu ser que nada possa estragar isso; tentando passar com meus gestos o quanto a amo e preciso dela, e que, no momento, nada me dá mais medo do que a possibilidade de perdê-la.

Depois de tanto tempo sendo tão infeliz, não posso deixar a melhor coisa que já me aconteceu escapar.

— Tem certeza de que está tudo bem?

Pisco algumas vezes, percebendo que a estou encarando e não faço ideia do que minha expressão pode estar lhe dizendo. Ela passa os dedos por minha bochecha e sobe até a testa, acariciando a região entre as sobrancelhas e relaxando-as, quando eu nem havia percebido que estavam franzidas.

Eu poderia contar tudo agora. Na verdade, eu *deveria* contar tudo agora. Tirar esse peso das costas. Abrir o jogo, desabafar. Mas a minha garganta trava. Minhas mãos suam. Seus olhos me fitam com tanto carinho e seu sorriso é tão lindo que seria quase um crime fazê-los desaparecer.

Covarde, covarde, covarde.

Você está com medo, seu imbecil. Você sabe que ainda dói.

Você precisa superar isso.

Eu sei. Eu vou. Estou tentando.

Sorrio para ela, tentando não deixar transparecer demais minha tensão.

— Tenho, Honey — respondo, subindo as mãos até seu rosto. — Eu te amo.

Ela sorri e pousa as mãos sobre as minhas.

— Também te amo. E não fica preocupado, não. Vai dar tudo certo — afirma, certamente referindo-se à prova, mas agarro-me às suas palavras para acreditar que tudo, *mesmo*, dará certo.

— Ah, mas que lindos os pombinhos! — Mel e eu nos sobressaltamos assim que ouvimos a voz de Olivia na cozinha. — Espero que tenha café da manhã pronto, ou vocês serão lindos pombinhos estrangulados.

É, acho que a única pessoa que não tem problemas com as primeiras horas da manhã nesse apartamento sou eu.

A insatisfação de Liv evapora aos poucos quando ela finalmente toma café. Beijo Mel quando nos despedimos e seguimos cada qual para seu caminho, observando-a se afastar e deixando que o que ela disse mais cedo fique impregnado na mente para que eu não estrague tudo.

Vai dar tudo certo.

Aceno para meus colegas e saio da sala, encontrando Alex e Arthur instantes depois, quando viro em um corredor. Eles parecem estar tão imersos em uma discussão acalorada que mal percebem quando me aproximo.

— Você não colocou lá, Alex. Tenho certeza de que não vi essa porcaria — Arthur afirma, revirando os olhos.

— Coloquei sim, cacete! — meu primo rebate, gesticulando, nervoso. — Olha, Arthur, nem sei o que faço com você se ficarmos sem luz porque você não foi pagar a conta — ameaça, apontando um dedo para nosso amigo, que expira com força.

— A culpa é sua, que perdeu o papel da conta, caralho.

— Quer mesmo medir qual de nós é o irresponsável?

— Vai se foder, Alex!

— *Bah*, dá para vocês se amarem um pouco menos? Já está ficando constrangedor tanta demonstração pública de afeto.

— Vai se foder também, Daniel — Arthur rebate no mesmo instante, e eu reviro os olhos.

— Porra, mais ainda? — mando de volta, deixando escapar uma risada sem humor algum. Alex estala a língua e bufa, compreendendo o que quero dizer.

— Parece que hoje eu tirei o dia para ferrar com a vida de todo mundo, não é? — ele inquire, cruzando os braços, irritado. Balanço a cabeça.

— Essa situação está me enlouquecendo, mas a culpa é minha mesmo. Você não precisaria me torturar se eu deixasse de ser imbecil de uma vez por todas — digo, encostando-me à parede.

— Vai finalmente falar com a Laura? — Arthur pergunta, ajeitando a mochila em um dos ombros e apoiando o peso do corpo em umas das pernas. Acho muito legal da sua parte o jeito que ele fica sério e assume uma postura de "estou aqui por você, cara" quando se trata desse assunto.

— Não sei. Acho que sim. Mas quero falar com a Mel primeiro.

— Você já adiou demais isso, Daniel. Deveria parar de perder tempo. Pô, a Mel é o máximo, e acredito que vai te entender e ficar do seu lado, mas você não pode continuar mentindo para ela.

— Eu sei disso. Eu sei...

— Então, vai lá e faz, porra.

Meu amigo tem razão. Eles têm razão desde o começo. A cada dia que passa, esse peso fica maior, e eu não quero que nada atrapalhe o que tenho com a Mel. Sem contar que, apesar de tudo, sinto falta da minha família.

Argh.

— Na hora de ser fofinho, ele é ótimo. Na hora de lembrar de pagar as contas... — Alex diz, recebendo um soco no ombro.

— Puta que pariu, Alex! Quando chegarmos em casa, vou te provar que essa merda de conta não está na estante da sala. Você vai ter que aguentar minha dancinha da vitória quando vir a sua cara de idiota — Arthur ameaça, socando Alex mais uma vez quando ele ri.

— Ok, mas, babaquices à parte, Daniel, o Arthur está certo. Esclarecer tudo de uma vez é o melhor a fazer. E logo.

Balanço a cabeça positivamente e logo avisto Olivia se aproximar por trás de Arthur. Franzo a testa, um pouco confuso, já me preparando para perguntar por que Mel não está com ela. Nós sempre nos encontramos para almoçar.

Ela coloca o dedo indicador sobre os lábios, pedindo que eu não diga nada. Arthur sobressalta-se de surpresa quando as mãos da namorada cobrem seus olhos. Ele coloca suas mãos sobre as dela e começa a tatear até os pulsos e antebraços, abrindo um sorriso.

— Humm, deixa eu ver... Mirela? Jéssica? Não, não, espera... Natália?

Olivia revira os olhos e puxa a cabeça dele para trás, com força, fazendo com que ele ria ainda mais entre reclamações de dor.

— Acho bom você estar brincando, seu filho da mãe! — ela ameaça, falando entre dentes e cruzando os braços ao soltá-lo. Ele gargalha ao abraçá-la.

— É claro que eu tô brincando, minha gatinha — ele diz, quase a sufocando com beijos.

— Não teve a menor graça — ela reclama, tentando se desvencilhar dos ataques dele, mas vai cedendo aos poucos, principalmente depois que ele sussurra algo em seu ouvido que a faz rir e corar. Só Arthur mesmo para fazer Olivia corar.

— Vocês estão cientes de que estão em público, não é? Só checando. — Alex revira os olhos, quando eles dão um beijo quase escandaloso. Arthur apenas ergue uma mão e mostra o dedo do meio para meu primo, sem querer desgrudar de Liv, mas ela o afasta aos poucos e eles ficam abraçados quando ela me olha.

— Ah, Daniel, a Mel te mandou uma mensagem avisando, mas, por via das dúvidas, me pediu para te dizer que não poderá comer com a gente hoje porque precisou ir direto para o trabalho. Pediram para ela substituir um dos professores que não pôde ir, ou algo assim.

— Ah, valeu. Eu já ia perguntar — digo e ela rola os olhos.

— Eu sei.

Tiro o celular da mochila e, como Olivia disse, há uma mensagem da Mel.

Mel: *Amor, não vou poder almoçar com vcs hj. Tive q vir direto pro trabalho, depois te explico. Te vejo em casa mais tarde. Te amo.*

Daniel: *Tudo bem. Também te amo, Honey.*

— Ok, vamos logo, porque eu também tenho que estar no trabalho daqui a uma hora — Olivia chama, já puxando Arthur. Alex e eu os seguimos.

Eles comem, conversam, riem, e eu finjo que ouço, assinto e murmuro respostas. Minha mente está longe. Está *nela*, e em tudo o que posso e não posso fazer para nunca ser aquele que desmanchará seu sorriso.

No exato instante em que saio do banheiro, apenas de bermuda e com a toalha sobre o ombro direito, a porta abre e Mel entra na sala, devagar, com a mochila quase escorregando do braço e segurando algumas pastas. Ela empurra a porta com o pé e sorri quando me vê. Meu coração acelera, porque essa se tornou uma reação natural a ela. Mas, desta vez, também acelera em apreensão.

— Oi — diz, jogando as pastas e a mochila sobre a poltrona, e expira com força ao vir ao meu encontro.

— Oi, Honey — respondo, arrepiando-me quando seu toque quente encontra a pele em minhas costas ao me abraçar. — Está tudo bem? — indago quando percebo sua pouca empolgação.

— Mais ou menos. Tive um dia bem estressante — explica, abraçando-me com mais força e pousando a cabeça no meu peito, de modo que sua respiração bate no meu pescoço. — Tenho tanta coisa pra estudar que mal estou conseguindo me situar. E, no trabalho, substituí um dos professores e estou desconfiando que ele talvez tenha faltado de propósito para não ter que lidar com aquela turma de mini torturadores — conta, soltando um gemido de insatisfação. — E ainda estou sentindo uma cólica dos infernos.

Abraço-a com mais força e beijo sua testa.

— Você não costuma sentir cólicas — observo, porque foram raras as vezes que a vi reclamar desse tipo de dor.

— É porque eu sempre tomo o remédio antes, justamente para não sentir. Eu me perdi nos dias e não estava com ele na bolsa hoje — justifica, afastando-se para me olhar. — Mas já vou tomar e descansar um pouco para passar.

— Tem algo que eu possa fazer por ti?

Ela torce os lábios um pouco, pensando.

— Me dar muito amor e carinho.

Sorrio e beijo seu queixo.

— Ah, se é assim, vou te curar rapidinho. Pra ti, isso eu tenho de sobra.

— Se vier acompanhado de um chocolatinho, será melhor ainda — brinca, passando os braços por meu pescoço e puxando minha boca para a sua. Retribuo com vontade, segurando-me para não apertá-la e piorar sua dor. — Obrigada.

— Pelo que, exatamente?

— Por estar aqui. Por ser tão... incrível. — Ela fecha os olhos e encosta a testa na minha. — Esses dias de cão ficam mais fáceis de suportar quando sei que vou te encontrar aqui... a melhor parte dos meus dias — declara, um pouco tímida, mas posso sentir o sorriso em sua voz.

Ah, puta que pariu.

Não sei que sinais o universo está tentando me enviar, mas como diabos vou conversar com ela quando a última coisa da qual ela precisa é que eu a encha com ainda mais merda do que ela já passou o dia inteiro?

Sinceramente, não sei se fico frustrado ou aliviado.

Covarde, covarde, covarde.

— Ok, então vamos fazer assim: toma um banho, o remédio, relaxa e pode deixar que amor, carinho e chocolate não te faltarão. Confia em mim?

— De olhos fechados.

Puta que pariu, de novo.

Ela sorri e acaricia meus cabelos. Tão bom.

— Então vai lá tomar o remédio para que eu possa te mimar pelo resto do dia.

— Quem sou eu para discutir, não é?

Expiro com força assim que ela entra em seu quarto, querendo me estapear. Não posso deixar que isso perdure por mais tempo. Mas também não quero deixá-la pior do que já está.

Um impasse do caralho.

Respiro fundo para não me desesperar.

Espero que possa me entender, Honey.

É tudo em que consigo pensar durante todo o tempo que me mantenho grudado a ela pelo resto do dia, poupando-a de mais estresse, de mais preocupações. E poupando-me de falar, lembrar, doer.

Pare de ser covarde, Daniel.

Você precisa parar de ser covarde.

Eu sei. Eu vou. Estou tentando.

18. ESTAVA BOM DEMAIS PARA SER VERDADE

Mel

— Honey?

Abro os olhos devagar. O chamamento vem acompanhado de um leve chacoalhar em meu ombro e uma respiração quente próximo à minha bochecha. Esfrego um olho e viro o rosto, para encontrar o de Daniel a pouquíssimos centímetros do meu, olhando-me com um sorriso pequeno nos lábios.

Remexo-me no sofá e só então percebo que minha cabeça estava tombada para trás, repousada no encosto — o desconforto que sinto no pescoço deixa isso bem claro. Surpreendo-me quando ouço barulho de papel sendo esmagado e olho para baixo, encontrando uma apostila sobre meu colo, situando-me e lembrando finalmente de que sentei no sofá para ler o texto enorme para a aula de depois de amanhã. Devo ter caído no sono. O negócio estava bem chato, e tenho estado muito atarefada e dormindo pouco.

— Oi, amor — murmuro, afastando os papéis do meu colo e esfregando o rosto mais uma vez.

— Não está com fome? A pizza deve estar chegando — Daniel diz, beijando meu rosto.

— Pediram pizza? Por quanto tempo eu dormi? — pergunto, sentando-me ereta e fazendo uma careta devido à dor incômoda no pescoço pelo mal jeito.

— Acho que meia hora, mais ou menos. Você estava acordada quando pedimos — responde, rindo de mim e colocando uma mecha do meu cabelo atrás da orelha. Mal me lembro disso. Não devo ter prestado atenção. — Merda, você tá com dor, não é? Eu sabia que ficaria, mas você estava dormindo tão pesado que eu quis te deixar descansar um pouco. Quer ir para o quarto? Posso levar o jantar pra ti, quando chegar.

Balanço a cabeça e acaricio seus cabelos. Ele sempre me deixa com o coração disparado e o estômago cheio de cosquinhas quando é tão fofo e atencioso assim.

— Não precisa. Estou bem. Só preciso terminar de ler essa chatice aqui. — Aponto para a apostila.

— Se te conheço bem, isso nem é para alguma das aulas de amanhã.

É. Ele realmente me conhece bem.

Sorrio e faço cara de culpada.

— Mas vou trabalhar amanhã, Daniel. O tempo fica mais curto.

A verdade é que posso tranquilamente deixar para amanhã, mas odeio deixar as coisas para a última hora. A faculdade já está me atolando quando faço as tarefas, trabalhos e estudos em dia, imagine se eu deixar tudo acumular? Deus me livre e guarde.

— Você precisa descansar. Se ficar cansada e dormindo por aí, não vai render nada. Descansa hoje, e amanhã você pode estudar melhor. Tenho certeza de que dará tempo.

Expiro com força e assinto, observando-o juntar minhas coisas e levar para o quarto. Num piscar de olhos, ele está de volta, e antes que eu possa dizer ou pensar em algo, junta-se a mim no sofá e me abraça pela cintura, beijando meu ombro até o rosto, quando nossas bocas se encontram em um beijo lento e delicioso. Subo as mãos por seus braços até chegar aos cabelos, deixando que meus dedos se percam por toda aquela maciez revolta, como eu amo fazer e sei que ele ama que eu faça.

— É essa a ideia que você tem de "descansar"? — pergunto quando nossas bocas se afastam por um instante. Ele beija meu queixo antes de mordê-lo levemente.

— Basicamente — sussurra, infiltrando a mão por minha blusa e correndo-a por minhas costas, enviando ondas de arrepios à minha pele, que esquenta com seu toque.

— A porcaria da pizza não chegou ainda? Estou morrendo de fome.

Viramos os rostos ao mesmo tempo, para vermos Olivia no momento em que ela se joga na poltrona. Ela já está de pijama e seus cabelos estão úmidos.

— Ainda não, mas não deve demorar — Daniel responde, sem desgrudar de mim.

— Cacete. Se eu fosse até uma pizzaria do outro lado da cidade, a pé, para buscar essa droga, chegaria mais rápido do que isso — reclama, pegando o controle remoto para ligar a televisão.

Olho para Daniel e rimos juntos.

— Hã, Liv, por que o Arthur não vem hoje mesmo? — pergunto, e Daniel esconde o rosto no meu pescoço para rir ainda mais.

Olivia sempre fica ranzinza quando Arthur não vem. Pelo que Alex e Caroline já nos contaram, ele também fica assim quando eles não ficam juntos. Para duas pessoas que só se estranhavam o tempo inteiro quando se conheceram, eles se tornaram surpreendentemente inseparáveis.

— Eu tenho que estudar. Ele também. Se ele viesse, com certeza estaríamos fazendo a mesma coisa que vocês estavam fazendo quando cheguei aqui, só que sem roupas, e acabaríamos levando bomba.

Daniel ergue a cabeça de uma vez, fazendo uma careta.

— Porra, Olivia! Informação demais, não acha?

— Ah, cala a boca. Informação demais é eu ter que assistir vocês dois se esfregando.

Ele mostra a língua para ela.

— Invejosa.

Ela, em contrapartida, joga uma almofada nele.

— Tarado.

Daniel começa a gargalhar e joga a almofada de volta nela, e os dois ignoram meus protestos pedindo que parem. No meio disso, a campainha toca, e meu namorado levanta para ir atender, não sem antes passar por minha amiga e beijar seu rosto com força. Dou risada da expressão que ela faz, entre a irritação e a diversão, e observo Daniel pedir ao entregador que espere um instante enquanto ele vai pegar a carteira.

Quando ele volta, seu rosto está completamente livre do sorriso e concentrado ao contar o dinheiro. Pode parecer a expressão que toda pessoa faz ao se concentrar em algo, mas sinto que há algo a mais.

Assim como em todas as vezes nos últimos dias em que ele tem aparentado estar estressado ou preocupado com alguma coisa, apesar de negar quando pergunto se há algum problema. Talvez eu já esteja ficando impressionada com isso e suspeitando de qualquer expressão que ele faça, mas tem sido inevitável.

Ele sempre me assegura de que está tudo bem, mas não é o que parece, às vezes. Seja lá o que for, é provável que não seja relevante ou importante, e logo irá se resolver. Eu gostaria de saber mesmo assim, mas o que diabos devo fazer? Amarrá-lo e torturá-lo até que me diga o que o está deixando tenso?

Não seria nada além de justo. Eu divido tudo com ele, afinal.

Assim que o entregador vai embora, Daniel coloca as pizzas sobre a bancada da cozinha, abrindo a tampa de uma das caixas e deixando que o cheiro de orégano e calabresa preencha o ambiente. Olivia levanta no mesmo instante que eu, indo à geladeira pegar refrigerante. Aproximo-me de Daniel e abraço-o por trás, ficando nas pontas dos pés para dar um beijo em sua nuca. Ele se vira e sorri para mim, que faço o mesmo antes de receber de bom grado um beijo seu. Ignoramos os ruídos de protesto de Olivia, que pega suas fatias de pizza e vai para o quarto porque precisa estudar, e vamos comer na sala.

Queria que ele entendesse que meus gestos significam conforto. Que, quando acaricio seus cabelos, beijo seu nariz e digo que o amo, quero dizer que estou aqui para o que der e vier. Que não gosto de vê-lo tenso e gostaria de poder ajudá-lo, o que será impossível se ele continuar bancando o misterioso.

Deixo que ele me abrace com força, do jeito que só ele sabe, para me fazer sentir segura e inteira. Mas, dessa vez, minha garganta aperta quando sinto rachaduras devido à apreensão em meu peito.

Não, por favor. De novo, não.

Você prometeu, Daniel.

Tomo a iniciativa de lavar a louça, uma vez que Daniel já pagou pela pizza. Ele vai para o quarto após me ajudar a recolher tudo e tento não ficar muito pensativa. Pensar demais é quase um veneno para mim.

Assim que termino de lavar tudo, bebo um pouco de água, respirando fundo e pensando em como tirar essa inquietude que se instalou em mim, pretendendo fazer isso ao tentar conversar com Daniel e descobrir o que pode estar acontecendo. Ele é sempre tão receptivo e me sinto tão à vontade para deixar meus receios e bobagens às claras. Não quero ficar sentindo esse incômodo justo quando é em relação a ele. Não quero que nada possa estragar o que temos.

Quando me aproximo da porta do quarto de Daniel, ouço-o falar em um tom um pouco exaltado. Paro no mesmo instante, percebendo que ele deve estar conversando ao telefone, e me preparo para dar meia-volta e dar-lhe privacidade, mas essa informação não chega até meus pés. Quando suas palavras começam a ficar claras para mim, fico presa no lugar, dividida entre a curiosidade e a culpa por estar ouvindo atrás da porta.

— Eu tentei, Alex. Eu juro que tentei. Ainda não deu certo... para de gritar comigo, caralho! — Ele faz uma pausa, ouvindo o que o primo está dizendo. — Eu te pedi tanto para não fazer isso. Mas que porra! Que mania de achar que sabe o que é melhor para mim! Eu sei que porra é melhor para mim, inferno! E isso inclui você não se meter a fazer o que eu pedi que não fizesse!

Meu Deus.

Meus olhos se arregalam e prendo a respiração. O desespero começa a tomar conta de mim.

O que Alex fez que o deixou tão louco de raiva? Será que ele vai me contar, se eu perguntar? Se eu entrar no quarto agora?

Não. Ele vai saber que eu estava escutando.

Merda, o que diabos está acontecendo? E por que ele não me conta?

— Você acha que é fácil? Tem ideia do inferno que tenho passado nos últimos dias pensando nisso? Caralho, não sei se consigo... É muito fácil falar, Alex. Eu não quero estragar tudo. Eu não posso estragar tudo, entende? Não. Posso!

Minha respiração está pesada e meus olhos começam a arder. A angústia e a fúria em sua voz são agoniantes. Minha vontade de entrar, perguntar de uma vez por todas o que está acontecendo e abraçá-lo até fazê-lo se sentir melhor começa a ficar sufocante, mas me seguro. Talvez eu só vá piorar tudo se ele souber que fui intrometida e inconveniente ao ouvir sua conversa.

Mas, porra. Ele está um pouco estranho, e não é de hoje, apesar de isso estar mais perceptível esses últimos dias. Parece sempre preocupado e, na maioria das vezes que pega o celular, coça a nuca como se quisesse arrancar um pedaço da pele com as unhas e fica tenso. Ele deve pensar que não percebi, mas percebi muito bem. Sempre pergunto se há algo errado, e ele diz que não. Pergunto se está tudo bem, e ele diz que sim. Porque acaba parecendo que está mesmo, mas tenho percebido os momentos em que, claramente, nada parece bem.

Estava deixando quieto, pensando que, se fosse algo importante, ele me contaria. Que talvez não seja grande coisa, algo que diga respeito somente a ele e de fácil resolução, e, conhecendo-o bem, ele está me poupando. Mas, diante de suas palavras nessa conversa, ligadas ao seu comportamento nos últimos dias, tenho certeza de que não é nada simples.

Tem algo acontecendo. Algo ruim. Que o está irritando, estressando, fazendo-o sofrer, e ele não quer me contar.

Por que ele não quer me contar? E se eu puder ajudar?

Perguntas, perguntas, nenhuma resposta... Que agonia.

— Eu sei que ela não tem culpa de nada. Eu sei disso tudo aí, mas você não consegue ver o que isso pode significar? Não sei se estou pronto para voltar... Argh, estou pouco me importando com as suas bolas, Alex. Tomara que ela as arranque mesmo para você aprender a não se meter na porra da minha vida.

Ouço seu suspiro frustrado e o medo em suas palavras. Ele faz uma pausa mais longa agora, e quando estou prestes a inclinar a cabeça pelo batente da porta para checar se ele já desligou, sua voz se faz presente novamente.

— Eu vou falar com ela, Alex. Tente impedi-la, por favor. Eu vou falar com as duas. Sou eu que tenho que fazer isso. De outro modo, será pior. Por favor...

— Mel?

Arregalo os olhos e dou um salto de susto quando Olivia surge na porta do outro quarto, olhando-me confusa. Olho para a porta do quarto de Daniel e depois para ela, que faz o mesmo, erguendo as sobrancelhas quando entende o que está acontecendo.

— Você está ouv...

Ela não termina, pois a ataco repentinamente. Coloco a mão sobre sua boca e a empurro de volta para o quarto, virando-me para fechar a porta com cautela.

— Você estava ouvindo o Daniel falar ao telefone? — ela pergunta, com curiosidade, sua voz e postura livres de julgamento.

— Foi... foi sem querer — balbucio, indo até minha cama e sentando-me, passando a mão pelos cabelos. — Eu ia entrar e o ouvi falando, e juro que não ia ficar ali, mas o que ele estava dizendo, e como estava dizendo, me chamou a atenção e...

— Era com alguma vagabunda? — ela me interrompe, arregalando os olhos e erguendo as mãos. — Porra, não acredito nisso! Ah, mas eu vou cortar fora o pau daquele cretino!

Levanto-me e puxo-a pelo braço, impedindo que continue a caminhar para a porta, como já estava fazendo.

— Não, Liv! Pelo que pude ouvir, ele estava falando com o Alex.

Minha amiga suaviza a expressão e deixa os braços caírem ao lado do corpo.

— Ah, sim. Menos mal, então — diz, seguindo-me quando ando até a cama para me sentar novamente.

— Humm, não sei, Liv. Era uma conversa bem estranha — falo, já desesperada para desabafar.

— Me conta, poxa! — ela pede, colocando as pernas sobre a cama e sentando-se em posição de chinês. Respiro fundo.

— Não entendi muito bem. Ele parecia estar muito bravo com o primo por ele ter feito algo que não devia. Disse que ele deveria parar de se meter em sua vida, que não estava pronto para voltar e que não queria estragar tudo.

— Voltar para onde? Estragar o quê? — Olivia franze a testa em confusão.

— Não faço ideia, Liv — respondo, passando a mão pelos cabelos novamente e soltando ar pela boca. — Ele tem agido um pouco estranho, ultimamente. Preocupado, meio estressado. Mas sempre diz que está tudo bem, quando pergunto. Não entendo por que ele não me conta.

Liv estende a mão para acariciar o dorso da minha, que repousa sobre o colchão, na intenção de me confortar.

— Talvez não seja para tanto, Mel. Pode ser algo sem muita importância e ele não quer te aborrecer.

— Eu também estava achando isso, para não ficar tão paranoica, mas fiquei muito preocupada depois de tudo o que ouvi — confesso, estremecendo só de lembrar. — Ele disse que estava vivendo um inferno nos últimos dias. E também disse que vai falar com as duas...

Um gosto amargo me atinge a língua quando penso nessa parte.

— Duas?

— Sim.

— Quem?

— Não sei, Liv! Caramba! — me exalto, não exatamente por sua pergunta, mas pela frustração de estar tão no escuro quanto ela. — Eu e você, talvez? Eu e outra pessoa? Duas outras pessoas? Como eu vou saber, uai?!

— Ok, ok, desculpe! Foi no automático. — Ela dá de ombros. — Acha que ele pode estar escondendo algo grave?

— Que ele está escondendo algo, eu sempre desconfiei, mas, como eu te disse antes, não liguei muito porque, se fosse importante, ele dividiria comigo. Agora, não tenho mais certeza.

Não tenho mais certeza.

E isso está começando a doer.

Merda. Quero chorar.

— Por que você não o confronta? Ficar nessa tensão e nessa dúvida não vai fazer bem para vocês — Liv sugere e eu pondero suas palavras por um instante.

— Não sei como fazer isso sem deixar claro que eu estava bisbilhotando — rebato, sentindo-me uma idiota. Olivia revira os olhos.

— Ah, mas tenha santa paciência, também, não é, Mel? Se ele não te conta nada, então que se conforme com os seus jeitos de descobrir sozinha, mesmo que não tenha sido de propósito, uai.

Olivia tem razão. Quero dizer, seja lá o que for, será que ele pretende manter silêncio a respeito para sempre? Mesmo que seja algo bobo, qual o problema em me contar? Não estou sendo uma curiosa qualquer. Sou a namorada dele, que confia nele e não esconde segredos dele.

A dor fica mais aguda com a pergunta que me vem em seguida.

Ele não confia em mim?

A base de todo relacionamento, além do respeito, é a confiança. Se ele não confia em mim, por que está comigo, afinal?

Engulo em seco com dificuldade, tentando não deixar que o bolo e a ardência em minha garganta não explodam em lágrimas de decepção. Preciso saber o que está acontecendo. Talvez ele precise que eu seja forte por ele, com ele.

Ou talvez eu precise ser forte de qualquer jeito. Por mim.

— Eu... eu vou voltar lá — digo, amaldiçoando minha voz embargada. — Eu vou perguntar. Ele estava muito exaltado. Não vai conseguir disfarçar.

Liv assente.

— Isso! E talvez esteja precisando de você, também — ela fala, com carinho na voz. — Vai ficar tudo bem, Mel. Quero dizer... São vocês dois. Não tem como não ficar bem.

O nó na garganta fica ainda mais difícil de segurar quando ouço as palavras da minha amiga, mas respiro fundo e a abraço.

— Obrigada, Liv.

— Qualquer coisa, estarei aqui, ok? Nunca duvide disso — ela assegura e eu sorrio para ela. Olivia é o máximo. Eu a amo demais.

— Nunca pensei em duvidar.

Nos despedimos com um boa-noite e eu volto para o quarto de Daniel, parando por alguns segundos para tentar perceber se ele já encerrou a ligação. Não ouço nada durante algum tempo, então termino de abrir a porta casualmente, notando, surpresa, que ele está dormindo. Mal medi quanto tempo fiquei no quarto com Liv, mas foi o suficiente para ele cair no sono.

Com o coração apertado, aproximo-me da cama, sentando com cuidado e admirando sua expressão serena, que pouco se ajusta aos palavrões e o tom alterado que ouvi há alguns instantes. Levo minha mão até seus cabelos, acariciando-os, mordendo meu lábio para me impedir mais uma vez de desabar.

Eu o amo tanto... não quero vê-lo sofrer. E não quero sofrer por sua causa. Não quero nem pensar na possibilidade de me decepcionar com ele.

E, no entanto, estou pensando.

E dói.

Ele se mexe um pouco quando meus dedos afagam levemente seu rosto, e só então percebo que suas bochechas estão um pouco úmidas e seu nariz, vermelho.

Ele estava chorando?

— Honey? — ele me chama conforme seus olhos se abrem aos poucos. Seu olhar sonolento encontra o meu e não tenho mais dúvidas: ele estava chorando.

Meu Deus, Daniel. Não faz isso comigo.

— Me distraí conversando com Olivia — digo automaticamente, para explicar o porquê de ter demorado. — Você está bem? — pergunto, porque nada mais me vem à cabeça. Pergunto, porque já virou rotina.

— Sim — ele responde.

Porque já virou rotina.

— Tem certeza, Daniel? — insisto e ele franze a testa antes de forçar um sorriso e aproximar-se ainda mais de mim.

— Claro, meu amor — ele insiste e senta na cama. — O que foi? — inquire quando o fito.

— Não sei. Tive a impressão de que você não está muito bem, não — digo sinceramente, aguardando e observando sua reação.

Ele dá um meio sorriso, envolvendo-me pela cintura e afundando o rosto em meu pescoço, inspirando profundamente.

— Você está aqui. — Segura-me com força. — Enquanto você estiver aqui, tudo sempre estará bem — completa, roçando os lábios na minha pele.

Retribuo seu carinho, abraçando-o, pensando desesperadamente em como colocá-lo contra a parede. Como abordá-lo de um modo que o deixe sem saída.

"O que Alex fez para te deixar tão furioso?"

Não.

"O que está escondendo de mim?"

Também não serve.

"Por que você estava chorando?"

Ele pode simplesmente negar.

Merda!

— Apaga a luz e vem deitar. Está tarde e você precisa descansar — ele diz, entre um beijo e outro em meu rosto, logo se ajeitando no lado que costuma dormir.

Expiro com força, totalmente frustrada. Não sei como perguntar e, mesmo que eu o faça, ele pode continuar negando.

Mentindo.

O que me arrasta com ainda mais força para a decepção.

Levanto e apago a luz, voltando para a cama e sendo recebida pelos abraços e carinhos que sempre me fazem adormecer como se problemas e infelicidade não existissem.

E não estão funcionando muito bem hoje.

Não depois de tudo o que ouvi.

— Boa noite, Honey. Te amo — ele sussurra, beijando meu rosto e meu pescoço repetidas vezes.

Abraço-o com força, encontrando sua boca com a minha no escuro e beijando-o como se eu quisesse consumir suas palavras, desejando, em um silêncio desesperado, que elas não deixem de ser verdade.

Porque as minhas são. A mais pura, sincera e apaixonada verdade.

— Eu te amo, Daniel.

Não vou chorar. Se eu chorar, ele perceberá. Se eu chorar, não conseguirei parar.

Serei forte. Tudo vai ficar bem.

Ele me prometeu. Prometeu que nunca me magoaria. Que sempre faria de tudo para provar que nós valemos a pena.

Você prometeu, Daniel.

Por que parece que não está cumprindo?

19. NÃO É O QUE PARECE – PARTE I

Mel

Minhas olheiras estão assustadoras.

Minhas horas de sono não têm sido suficientes desde que comecei a faculdade, praticamente, mas hoje realmente parece que dormi maquiada e o rímel manchou toda a região logo abaixo dos meus olhos.

Já lavei o rosto com água fria várias vezes desde que acordei, há mais ou menos meia hora. Acho que não são 6h ainda. Depois de uma noite de sono um pouco tensa, praticamente caí da cama muito mais cedo do que o habitual.

Meus pensamentos e a preocupação crescente não me deixaram adormecer como deveria. Sem contar que, vez ou outra, Daniel se remexia como se estivesse com dor, e eu o observava para logo constatar que ele estava sonhando. Ele não é o tipo de pessoa que dorme imóvel feito uma pedra, mas raramente fica inquieto a ponto de me fazer perceber.

Meu estômago revira quando me lembro de tudo o que ouvi na noite anterior, trazendo à tona os questionamentos que estão começando a me atormentar seriamente. Eu só queria que ele se abrisse comigo. Que me esclarecesse o que pode estar perseguindo-o ou fazendo-o sofrer. Pelo que ouvi de sua conversa com o primo, é o que parece estar acontecendo.

Será que ele está envolvido em algo ilegal? Será que tem a ver com a sua família? Será que sua família está envolvida em algo ilegal e isso ainda explica o fato de ele ser tão afastado deles?

Não sei.

E quem são as "duas" com quem ele precisa falar? Eu sou uma delas? Quem seria a outra?

Existe outra?

Minha mente só consegue pintar os piores cenários possíveis. E, em todos eles, o resultado são meus pedaços sendo impiedosamente esmagados e sem qualquer esperança de se juntarem novamente.

Deus. Preciso tirar esse peso das costas, essa agonia do peito.

Preciso.

Entro no box, deixando que a água morna tente me acalmar e me prepare para o dia. Depois que visto a roupa, penteio os cabelos e saio do banheiro, a luz do sol já ilumina bem a sala. Volto para o quarto e, assim que abro a porta, deparo-me com Daniel sentado na cama, de costas para mim, com as mãos apoiadas no colchão, como se tivesse acabado de se erguer. Ele olha para trás, exibindo uma careta devido à luz que bate em sua cara amassada de sono, e eu prendo a respiração quando nossos olhares se encontram. Sua boca se curva em um sorriso pequeno antes de ele se levantar e vir até mim, usando apenas uma bermuda de pijama, coçando os olhos e com os cabelos bagunçados.

Meu coração aperta, sufocado pelo amor que sinto por ele, querendo me dizer o quão difícil é acreditar que ele possa fazer algo que estrague o que temos, o que construímos, o que vivemos, o que sentimos. Mas as palavras que ouvi ontem não param de rondar meus pensamentos, que, por outro lado, me dizem que é fácil, sim, acreditar que tudo pode ir por água abaixo e podemos nos enganar terrivelmente em relação a alguém.

Eu não queria ser pessimista. Mas é sempre assim, droga! Quando tudo está indo bem demais...

— Bom dia, Honey — diz, com a voz rouca e preguiçosa, ao parar bem na minha frente e beijar meu rosto. — Caiu da cama? — questiona, em tom brincalhão, esticando o braço para pegar sua toalha no cabide da porta.

Mal sei o que dizer. Apenas sorrio. Ou tento sorrir. Ele retribui e beija minha testa antes de abrir a porta e sair, deixando-me balançando em cima do muro.

Que situação.

Vou para a cozinha, a fim de me entupir com toda a cafeína que eu puder para me manter alerta, já que, mesmo que eu tenha perdido o sono, sinto-me terrivelmente cansada. Preparo uma quantidade de café que vai além da capacidade da cafeteira e sirvo todo o excedente em minha caneca, que quase transborda. Deixo-a sobre a bancada, esperando que esfrie um pouco, enquanto pego torradas e patê de atum. Bom, na verdade, só para Daniel e Olivia. Ainda me sinto enjoada, e acredito que não serei capaz de comer agora.

Mais da metade do café da minha caneca já se foi quando Daniel aparece na cozinha. Ele se posiciona atrás de mim, que estou sentada de frente para a bancada, e me abraça com força, baixando a cabeça para distribuir beijos por minha bochecha e mandíbula, confortando-me por alguns instantes com seu toque.

Viro o rosto para ele e nossas bocas se encontram em mais um beijo carinhoso de bom dia. Aproveito por alguns segundos a maciez dos seus lábios nos meus, seu sabor de menta fresca e seu cheiro reconfortante, deixando fora da nossa bolha particular tudo o que possa nos afligir.

Mal percebo o quão forte estou segurando seus cabelos, mantendo sua boca grudada à minha. Mal percebo que me falta ar para respirar. Mal percebo o momento em que ele se desequilibra e se apoia na bancada, devido à força com que o puxo para mim.

Mal percebo quando a bolha estoura e sou obrigada a conviver com seu olhar no meu, enquanto, em minha mente, meus receios não param de me incomodar.

— Caramba. Esses beijos de bom dia estão ficando cada vez melhores — comenta, em tom divertido, e me dá mais um beijo rápido antes de pegar uma caneca e servir café. Eu apenas o observo, começando a ficar desconfortável no momento em que percebo que ele nota que não estou no meu melhor dia. — Está tudo bem, Mel? Você está muito calada desde que acordou.

Ele se senta ao meu lado, apoiando um cotovelo sobre a bancada e erguendo a outra mão para afagar meu rosto e afastar meu cabelo, para olhá-lo melhor. Balanço a cabeça.

— Está, sim. — *Não está, não.* — Você sabe que não sou muito fã das primeiras horas do dia.

Ele ri e se inclina para dar um beijo terno no meu ombro.

— Sei, sim. E também sei como te fazer sentir melhor — diz baixinho, já subindo os lábios por meu pescoço e orelha. Suspiro e mantenho a atenção na caneca à minha frente, onde o café está ficando cada vez mais frio. — Mel?

— Hum?

— Há algo errado? — *Não sei. Me diga você.* — Não dormiu bem?

Suspiro mais uma vez e balanço a cabeça negativamente.

— É, não muito — respondo, virando o rosto para encontrar seus olhos verdes hipnotizantes me encarando com preocupação e cuidado. — Você também não dormiu muito bem, não é? — indago, lembrando-me de seus momentos de inquietude durante o sono.

Ele franze a testa.

— Bom, algumas horas de sono a mais seriam uma maravilha, se eu pudesse — responde, tomando um gole de café.

— Não, não estou dizendo que você dormiu pouco. Você estava inquieto. Se mexendo bastante. Teve algum pesadelo?

Sua expressão de confusão se acentua ainda mais, logo dando espaço aos traços de preocupação novamente.

— Não que eu me lembre. Você não dormiu bem por minha causa?

Sim.

— Não, não... eu só... eu já estava com o sono leve, então foi fácil perceber os momentos em que você parecia meio agitado.

Ele estala a língua e exala com força.

— Caramba, Honey. Me desculpa — pede, beijando meu ombro mais uma vez. — Você precisava tanto descansar e eu ainda perturbei o teu sono... Que merda. Você deveria ter me empurrado da cama. Se quiser faltar à aula hoje, posso pedir a alguém da tua turma pra pegar matéria pra ti. Posso também ligar para o teu trabalho e dizer que você está doente, ou algo assim...

— Não, não precisa — interrompo-o, colocando minha mão sobre a sua que repousa em minha coxa. — Estou bem, mesmo. Talvez eu vá assustar meus alunos com esses olhos de panda, mas eles vão superar — comento, fazendo-o rir um pouco, mas seu olhar não está nem um pouco sossegado. — Mas, então... não se lembra de ter algum pesadelo?

Ele pensa um pouco e dá de ombros.

— Não.

— Está preocupado com alguma coisa? Talvez você tenha ficado inquieto por isso — insisto, tentando encontrar uma brecha para que ele fale de uma vez. — Pode me contar, amor — asseguro, apertando sua mão.

Ele encara nossas mãos unidas antes de voltar a olhar em meus olhos. Consigo ver quando engole em seco.

Está pronto para falar. Preparo-me para ouvir mais uma desculpa esfarrapada.

Mas o que ouvimos é a voz de Olivia.

— Bom dia — ela diz, com pouco entusiasmo, ao entrar na cozinha. — Argh, como odeio ter que fazer prova hoje. Como eu queria dormir mais! — Ela grunhe ao sentar-se no banco restante, no lado oposto ao que Daniel e eu estamos, e joga os braços sobre a bancada, deixando a cabeça cair sobre eles.

— Bom dia, Liv — respondo baixinho, esticando a mão para afagar seu braço. Ela ergue a cabeça preguiçosamente, servindo-se de café e logo passando patê em uma torrada.

Daniel levanta para ir à gaveta no armário pegar algo, e minha amiga aproveita para fazer um gesto inquisitivo com a cabeça. Nego e dou de ombros, deixando claro que ainda não sei de nada. Ela arregala os olhos e abre a boca, indignada, mas ergo a mão e peço que ela tenha paciência.

No entanto, paciência é uma palavra cujo significado Olivia não conhece. Ou pratica.

— Daniel, o que você tem? Que olheiras são essas, menino? Não dormiu direito? Está preocupado com algo? Está acontecendo alguma coisa? Hein, hein? — Liv dispara quando ele volta a sentar ao meu lado.

Lanço um olhar furioso para ela, que pouco se importa com meus protestos silenciosos. Daniel solta uma risadinha sem graça, olhando de mim para ela, um tanto surpreso.

— Bah, eu devo mesmo ter acordado mais feio do que o normal hoje. Por que vocês estão achando isso?

— Ah, sei lá. Só perguntei — Liv responde, terminando de mastigar. — Tem certeza de que está tudo bem? Você está meio...

— Ok, Liv! — interrompo-a, falando entre dentes. — Termine logo de comer para não nos atrasarmos — digo, levantando-me e indo até a pia para derramar o café frio que sobrou em minha caneca.

Passo por eles e vou até meu quarto, para pegar minha mochila, e assim que o faço, viro-me e encontro Olivia, que veio atrás de mim.

— Como assim você não conversou com ele, Mel? — exige saber, com uma expressão preocupada. Passo a mão pelos cabelos, nervosa.

— Não deu, Liv. Eu entrei ontem no quarto, ele estava dormindo e...

— Porra, Mel! Você prefere mesmo viver nessa apreensão? Pelo amor de Deus, apenas o coloque contra a parede e pronto, uai!

— Ok, Liv! Não me pressiona assim, caramba! — peço, exasperada. — Eu estava tentando, aí você apareceu bem na hora.

— Ah, que merda! Desculpa, Mel, eu não fazia ideia...

— Você não tinha como saber — tranquilizo-a. — E, por favor, entendo suas intenções e aprecio muito que você queira ajudar, mas não se mete, tá?

Ela respira fundo e assente.

— Tudo bem. Eu sei que você sabe se virar sozinha. Só é... inevitável. É como se eu quisesse defender a minha irmã caçula — diz, arrancando-me uma risadinha.

— Engraçado que *eu* sou mais velha do que você. A diferença mal chega a três meses, mas mesmo assim — objeto, fazendo nós duas rirmos para valer.

— Você sabe o que eu quis dizer — rebate, fazendo uma careta.

Nosso percurso de rotina para a faculdade é quieto. Penso em mil maneiras de abordá-lo, mas além de não ter coragem suficiente, não acho que seja hora nem lugar para uma conversa tão séria que terá de ser interrompida em poucos instantes por termos que nos separar para ir para a aula.

Então, apenas olho pela janela, apreciando sua proximidade, seu peito que se mexe cadenciadamente conforme ele respira, seu coração que bate no peito, seu cheiro que toma conta de mim e me acalma, seus lábios que, vez ou outra, encontram meu cabelo ou minha pele.

Desejando, em silêncio, que isso nunca mude.

Reviro os olhos pela milésima vez ao olhar para o relógio. A aula está tão arrastada que até perdi o momento em que parei de prestar atenção. Mesmo que eu tente não dispersar tanto, somente cerca de vinte minutos depois, quando o professor libera a turma, torno a ficar menos anormal. Levanto-me e recolho minhas coisas, saindo com pressa, indo diretamente ao local onde sempre encontro Daniel e nossos amigos para almoçarmos juntos.

Após dez minutos e nenhum rosto familiar surgir no meio de tantas pessoas indo e vindo, olho para a hora no celular e não há nenhuma mensagem, nenhum aviso. Tudo bem que não se passou tanto tempo a ponto de eu já ter certeza de que ninguém irá aparecer, mas estou entediada e ansiosa. Preparo-me para mandar uma mensagem para Olivia, para dizer que pretendo almoçar sozinha com Daniel para conversarmos, quando avisto seu primo, Alex, dobrar o corredor.

Ah, Alex. Talvez ele tenha algumas respostas.

Aproximo-me e aceno para que ele me veja.

— Oi, Alex — cumprimento-o quando estamos próximos o suficiente, recebendo um sorriso e um aceno em resposta.

— E aí, Mel? Tudo certo?

Aperto os lábios e tento não deixar transparecer minha tensão.

— É. Na medida do possível.

Vejo sua expressão mudar. Passa de simpática a ligeiramente surpresa, com traços preocupados... ou aliviados?

— Como assim? Está com algum problema? — questiona, aproximando-se de mim, como se estivesse me analisando. Isso me deixa um pouco desconfortável.

— Não exatamente... eu acho. — Pigarreio, confundindo-me um pouco. — Você viu o Daniel? Ele não me encontrou para almoçar e não me avisou nada ainda.

Alex franze a testa e olha para os lados, exalando com força antes de responder. Eu sabia que sua postura seria parecida com essa. Que diz que ele sabe, mas não quer me contar.

— Não o vi — responde, passando a mão pelos cabelos escuros. — Já tentou ligar? Talvez tenha surgido um compromisso de última hora e ele não teve tempo de avisar.

É minha vez de expirar com força, já perdendo a paciência. Ele sabe *sim*. Daniel pediu a ele que não dissesse? Que *porra* ele está fazendo que não quer que eu saiba?

Isso está começando a me deixar com raiva. Cansei de ser complacente.

— O que está acontecendo, Alex?

Ele pisca para mim, surpreso com minha pergunta repentina.

— Como assim?

— Você sabe do que estou falando.

— Não sei, Mel.

— Sabe, sim. O Daniel está estranho ultimamente. Preocupado, estressado. Cheio de mistérios. E tenho certeza de que você sabe o que há de errado. Por que ninguém quer me contar que merda está acontecendo? — exalto-me, tentando manter a voz baixa para não chamar atenção no corredor.

— Por que você tem tanta certeza de que eu sei o que está acontecendo, se é que está acontecendo alguma coisa?

Não sei se confesso o que ouvi, sorrateira e inapropriadamente, na noite passada. Droga, todo mundo está agindo errado nessa situação! Mas, se eles não me dizem, não vou dizer também.

— Me diga você.

Alex passa a mão pelos cabelos mais uma vez, parecendo um tanto irritado. Não sei dizer se comigo, com Daniel ou com ele mesmo. Talvez com todos.

— Olha, Mel... eu não tenho esse direito. É com o Daniel que você tem que conversar. Merda, ele já deveria ter conversado com você há tanto tempo...

— Conversado o quê, Alex? — insisto, sentindo minhas pernas tremerem e o estômago apertar em desespero.

— Não é nada de mais. Eu acho... não sei. Mas eu realmente não tenho o direito.

— Por favor, Alex...

No mesmo instante, ele vira para encontrar Caroline, que acaba de se aproximar de nós.

Gosto muito da Carol, mas ela não chegou em um momento bom. Pelo menos, não para mim. Alex, em contrapartida, deve estar nadando em alívio.

— Oi, amor. Oi, Mel! — ela diz ao me avistar, vindo ao meu encontro e me dando um abraço carinhoso. — Tudo bem com você? Não nos vemos há um tempinho.

— Tudo sim, Carol — respondo automaticamente, tentando sorrir para ela.

— Você vai almoçar com a gente? Cadê o Daniel? — ela questiona, abraçando Alex. Olho para ele, que me lança um olhar suplicante de desculpas, e balanço a cabeça negativamente, tanto para ele quanto para ela.

— Ah, não, obrigada, Carol. Ainda vou encontrar o Daniel, e falta pouco até que eu precise estar no trabalho.

— Ah, que pena. Mas podemos marcar algum dia para todos nos reunirmos e colocarmos o papo em dia, que tal?

— Claro. É só avisar. — Sorrio para ela e olho uma última vez para Alex antes de me despedir. — Até logo.

Meus olhos ardem conforme apresso meus passos para longe deles. Decepção e raiva tomam conta de mim.

Sinto, finalmente, meu celular vibrar no bolso da calça e, quando o pego já tentando não ter muitas expectativas e pensando que é Olivia, o nome de Daniel surge na tela, anunciando uma mensagem.

Daniel: *Honey, não vou poder te encontrar pra almoçar hj. Preciso resolver um trabalho em grupo com um pessoal aqui antes da minha aula da tarde. Dsclp. Te vejo mais tarde. Te amo.*

Seguro o celular com força, respirando fundo algumas vezes, lendo e relendo suas palavras, tentando sentir o teor de verdade nelas.

Não consigo.

Mando uma mensagem para Olivia, avisando que não irei lhe encontrar para almoçar. Meu estômago está embrulhado e eu não conseguiria comer nada mesmo, então decido ir direto para o trabalho e matar um tempo por lá — só espero não desmaiar no meio da aula.

Minha mente está uma confusão, e não importa o quanto eu tente encontrar respostas, é impossível. Só ele pode me dar.

Ele e, talvez, a cena que se faz presente diante dos meus olhos quando passo pelo estacionamento, antes de atravessar a rua até o ponto de ônibus.

Não estou vendo direito. *Não é possível.*

É ele. Está a vários metros de distância, quase de costas, entre vários carros estacionados, mas ele é inconfundível para mim. Sou capaz de reconhecê-lo como uma águia a uma enorme distância, no meio da mais abarrotada multidão.

E, nesse momento, tudo o que desejo é não possuir essa capacidade.

Para não ver que há uma garota com ele.

Não a reconheço. Nunca a vi na vida. Pelo menos, não me lembro. Ela usa calça jeans e uma blusa azul de mangas curtas, e curva-se por um instante ao rir, apoiando uma mão no peito dele. Parece ter a minha idade e ser um pouco mais alta, já que precisa curvar muito pouco o rosto para cima ao olhar para meu namorado, enquanto minha testa fica ao mesmo nível de altura do seu queixo. A postura de Daniel está relaxada, apesar de coçar a nuca vez ou outra, gesto que ele sempre repete quando está nervoso.

Engulo em seco e tento pensar que ela é alguma colega de classe ou amiga que não conheço, mas, no mesmo instante, o chão desaparece sob meus pés. O ar escapa de mim e meu queixo cai um pouco. A garota dá uns pulinhos antes de se jogar nos braços dele, que abaixa a cabeça para beijar seu cabelo e a abraça.

Com carinho.

Proteção.

O *meu* abraço.

Sinto-me anestesiada. Meus olhos estão ressecados, porque não consigo parar de olhar. Minhas pernas parecem feitas de concreto, pois não consigo me mexer. Meu coração, que antes batia freneticamente, parece ter perdido as forças. O barulho de pessoas indo e vindo, veículos buzinando, conversas, risadas... tudo desaparece.

Só restam meus pedaços encarando aquela cena.

É isso que o tem afligido? É isso que ele tem para conversar comigo? As «duas» com quem ele pretende falar somos ela e eu?

Eu não entendo.

Ele prometeu.

Eu acreditei.

Por pouco, não vou ao chão quando uma pessoa esbarra em mim com tudo, resmungando para que eu preste atenção e provavelmente deixando alguma marca de machucado no meu braço. Nem ligo. Só sei que, se antes minha mente estava confusa, agora deu um nó. Daniel não faria isso comigo. Não, ele não faria!

Então, por que parece que está fazendo?

Não, Mel. Segura. Não chora.

Preciso sair daqui.

Forço minhas pernas a se moverem, tropeçando um pouco no processo, aumentando o ritmo conforme atravesso a rua. Pontos de interrogação parecem flutuar diante dos meus olhos, sobre minha cabeça, e nesse poço de confusão, quase não vejo a tarde passar. O choro continua preso em minha garganta. Aproveito a sensação de anestesia para fazer meu trabalho direito, desejando, no momento em que a aula termina, não ter que voltar para casa tão imediatamente.

E é isso que faço. Faço o percurso caminhando devagar, aproveitando para ir à minha livraria favorita e matar o máximo de tempo que consigo, perdendo-me entre prateleiras e mais prateleiras de livros, tentando não desmoronar.

Quero confrontá-lo, mas não quero.

Quero saber, mas não quero.

Quero odiá-lo, mas o amo.

Não sei mais que merda eu quero.

Já está de noite quando entro no apartamento. E Daniel está lá.

Ele levanta do sofá imediatamente, vindo ao meu encontro e pegando minha mochila.

— Ei, amor! Onde você estava? Mandei um monte de mensagens e você não respondeu. Já estava ficando preocupado.

Mais uma vez, o choro ameaça explodir. Amo tanto seu jeito carinhoso e atencioso, amo tanto sua proximidade... isso só faz doer mais.

Porque, aparentemente, nada disso é verdadeiro.

Tento manter a expressão neutra e dou de ombros.

— Me distraí na livraria. Perdi a noção do tempo — respondo, evitando seu olhar. Ele coloca minha mochila no sofá e me segue quando vou à cozinha.

— Honey? Está tudo bem? — questiona, e mantenho-me de costas para ele enquanto bebo água.

— Não. — A resposta sai antes que eu possa me impedir. Ele se aproxima mais e coloca as mãos nos meus ombros. — Estou com dor de cabeça.

— Tem algo que eu possa fazer? — inquire, ainda me seguindo.

Continuo evitando olhar para ele. Porque sei que, se o fizer, tudo vai desaparecer. Tudo vai parecer bem novamente. Tudo vai continuar confuso.

— Tem. Me deixar em paz.

Minha resposta, ao invés de afastá-lo, faz com que ele me siga ainda mais de perto.

— O quê?

Posso sentir a confusão em seu tom de voz. E, quando o olho, vejo medo em sua expressão.

— Me. Deixar. Em. Paz — repito, resistindo à vontade de levar as mãos ao peito, a fim de segurar os batimentos descontrolados do meu coração.

— Mel? O que está acontecendo? O que foi que eu fiz? — dispara uma pergunta atrás da outra, colocando suas mãos em meu rosto, estudando-o, buscando respostas.

Acontece que eu também quero respostas. *Preciso* de respostas.

E ele não me dá.

— Nada, Daniel. Você não fez nada. Você não *disse* nada — explano, colocando as mãos sobre as suas e retirando-as do meu rosto. — Esse é o problema.

Dou passos para trás, afastando-me novamente, mas ele segura meu braço.

— Mel! Por favor, me diz o que está...

— Quero ficar sozinha, droga! — dou minha palavra final, puxando meu braço do seu aperto e indo para meu quarto de uma vez.

Tomo um banho e visto logo o pijama. Lembro-me do texto da apostila, que preciso ler para a aula do dia seguinte, mas ignoro. Apenas deito na minha cama, apertando as mãos contra o peito, na tentativa de me manter inteira.

Não funciona muito bem.

— Mel?

Desperto diante do chamado. Reconheço a voz de Olivia, mas fico confusa. Não percebi em que momento caí no sono.

— Oi, Liv. Que horas são? — pergunto, tateando o criado-mudo à procura do meu celular, mas lembro que ele está em minha mochila e ela provavelmente ainda está na sala.

— Pouco depois das 20h. — Ah. Devo ter cochilado por uma hora, mais ou menos. — O que você tem? Cheguei em casa e o Daniel estava quase surtando, dizendo que você estava se sentindo mal e não queria vê-lo — ela diz, saindo da minha cama e indo até a sua, deixando suas coisas lá e começando a se despir.

Balanço a cabeça, tentando pensar claramente.

— Eu estava com dor de cabeça — explico, torcendo para que não faça mais perguntas. Não sei se quero conversar agora. — Mas já estou melhor. Vou procurar algo para comer. Estou de estômago vazio o dia todo — deixo escapar, e logo minha amiga emite um som de repreensão.

— Ah, Mel, não acredito! Como você espera não passar mal se não se alimenta?

— Eu estava enjoada, Liv. Não conseguia comer. Mas já estou indo. Não preciso me colocar de castigo, tá? — tento amenizar o clima com uma brincadeirinha, mas não obtenho muito sucesso.

Ela revira os olhos e pega sua toalha, dirigindo-se ao banheiro, e eu saio do quarto, engolindo em seco quando Daniel me avista. Ele está sentado na poltrona, com o corpo curvado para frente e os cotovelos apoiados nos joelhos. Continuo seguindo para a cozinha, ciente do seu olhar acompanhando meus movimentos.

— Eu fiz o jantar — diz, levantando-se e vindo ao meu encontro. — Tem molho de cachorro-quente na panela sobre o fogão, e os pães estão no canto da bancada.

Olho para onde ele aponta, e depois para ele. Seu olhar está cauteloso e preocupado, enquanto não faço ideia de como pode estar minha expressão. Estou tentando mantê-la neutra, mas não tenho certeza se estou conseguindo.

— Obrigada.

Sirvo-me e sento de frente para a bancada. Ele fica de frente para mim, debruçando-se sobre a bancada ao apoiar-se nos antebraços, enquanto tento mastigar e engolir sem muita dificuldade.

— Está melhor, Honey? — pergunta, após alguns instantes.

— Sim.

— Ainda está chateada?

Não respondo. Se eu disser que não, será mentira. Se eu disser que sim, vou ter que dizer o motivo. E ele terá que me contar o que diabos está acontecendo.

Pensando bem, responder que sim será o melhor a fazer.

Mas ele se adianta:

— Amor, eu não sei direito o que pode ter acontecido para você ficar assim, e talvez não seja o melhor momento, mas...

Ele hesita, deixando-me nervosa.

— Mas o quê?

Ele olha para as próprias mãos, sobre a bancada, e exala com força antes de tornar a me olhar.

— Tem uma coisa que eu queria te dizer. Não é nada de mais... quero dizer, eu acho... sei lá, depende do ponto de vista...

— Daniel. — Seguro seu braço com força, pedindo que se concentre. — Fala de uma vez.

Ele me analisa por alguns segundos, juntando as sobrancelhas.

— Você sabe, não é?

— O quê?

— Que eu tenho algo a dizer. Que tenho sido um filho da puta estúpido por não dividir certas coisas. Por ser um covarde.

Deixo o resto do cachorro-quente de lado, deslizando meu toque por seu braço até chegar à mão.

— Não exatamente. — Dou de ombros. Ele fica me olhando, provavelmente esperando que eu continue a falar. — Quero dizer, eu tenho percebido que você tem agindo estranho. Tenho tentado conversar com você, mas não fazia ideia de como. É ruim saber que você não confia em mim, Daniel.

— Não, Honey! Não é isso. — Ele cobre minha mão com as suas, com determinação. — Caramba, eu sei que posso entregar a minha vida nas tuas mãos e estarei mais seguro do que jamais poderei estar. Eu... eu não confio em mim mesmo.

Ele baixa a cabeça novamente, fitando nossas mãos juntas.

— Então, me diz. Estou indo à loucura com isso — digo de uma vez. — Depois do que te ouvi falando ao telefone ontem, ter visto que você chorou, e ter te visto com aquela garota hoje...

— Espera. O quê? Conversa ao telefone? Garota?

Oh, merda. Merda, merda, merda!

Não era hora de deixar isso escapar!

Gelo percorre minha espinha, mas tento me manter firme. Precisamos esclarecer tudo, de qualquer jeito.

— É, eu... eu ouvi ontem e te vi na faculd...

Quase salto de susto quando a campainha toca. Caralho! Será possível que sempre seremos interrompidos quando tentarmos conversar?

Daniel continua me encarando, com a testa franzida em surpresa, talvez até um pouco de choque. Parece nem ter ouvido o toque na porta, que se repete apenas alguns segundos após o primeiro. Vou até lá, já imaginando que é Arthur, e me perguntando por que ele não usa a chave que Olivia lhe deu.

Mas, quando abro a porta, não é o namorado da minha amiga que está lá.

— Oi. Humm, o Daniel está?

Aperto a mão na maçaneta, tremendo por inteiro.

Não acredito.

Sei que a vi somente por alguns instantes, em um momento quase dilacerante, mas a reconheço.

É a garota que estava com ele mais cedo.

Com quem ele estava conversando e rindo.

Abraçando.

Meu abraço.

Acho que vou vomitar.

— Laura?

A voz de Daniel vem de trás de mim. Sinto minhas pernas quase cederem.

Laura?

— Sim. Eu. *Bah*, não me olhe assim, Daniel! Não estou nem aí. Eu precisava vir — ela responde, com sua voz melodiosa e sotaque gaúcho forte.

— Puta que pariu! — ele grunhe e posso ouvir o baque de algo batendo.

— Pode segurar a boca suja, irmãozinho. Isso não me intimida — ela rebate, revirando os olhos. Quando me olha, parece ansiosa e me lança um sorriso simpático. — Então, você é a Mel... certo?

20. NÃO É O QUE O PARECE – PARTE II

Mel

Devo ter maneado a cabeça, pois o sorriso de Laura cresce e ela se mexe no lugar, olhando para os lados e apertando a bolsa, com claro desconforto.

— Humm, será que posso entrar? — pergunta, tirando-me do transe momentâneo. Pisco e balanço a cabeça. — Não sei se cheguei em boa hora, mas, se dependesse do Daniel, sei que a melhor hora nunca chegaria, então apenas vim e...

Ela olha para o irmão, por cima do meu ombro, e faz uma careta, como se ele tivesse acabado de lhe repreender. Olho para trás, encontrando Daniel sentado no braço do sofá, com o rosto enterrado nas mãos.

Quando torno a encarar Laura, ela não parece muito à vontade, mas também não aparenta estar arrependida por ter contrariado meu namorado.

— Desculpe — murmura para mim, e eu me afasto um pouco antes de falar.

— Tu-tudo bem. Você pode entrar — digo e, sorrindo, ela vai até o meio da sala.

Fecho a porta, deixando escapar o ar que nem percebi estar segurando durante todo esse tempo. Daniel tira as mãos do rosto e bate nas coxas, levantando-se, ficando próximo a ela. A semelhança entre os dois assim, lado a lado, fica bem mais evidente. Os olhos dela não são verdes como os dele, mas um castanho-escuro marcante que lhe confere um ar determinado, e seus cabelos são impecavelmente lisos, castanho-claros, com o comprimento um pouco abaixo dos ombros e repicado nas pontas. Os traços de seus rostos são bastante parecidos, principalmente quando sorriem.

Mais cedo, foi impossível perceber isso. Eles estavam longe e eu só a vira em fotos que, agora, posso afirmar com certeza que eram antigas. De, talvez, quatro ou cinco anos atrás. A garota das fotos era adolescente, apesar de bem desenvolvida. A que está diante dos meus olhos nesse momento é uma versão mais madura.

O silêncio entre nós já está constrangedor. Não faço ideia do que falar, até porque mal entendo o que está acontecendo. Nem sei por quanto tempo ficamos apenas ouvindo sons ambientes até Olivia sair do quarto e nos olhar com uma expressão inquisitiva. Quase consigo ver os pontos de interrogação flutuando sobre sua cabeça.

— Opa... não percebi que tínhamos visita — ela comenta, olhando de Daniel para mim. Quando continuamos sem dizer nada, Laura toma a iniciativa.

— *Bah*, mas por que vocês estão assim, tão mudos? Estou me sentindo uma assombração aqui — diz, virando-se para Daniel. — Vou te dar mais uma chance, seu mal educado: Olá, maninho, tudo bem? Ah, eu também estava com saudades! Que fofo o teu apartamento! Tão arrumadinho. Nem parece que tem um guri morando aqui. Ah, por que não me apresenta às gurias que moram contigo?

Ela o encara com expectativa, sorrindo, mas deixando clara sua provocação. Ele estreita os olhos para ela e balança a cabeça, respirando fundo e pigarreando antes de falar.

— Liv, Mel... esta é minha irmã, Laura — ele apresenta ao andar em minha direção, apontando para minha amiga no curto trajeto. — Laura, esta é Olivia, e esta é minha namorada, Mel.

Ao dizer a última frase, ele passa o braço por meus ombros, mantendo-me junto ao seu corpo. Suspiro ao sentir o calor da sua proximidade e retribuo o gesto, passando um braço por sua cintura e acenando para sua irmã com a mão livre.

— Prazer em conhecê-las! — Laura cumprimenta, entusiasmada, indo até Olivia e dando um meio abraço e um beijinho de lado. Em seguida, vem até mim, repetindo as ações, revirando os olhos para meu namorado quando ele me segura com força assim que ela me solta.

— Então... que surpresa, hein? — Liv comenta, um pouco sem jeito. — O Daniel nos falou um pouco sobre você, mas eu já estava perdendo as esperanças de te conhecer pessoalmente, um dia.

O tom zombeteiro na voz da minha amiga é perceptível e Laura entra na brincadeira, mas sinto Daniel ficar tenso ao meu lado.

— É. Nos afastamos um pouco desde que ele saiu de casa, e meus pais não queriam me deixar viajar sozinha antes de ser maior de idade — ela explica.

— Nossa, você não visita a sua própria família, Daniel? Que ingrato você é! — Liv continua a gracejar, começando a me deixar nervosa. Meu namorado aperta o abraço ao meu redor e posso senti-lo inquieto. Ele não parece estar achando tanta graça assim.

— Ah, ele visita, sim — Laura se apressa em dizer, olhando para ele e pigarreando um pouco antes de continuar. — Só que com pouca frequência. — Ela dá uma risadinha. — Sempre fomos inseparáveis até a adolescência. Um tempinho longe dele já me parece uma eternidade.

Ela o encara, quase o estudando, deixando transparecer carinho em seu olhar, mas, ao mesmo tempo, algo que parece reprovação. Ou decepção. Não sei identificar direito.

— Mas, agora que já tenho dezoito anos e convenci o papai e a mamãe de que preciso de um ano de folga depois do ensino médio para descobrir o que realmente quero fazer da vida, os dias de sossego do meu maninho aqui acabaram! — Ela estica a mão e aperta a bochecha dele.

Liv ri junto com ela e eu o olho, para encontrá-lo fitando a irmã com os olhos estreitos, mas com um sorriso querendo surgir em seus lábios.

— Nem me fale — ele murmura, recebendo um tapinha dela em seu braço.

— Então, gente, que tal nos sentarmos e batermos melhor esse papo? Você chegou hoje, Laura? — Olivia pergunta, acomodando-se na poltrona enquanto a irmã de Daniel senta-se no sofá. Nós nos acomodamos ao lado dela.

— Sim. Hoje de manhã.

— Está hospedada na casa do primo dele?

— Não, não. Tenho uma amiga que veio morar aqui no Rio de Janeiro ano passado e me ofereceu estadia quando eu disse que viria.

— Pretende ficar por muito tempo?

— Não muito. Alguns dias. Uma semana, talvez duas.

— Legal.

Um silêncio terrível se instala pelos cinco segundos seguintes, que mais parecem cinco horas. Todos nos olhamos, com expressões desconfortáveis e tentativas de sorrisos. Estou muito surpresa com essa visita e, sinceramente, não sei o que falar. Ainda estou bastante sem graça por ter pensado que ela poderia ter outro tipo de relação com meu namorado, mesmo que ela nem saiba disso.

Sem contar que, depois de ter tantas dúvidas sobre a família de Daniel, que me pareceu negligente e distante demais, a irmã dele surge para me deixar um pouco aliviada em relação a isso. Só um pouco mesmo. Sinto que ainda há coisas escondidas.

Daniel se mostrou bastante irritado ao ver a irmã. Pergunto-me por que ele pareceu não querê-la aqui. Prestei bem atenção quando Laura disse que, se dependesse dele, a melhor hora para ela vir nunca chegaria. Será que ela sabe de algo? Será que ela tem a ver com o que ele vem escondendo e esteve prestes a me contar antes de ela aparecer?

Estou começando a me convencer de que sim.

Mas continuo sem entender.

Que saco!

— Então... já que estamos todos desconfortáveis e sem graça mesmo, não há problema em piorar, certo? Por que vocês dois estão tão calados? — Laura pergunta ao virar para mim e Daniel.

Nós nos entreolhamos e ele repousa a mão na minha coxa, olhando de mim para ela. Quando ele abre a boca para falar, me adianto.

— Desculpe, Laura. Ainda estou um pouco surpresa e não sou a pessoa mais falante do mundo, também — explico, rindo sem muito humor. — O Daniel nem nos disse que você viria pro Rio — comento casualmente, esperando que ele perceba meu tom de acusação mascarado.

Sua mão afaga minha coxa repetidas vezes.

— Eu também não sabia que ela viria. — Dá de ombros. — Pelo menos, não agora.

Laura ri e inclina a cabeça para o lado.

— Mas você adorou a surpresa, que eu sei.

Ele dá um meio sorriso, soltando ar pelo nariz brevemente e segurando a mão que ela estica para ele.

— Claro. Estava com saudades. Mesmo você sendo um pé no saco.

Laura dá uma gargalhada com vontade, e é tão contagiante que me dá vontade de rir também.

— Awn, tão fofo esse meu irmão — ela debocha e balança a cabeça.

Daniel passa os braços por minha cintura e beija meu rosto, repousando o queixo no meu ombro, em seguida. Aconchego-me nele.

— Bom, então, me contem! Quero conhecê-la melhor, Mel. E também quero saber como e quando se conheceram! Vocês já moram juntos, então deve fazer bastante tempo, não é?

Ela começa a quicar no lugar, fazendo uma pergunta atrás da outra, e Daniel e eu começamos a responder. Laura ouve tudo atentamente, dizendo que está feliz por ver o irmão feliz, e que gosta de mim e de Olivia. Também gosto dela. É exatamente o tipo de pessoa que passa uma energia muito boa, da qual você se sente bem por estar perto. Não entendo por que Daniel afastou-se dela, e menos ainda por que não queria que ela viesse hoje. As histórias e lembranças aleatórias que ela conta sobre a infância e adolescência dos dois deixam claros o carinho e o amor fraternal entre eles, apesar de eu conseguir perceber que, em seus olhares e palavras saudosas, há certa tensão. Daniel se remexe vez ou outra, sem deixar de me abraçar, e ela lhe lança olhares que parecem questionadores, como se ele estivesse com receio de que ela diga algo que não deve.

Entre uma história e outra, sinto minha boca ficar seca. A sede que começo a sentir me faz perceber que Laura já está há um bom tempo aqui tagarelando e não lhe oferecemos nem ao menos água.

— Você não quer comer ou beber alguma coisa, Laura?

— Não, obrigada, Mel. Na verdade, está ficando tarde e preciso ir. O dia foi bastante cheio e não tive oportunidade de descansar após a viagem — diz, já se levantando. Nós a imitamos.

Suspiro, um pouco aliviada por ela estar indo embora. Por mais que eu tenha gostado de conhecê-la, só quero poder terminar de conversar com Daniel, de uma vez por todas.

— Também não entendo por que o Daniel não ofereceu, mas você pode ficar aqui, se quiser, Laura. Tem uma cama extra no meu quarto — Olivia oferece quando ela se aproxima para se despedir.

— Ah, não precisam se incomodar, gurias. O Daniel não sabia mesmo que eu viria até eu aparecer na frente dele e quase fazê-lo desmaiar de susto, e a minha amiga está feliz por ter alguém para aliviar um pouco a solidão do apartamento dela. Obrigada por oferecer, mas não se preocupem. Visitarei muito vocês enquanto estiver aqui. Posso, né?

Ela direciona a pergunta para Olivia e para mim, mas vejo seu olhar escorregar em direção a Daniel. Sua reação permanece neutra e minha amiga apressa-se em responder que sim, abraçando-a ao se despedir.

Em seguida, Laura abraça o irmão, dizendo algo para ele que o faz rir e revirar os olhos, bagunçando seus cabelos em um gesto de implicância, mas com ternura. Finalmente, ela se dirige a mim, e hesito antes de colocar os braços ao seu redor quando ela me abraça.

— Adorei mesmo te conhecer, Mel — sussurra no meu ouvido. — Obrigada por amar o meu irmão e fazê-lo feliz. Sei que você será capaz de compreendê-lo.

Ela se afasta e me lança um sorriso carinhoso, piscando para mim antes de ir até a porta, como se soubesse que acaba de plantar ainda mais confusão na minha cabeça, e que ela está prestes a ser esclarecida.

Solto ar pela boca assim que ela vai embora e Olivia fecha a porta. Minha amiga olha de Daniel para mim repetidamente, parecendo tão confusa quanto eu. Quando penso que ela fará algum de seus comentários diretos e objetivos, Liv se dirige para a cozinha, serve seu jantar em silêncio e vai para o quarto. Aprecio bastante o fato de ela respeitar meu pedido para que não se meta.

Sento no sofá, juntando meus cabelos em um coque desarrumado no topo da cabeça, a fim de deixar meu pescoço, colo e nuca livres, que estão suando, mesmo que não esteja fazendo muito calor. Daniel senta-se ao meu lado, muito próximo, colocando uma perna sobre o sofá e ficando de frente para mim.

— Gostei da sua irmã — comento casualmente. — Ela é uma ótima pessoa. Diferente de você.

Ele franze a testa, sorrindo minimamente.

— Isso significa que eu sou uma péssima pessoa? — inquire, pegando minha mão e começando a brincar com nossos dedos. Balanço a cabeça e sorrio.

— Não, amor. Ela é... falante, animada, empolgada demais da conta. Você é mais tranquilo.

Ele aproxima minha mão da boca e roça os lábios pelos nós dos meus dedos. Suspiro.

— É. Nem sempre foi assim — diz, exalando com força e olhando para o nada, de repente, como se estivesse pensando.

Espero, observando sua postura, tentando adivinhar se ele está procurando as palavras certas ou esperando que eu comece a bombardeá-lo com perguntas. Após mais alguns segundos, ele fala, finalmente:

— Honey... quando você disse que ouviu minha conversa ao telefone ontem... o que, exatamente, você ouviu?

Ok, eu não estava esperando por isso. Não é ele que tem que fazer perguntas aqui. Começo a ficar irritada, determinada a não deixar que essa tortura se estenda por mais tempo.

— O suficiente para me deixar atormentada — respondo, engolindo em seco, vendo as palavras que ouvi na noite anterior começarem a fazer um pouco de sentido.

Definitivamente, as "duas" com quem ele precisava falar somos Laura e eu. Aparentemente, com ela, ele já falou. Só quero saber de uma vez sobre o que diabos isso se trata.

— Isso não foi muito claro — ele diz, balançando a cabeça e baixando o olhar. Emito um som indignado, endireitando as costas.

— Ah, agora *eu* não estou sendo clara? Quer mesmo falar sobre isso, Daniel?

— Honey, por favor...

— Por favor, digo eu! — exalto-me, puxando minha mão da sua. — Você começa a agir estranho, me deixa preocupada, não se abre comigo... O que eu deveria pensar diante do que ouvi e depois de te ver com a Laura, mais cedo? Abraçando, conversando, rindo com ela?

Mais uma vez, entrego meus motivos de desconfiança, e ele me lança um olhar impaciente. Sinto vontade de bater nele. Ele não tem esse direito.

— Por que você foi logo tirando conclusões precipitadas? Eu nunca faria isso contigo, Mel! — defende-se, falando como se eu estivesse sendo irracional ao me sentir assim. Sinto ainda mais raiva e afasto-me dele, levantando e encarando-o com incredulidade, tentando não tremer tanto.

— Como eu poderia ter certeza disso, Daniel? — Ele abre a boca para responder, mas o interrompo, falando mais alto. — Tudo o que você tem me feito pensar é que não confia em mim. Que há algo te deixando mal e você não quer dividir comigo. Que não está levando o nosso relacionamento a sério o suficiente para me permitir conhecer a sua própria família, que às vezes parece nem existir!

Respiro pesadamente após cuspir todas essas palavras, sentindo meus olhos arderem, parando de me importar se vou chorar ou não. Já segurei essa merda por tempo demais. Não sei ser forte o tempo inteiro. Não *consigo*.

Ele também se levanta, vindo em minha direção, com o rosto contorcido de irritação e... dor?

— Como diabos eu te deixaria falar com a minha família, se nem *eu* mesmo falo com eles há *anos*?

Daniel joga os braços para cima conforme fala, deixando-os caírem pesadamente. O baque que suas palavras causam em mim é quase como um tapa na cara. Na verdade, acho que um tapa doeria bem menos do que a conclusão que acabo de tirar.

Vários tapas, beliscões, socos... seriam mais fáceis de suportar do que, finalmente, ter a certeza de que ele tem mentido para mim.

— Como é? — inquiro em um sussurro, fitando-o através dos borrões que as lágrimas causam em minha visão.

Daniel passa a mão pelos cabelos, correndo-a pela nuca, agarrando os cabelos ali com tanta força que faz uma careta de incômodo. Quando torna a me olhar, a dor e as súplicas em sua expressão não estão mais disfarçadas. Estão ali, prontas para deixar suas próximas palavras continuarem a penetrar meu coração como facas afiadas.

— Eu... eu não falo com meus pais e a minha irmã há anos. Eu... eu me afastei depois que... depois que...

— Daniel — interrompo-o, dando dois passos à frente e observando-o com cautela. Tentando ver, no cara atormentando diante de mim, aquele pelo qual sou alucinadamente apaixonada. Não consigo. — Você não sabe o quanto eu lutei para não acreditar que você faria isso... Você... *mentiu* para mim?

Ele arregala os olhos imediatamente, fechando a distância entre nós e agarrando meus ombros.

— Não, Honey! Eu só... eu só não falei nada...

— Mentiu, sim! — grito, desvencilhando-me dele. — Mentiu a cada vez que eu perguntei se estava tudo bem. Você disse que sim, mas não estava. Mentiu quando perguntei se você havia falado com a sua mãe no dia das mães. Mentiu quando perguntei quanto tempo fazia que você não via seus pais. Mentiu hoje, quando disse que não almoçaria comigo para fazer trabalho em grupo, quando, na verdade, estava com a sua irmã! Você mentiu para mim esse tempo todo, Daniel.

Ele balança a cabeça negativamente, repetidas vezes, tentando se aproximar, mas recuo.

— Não, Mel, por favor, não é assim... me deixa explicar.

— Não, Daniel. Não vê? Se você mentiu todas essas vezes, que garantia eu tenho de que todo o resto é verdade?

Desta vez, ele consegue me alcançar. Até as forças para me afastar estou perdendo. Ele me segura pelos ombros, logo deslizando as mãos por meus braços e chegando às minhas mãos, apertando-as com força.

— Melissa, pelo amor de Deus! Não fala isso! Eu posso ter omitido algumas coisas, mas nunca menti quando disse que te amo. Nunca! Disso você não pode duvidar! Eu te amo, e você sabe disso, eu sei que sabe!

Suas mãos serpenteiam por minha cintura, por onde ele me agarra em um abraço sufocado, suplicante, agoniante. As lágrimas correm livres por meu rosto, representando por fora o meu desmoronamento interior.

Ele prometeu. Prometeu que isso nunca aconteceria. Prometeu que nunca seria a causa disso.

Por que, Daniel? Eu te amo tanto... está doendo tanto...

Levo minhas mãos até seus ombros e as deslizo por seu peito, tentando empurrá-lo. Mas ele é muito forte.

— Não sei de mais nada, Daniel. Não sei mais o que sinto, mal sei quem você é...

— Eu sou exatamente como você me conhece, Mel. — Ele se afasta um pouco para me olhar, sem me soltar do seu abraço. — Eu te amo, e isso não é mentira. Nunca foi, e nunca será! — Ele encosta a testa na minha, segurando-me com cada vez mais força. — Tudo o que eu tenho tentado é ser uma pessoa melhor, desde que te conheci. Por ti! Principalmente por ti!

— Mentir para mim é ser uma pessoa melhor? — rebato, cortando-o, ainda tentando afastá-lo. — Não confiar em mim, omitir a sua vida e me fazer de idiota é fazer algo bom por mim?

— Caralho, Mel! — Sua voz é desesperada quando ele segura meu rosto e me obriga a encará-lo. — Eu sei, eu sei! Fui um estúpido egoísta por não me abrir em relação a isso, mas, porra! Você precisa me ouvir! Você precisa entender...

— Você não sabe do que eu preciso! — explodo, tentando empurrá-lo com os punhos. E falhando novamente. — Eu... eu não quero olhar pra você agora, eu...

— Não, Honey, não faz isso comigo!

— Me solta. Não me chame assim.

— Por favor... me deixa te explicar...

— Me solta, Daniel. Me solta. Agora!

Com um soluço entrecortado, ele desliza as mãos por meus ombros, lentamente, passando-a por meus braços, até chegar às minhas mãos e segurá-las, em um gesto que demonstra sua última esperança de que eu ceda.

Encaro seu rosto, tão contorcido de dor e inundado de lágrimas quanto o meu, e puxo minhas mãos bruscamente, sem pensar muito antes de mover meus pés, tropeçando um pouco ao marchar para o quarto que divido com Olivia. Ainda posso ouvi-lo me chamando, em um sussurro desolado, mas continuo. Não me viro.

Abro a porta do quarto e encontro minha amiga sentada em sua cama, olhando-me como se já estivesse esperando por mim. Ela provavelmente ouviu algumas coisas que gritamos, mas nada diz. Apenas abre os braços para mim, o que é o suficiente para que meus soluços se tornem ruídos doloridos e impossíveis de evitar. Jogo-me em seu colo, deixando que as lágrimas se derramem com desespero, como se nunca mais fossem parar de verter dos meus olhos. Porque, se chorar é desabafar, se chorar é diminuir a dor, talvez eu nunca mais pare.

Em meio a toda a choradeira, ainda consigo ouvir o momento em que uma porta bate com muita força. Tanta força que Olivia pede licença por um instante para ir conferir o que aconteceu. Quando volta, alguns minutos depois, vejo as luzes do lado de fora apagadas e, assim que ela fecha a porta, me olha com compaixão antes de balançar a cabeça.

— Ele não está aqui.

Seu sussurro me rasga mais ainda, mesmo depois de eu pensar que isso nem seria possível. A mistura louca de sentimentos dentro de mim só me arranca ainda mais lágrimas, que ensopam a cama e o colo da minha amiga que, paciente e carinhosamente, afaga meus cabelos e diz que tudo vai ficar bem, sem conseguir disfarçar o tom de insegurança em sua voz.

Ela não sabe se tudo ficará bem.

Eu também não sei.

Só sei que dói.

21. LUTAR POR VOCÊ

Daniel

— Vou até ser bonzinho e te poupar de me ouvir dizer "eu te avisei".

Desenterro o rosto das mãos, olhando para Alex no instante em que ele dá de ombros e empurra o braço de Arthur quando ele lhe dá um tapa na nuca. Fuzilo-o com o olhar, mesmo sabendo que ele tem razão.

— Você me fez ouvir mesmo assim — rebato, fungando mais uma vez e esfregando os olhos.

— Eu sei que você está na merda porque, provavelmente, o pior que você temia aconteceu, mas vai me dizer que foi falta de aviso?

Tomo uma grande quantidade de ar pelo nariz e expiro com força antes de olhá-lo, ficando sem responder por alguns instantes.

— Caralho, Alex, você é mesmo um...

— Não, Arthur — interrompo meu amigo antes que ele bata no meu primo mais uma vez. — Deixa. Ele está certo. Vocês estiveram certos esse tempo todo. Eu mereço, por ser tão covarde. Pode mandar mais. Não sei se pode doer mais do que já está doendo.

Escondo o rosto nas mãos novamente, sendo torturado pela imagem de Mel que vi momentos atrás. É tudo que preenche minha mente desde que saí de casa e vim atrás das duas pessoas que tanto me aconselharam, avisaram, acolheram, apoiaram. Mesmo que um deles esteja me jogando tudo isso na cara.

A reação dela me deixou transtornado, mas, agora que estou tentando pensar com mais clareza, percebo que não posso culpá-la. Não podia esperar algo diferente. Eu prometi que nunca a magoaria e, no fim das contas, essa era uma promessa quebrada desde o início.

Me sinto um merda. Um idiota, estúpido e egoísta. Eu nunca quis abrir o jogo porque doía em mim. Doía recordar, doía falar sobre, doía reviver. Acabei varrendo tudo para debaixo do tapete, quando deveria ter arrancado o mal pela raiz. Porque a porcaria do tapete que guardava todas as merdas das quais odeio lembrar era leve demais, e descobriu tudo no mais suave sopro de vento. E agora estou no meio do risco de perder aquela que me salvou, mesmo sem saber.

Até respirar está sendo uma tarefa árdua por estar longe dela, e fica pior ainda por saber que ela quer distância de mim.

Ouço um exalar pesado, seguido de uns tapinhas camaradas no meu ombro, que me fazem erguer o rosto e fitar o olhar compassivo do meu primo, que balança a cabeça como se estivesse tentando pensar no que dizer.

— Ok, desculpa, cara. Não adianta jogar na sua cara falhas que já tiveram suas consequências, mesmo — diz, passando a mão pelos cabelos e coçando o couro cabeludo por alguns segundos. — Ela te mandou embora?

Mal tive oportunidade de explicar o que aconteceu. Cheguei ao meu antigo apartamento sem nem ao menos bater, agradecendo internamente o fato de a porta estar destrancada, e passei como um furacão para o quarto que eu costumava dividir com Arthur e Nicole.

Nem olhei para quem estava na sala, não notando, assim, que Laura estava lá também, como posso constatar agora que ela vem invadindo o cômodo.

— Ah, meu Deus! O que aconteceu, Daniel? — ela pergunta, aproximando-se de mim, e uma irritação incontrolável me assola. Talvez nada tivesse acontecido dessa maneira se ela não tivesse sido teimosa e aparecido lá no apartamento.

— Você! A culpa é tua! Eu te mandei esperar! — vocifero na direção dela, que pouco se abala com meu tom.

— Ah, dá um tempo, maninho! Eu não tenho culpa de nada — defende-se, erguendo o queixo. — Não fui eu que te mandei esconder o que aconteceu e a tua própria família da tua namorada...

— Cala a boca!

— Ei, vocês dois! Isso não melhora em nada essa merda de situação, cacete! — Alex interfere, olhando irritado para minha irmã. — Laura, ele já está todo ferrado. Não precisava falar assim. E, Daniel, a sua irmã realmente não teve culpa.

Respiro pesadamente, tentando acalmar meus nervos. Sei que ela não fez por mal, mas, porra, ela deveria ter me ouvido.

— Desculpe, Daniel — Laura murmura. — Talvez tenha sido erro meu não ter atendido ao teu pedido, mas você acha que teria finalmente a coragem de se abrir com a Mel se não fosse por isso?

Agora ela cutucou o meu ponto fraco. Eu estava, sim, pronto para desabafar de vez antes de ela chegar, mas... eu teria mesmo ido até o fim?

Você sabe a resposta, covarde, minha mente grita.

— Bom, vou tirar minhas próprias conclusões diante do teu silêncio. — Minha irmã suspira. — Desculpe mais uma vez, mas espero que você tenha em mente que eu te amo e nunca fiz nada por mal. Nunca mesmo.

— Ela nem me deixou explicar nada — digo de uma vez, coçando a nuca com tanta força que sinto a pele arder.

— A Mel te deu um pé na b... — Arthur começa, mas se interrompe diante do meu olhar. — Humm, ela te colocou para fora do apartamento?

— Não. Eu saí — explico, respirando fundo mais uma vez. — A conversa ficou confusa e, de repente, ela estava dizendo que eu não confiava nela, que menti... Disse que não queria me ver e foi para o quarto, chorando. Não aguentei aquilo muito bem, então saí... e vim parar aqui.

Ouço o suspiro de Laura antes de dar lugar ao barulho dos seus passos deixando o quarto. Parece uma eternidade até que o silêncio seja rompido por sua voz se despedindo de Alex e Arthur, deixando suas palavras ainda ecoando em minha mente e ainda mais culpa me sufocando.

— Você ainda não contou pra ela, porra? — Arthur pergunta, empurrando de leve meu ombro.

— Você não ouviu o que eu disse, Arthur? Argh... olha, deixem que eu explique tudo o que aconteceu, ok? Vocês não estão entendendo.

— Ok, então nos faça entender, por favor — Alex pede, já impaciente.

Então, explico que estive prestes a colocar todas as cartas na mesa com a Mel e fui interrompido pela visita repentina de Laura, que com certeza deixou ainda mais dúvidas na cabeça da minha namorada, que já havia confessado ter me ouvido conversar com Alex e me visto com minha irmã mais cedo, na faculdade, quando chegou de surpresa e quase me pôs em estado irreversível de desespero, apesar de eu me sentir feliz por vê-la e abraçá-la depois de tanto tempo, e aliviado por ver que ela não me odeia, como havia deixado claro na última vez que nos vimos, anos atrás.

Conto sobre como Mel parecia magoada por pensar que eu não confiava nela, e como acabei explodindo e confessando que não mantenho contato com a minha família há anos, de uma maneira que a fez perceber que eu tenho mentido para ela sobre tantas coisas. E, agora, tudo o que temos e construímos está abalado, porque, ao mentir e adiar tanto, a fiz duvidar da única coisa que, em todas as vezes que falei e demonstrei, era a mais pura e irrefutável verdade: eu a amo.

— Daniel... — Alex chama depois que termino de falar. — Vou te perguntar uma coisa. E você precisa ser sincero. Muito, muito sincero. Principalmente, com você mesmo.

Balanço a cabeça positivamente e meu primo me olha sério.

— Você ama a Mel?

Quase sinto vontade de rir. Depois de tudo, ele ainda me pergunta isso?

— Amo demais. Porra, você não ouve o que eu falo?

— Ama o suficiente para lutar por ela? Porque, cara, é isso que você tem que fazer. Sei que o relacionamento de vocês pode estar um pouco abalado, mas a solução está bem debaixo do seu nariz. Depende de você.

Absorvo suas palavras, pensando no quanto já lutei por ela. Não tivemos um começo tão complicado, mas Mel era bastante arredia. Finalmente entendi o porquê, depois que já estávamos juntos, mas a verdade é que nem importava. Eu lutaria por ela, de qualquer jeito. Qualquer que fosse o motivo pelo qual ela parecia não me querer por perto.

— Ela ainda não te ouviu. Ainda não conhece os seus motivos, e só quem pode fazer isso é você mesmo, cara. Tudo bem que, nesse instante, ela está magoada e não quer te ver, mas você não pode simplesmente sentar, chorar as pitangas e ficar achando que ela quer que você vá para o inferno quando ainda pode consertar as coisas.

Nem ao menos pensei no que faria depois. Depois de ver a decepção na expressão dela, só consegui pensar no quanto tudo estava ferrado. No quanto isso dói e no quanto eu desejava não ter sido tão idiota para deixar chegar a esse ponto...

Alex tem razão. Merda, ele sempre tem razão.

Não sei o que faria sem ele. E me refiro a desde sempre.

— Eu... eu não estava pensando. É claro que eu a amo até mais do que o suficiente para lutar por ela.

— Então, cara... vai lá e luta por ela. Tudo isso que você fez questão de enterrar esse tempo todo está lá no passado. E a cada dia está mais distante. Se você quer um futuro com a Mel, precisa deixar o passado ir de vez. É esse o seu problema: você não está fazendo isso direito.

— Caramba, Alex! — Arthur começa, levantando-se. — Tô emocionado aqui. Me sentindo uma menina chorona. Que porra.

Meu amigo enxuga os cantos dos olhos, que não têm o menor resquício de lágrimas, e recebe uma cotovelada do meu primo.

— Tô falando sério! — assegura, olhando para mim. — Nem vou te dizer que o Alex está certo, porque quero acreditar que você já sabe disso.

— Eu sei, eu sei... — Baixo a cabeça, sentindo o punho de Arthur encostar no meu ombro.

— Talvez você deva se acalmar primeiro e esperar que ela se acalme também. Se quiser, pode dormir aqui hoje. Esfria a cabeça, pensa direitinho e vai atrás da sua felicidade, Daniel. Você foi bem imbecil esse tempo todo, mas merece ser feliz depois de tanta merda.

Um sorriso sincero surge em meus lábios e bato minha palma na de Arthur, segurando sua mão em um aperto cúmplice e grato. Esses dois podem me dar dor de cabeça, às vezes, mas sei que isso só faz parte do laço fraternal que nos une.

— Obrigado, cara.

— Ah, por nada. Sabe que eu te amo, né?

— Nossa, você levou a sério isso de se sentir uma menina, não é, Arthur? — Alex debocha, rindo levemente e revirando os olhos. Nosso amigo estreita os olhos para ele.

— Humm, tá com ciúmes, Alex? Não fica assim, amorzinho. Você sabe que é o meu homem número um — Arthur diz, batendo os cílios e avançando na direção do meu primo, que se apressa em se desvencilhar dele. — Você também me ama, que eu sei. Diz que me ama, diz!

— Vai se foder, moleque! — Alex levanta e vai direto até a porta para fugir do ataque de Arthur. Dou risada das idiotices dos dois e nem mesmo meu primo, se fazendo de durão, consegue esconder sua diversão antes de sair do quarto quando vê que nosso amigo pretende ir atrás dele.

Arthur se joga na cama e gargalha, fazendo-me acompanhá-lo.

Ele tem razão. Vou esfriar a cabeça, pensar melhor e lutar, com todo o meu coração.

Mel

— Mel? Está na hora de levantar.

Abro os olhos lentamente, ajustando minha visão aos poucos, até enxergar Olivia diante de mim, olhando-me com cautela e segurando meu ombro, que ela esteve chacoalhando para me despertar. Minhas pálpebras estão doloridas e emito um gemido de incômodo quando as esfrego.

— Humm, ah, sim... argh, que droga — balbucio, querendo mais do que tudo apenas ficar ali, deitada, e tentar pegar no sono de novo, a fim de voltar para onde nada está ferrado, nada está difícil, nada dói.

— Não está se sentindo bem? — Olivia pergunta e, em seguida, revira os olhos para ela mesma e bate na testa. — Dã, que pergunta idiota. É claro que você não está bem. Não quer ir para a faculdade hoje?

Não. Não quero mesmo.

Reviro minha mente, pensando nas aulas que terei e pesando as consequências de perdê-las. Consigo enumerar algumas, mas nada que vá me prejudicar tão seriamente.

Que tentação.

— Se quiser, posso faltar também e ficar aqui com você — Liv oferece, sentando-se na minha cama.

Começo a erguer-me, sentando-me na cama, e balanço a cabeça negativamente para ela.

— Não, Liv. Não precisa. Não quero te prejudicar, nem te dar trabalho. Eu... vou ficar bem. Eu acho. Só não estou com vontade de sair daqui — explico, suspirando e deixando meu olhar seguir até a porta do quarto, que está entreaberta. Questionamentos me vêm à mente.

Será que Daniel voltou para casa em algum momento? Será que está em seu quarto? Será que não dormiu em casa?

Será que pretende ir embora?

Olivia acompanha meu olhar e segura minha mão antes de falar:

— Ele ainda não está aqui — diz, como se lesse meus pensamentos. — Não sei se voltou ontem e saiu bem antes de eu acordar ou se não dormiu em casa, mas a porta do quarto dele está aberta e pude ver que ele não está lá.

Minha amiga aperta os lábios, ao passo em que segura mais forte minha mão, afagando o dorso com o polegar, quando mal esboço reação diante do que ela me informa.

— Tem certeza de que não quer que eu fique? — Liv indaga.

— Tenho. Não se preocupe.

— Isso já é pedir demais, Mel — ela refuta, e eu balanço a cabeça, deixando que meus lábios formem um sorriso pequeno.

— Tente não se preocupar, então. Vou ficar bem. Já sou *expert* em juntar cacos, mesmo que não faça ideia de como colá-los. Um dia, eu aprendo.

— Sabe que não está ajudando, não é? — Ela revira os olhos e eu coloco minha outra mão sobre as nossas que já estão unidas, a fim de despreocupá-la. — Então, você... sabe o que vai fazer? Tem alguma ligação, alguma mensagem dele? — pergunta, e isso me faz perceber que ainda não sei onde larguei meu celular.

— Não. Nem cheguei a ver — repondo sinceramente, passando a mão pelos cabelos. — Não sei de nada, Liv. Só quero... sei lá, me acalmar. Ver no que vai dar. Não sei. Estou bem magoada, mas... mas eu o amo.

— Ah, amiga... — Olivia me abraça. — Não gosto de te ver assim. Aliás, não gosto de ver vocês dois assim, apesar de eu não estar vendo o Daniel nesse momento, mas enfim, você entendeu, né?

— Calma, Liv — interrompo-a quando sua tagarelice nervosa toma conta. Ela respira e sorri, um pouco sem graça.

— Ok. Desculpe. Mas, Mel... vai dar tudo certo. Sei que vai. Ele te deve uma explicação, e uma muito boa. Sei que não vai deixar por isso. Se ele te ama como sempre diz, sempre demonstra e como é óbvio nos olhos dele, vai dar tudo certo.

Abraço minha amiga novamente, recebendo um afago de conforto e tentando não me sentir tão mal.

— Obrigada, Liv. Por tudo.

— Ok, agora vou tomar café para não me atrasar. Acho que tem um pote de sorvete no freezer, caso você precise. — Ela pisca antes de levantar e sair do quarto.

Torno a me deitar e puxo as cobertas até a cabeça, como se, assim, fosse possível me defender de toda a mágoa que insiste em me deixar infeliz.

Mais ou menos duas horas depois, me rendo e saio da cama, já que não consigo voltar a dormir. Tomo um banho longo, tentando, em vão, relaxar. Penteio os cabelos devagar, com o pensamento em todos os momentos lindos que vivi nos últimos meses e em como tudo deu errado, quando ouço a campainha.

Meu coração acelera e, nervosa, largo a escova sobre a penteadeira, tentando não tropeçar em minhas pernas bambas. Só consigo pensar que é ele. Que talvez eu desabe mais uma vez em sua frente, por desejar com toda a minha alma estar em seus braços novamente, ao mesmo tempo em que a decepção que ele me causou faz com que eu não queira vê-lo tão cedo.

Hesito ao chegar à porta, tremendo ao esticar a mão para a maçaneta. Me sinto um tanto sufocada, mas tento respirar fundo e abro a porta, para soltar o ar com força quando vejo quem está do outro lado.

Fico muda, por não estar esperando sua visita, mas logo seu olhar me faz chegar a uma conclusão, que me deixa bastante irritada.

— Ele te mandou vir aqui? — inquiro, já imaginando que ele possa tê-la mandado falar comigo para amenizar as coisas.

Laura balança a cabeça fervorosamente.

— Não, Mel. Juro que não. Na verdade, meu irmão praticamente me mandou ir para um lugar bem feio, mas eu nunca o obedeço mesmo — responde, dando de ombros. — Queria falar contigo. Posso entrar?

Analiso-a por alguns segundos, sentindo seu nervosismo por trás da segurança que ela tenta passar. Finalmente, afasto-me e permito que ela entre, seguindo-a até o sofá após fechar a porta.

— Você parece péssima — comenta, fitando-me. Dou de ombros. Não estou no meu melhor dia mesmo. — Não está diferente do estado do Daniel.

Estremeço à menção do nome dele. Ela deve saber onde ele está. Minha língua coça com a vontade quase incontrolável de perguntar por ele, mas me contenho, apertando as mãos em punhos e mordendo o lábio com força.

Laura suspira e olha para suas mãos no colo, brincando com os próprios dedos, um pouco perdida em pensamentos, antes de erguer o olhar para mim.

— Olha, Mel... eu entendo perfeitamente a tua reação, e entendo que o meu irmão agiu como um imbecil, mas... *bah*, eu também entendo o porquê. E, eu juro, por tudo o que mais prezo e considero, que não estou falando isso só porque somos parentes. Estou falando isso porque eu estava lá. Eu vi, eu vivi junto com ele... eu entendo os motivos dele, apesar de não concordar com suas atitudes.

Ouço-a atentamente, tentando captar as respostas pelas quais anseio desde o início, mas não acho que ela vá tomar o papel que o irmão precisa cumprir.

— Nós nos afastamos e, depois de tanto tempo, vê-lo feliz como o vi ao falar de ti... foi um alívio enorme. E eu não quero perder o meu irmão novamente, Mel. Não me vejo no direito de te encher de explicações e histórias que é ele que tem que esclarecer, mas acho que posso tentar te pedir que o ouça. Apenas... tente entender. E não peço que faça isso por ele. Peço que faça por vocês dois. Eu vi vocês, Mel. Eu vi e é simplesmente... certo, sabe? Exatamente como ele me contou.

O nó na garganta está cada vez mais difícil de segurar, mas engulo e respiro fundo.

— Ele não te mandou vir aqui, mesmo?

Laura ri diante da minha dúvida, mas é evidente que não há um pingo de bom humor naquele gesto.

— Olha, se ele souber que continuo me metendo, é capaz de cortar a minha língua e tornar a virar as costas para mim — ela diz, aproximando-se sutilmente, e colocando uma mão no meu joelho. — Nem ao menos tenho certeza se ele virá falar contigo, mas, vendo o estado infeliz em que ele está por estar longe de ti e ter te magoado, não acho que ele vá simplesmente desistir.

Suspiro e absorvo suas palavras, tentando ver a luz no fim do túnel. Saber que ele tem mentido para mim foi um baque terrível. A decepção não quis me deixar ouvi-lo, não me permitiu dar-lhe a chance de consertar aquilo. Eu só quis me afastar dele e chorar por ver tudo desmoronar novamente.

— Eu... eu também quero que dê certo, Laura. Eu o amo demais, mas...

— Eu sei. — Ela segura uma das minhas mãos entre as suas e me olha fixamente. — Apenas... pense no que eu disse. Eu sei que pode ser difícil, eu sei que está magoada, mas, se vocês realmente se amam, tudo vai dar certo.

Fungo quando ela fala com tanta veemência, sentindo meu coração ficar um pouco mais leve. Laura é realmente uma boa pessoa. Fico feliz que ela torça tanto não só pelo irmão, mas por nós dois.

— Err... humm, obrigada.

— Ah, não me agradeça. Eu apenas senti que precisava conversar contigo, mas tudo vai depender de você ouvir o seu coração. Não tem como errar, Mel. E, olha, não vou negar, estou torcendo que o teu coração diga que você precisa ficar junto do meu irmão, porque eu já amo a ideia de você ser minha cunhada.

Ela dá uma risadinha ao terminar, e eu permito que o canto do meu lábio se erga em um sorriso carinhoso em sua direção.

— Eu também — digo, recebendo de bom grado o abraço que ela me dá em seguida.

— Bom, então é melhor eu ir. Te dar espaço e te deixar pensar. — Ela levanta e eu a sigo até a porta, onde ela me dá mais um abraço e me lança um sorriso ao ir embora.

Olivia chega à noite e tento demonstrar que estou melhor, para deixá-la menos preocupada. Belisco o jantar, mesmo que mal tenha comido o dia todo, e agradeço por isso no momento em que a campainha toca. Mais uma vez, fico apreensiva, pensando que é ele, mas descarto a ideia em seguida, porque sei que ele tem a chave. Imaginando que seja Laura novamente ou Arthur, levanto e vou atender.

O ar some dos meus pulmões; meu coração quase para.

Mas mantenho-me firme, resistindo à vontade de desviar o olhar.

Ouça o seu coração, Laura disse.

Mas, antes disso, preciso ouvi-*lo*.

E sua postura nervosa e o olhar suplicante me dizem que é isso que, finalmente, irá acontecer.

— Oi, Honey.

22. EM PRATOS LIMPOS

Daniel

Minha voz sai em um sussurro, o que me faz pensar que Mel pode não ter me ouvido, já que não responde ao meu cumprimento. Ela mantém uma das mãos segurando a porta, e fica quase impossível conter o tremor das minhas e as fortes marteladas do meu coração quando, durante vários segundos, ela sustenta o meu olhar, soltando um suspiro lento e discreto. Perco-me por um instante em seus lindos olhos cor de mel e esfrego as mãos antes de enfiá-las nos bolsos frontais da calça, para não ceder à vontade de dar mais um passo à frente e puxá-la para mim, inspirar seu cheiro único para refugiar-me nele, beijá-la e, porra, ajoelhar-me, se for preciso, para implorar que me perdoe por ter sido tão imbecil e covarde.

Começo a pensar que ela vai fechar a porta na minha cara. Sua expressão está neutra, sem me dar qualquer indício de suas próximas ações. Preparo-me para falar novamente, mas, no mesmo momento, ela suspira mais uma vez e dá um passo para trás, virando-se e começando a andar lentamente. Meu primeiro instinto é segui-la e, após dar dois passos, vejo que ela entra no meu quarto, sem fechar a porta. Fico um pouco confuso, sem saber ao certo se ela vai me enxotar mais uma vez, o que não faria muito sentido, já que o quarto é meu.

Quando viro a cabeça para o lado e olho para a cozinha, encontro Olivia me encarando com uma expressão inquisitiva. Franzo as sobrancelhas, em dúvida, e ela revira os olhos antes de murmurar:

— Vai lá, idiota!

Eu daria risada, se não estivesse nervoso pra caralho.

Sem mais perder tempo, sigo por onde Mel entrou, encontrando-a sentada na minha cama, quieta, de costas para mim. Fecho a porta e me aproximo com cautela, engolindo em seco, tentando parar de tremer. Assim que meus joelhos encostam na cama, paro, aguardando sua reação, mas ela não vira para mim, não se mexe, nada diz. Apenas fica quieta.

Esperando.

Olivia tem razão. Eu sou mesmo um idiota.

Só agora percebo que Mel está, com ações, dando-me espaço para falar. Esperando que eu me explique. Mesmo que dê em tudo, mesmo que dê em nada... É isso que ela está esperando que eu faça, é para isso que ela está me dando uma chance.

É o que devo fazer.

É para isso que estou aqui.

Sento-me na cama, apoiando as mãos no colchão e permitindo-me, pelos segundos seguintes, apenas olhá-la, senti-la perto de mim. Seus cabelos caem como cascatas escuras por seus ombros e suas costas, movendo-se sutilmente com o vento leve que entra pela janela e trazendo até mim seu cheiro doce e suave, que sempre me deixa completamente louco. Me vem uma vontade insana de sentir sua pele, mas acredito que isso pode levar tudo por água abaixo.

Se eu tocá-la, vou querer mais do que senti-la apenas com a palma da mão. *Muito* mais. Não sei se seria capaz de me controlar e, vendo sua postura complacente, arrisco dizer que ela entraria nesse barco comigo, e tudo continuaria abalado como está.

Pressiono os punhos no colchão, respirando fundo e inspirando mais ainda seu aroma, que também me acalma e conforta. Meu coração dispara, mais uma vez, quando ela vira minimamente a cabeça, pousando o olhar em uma das minhas mãos, como se estivesse tentando tanto quanto eu não acabar com a distância entre nós.

Engulo em seco mais uma vez.

— Eu tinha dezessete anos quando estava terminando o ensino médio — começo, tentando manter a voz firme. Deixo as lembranças me invadirem, dessa vez sem impedir que saiam da minha boca. — Meu pai é um dos médicos mais renomados da minha cidade natal, e desde que eu era criança, sempre tentou incutir em mim o mesmo amor que ele tem pela Medicina, assim como minha mãe, influenciada por ele. Mas eu sempre soube que, além de não gostar do ramo, não tinha a menor vocação para isso. No meio de toda aquela pressão em uma época considerada decisiva, eu conheci uma pessoa. Ela se chamava Suzana.

Estremeço ao mencionar esse nome. Percebo que a reação de Mel não é muito diferente da minha, apesar de ela tentar ser sutil. Aperto os lábios e respiro fundo novamente antes de continuar.

— Estava em uma festa com alguns amigos, quando nos esbarramos e eu derramei bebida nela. Apesar de não ter ficado muito contente, ela tentou rir da situação e nos apresentamos. Conversamos, nos conhecemos e, em uma festa, regada a bebida e música, uma coisa levou à outra e... hum, err... acho que você sabe.

"Eu fiquei completamente encantado por ela. Vivia pensando nela, ligando para ela, e totalmente bobo ao ver que ela parecia sentir o mesmo que eu. Estava tão empolgado que, algumas semanas depois, quis levá-la para conhecer minha família. Ela relutou muito até eu conseguir convencê-la, por estar certa de que meus pais não ficariam muito contentes com o nosso relacionamento. E eu já deveria ter previsto isso, pois, assim que a conheceram e descobriram que ela era quase doze anos mais velha do que eu, nem conseguiram disfarçar a insatisfação.

"Meu pai tentou — eu disse *tentou* — ser sutil ao insinuar que ela era uma prostituta, alegando que eu não deveria perder tempo com isso quando precisava estudar para o vestibular de Medicina, e minha mãe, na sombra dele, concordava e dizia que ela não era o tipo de pessoa com quem eu deveria me envolver. Lembro que Suzana chorou muito naquela noite, quando a tirei de lá, e decidi que não iria deixar isso ser um empecilho. Eu estava insanamente apaixonado, e iria ficar com ela, meus pais aprovando ou não."

Faço uma pausa para respirar um pouco, notando que minha mão que repousa no colchão deslizou um pouco, ficando mais próxima do braço de Mel, que continua imóvel, de costas para mim, apenas ouvindo. Porra, quero tanto entrelaçar meus dedos nos seus. Preciso tanto sentir o calor e o conforto do seu toque...

Meu punho se fecha com mais força e limpo a garganta ao prosseguir.

— Passamos a nos encontrar às escondidas nos meses seguintes, e as pessoas ao redor mal conseguiam imaginar o motivo pelo qual eu estava sempre sorrindo tanto. Mas Laura acabou descobrindo e, mesmo que também fosse contra, decidiu ficar de boca fechada e me acobertar, porque viu o quanto me fazia feliz.

"No entanto, de algum jeito — Laura jurou não ter contado nada —, meu pai ficou sabendo que eu estava desafiando sua autoridade, e passamos a brigar tanto que, certa vez, ele chegou ao ponto de me trancar no quarto e deixar seu motorista vigiando a minha janela para que eu não fugisse. Tentei até recorrer à minha mãe, mas, por mais que ela quisesse ficar do meu lado, era sempre completamente submissa e se deixava influenciar pelo meu pai.

"Ele dizia que logo isso passaria, que era apenas paixão adolescente, que eu não entendia nada sobre amor, que eu só estava fazendo aquilo porque ele desaprovava. Ele até estava certo, de alguma forma, pois eu tinha certeza de que amava Suzana, mas encarar aquilo como um desafio parecia ainda mais empolgante para mim.

"Tudo piorou quando meu rendimento na escola passou a cair. Era constantemente pressionado a ter as melhores notas e, depois de eu não dar mais a mínima para isso, no final do ano, acabei passando com médias apenas aceitáveis para que eu não repetisse o ano. Isso deixou meu pai ainda mais furioso e, em uma briga terrível, na qual ele tornou a jogar na minha cara que eu estava obcecado demais por uma prostituta barata, gritou com minha mãe quando ela tentou me defender e ainda quis castigar Laura por me acobertar. Por pouco, eu não acertei seu rosto com um soco.

"Meu punho chegou a se formar, mas não sei dizer o que me fez parar. Ele percebeu e me desafiou a dar-lhe uma surra, mas parei. Apenas parei e saí de casa. Nem ao menos pensei ao dizer sim para Suzana depois que ela sugeriu que eu fosse morar com ela do outro lado da cidade, quando lhe contei o que havia acontecido. Faltava pouco mais de um mês para eu completar dezoito anos, mesmo."

Minha garganta queima um pouco e sinto a voz ficar embargada conforme mais palavras saltam da minha boca. As sensações ruins estão presentes, como sempre acontecia quando eu decidia reviver aquilo tudo ao me permitir lembrar. Por isso, parei. Por isso não pensei mais, por isso não falei mais sobre, por isso enterrei. Dói pra cacete. Tanto pelos acontecimentos quanto pelas consequências.

Mas dói ainda mais ver Mel ainda de costas para mim, ouvindo o que ela já deveria saber há tanto tempo, sem esboçar reação, sem me deixar saber se posso tocá-la e abrandar essa merda de agonia que estou sentindo.

Tão perto e, ao mesmo tempo, tão longe.

Remexo-me um pouco na cama e pigarreio ao continuar.

— Laura me ligava constantemente e, nas poucas ligações que atendi, ela dizia o quão furioso nosso pai estava e como mamãe estava sofrendo. Ela me pedia para voltar, para superar a minha obsessão por Suzana, até que fiquei zangado com ela também. Odiava como todo mundo me dizia que eu estava cego pela obsessão, que estava me deixando enganar, que ela não era quem eu pensava que era. Eu só queria que todo mundo explodisse e me deixasse ser feliz em paz. Não fazia muita ideia do que faria da vida dali para frente, mas nem ao menos sentia medo, porque estava com ela.

"Até que, como diz minha avó, o peixe começou a morrer pela boca. Ser filho de um dos médicos mais renomados da cidade e fazer parte da família Mazonni, conhecida por ter tantos membros prodígios e bem-sucedidos, me garantia a vantagem de ter dinheiro. Muito dinheiro. E eu gostava de fazer as vontades de Suzana e lhe dar presentes lindos e caros. Mas, a certa altura, as coisas começaram a ficar um tanto estranhas. Ela ficava constantemente irritada quando eu me atrevia a negar algo que ela queria, não se satisfazia com o que eu lhe dava, dizendo que merecia mais, e colocou na cabeça que tínhamos que nos mudar para um apartamento melhor. Diante da minha resistência, ela brigava comigo, saía para a casa de amigas e voltava no dia seguinte, negava sexo, ameaçava terminar tudo...

"Eu não queria perdê-la, e não queria vê-la chateada. Então, acabei cedendo, deixando-a feliz novamente, e começamos a procurar, o que continuou sendo um problema, pois não conseguíamos concordar. Ela queria morar em bairros caros, queria mobília cara, dizendo que eu estava sendo mesquinho por não concordar, já que tinha total condição de pagar por tudo. Fora o que eu mesmo economizava, meu pai mantinha uma poupança para mim e outra para Laura, desde que nascemos, nas quais ele só nos permitiria mexer quando fizéssemos vinte e um anos. Eu não poderia me apoiar muito no que tinha, pois, se continuássemos daquele jeito, em algum momento, acabaria, e eu ainda estava meio perdido em relação à faculdade ou emprego.

"Tão cego e apaixonado, com medo de perdê-la e ter de admitir que minha família estava certa, estava quase cedendo a tudo o que ela queria, até a noite em que mudou tudo."

Fecho os olhos por um instante, procurando inspirar mais uma vez, e me surpreendo quando sinto um toque sutil e delicado no meu punho que está sobre a cama. Abro os olhos, encontrando o mindinho de Mel próximo à minha pele, e observando como sua mão desliza sobre a colcha para se aproximar ainda mais. Ela mantém o olhar onde nossas peles se encontram, respirando normalmente, e me pergunto por quanto tempo fiquei calado e com os olhos fechados, pois ela parece estar me incentivando. Seu gesto diz "Continue. Estou aqui".

Meu suspiro, desta vez, é de alívio. Ou quase isso. Meu desabafo está longe de acabar. Mas senti-la no mais suave dos toques me faz abrir a torneira novamente.

— Depois de mais uma briga, saí com alguns amigos e voltei tarde para casa. Não cheguei a ficar bêbado, mas não estava completamente sóbrio, e isso influenciou no fato de que lembro de poucas coisas daquela noite. Mas o que lembro claramente e talvez nunca vá me esquecer foi o momento em que entrei em casa, de madrugada, disposto a fazer as pazes e dizer a Suzana que faria tudo o que ela quisesse.

"Fui direto para o quarto, parando um pouco quando ouvi uma voz desconhecida se misturar à dela. Entre risadas e cochichos, pude ouvi-la dizer à pessoa — que concluí ser um homem — que logo iria conseguir convencer o guri idiota a dar o apartamento que ela queria. O homem riu, debochando do fato de estarmos brigados, e ela disse que aquilo não era nada que uma boa foda não resolvesse, já que eu era só um moleque palerma cheio de tesão que realmente acreditava que ela me amava."

O gosto amargo na língua me atinge ao lembrar e repetir aquelas palavras. As palavras que deram início ao inferno na minha vida.

— Entrei de uma vez no quarto, completamente irado e decepcionado. Os dois se assustaram, de início, e sei que minha expressão deixava claro que eu havia escutado tudo. Suzana estava seminua, na cama, ao lado de um cara barbudo, também seminu, que segurava uma garrafa de cerveja, igual a outras que havia no chão, ao lado da cama. Eu respirava pesadamente, tentando ajustar minha visão àquela cena e esperando que ela levantasse e tentasse se explicar.

"Mas ela não fez isso. Eu podia ver amargura em seus olhos, mas os lábios estavam sorrindo. Rindo, debochando. Eu não entendia por que ela parecia não se importar em disfarçar. O cara fez um movimento que acabou fazendo com que derrubasse a garrafa que segurava, soltando um palavrão e deixando o som de estilhaços ecoarem por meus ouvidos, que muito se pareciam com os meus próprios estilhaços se espalhando pelo chão.

"Naquele instante, senti tanta coisa ao mesmo tempo: ódio, decepção, arrependimento. Não sabia se chorava, se me atirava no chão, se me jogava em cima da vadia para esganá-la... não sabia. Acho que entrei em choque. É a única explicação. Porque, depois disso, não lembro do que ou como aconteceu.

"Só sei que, depois de um longo estado de torpor, despertei diante de uma luz forte e todo o meu corpo doeu quando tentei me mover. Ao tentar me situar, lembro-me de ouvir os gritos de Laura para quem quer que fosse, avisando que acordei. Logo vi meus pais e alguns médicos e enfermeiras, dizendo coisas que mal conseguia distinguir e, mais tarde, minha irmã me contou que eu estava desacordado há dois dias. Ela disse que Suzana havia chamado a ambulância, avisado à minha família e explicado que eu saí de casa transtornado e acabei sendo atropelado, mas nem ao menos havia ido me ver ou saber como eu estava. Pediu que dissesse que sentia muito. E só. Nunca mais ouvi falar dela."

Sinto-me desconfortável e remexo-me mais uma vez, pigarreando para tentar desfazer o nó insuportável em minha garganta. O movimento deixa minha mão ainda mais próxima da de Mel, que, diferente do que eu temia, não a afasta. Tomo a liberdade de abrir a minha, espalhando os dedos e relaxando as articulações que passaram tanto tempo tensas. Minha palma fica virada para o colchão e eu logo a viro para cima, entrelaçando meus dedos nos de Mel e sendo inundado pelo alívio e conforto do qual tanto estava precisando.

Olho para seu rosto, mas ela continua a encarar o ponto no qual estamos unidos, a expressão ainda impassível. No entanto, isso não me abala, pois, aos poucos, ela está me deixando penetrar os muros que, um dia, eu já consegui derrubar, antes de fazê-la erguê-los novamente ao decepcioná-la.

— Consegui explicar as coisas aos poucos, esperando que minha família me apoiasse, mas, mais uma vez, me enganei. Meu pai só sabia jogar na minha cara que era bem feito para ver se eu aprendia, que havia me avisado. Minha mãe se compadecia, mas não abria mão de concordar com ele. Laura era só a minha irmã adolescente que me amava muito, mas não tinha coragem suficiente para ir contra meu pai e acabar pagando o pato também.

"Eles não me perdoaram pelo que fiz, mesmo depois de eu me mostrar amargamente arrependido e ter pedido desculpas. Pareciam querer que eu me sentisse o lixo que eu estava me sentindo, como punição por ter agido como agi. Aquilo doeu pra cacete. Mais ainda do que a facada no peito quando ouvi Suzana dizer aquelas coisas e a encontrei com outro homem, mais ainda do que quase ser massacrado por um automóvel na rua.

"Então, quando já estava consideravelmente recuperado, fiz as malas e fui morar com minha avó materna e uma tia no interior. Elas me receberam de braços abertos e sabiam de tudo, mas acreditaram que eu estava arrependido e havia mudado.

"E eu realmente havia mudado. Não precisou de muito tempo até eu mal parar em casa. Conheci algumas pessoas que me ensinaram péssimos caminhos para sanar minha tristeza e revolta. Gritava com minha avó quando ela tentava me repreender, e perdi as contas de quantas vezes minha tia me acordou com um balde de água fria na cara depois de dormir por tantas horas seguidas, na maior ressaca. Laura chegou a ir atrás de mim, usando como desculpa uma viagem breve para visitar nossa avó, para tentar abrir meus olhos, me fazer voltar ao normal, mas eu também gritei com ela. Disse coisas horríveis, a decepcionei, a fiz chorar, e ela foi embora dizendo que me odiava. Nem podia culpá-la.

"Era isso. Eu só sabia destruir. Eu só sabia fazer as pessoas que eu amava sofrerem. Só sabia colocar lágrimas nos olhos delas, ao invés de sorriso em suas bocas. Eu estava completamente perdido."

Só percebo que uma lágrima cai por meu rosto quando sinto dedos delicados capturarem-na, o que faz com que mais delas molhem minhas bochechas, levando em um símbolo do meu desabafo todo aquele peso das minhas costas. Posso constatar que, apesar da angústia, a carga em meus ombros diminui a cada palavra pronunciada. E poder verter isso em lágrimas sem ser julgado é realmente libertador.

Agarro a mão de Mel que está em meu rosto como se minha vida dependesse disso, e trago a palma até meus lábios, beijando e inspirando seu cheiro.

— Daniel — ela sussurra, um pouco rouca, nossas outras mãos ainda entrelaçadas. — Eu sinto muito... eu... — Suas palavras ficam no ar e, quando olho em seu rosto, vejo seus olhos marejados encarando-me com compaixão, apesar de ainda poder sentir sua relutância.

— Quando eu estava prestes a ir embora da casa da minha avó e procurar mais vidas para arruinar — continuo, querendo deixar absolutamente tudo claro —, Alex, com quem eu sempre mantive contato e certa proximidade, apesar de vivermos longe, começou a tentar me convencer a participar de um intercâmbio para os Estados Unidos com ele. Cheguei a rir, certo de que não conseguiria a tal bolsa, mas acabei tentando e, para meu espanto, consegui, mas ele não. Achei o máximo, porque seria muito bom escapar para muito longe para me destruir de vez ou encontrar o meu caminho.

"Fiquei hospedado em uma casa de família simples, um casal muito simpático com um filho adolescente. Eles eram realmente boas pessoas, e passar quase um ano e meio com eles me fez bem, apesar de todo aquele clima familiar, cheio de afeto, me fazer sentir muita falta dos meus pais e da minha irmã.

"Eu pensava constantemente neles, no que aconteceu e no que fizeram. Não tive mais contato, e eles também não fizeram questão de me contatar. Eles não me perdoaram, e eu não conseguia perdoá-los, também. Acho que só não me afundei em uma depressão fodida porque havia encontrado algo que me fazia bem. Então, com o tempo, apenas fui deixando para trás.

"O curso era muito bom, e ainda arrumei alguns empregos temporários, o que me permitiu juntar um dinheiro, já que eu havia sossegado, e me ajudou bastante quando finalmente voltei para o Brasil, depois de Alex me convencer a fazer faculdade e morar com ele, já que eu não queria voltar para Porto Alegre. O restante da história, você conhece."

Ainda agarrado à mão de Mel, ergo o olhar e encaro seu rosto, que desvia do meu por um instante, como se ela estivesse pensando. Quando torna a me olhar, morde o lábio inferior e afaga a maçã do meu rosto com o polegar. Não sei dizer se foi um gesto involuntário ou se ela quis fazer aquilo. Quero muito acreditar na segunda opção.

— E você não fala com a sua família há tanto tempo assim? Nenhuma ligação, ou mensagem... nada? — questiona, sua voz um pouco rouca, entonada pela surpresa. Balanço a cabeça.

— Nada — confirmo, fungando um pouco e tentando enxugar as lágrimas. — Há alguns meses, Alex me contou que Laura mantém contato com ele desde que voltei dos Estados Unidos, para saber sobre mim. Depois disso, ela ficou cada vez mais insistente, querendo vir aqui, e eu não sabia se estava pronto para isso... mas, como você pode ver, ela pouco se importou com essa merda e veio mesmo assim.

Suas sobrancelhas se erguem, em uma clara expressão de compreensão. Ela deve ter finalmente entendido por que eu andava um pouco estranho ultimamente, como ela mesma me disse.

— Daniel, você... — ela começa, umedecendo os lábios com a língua, e deslizando a mão que está em meu rosto por meu pescoço, parando em meu peito, segurando a camisa em punho. — Por que não me contou antes? Por que não confiou em mim? — O desespero está estampado em suas palavras.

— Não foi por isso, Honey — digo, remexendo-me na cama para ficar mais próximo a ela e colocar a mão em seu rosto, segurando a lágrima solitária que escapa dos seus olhos, assim como ela fez comigo. — Eu não contei porque dói. Dói pra caralho lembrar disso, olhar para todos esses anos longe da minha família, dói ver como eu estraguei tudo... eu fui um egoísta, um covarde. Eu nunca quis te magoar, Mel. Nunca — asseguro, encostando a testa na sua. — Eu achava que deixar tudo para trás era a solução. Não pensar mais, não falar sobre. Mas depois de levar tantos puxões de orelha do Alex e quase te perder, eu percebi que nem a minha vida, nem a deles, poderá seguir sem resolvermos isso. Sem perdão.

Minha garganta trava quando ela se afasta para me olhar.

— Então, você vai falar com eles? — questiona, seus olhos com a esperança que eu sei que os meus estão longe de estampar. Dou de ombros.

— Eu... não sei direito. Sei que é isso que eu devo e quero fazer, acho... Não sei ainda quando, ou como — digo sinceramente, levando minha outra mão ao rosto de Mel e acariciando suas maçãs macias e rosadas. — Só sei que eu te amo, Mel. Que, desde o primeiro instante, aquele em que, depois de tanto tempo, me senti vivo novamente, eu te amo. Que a ideia de te perder me rasga por dentro, e eu quero poder seguir em frente contigo, sem rancores, sem nada para atrapalhar.

Ela não desvia o olhar do meu e suspira lentamente, apertando os lábios. Continuo encarando-a, esperando por seu próximo passo. Tomo uma longa respiração também, notando agora o quanto tudo isso me deixou esgotado.

— Eu te amo, Daniel — murmura, trazendo um pequeno sorriso aos meus lábios. — Eu te amo muito, mas...

— Não, não diga "mas"... — imploro, fechando os olhos e encostando a testa na sua, tentando não desabar novamente.

— Eu... eu não sei. Acho que preciso absorver tudo isso. E você também — diz, ainda acariciando os nós das minhas mãos. — Sei que foi difícil para você o que acabou de fazer e, apesar de tudo começar a ter sentido, acho que precisamos de espaço...

— Eu preciso de ti — interrompo-a, deixando que minhas mãos caiam fracamente em seu colo quando ela as retira do seu rosto. — Eu pensei que você tivesse entendido — sussurro com pesar, sem acreditar que ela será mais uma em minha vida que não conseguirá me perdoar.

— Eu acho que sim... preciso pensar, Daniel. Não sei, estou confusa. Sinto muito...

— Honey... — chamo conforme ela se afasta e começa a se levantar.

— Não se torture — pede, afastando-se devagar. — Eu só preciso processar tudo isso. E, mesmo que não concorde, você também precisa. — Ela dá a volta na cama e vem até perto de mim.

Fecho os olhos por alguns instantes quando ela acaricia meus cabelos e corro as mãos por sua cintura, agarrando a bainha da blusa quando ela beija minha bochecha. Penso em segurá-la, puxá-la ainda mais para mim, beijá-la e amá-la até que se convença de que, nesse momento, não quero ou preciso de nada além dela.

LAÍS MEDEIROS

Mas respeito sua decisão. Não concordo e não gosto nada disso, mas respeito. Acho que já a decepcionei o suficiente.

— Só me prometa que estará aqui pela manhã — ela sussurra contra minha pele, trazendo um pouco de alento para o meu desespero por ter de passar mais uma noite sem ela.

— Não vou a lugar algum, Honey. Eu prometo.

Ela sussurra um boa-noite, que mal retribuo, antes de sair do quarto. Jogo-me de costas na cama, com a mente esgotada e o corpo cansado como se tivesse acabado de correr uma maratona. Tento não chorar, mas é inevitável. Algumas lágrimas caem conforme encaro o teto, e não sei dizer em que momento acabo pegando no sono, tentando entender a decisão de Mel, mas, mais do que tudo, desejando com todas as minhas forças que ela possa me entender.

23. NÃO IMPORTA O QUE ACONTEÇA

Mel

Os primeiros raios de sol da manhã começam a surgir através das cortinas, e eu apenas observo conforme eles ficam cada vez mais intensos com o passar dos minutos.

Foi assim que passei a noite inteira: sem conseguir fechar os olhos.

Minha mente não me permitiu sossegar. A conversa que tive com Daniel ficou rondando meus pensamentos, mantendo-me desperta, revivendo suas palavras e, mais do que tudo, a dor em cada uma delas.

Agora, tudo está mais claro. Tudo faz melhor sentido. O porquê de ele ser tão misterioso em relação à família, o motivo pelo qual ele ficou tão estranho nos últimos dias, a razão que o deixou tão tenso quando Laura apareceu sem avisar...

Estremeço ao recordar os detalhes da sua história. Tudo aquilo me deu uma vontade enorme de abraçá-lo até que meus braços doessem e, mesmo assim, continuar abraçando-o, como se pudesse fazer sua angústia ir embora. Eu quis pular em cima dele desde o instante em que abri a porta e ele estava lá, parecendo tenso e nervoso, mas havia coisas a serem esclarecidas. Eu precisava disso, *ele* precisava disso. E, agora que entendo melhor o que aconteceu, como aconteceu e o porquê de todas as situações pelas quais passamos nos últimos dias, tudo o que eu quero é ceder à minha vontade de me refugiar em seus braços.

Por incontáveis vezes, pensei em levantar no meio da noite e ir até seu quarto, para dizer-lhe que está tudo bem, que estava ali para ele, e que o amo com todas as minhas forças. Mas fui eu que pedi espaço. Porque realmente estava precisando processar todas aquelas informações, e, por mais que ele achasse que não, também precisava. Aquilo não foi fácil para ele e, mesmo assim, por mim, ele o fez. Queria que, além de perceber o que deveria fazer para resolver as consequências do seu passado, ele decidisse fazer por si próprio. Pedir perdão e aceitar o possível pedido de perdão dos seus pais é algo que ele deve a si mesmo, independente de me ter em sua vida ou não.

São 6h48 de uma manhã de sábado. Olivia está dormindo feito uma pedra, e sei que ela não acordará antes das 11h, como é de praxe aos fins de semana. Pergunto-me se Daniel já acordou, ou se nem dormiu, como eu. Cansada de rolar na cama, levanto e vou ao banheiro lavar o rosto e escovar os dentes.

Ainda de pijama, saio do quarto e vou à cozinha, constatar que Daniel não está lá. Quando passo pela porta do banheiro da sala, vejo que está entreaberta e o cômodo, vazio.

Engulo em seco e abro a porta do quarto dele, lentamente, logo revelando diante de mim que ele cumpriu o que prometeu. Daniel está sobre a cama, ainda completamente vestido, exceto os tênis, com a cabeça apoiada na barriga do urso enorme que ele me deu e com um dos braços jogados sobre ele.

Meus lábios se repuxam em um sorriso, que logo se desfaz quando percebo que ele só aparenta estar em um sono tranquilo. Tomo cuidado para não fazer barulho, e mesmo assim ele se remexe na cama, ora afrouxando o abraço no urso, ora intensificando-o, e soltando murmúrios de desagrado.

Sem pensar muito, aproximo-me da cama e sento na beirada, observando bem se ele irá reagir de alguma forma. Meu coração acelera quando ele suspira audivelmente e vira-se para mim, mesmo que ainda de olhos fechados. Assim que ele fica quieto, puxo as pernas para cima do colchão e me acomodo, levando uma das mãos até seus cabelos, acariciando-os, dando a mesma atenção para algumas partes do seu rosto. Sua pele está aquecida, como se estivesse febril, mas escolho não tirar essa conclusão logo de cara.

Surpreendo-me quando, de repente, os cantos de sua boca se erguem em um sorriso pequeno quando meus dedos acariciam sua testa pela enésima vez.

— Você está aqui — ele diz, tão baixinho que, se eu não estivesse olhando para seu rosto, talvez mal escutasse.

— Estou aqui.

— Você me odeia?

— Impossível.

Diante da minha resposta, ele abre os olhos. Mesmo sonolento, esse olhar é capaz de me tirar o fôlego.

— Todo mundo me odeia — continua, tornando a fechar os olhos. — Eu sempre estrago tudo. Mas não queria que você me odiasse. Por favor, Mel não me odeie.

O jeito preguiçoso e desconexo com que ele fala me dá cada vez mais certeza sobre a suspeita de febre. Além de não estar cem por cento acordado, está delirando um pouco.

— Shhh. Para de falar isso, Daniel. Eu estou aqui. — Seguro seu rosto quente com as duas mãos e tento fazê-lo me olhar, mas ele continua com os olhos fechados e as sobrancelhas franzidas.

Ignorando seu pequeno protesto, corro até a cozinha e pego um copo com água e um pano pequeno. Quando retorno, Daniel está na mesma posição, de olhos fechados, mas ainda inquieto.

Umedeço o paninho e passo por sua testa aquecida, e após repetir esse movimento algumas vezes, ele finalmente abre os olhos e me olha, com uma intensidade que me faz estremecer. Sorrio e me aproximo mais dele, continuando a acariciá-lo, sentindo sua temperatura normalizar um pouco e vendo seu semblante parecer cada vez mais desperto.

— Eu te amo — diz simplesmente.

Ele não precisa dizer mais nada.

— Eu te amo — repito, sorrindo quando ele sorri.

Daniel me puxa mais para perto, afundando o rosto no meu pescoço e encaixando nossos corpos, respirando contra minha pele conforme cai no sono.

Ali, protegida por seus braços e confortada por seu amor, permito-me adormecer como não faço há dias.

A primeira coisa que vejo assim que saio do quarto é Olivia sentada no sofá, encarando-me sobre o ombro ao virar para me olhar. Seus olhos me analisam de cima a baixo, e um sorrisinho malicioso e alegre surge em seus lábios conforme ela tira as próprias conclusões.

— Você nem faz ideia — digo, balançando a cabeça, para provocá-la mais.

Minha amiga começa a quicar no lugar, fazendo sons esganiçados.

— Bom, visto que vocês não saem do quarto há quase dezoito horas, acho que posso imaginar, viu? Mas você tem que me contar os detalhes mesmo assim! — ela guincha, batendo no espaço vazio ao seu lado, no sofá.

Contudo, meus olhos se arregalam e, em vez de atender seu pedido, corro para a cozinha, a fim de checar o relógio na parede. Passa um pouco das 14h.

Nossa.

Dormi por quase sete horas seguidas após ir para o quarto de Daniel, e ele continua lá, dormindo tão profundamente que nem ao menos resmungou quando me desvencilhei dos seus braços e levantei.

— Não, Liv. Não foi nada disso.

— O quê? Sem sexo selvagem de reconciliação? Que sem graça! — resmunga, fazendo careta para mim quando volto para a sala. Balanço a cabeça.

— Vou tomar um banho e depois conversamos, ok? — sugiro em meio a um bocejo, já indo para nosso quarto, esfregando os olhos.

— Argh, tá. Não demora! — ela pede. Na verdade, ela exige, antes de voltar sua atenção para a televisão.

Tomo um banho rápido, mantendo meus cabelos secos presos em um coque. Procuro por uma roupa confortável e logo estou de volta à sala, onde Olivia me espera com a televisão desligada e um almoço improvisado, que consiste em comida congelada recém-tirada do micro-ondas.

Não sei se Daniel se sentiria bem ao saber que contei sua história para Liv, já que ele tentou tanto esconder e relutou demais para me contar, então faço apenas um resumo, sem todos os detalhes sórdidos. Enquanto comemos, conto como me senti ao ouvir tudo aquilo, como me cortava o coração a cada vez que a voz dele embargava ao falar, como ele estava trêmulo ao segurar minha mão. E conto sobre hoje de manhã, que fui até seu quarto e acabamos caindo no sono que tanto estávamos precisando.

— Cacetada, hein! — Liv comenta, deixando seu prato de lado ao terminar de comer. — Coitado do Daniel. Eu estava meio zangada com ele, mas agora estou até com pena.

Termino a última garfada e também deixo o prato de lado.

— Pois é, Liv. Eu não imaginava que ele tivesse passado por isso. E, apesar de ter ficado magoada por ele não confiar em mim, acho que posso entender o porquê de ele ter agido assim.

— Ele agiu errado pelos motivos certos, na verdade.

— Exatamente.

Olivia suspira, tensionando os ombros e relaxando-os novamente, seguindo sua respiração.

— Mas, então... já está tudo bem entre vocês, mesmo?

Mordo o lábio por um instante antes de pensar na resposta.

— Bom... eu acho que sim. Por mim, pelo menos, está. E por ele... quero acreditar que também está. — Meu olhar perde o foco conforme falo, seguindo meus devaneios. — Acho que, de algum modo, acabamos fazendo o mesmo um pelo outro quando nos conhecemos, sabe? Eu nunca pensei que isso aconteceria. Nunca pensei que fosse possível eu ser salva dos meus próprios muros, mas ele fez isso por mim. E, mesmo que eu não soubesse, fiz por ele. Depois de tudo o que ele passou, eu podia ver, podia sentir que ele estava feliz. E, nossa, Liv... isso é tão, tão bom. Uma vez, ele me disse que era feliz por me fazer feliz, e agora eu entendo perfeitamente suas palavras.

Aperto os lábios, sem conseguir evitar que os cantos da minha boca se curvem em um sorriso, e quando meus olhos tornam a se focar em Olivia, ela também tem um sorriso no rosto.

— Awwn, Mel! — Ela afaga meu joelho. — Sério, só por olhar para vocês dá para perceber o quão certo é. É como eu me sinto com o Arthur, e olha que, às vezes, a gente discute pra cacete. — Ela ri e eu a acompanho. — Fico feliz por vocês terem se resolvido.

Coloco minha mão sobre a sua.

— Eu também.

— Você acha que ele vai tentar se resolver com a família também? — Ela faz quase a mesma pergunta que fiz a ele na noite anterior. Dou de ombros.

— Bom, ele deixou claro que quer e vai fazer isso. Só não sabe quando, ou como — explico. — Mas eu espero que ele o faça logo. Não só por nós dois, mas porque ele deve isso a si mesmo, sabe? Independentemente de tudo, acho que ele precisa fazer as pazes com esses assuntos não terminados do passado para, enfim, seguir em frente. Sem contar que ele deixou bem claro que sente falta da família. Aposto que eles também sentem falta dele, mas todos acabaram sendo orgulhosos demais para dar o primeiro passo.

— É. Mas eu acredito que vai dar tudo certo. — Liv aperta meu joelho mais uma vez. — Bom, eu vou encontrar o Arthur daqui a pouco, e preciso me aprontar. Ah, não quer vir me ajudar a escolher uma lingerie que reforce nas cabeças dele que eu sou a única mulher em quem ele deve babar pelo resto da vida? — Ela levanta e começa a me puxar, mas eu franzo a testa em confusão e começo a rir.

— Nas cabeças dele? — inquiro, e só preciso de dois segundos e um olhar sugestivo dela para compreender. — Ah.

Ela dá uma gargalhada alta e vamos para o quarto. Pelos próximos quarenta minutos, ela revira sua gaveta de peças íntimas à procura de uma sexy o bastante para o que pretende: matar o Arthur do coração. Pensei que seria constrangedor, como costuma ser quando Liv perde a noção do que é considerado informação demais, mas, no fim, já estou considerando tomar vergonha na cara e colocar entre minhas calcinhas e sutiãs simples algumas peças mais ousadas, ideia mais do que acatada por minha amiga, que marca de fazermos compras no dia seguinte.

Olivia recebe uma mensagem no celular e dá mais uma arrumada no cabelo, antes de sair do quarto. Eu a sigo, e meu coração salta quando vejo Daniel próximo à bancada da cozinha, terminando de tomar um copo de suco. Liv segue direto até a porta e, após despedir-se dele e piscar para mim, sai e ficamos sozinhos.

Daniel senta em um dos bancos, de frente para mim, usando apenas uma bermuda. Aproximo-me lentamente, notando seus cabelos úmidos e sentindo minhas narinas serem assaltadas por seu cheiro bom de banho tomado.

Então, sorrindo para ele, eu dou o primeiro passo. É algo que dificilmente acontece, porque ele, geralmente, é um cara de atitude no que diz respeito ao nosso relacionamento, e eu, nem tanto. Mas não é hora para me ater a definições. Eu quero tocá-lo, eu o quero perto de mim.

Ergo uma das mãos e toco sua testa suavemente, procurando por algum sinal de febre. Deixo minha palma correr por seu rosto até a curva do pescoço, descendo um pouco até o peito, antes de fazer o caminho inverso e voltar para a testa, enquanto ele está com os olhos fechados, apreciando meu carinho.

O calor que sinto em sua pele não tem mais a ver com uma enfermidade. Tem a ver com o modo como seus olhos ardem nos meus assim que se abrem, e com sua mão que, gentilmente, pousa em minha cintura e se infiltra pela bainha da blusa, sentindo minha pele ali, que também começa a queimar. Por ele.

— Não está mais com febre — comento, em um tom de voz que não passa de um sussurro.

Mal tenho tempo de registrar o que acontece em seguida. Só sei que, na mais breve batida de coração, Daniel tem as duas mãos me agarrando pela cintura e sua boca na minha, urgente, sedenta, em um beijo com sabor de saudade e desejo, que não me dá alternativa a não ser corresponder.

Como se eu quisesse uma alternativa que não fosse essa.

Subo as mãos por seu peito até alcançar o pescoço, puxando-o para mim com a mesma força que ele me puxa para si, suas mãos me acariciando de uma forma desesperada, quase rude. Nossas respirações ficam ofegantes em meio ao beijo, que ele interrompe por alguns segundos para nos permitir respirar, mordiscando meu lábio inferior e descendo os beijos por meu queixo e pescoço, utilizando lábios, língua e dentes para me fazer gemer, do jeito que só ele sabe, do jeito que só ele consegue.

Cravo as unhas em sua nuca quando ele me encosta na parede e chupa minha pele sensível, acariciando meus seios sob a blusa. Agarro seus cabelos com força conforme ele volta a juntar sua boca à minha, ainda mais faminto, segurando-me firme com um braço envolvendo meu corpo, enquanto sua outra mão desfaz o coque frouxo e deixa os fios caírem por meus ombros, emaranhando seus dedos por entre eles em minha nuca. Nossas línguas lutam ao mesmo tempo em que se acariciam, e isso me deixa completamente inebriada.

Há fúria e ternura em nossas mãos, nossos corpos, nossos arquejos, nossas ações. Há um desejo febril de termos o máximo e além um do outro, de nos devorarmos, de nos tornarmos um só.

Ainda unidos em um beijo sôfrego, ofego quando sinto as mãos firmes de Daniel me erguerem pela cintura, fazendo-me envolvê-lo com as pernas. Alheia ao meu redor e recusando-me a parar de beijá-lo, sinto-o se mover, até que, alguns instantes depois, ouço a porta do seu quarto fechar. Trilho beijos desesperados por sua mandíbula e orelha, sentindo, logo depois, os lençóis ainda bagunçados da cama contra minhas costas, seguido do seu corpo sobre o meu.

— Não quero ficar longe de você nunca mais... porra, como eu senti tua falta... nunca mais, Honey — ele murmura contra minha boca, ofegante. — Dois dias torturantes que, para mim, pareceram uma eternidade. Nunca mais, Mel.

— Nunca mais — afirmo, grunhindo quando ele impulsiona o quadril entre minhas pernas, que ainda o envolvem.

Minhas mãos o exploram por inteiro conforme nos beijamos, em todo lugar que alcançamos, meus gemidos se perdendo nos dele, e os dele se perdendo em mais beijos alvoroçados. Não demora muito até que ele arranque minhas roupas, o mesmo que faço com as poucas dele. Ao colocar a camisinha, ele me beija mais uma vez antes de mover a boca para minha orelha.

LAÍS MEDEIROS

— Eu queria te amar devagar — diz, mordiscando meu lóbulo e descendo uma das mãos até minha coxa. — Te apreciar, como você merece, mas eu preciso tanto de ti, Honey... porra, eu quero tanto...

— Podemos fazer isso — respondo, tão ofegante quanto ele. — Hoje, mais tarde, amanhã, depois... para sempre. De todas as maneiras. Mas, agora, eu também preciso de você. Logo. Dentro de mim. Forte.

— Puta que pariu — ele rosna, penetrando-me de uma vez, arrancando-me um grito de prazer. — Eu te amo tanto, Mel... eu te amo pra caralho.

Quero muito dizer que o amo de volta, mas acredito que isso fica intrínseco nos sons arfantes que saem da minha boca e na força com que minhas mãos agarram cada parte sua que consigo, enquanto ele move os quadris em direção aos meus, indo e voltando, entrando e saindo, rápido, com força, levando-me ao limite a cada vez que me preenche e sussurra incoerências no meu ouvido.

Daniel tenta engolir meus gemidos com beijos, trazendo à minha boca seus próprios grunhidos, que ficam mais intensos à medida que ele se aproxima do orgasmo, levando-me junto com ele. Movo meus quadris em seu ritmo, e, quando começo a sentir a explosão iminente, ele agarra uma das minhas pernas, dobrando-a, de modo que meu joelho quase toca meu seio, enquanto a outra se mantém envolvendo sua cintura, aumentando a velocidade e a força de suas investidas, até que o ápice nos atinja, quase ao mesmo tempo.

Não reprimimos nossos gemidos. Não reprimimos o momento em que um grita o nome do outro enquanto nossos corpos se contorcem de prazer, até nos tornamos um emaranhado de membros suados, ofegantes e satisfeitos. Pelo menos, por ora.

Pouco a pouco, nossas respirações ficam normais o suficiente para que eu encontre forças para acariciar as costas de Daniel e virar um pouco o rosto para beijar seu pescoço. Sinto seu suspiro na minha pele e logo ele faz o mesmo, trilhando com a boca um caminho por minha mandíbula até meu queixo, devagar, como se quisesse sentir meu sabor e nunca mais esquecer. Seus lábios finalmente encontram os meus e, quando eu penso que ele irá aprofundar o beijo, ele sai de dentro e de cima de mim, saindo do quarto e voltando alguns segundos depois, deixando que seus olhos me analisem por inteiro, devagar, na mesma velocidade dos seus passos, que me permitem ficar ciente da intensidade daqueles olhos verdes conforme ele se aproxima, sem nunca deixar de fitar meu corpo nu.

Observo quando ele se ajoelha na beira do colchão para pegar delicadamente meus joelhos e puxar minhas pernas, deixando-as dobradas, com meus pés apoiados na superfície macia. Daniel mantém os olhos nos meus ao baixar a cabeça e depositar um beijo suave em cada um dos meus joelhos, demorando-se em minha coxa direita, correndo o nariz pela parte interna, fazendo-me sibilar quando quase chega ao lugar que continua a pulsar por ele, e fazendo o caminho inverso com a língua, repetindo o processo na outra coxa.

Remexo-me, inquieta e excitada, quando ele paira a boca sobre meu centro, mas não o toca, levando seus beijos até meu baixo ventre e subindo-os por minha barriga até meus seios, onde ele se demora, provocando meus mamilos intumescidos com a língua. Infiltro as mãos em seus cabelos, e ele continua a subir os beijos até chegar aos meus lábios, sugando-os com calma, reverência, até entrelaçarmos nossas línguas em mais um beijo que faz minha cabeça rodar.

— Isso significa que você me perdoa? — ele sussurra, com a testa na minha. Acaricio sua nuca, sorrindo.

— Isso significa que eu te amo, Daniel. Significa que eu acredito em nós, e que não há nada que possa mudar isso.

Sinto seu sorriso contra minha boca quando ele me beija mais uma vez.

— Você é a melhor coisa que já me aconteceu, Honey. Eu nunca quis te machucar — diz, dando um beijo leve no meu queixo. — E, mesmo assim, foi isso que eu fiz...

— Shhh... — interrompo-o, afagando seu rosto. — O que importa é aqui e agora. Mais do que o que passou, mais do que o que ainda virá. Eu te amo, e isso nunca vai mudar. Não importa o que aconteça.

— Não importa o que aconteça — ele repete, em um sussurro apreensivo.

Nossas palavras se perdem para dar lugar a gestos que dizem muito mais do que elas.

E quando, pela segunda vez, atingimos o clímax juntos, nossos olhares se sustentam, transmitindo os mais sinceros e profundos sentimentos. Renovando a esperança de que podemos enfrentar tudo, se estivermos juntos.

Sempre juntos.

24. CORAGEM

Mel

— Humm, melhor o azul... não, não, o vermelho... mas o azul tem esse decote nas costas, achei tão lindo... e o vermelho é mais decotado na frente, também amei... argh, eu não sei!

Fecho os olhos por um instante, recostando-me à cadeira em que estou sentada, já tonta com a indecisão de Olivia.

Hoje é aniversário dela. Laura prometeu nos visitar de novo quando voltou para Porto Alegre em julho e retornou agora, em setembro — sei que ela não perderia a oportunidade de estar novamente perto do irmão em um intervalo de pouco mais de dois meses. Ela já está na cidade há uma semana, e hoje nos sequestrou depois que saímos da faculdade, aproveitando que Liv pediu folga no trabalho.

Esse nosso passeio acabou sendo vantajoso, já que Arthur está nesse momento no apartamento, com Carol e os outros rapazes, organizando uma pequena festa surpresa. Liv está certa de que toda a produção que Laura está planejando para ela é somente para o jantar especial com seu namorado.

— Liv, se você vai ficar feliz com qualquer um dos dois, escolha um e pronto, pelo amor de Deus — digo, enquanto ela continua a alternar os vestidos em frente ao corpo, diante do espelho do provador. Minha amiga estala a língua.

— Caramba, Mel, me ajuda! Olha pra mim — pede, virando de frente para mim e posicionando o vestido azul na frente do corpo. — Esse? — Após alguns segundos, ela repete o processo com o vermelho. — Ou esse?

Ela mal me dá tempo para analisar, alternando os vestidos repetidamente.

— Se está tão indecisa, por que não os experimenta de uma vez?

— Ai, preguiça!

Olivia é bem estranha na hora de comprar roupas. Na maioria das vezes, ela só compra na sorte, com a certeza de que irão servir, e dificilmente se engana. Tudo isso porque odeia trocar de roupa no provador. Eles são sempre pequenos e abafados, fazendo-a transpirar e ficar irritada. Até concordo nesse ponto, mas não confio em meus instintos para tamanho de roupa como ela. Comprar roupas definitivamente não é o meu esporte preferido.

— Você terá de fazer um esforço, Liv — determino, levantando e tirando os vestidos de suas mãos, olhando-os mais de perto. — Experimente-os e veja qual fica melhor no seu corpo. E logo, por favor. Essa espera já está me deixando impaciente — resmungo, voltando a me sentar.

— Argh, chata — ela se queixa, fechando a cortina do provador. — Eu não deveria ser forçada a fazer o que não quero no dia do meu aniversário, uai.

— Para de drama, Liv. Você deveria estar feliz porque a Laura está te dando esse presente. Ela ainda mal nos conhece, mas está fazendo questão.

Ela pega o vestido azul e o retira do cabide, soltando um suspiro.

— É, você tem razão. Ela está sendo muito legal — comenta, enquanto se veste. — Acho que estou deixando a minha ansiedade me estressar. Estou tão curiosa com o que o Arthur disse que tem preparado para mim. E quero estar bonita para ele. Me ajuda aqui com o zíper, Mel.

Levanto-me e a ajudo a fechar o vestido.

— Ah, relaxa, Liv. O Arthur vai te achar linda de qualquer jeito, com ou sem vestido — digo para acalmá-la, tentando brincar para deixar o clima mais leve. Minha amiga solta uma gargalhada sugestiva.

— Bom, eu já sei que a roupa que ele mais gosta em mim é roupa nenhuma, mas não dá para usá-la em público, né?

Rimos juntas e ela se olha no espelho, retorcendo o corpo e dando voltinhas, para ver se gosta da peça em seu corpo. Combina muito com o seu tom de pele e se encaixa perfeitamente em suas curvas, caindo em uma saia de comprimento um pouco acima do joelho. Ela então diz que vai experimentar o vermelho apenas para tirar a prova de que o azul é o perfeito.

Mas a expressão no seu rosto quando ela o veste e fica em frente ao espelho deixa claro que ela tem a mesma opinião que eu: o azul é um trapo perto do vermelho. É um pouco mais curto, abraçando seu corpo com ainda mais perfeição e com decote na medida certa.

— Ai, meu Deus! — exclama, dando mais voltinhas para se ver por inteiro.

— Eu sei! — concordo. — Espera aí que eu vou chamar a Laura.

Corro para fora do provador para procurar minha cunhada, que logo avisto perto de uma arara de calças legging. Assim que me vê, aceno para que venha, guiando-a até onde Olivia está, ainda olhando para o espelho completamente satisfeita.

— *Bah*, olha só pra ti, Liv! — Laura exclama, pegando uma das mãos de Liv e fazendo-a girar. — Olha, quando você ficou em dúvida entre os dois, eu sabia que esse cairia muito melhor em ti, mas não quis dar pitaco, porque não queria interferir no teu gosto — ela tagarela, arregalando os olhos como se lembrasse de algo, de repente. — Oh, vai ficar perfeito com a maquiagem que pretendo fazer!

Olivia e eu rimos com a animação de Laura, e minha amiga começa a trocar de roupa novamente.

— E você, Mel? Já escolheu algo? — minha cunhada pergunta, tocando meu ombro.

Balanço a cabeça negativamente.

— Ah, não, não. Peguei uma muda de roupa de manhã antes de ir para a faculdade. Não precisa — respondo. — O quê? — questiono, quando ela sorri e estreita os olhos para mim, como se estivesse tendo uma ideia. Daniel me avisou que eu deveria ter medo dessa expressão.

— Acabei de ver um short que ficaria lindo nas tuas curvas — diz, pegando minha mão e me girando, como fez com Olivia. — E uma blusa preta, com um decote lindo nas costas e paetês nas...

— Eu não vim preparada para comprar nada, Laura — corto-a, mas ela nem parece me ouvir.

— Não vi que tipo de calçado você trouxe, mas acho que uma sapatilha delicada ou uma sandália de tiras vai combinar, e podemos encontrar por aqui também...

— Laura, não — continuo recusando. — Nem estou com meu cartão aqui, e só viemos para você comprar o presente da Liv.

— E o que me impede de comprar um presente pra ti também?

— Eu! Você não precisa se incomodar, é sério.

— Ah, não seja boba, Mel. — Ela dá de ombros e me puxa pela mão assim que Olivia está pronta e segurando o vestido que irá levar. — Relaxa e vamos encontrar uma roupa legal pra ti. Já perdi o teu aniversário em julho, então me deixa te dar alguma coisa, guria. Para agradecer.

— Mas eu nem fiz nada — rebato, ainda sendo rebocada por ela.

— Ah, você fez muito, Mel. Você nem imagina. — Ela finalmente para e se vira para mim, ainda segurando minha mão. — Ver meu irmão feliz me deixa feliz, e você faz isso por ele. E sei que, depois que eu te produzir, ele vai ficar mais ainda — ela termina seu argumento com uma piscadela e um cutucão em minhas costelas. Que jogo baixo.

Tento retrucar mais uma vez, mas logo percebo que, com Laura, isso é impossível. Daniel me falou que a família dele tem bastante dinheiro, mas isso não significa que eu tenha que me aproveitar disso. Eu nem ao menos *quero* me aproveitar disso. Mas algumas provas de roupa, milhões de "você não precisa fazer isso", "tem certeza?" e um valor que considero bem alto — para as minhas condições — pago com o cartão de crédito de Laura depois, finalmente vamos para o apartamento da amiga da minha cunhada, para que ela possa aprontar Olivia.

Minha amiga não entende por que não podemos simplesmente ir casa, e Laura usa a desculpa de todas as suas maquiagens e produtos de cabelo estarem no quarto que ela ocupa na casa da amiga, que, aliás, é uma garota bem legal. Ela se chama Gabriela e nos cumprimenta com muita simpatia antes de sair com um cara.

A noite está caindo quando Olivia finalmente fica pronta e Laura me puxa para ser sua próxima "boneca".

— Caramba, Laura! Eu adorei, de verdade! — minha amiga exclama em frente ao espelho, admirando seu vestido, suas ondas cor de caramelo caindo suavemente pelos ombros e a maquiagem que realça ainda mais sua beleza. No pulso direito, está a pulseira prateada de pingentes que lhe dei mais cedo. — Você já pensou em seguir carreira no ramo da moda? Se não, pode começar a pensar. Na verdade, já pode ter certeza de que é isso o que você tem que fazer para viver! Será uma das melhores, sem dúvida.

Laura ri e dá de ombros ao se inclinar em minha direção para passar um pincel enorme com pó compacto no meu rosto.

— Já pensei bastante, principalmente porque meu pai sempre encheu o saco para que o Daniel e eu fizéssemos Medicina, como ele — explica, e eu, inevitavelmente, fico em alerta. — Mas, depois do que aconteceu com o meu irmão, ele até parou de pegar no meu pé, e eu me refugio no meu amor e talento para moda e essas coisas, para não admitir para ele que, na verdade, sonho em fazer Veterinária. Vou torturá-lo por mais um tempinho.

Um tremor involuntário atinge minha espinha quando ela fala aquilo. Acho que não consigo disfarçar muito bem meu desconforto, porque ela me lança um olhar compassivo e consigo ver Liv me encarando pelo canto do olho através do espelho.

— Ahm, Laura... posso te perguntar uma coisa?

— Claro.

Limpo a garganta e continuo. Não sei se devo, mas, de repente, fiquei bastante curiosa.

— Seus pais... você sabe se eles... sentem falta do Daniel? Se eles gostariam que ele voltasse? — pergunto de uma vez e Laura para o que está fazendo, deixando-me imediatamente nervosa. Mas ela simplesmente troca o pincel gigante por um menor e pega uma paleta de sombras, pedindo que eu feche os olhos.

— A mamãe, eu tenho a mais absoluta certeza que sim. O Daniel não sabe, nem o Alex, durante todo esse tempo que mantive contato com ele, mas eu contava para ela o que ele me contava. Depois que Daniel saiu de casa, desde a primeira vez, o sofrimento da minha mãe é visível. Pelo menos, para mim. Ela tentava disfarçar e sempre foi muito submissa ao papai, então não o contestava e decidiu respeitar o rumo que o meu irmão decidiu tomar.

"Mas já choramos muito, juntas, de saudades dele. Ela tentou criar coragem, várias e várias vezes, para procurá-lo, mas o receio de piorar tudo sempre vencia. E, quando o Alex decidiu me ajudar e me deixar a par da vida do meu irmão, eu contei a ela. Não em detalhes, porque sabia que meu primo já estava fazendo isso pelas costas do Daniel, mas a deixava mais tranquila ao dizer que ele estava bem, apesar de a saudade nunca aliviar.

"Mesmo sabendo que ele está morando aqui, ela não sabe que vim atrás dele e o encontrei. Ela e o papai ainda pensam que vim somente para passar mais um tempinho com a Gabi, porque eu disse que não iria procurá-lo, já que ele não queria ser encontrado. E eu sei que dizer a eles, ou ao menos somente para mamãe, poderia piorar as coisas com o Daniel."

Engulo com dificuldade, tentando não deixar que lágrimas surjam em meus olhos e arruínem o trabalho de Laura.

— E o seu pai? — pergunto, ainda de olhos fechados conforme ela trabalha em minhas pálpebras.

— Ele não diz nada. Quando tocamos no nome do meu irmão, ele sempre se afasta ou muda de assunto. Mas eu sei que ele sente. Talvez até mais do que a mamãe e eu juntas. Eu nunca disse nada, para não irritá-lo, mas já o vi várias vezes abrir a porta do quarto do Daniel e ficar ali, olhando para o interior, por alguns minutos, suspirando devagar. Ele deve se arrepender muito de tudo o que aconteceu, mas é durão demais para admitir. Passamos todos esses anos vivendo assim porque o Daniel nunca quis ceder; meus pais, tampouco. Mas, agora, acho que isso está mudando. E eu não poderia estar mais feliz. Pode abrir os olhos.

Faço o que ela pede e encaro sua expressão carinhosa, sorrindo junto com ela. Daniel ainda não deixou claro quando pretende se entender com a família, mas isso se tornar uma vontade dele já foi um passo e tanto.

— Vocês eram muito apegados? — inquiro. Dá para ver que eles se dão bem, mesmo depois de tudo e de tanto tempo separados e magoados.

— Muito. Ele nunca me tratou como se eu fosse sua irmã caçula chorona e pé no saco, sabe? Daniel sempre foi protetor e carinhoso. Sempre dividia tudo comigo, se preocupava, me fazia rir. Ele só se irritava quando eu mexia nas coisas dele, e, às vezes, eu o fazia só para irritá-lo mesmo, porque era muito legal quando eu pedia desculpas e ele me enchia de cócegas até eu quase vomitar de rir. — Observo seu rosto logo após ela me aplicar uma camada de máscara para cílios. Está suave, saudoso e terno, mas é possível ver os resquícios de tristeza em seu olhar. — Os últimos quatro anos foram bem longos e escuros, sabe?

— Acho que consigo imaginar — murmuro, afagando levemente seu joelho antes de ela pedir que eu olhe para cima, para que possa passar rímel nos meus cílios inferiores.

— Ai, meu Deus! Me diz que esse rímel é à prova d'água, Laura! — Olivia diz, abanando o rosto ao tentar conter as lágrimas que preenchem seus olhos. Minha cunhada e eu nos entreolhamos e damos risadas.

— É sim, Liv. Têm lenços na primeira gaveta daquele criado-mudo, pode pegar.

Minha amiga pega alguns e tenta conter a emoção, vindo até mim e Laura em seguida.

— Devo estar sensível porque estou ficando velha hoje — justifica, fazendo-me rolar os olhos por estar se chamando de velha por completar vinte e um anos. — Mas fico feliz que esteja tudo se encaixando para vocês. Feliz, feliz! Hoje é um dia feliz!

Ela joga os braços para cima, fazendo-nos gargalhar, e Laura se apressa em terminar minha maquiagem.

Alguns momentos depois, minha cunhada termina de passar o batom e vira-se para nós, anunciando que já está pronta. Seguimos para nosso apartamento, rindo do nervosismo de Olivia, recebendo olhares mortais seus e rindo ainda mais, principalmente por saber que ela nem imagina o que a espera em casa. A ideia toda foi do Arthur, para que pudéssemos comemorar todos juntos, somente os amigos mais íntimos, antes que ele a leve para comemorarem a sós.

Começo a ficar empolgada conforme subimos de elevador e, quando finalmente percorremos o corredor até o apartamento, lanço um olhar cúmplice para Laura, que sorri discretamente, e Olivia, então, abre a porta.

Mesmo esperando por aquilo, não consigo evitar pular um pouco de susto quando todos que estão na sala gritam "Surpresa!", mas logo estou gargalhando e gritando junto, assim como minha cunhada. Olivia leva as mãos ao peito e olha para mim e Laura com olhos arregalados e o queixo caído, antes de voltar sua atenção à algazarra à sua frente.

Arthur, Daniel, Alex, Carol, Nicole e uma garota que não reconheço estão batendo palmas e assobiando para minha amiga, e não seguro a risada quando vejo seu namorado segurando uma quantidade enorme de balões, que logo ele os outros rapazes começam a estourar com as unhas e com os pés, simulando o barulho de uma queima de fogos. Carol e Nicole — assim como os meninos e a outra garota — estão usando chapeuzinhos de festa, e assopram línguas-de-sogra enquanto jogam confetes, que acertam todo mundo em cheio, principalmente Olivia.

Ela entra aos poucos na sala, processando o que está acontecendo, e Laura e eu a seguimos. Arthur é o primeiro a alcançá-la assim que decide parar com o massacre aos balões, rindo de sua expressão, que mistura espanto e felicidade, ao abraçá-la e beijar seu rosto, dizendo coisas que só ela pode ouvir. Liv o abraça de volta, dando um soco leve em suas costas antes de acariciá-lo e retribuir o beijo que ele lhe dá. Assim que ele a solta, ela vira para Laura e mim, e nós a atacamos em um abraço duplo, que ela tenta retribuir sem quebrar nossos membros.

— Vocês sabiam e me enganaram direitinho, suas vacas! — ela guincha, arrancando risadas de todos.

— Vá dar outro soco no seu namorado, Liv. A ideia foi dele — defendo-me, olhando para Arthur a tempo de vê-lo mostrar-me a língua.

— Mas eu teria te levado para comprar teu presente de qualquer jeito, viu? Acontece que um plano deu certo com o outro — Laura se apressa em dizer, recebendo mais um abraço de Olivia.

— Feliz aniversário, Olivia! — Carol e Nicole se aproximam, colocando chapeuzinhos em nós três e jogando mais confetes.

Aproveitamos para nos cumprimentar também, de forma bastante amigável, exceto com Nicole, que até hoje não parece gostar muito de mim. Isso me deixa um tanto confusa, porque eu não fiz nada para ela. Nem ao menos a conheço tão bem quanto aos outros, mas abro um sorriso enorme ao dar-lhe um meio abraço, que ela corresponde durante meio segundo e não se dá ao trabalho de sorrir de volta. Decido não me importar.

Ouço quando ela explica que a garota que não conheço se chama Letícia e é sua amiga da faculdade, que ela convidou por se recusar a segurar vela em uma festa onde predominam casais. Alex e Daniel também dão um enorme abraço em Olivia e desejam feliz aniversário a ela, e somente depois de toda essa euforia, consigo reparar melhor no meu namorado.

Ele é sempre lindo. O tempo todo. Sinto vontade de tocá-lo e beijá-lo o tempo inteiro, mas agora... caramba. Não sei se é a bermuda cargo escura e a camisa de botões azul-escura que ele usa, com as mangas arregaçadas até os cotovelos e os primeiros botões abertos, contrastando perfeitamente com sua pele e o deixando irresistível, ou o chapeuzinho, cuja base afunda em seus cabelos revoltos e macios, deixando-o adorável. Acho que é tudo isso junto.

Me aproximo dele, que também vem em minha direção, com um sorriso de completa satisfação conforme corre os olhos por meu corpo, admirando a produção que sua irmã fez em mim. Tenho que confessar que amei o short que Laura escolheu para combinar com a blusa preta soltinha e com decote nas costas, que, ao contrário do que eu pensei ao vê-la, caiu muito bem em mim. Com uma sapatilha simples, meus cabelos soltos e ondulados e a maquiagem, o *look* estava completo, e fico completamente satisfeita ao ver que meu namorado também gostou.

— O aniversário é da Olivia, mas quem ganha presente sou eu? É isso mesmo? — pergunta ao me puxar pela cintura e me cumprimentar com um beijo. Dou uma risada e o abraço pelo pescoço. — Você está linda, Honey. Sempre está, mas nossa... — Ele passa as mãos pela parte nua das minhas costas, e as desliza até colocá-las nos bolsos traseiros do meu short.

— Você também está, amor.

— Estou linda? — ele manda de volta, sem conseguir conter a risada.

— Esse chapeuzinho ficou uma gracinha em você. E essa camisa... — Passo as mãos por seus braços e peito, brincando com os botões abertos. — Dá vontade de te morder.

Ele ri e beija meu rosto.

— Você sabe que eu te deixo fazer isso — sussurra contra minha pele, correndo o nariz por minha mandíbula.

Me assusto quando somos puxados abruptamente, levando alguns segundos até registrar que Laura está mais do que eufórica para que cantemos logo "Parabéns a Você". Todos nos posicionamos ao redor da bancada, onde está o bolo, e antes que as velinhas sejam acesas e todos comecem a cantar a plenos pulmões, Daniel leva a boca até minha orelha para sussurrar:

— Mais tarde, Honey.

Já sinto cãibras nas bochechas de tanto falar e dar risada. Todos são muito divertidos e puxam papo, o que deixa o clima muito leve e agradável. Sinto-me muito bem na companhia do meu namorado e nossos amigos, pensando no quanto nossas vidas mudaram desde que Daniel entrou na minha vida. Para melhor, muito melhor.

Levanto-me para ir jogar alguns pratinhos descartáveis no lixo da cozinha, encontrando Daniel lá, falando algo que faz Nicole dar uma risada baixa. Quando me aproximo, vejo sua expressão mudar para a mesma impaciência e desagrado de sempre que ela me vê. Ela pede licença para voltar à sala e, como se uma luz acendesse em minha cabeça de repente, eu compreendo.

É tão óbvio. Não sei por que não pensei nisso antes.

— Ela gosta de você — digo para Daniel, que afasta meus cabelos do ombro para depositar um beijo ali.

— O quê?

— Nicole. Ela está a fim de você. É por isso que essa menina me detesta tanto!

— Quem disse que ela te detesta, Mel?

— Ninguém precisa me dizer, Daniel. — Reviro os olhos. — Está na cara. Eu achava que era gratuito, porque nunca fiz nada a ela. Mal a conheço como conheço os outros. E ela estava sorridente aqui, com você, antes de eu aparecer. Viu como a expressão dela mudou e ela se apressou em se afastar?

Daniel franze a testa, olhando para ela, que está na sala ao lado da amiga, roubando um docinho dela, e volta a olhar para mim.

— Isso não faz sentido. Nós vivíamos brigando quando morávamos juntos. Sempre achei que ela me detestava — explica, brincando com a alça da minha blusa.

— Paixão reprimida, amor. Dã! — digo, batendo na testa dele.

— Ei! Por que eu estou apanhando? Não dou bola pra ela, Honey — ele se defende, mas está rindo.

— Eu sei — falo, vendo quando ela olha para ele lá da sala.

— Ei, coisa mais linda desse mundo, que fica ainda mais linda quando está com ciúmes — Daniel me chama, segurando meu queixo e fazendo-me olhar para ele. — Você está vendo coisa onde não tem. E, mesmo que esteja certa, só posso sentir muito pela Nicole. Ela era o maior pé no saco quando eu morava no apartamento do Alex, e mesmo que não fosse assim, não faria diferença. Ela não é você.

Suspiro, rendendo-me ao sorriso de satisfação que quer surgir em meus lábios. Daniel faz piada sobre eu ser ciumenta e bato nele mais uma vez, que só gargalha ainda mais. Rio junto com ele e, no meio do abraço, flagro os olhos de Nicole em nós, sentindo, de repente, pena. Ela deve gostar mesmo do Daniel, e acredito que nos ver assim não a deixa muito feliz. Não sei qual o problema dela, mas Nicole é bonita. Ela consegue ser simpática, pois a vi interagindo com os outros. Não vai ser difícil para ela encontrar um cara legal — que não esteja comprometido e que não a veja como nada além da irmã chata do amigo.

— Por que você não a apresenta para algum dos seus amigos da faculdade? — sugiro para Daniel, que ergue as sobrancelhas, surpreso. — Vai ver ela está carente e não te supera porque ainda não apareceu ninguém legal no caminho dela.

Meu namorado fica pensativo.

— Será? Não sei... — responde, e alguns segundos depois, seu rosto assume uma expressão suave. — Mas olha só você: a guria te detesta e, mesmo assim, você quer o bem dela. — Dou de ombros e o abraço. — É isso, ou você só quer que ela pare de me querer — completa, rindo, e aposto que ele previu que eu o socaria no braço de novo.

— Mel! — Ouço a voz de Olivia me chamar viro para vê-la entrando na cozinha, com Arthur abraçando-a por trás. — Nós já vamos. Obrigada por fazerem parte disso — ela diz para mim e Daniel, abraçando-nos.

— Como se pudesse ser diferente, Liv — respondo assim que ela se afasta.

— Bom, acho que vocês não precisam me esperar acordados... não é, amor? — Ela vira para Arthur, que abre um sorriso sugestivo para ela.

— Não mesmo. Aliás, caso vocês não a vejam durante o fim de semana inteiro, já fiquem sabendo que a culpa é toda minha.

Sinto a risada de Daniel atrás de mim e o acompanho ao ver o rosto vermelho de Liv. Ela beija o namorado e pisca para mim antes que saiam, despedindo-se de todos.

— Humm, a Liv vai se dar muito bem hoje — comento, ainda rindo.

— Ela não é a única — Daniel comenta ao pé do meu ouvido, mordiscando o lóbulo em seguida.

Arrepios quase violentos atingem o meu corpo inteiro, e me pergunto se seria muita falta de educação começar a expulsar todo mundo.

— Caramba, isso foi... *uau*.

Minha mente mal consegue se conectar com a boca para que eu formule alguma frase coerente. Sinto a risada baixa de Daniel reverberar por meu corpo, conforme nossas respirações se normalizam, aos poucos. Arrepio-me quando sinto seus dedos percorrerem minhas costas de cima a baixo, lentamente, desenhando padrões aleatórios, enquanto eu faço o mesmo por seu braço e peito.

Estou deitada por cima dele, com o nariz roçando seu pescoço e a cabeça apoiada em seu peito, onde posso sentir o ritmo das batidas do seu coração. Estou completamente ciente do seu membro resvalando a parte interna da minha coxa, perto da virilha, e tento disfarçar o sorriso idiota que surge em meus lábios só por pensar no que acabou de acontecer.

Depois que todos foram embora e Daniel e eu decidimos arrumar tudo somente no dia seguinte, em questão de minutos, estávamos no quarto. Com uma urgência pouco contida e uma ferocidade no olhar que me fazia tremer de excitação, meu namorado apreciou lentamente — com olhos, mãos e boca — o modo como o conjunto de lingerie que escolhi ficava em meu corpo, antes de pouco lamentar por retirar tudo de mim e nos posicionar de uma forma diferente, comigo por cima. Posso ter me sentido um pouco tímida no primeiro instante, mas ver o desejo em seus olhos e sentir suas mãos me tocando e guiando me fizeram esquecer, o que resultou em uma das nossas melhores transas.

Reprimir meu sorriso fica ainda mais difícil quando vejo marcas vermelhas em sua pele, pelos ombros e peito. Minhas unhas.

Ops.

— Eu sei que sou o melhor que você já teve, Honey. Meu ego já está inflado o suficiente.

Franzo a testa e ergo a cabeça, encarando-o com os olhos semicerrados.

— Daniel, você ouviu o que acabou de dizer? — pergunto, remexendo-me ao sentir suas mãos apertarem minha cintura antes de voltarem a acariciar toda a superfície das minhas costas.

— O quê? — pergunta, e é óbvio que ele está se fingindo de desentendido, pois não leva dois segundos até que comece a gargalhar.

Ele sabe que é meu primeiro e único. Deve estar com a mente ainda tão nublada quanto a minha, porque sua tentativa de fazer piada nem teve graça.

Ok, teve um pouquinho. Argh, estou gargalhando junto com ele. Dane-se.

— Você se aproveita do fato de eu não ter com o que comparar — digo, entrando na brincadeira, deslizando um pouco para o lado, ainda deixando minha perna sobre as dele e apoiando o cotovelo na cama ao lado da sua cabeça, descansando a minha na mão.

Ele arregala os olhos para mim e depois os fecha, com força, encolhendo-se como se estivesse com dor.

— Cacete! Que chute certeiro no coitado do meu ego, Mel! — lamuria, fazendo-me rir de sua performance dramática. — Você é malvada.

— E você é um bobo!

Uma de suas mãos desliza até minha bunda ao mesmo tempo em que ele alcança meu queixo com os dentes.

— Sabe que eu adoro isso, né? — ele sussurra, invertendo as posições, erguendo um pouco seu corpo para ficar parcialmente sobre o meu, com nossos narizes se tocando e nossas bocas a pouquíssimos centímetros de distância. — Saber que sou o único sortudo que já te tocou em todos os lugares, te beijou de todas as formas e já esteve dentro de ti até você gritar o meu nome...

Mordo o lábio diante de suas palavras e sua intensidade, sorrindo ao abraçá-lo pelo pescoço e envolver seu quadril com uma das pernas.

— Uhum, sei que você adora a minha falta de experiências anteriores — digo, encostando nossos lábios por um breve segundo. — Já você...

— Eu o quê? — indaga, procurando em minha expressão as palavras não proferidas. — O que te garante que sou tão experiente?

— Ah, amor, por favor. Você é lindo, gentil, inteligente, gostoso pra caramba... Não deve ter sido difícil ter uma boa cota de garotas babando como eu.

Mordo a língua quando a tal Suzana me vem à cabeça. Ela era mais velha do que ele e, com certeza, devia satisfazê-lo muito bem. Pelo menos, antes de tudo virar o inferno que virou. Mas não quero estragar o clima. É uma coisa muito inapropriada para se pensar nesse momento, e mais ainda para se dizer.

— Obrigado por massagear o ego que, há poucos minutos, você fez questão de machucar, mas você não está certa, Honey.

Ele sorri ao voltar a deitar de costas, e eu torno a me enroscar nele e apoiar a cabeça na mão para observar seu rosto.

— Então, quer dizer que você não se importa em me dizer com quantas garotas já esteve?

Ele ergue uma sobrancelha.

— Então, quer dizer que *você* não se importa se eu te disser com quantas gurias eu já estive? — desafia.

De repente, esse pensamento me incomoda. Eu sei que ele está comigo. É meu e de mais ninguém. Experiências anteriores não deveriam me deixar enciumada. Mas pensar em outra garota encostando nele me deixa irritada. Pensar em várias garotas encostando nele provavelmente vai me fazer surtar. Mas a curiosidade está me vencendo enquanto continuo encarando seu rosto, que exibe um sorriso sacana.

Respiro fundo e dou de ombros. Não deve ser tão ruim assim.

— Não.

Seu sorriso cresce e ele inverte nossas posições novamente, fazendo-me deitar e deixando seu corpo pairando sobre o meu. Ele beija a ponta do meu nariz.

— E se eu te disser que perdi as contas? — inquire, baixando um pouco mais a cabeça para mordiscar meu lábio inferior.

Ele está me provocando. Quer ver até que ponto posso ir sem dar um ataque desnecessário de ciúmes.

Mas não deixarei que ele vença essa.

— Bom, nesse caso, isso prova que eu estava certa quanto a você ser muito, muito experiente — sussurro, abrindo um sorriso enorme e mordendo seu lábio, como ele fez com o meu.

Daniel fecha os olhos e franze a testa, em derrota, e deixa a cabeça cair no vão do meu pescoço, fazendo minha pele vibrar quando murmura:

— Ah, merda.

Minhas risadas nos fazem chacoalhar, e não demora muito até que ele erga a cabeça novamente e comece a rir comigo, descansando a testa na minha e correndo a mão por meu corpo conforme nossas gargalhadas se perdem uma na outra. Passo os braços por seu pescoço e o abraço com força antes de deixar meus dedos se perderem mais uma vez em seus cabelos, sentindo a maciez e deixando-os ainda mais revoltos, subindo os carinhos de sua nuca até o topo da cabeça e voltando. Levo as mãos até sua testa e repuxo algumas mechas, deixando-o com uma franja ridícula, e depois bagunço novamente, fazendo com que aponte em várias direções.

Meu coração acelera e meu estômago é atingido pelas cosquinhas de expectativa já tão familiares quando percebo seu olhar sobre mim, enquanto estou sendo boba ao brincar com seu cabelo e rir sozinha. É intenso e suave ao mesmo tempo. Há ferocidade e ternura no modo que me observa, como se quisesse memorizar meus traços e impregná-los em si.

— Eu sou inexperiente, Honey — diz, tocando meus lábios com os seus suave e brevemente. — Com o que temos, eu sou inexperiente, sim. Nunca foi tão intenso, tão cheio de sentimentos. Eu nunca pensei em alguém como penso em ti; nunca dependi de um sorriso em especial para ser feliz, como descobri depender do teu; nunca senti meu coração bater tão rápido, me dizendo o quão bom é estar perto e sentir o teu cheiro, que me enlouquece e acalma ao mesmo tempo; porra, eu nunca fiz sexo tão gostoso e apaixonado como nós fazemos... Isso tudo tem sido novo para mim também, Mel. E eu estou amando aprender contigo.

Daniel segura minha mão que está em seu rosto e beija a palma, sem desviar o olhar do meu. Suspiro, sorrindo para ele, totalmente envolvida por suas palavras, e puxo seu rosto para o meu, juntando nossas bocas em um beijo tão intenso quanto nossos sentimentos. As sensações de suas mãos deslizando por meu corpo, nossos lábios se sugando e línguas se acariciando se refletem no bater acelerado dos nossos corações e respirações ofegantes, alguns instantes depois.

— É incrível como você sempre consegue me provar que não existem limites quando se trata dos meus sentimentos por você — sussurro contra sua boca. — Quando penso que não é possível te amar mais ainda, vem você e faz isso.

O sorriso que ele abre é enorme, e combinado ao brilho em seus olhos, me traz uma paz inexplicável. Me faz sentir que tudo está no lugar certo.

— Quero te mostrar uma coisa.

Dito isso, Daniel dá um beijo estalado em minha boca e sai de cima de mim. Estico o pescoço para vê-lo abrir a gaveta do meio do seu criado-mudo, retirando de lá um papel dobrado ao meio. Ele torna a se deitar de lado, apoiado em um dos cotovelos, e me entrega o papel. Sento-me na cama, observando sua expressão, que parece orgulhosa e receosa ao mesmo tempo.

— O que é? — questiono, estreitando os olhos e ficando um pouco nervosa.

— Abra.

Aperto os lábios e desdobro o papel. Fico um pouco confusa a princípio, mas logo a compreensão me vem à mente, fazendo o sangue correr em minhas veias aceleradamente e meus olhos se arregalarem em expectativa.

É um comprovante da compra de duas passagens aéreas, de Campinas para Porto Alegre, com nossos nomes, para a segunda quinzena de janeiro do ano que vem. Daqui a menos de quatro meses. Apesar de não estar entendendo o porquê desse itinerário, já que poderíamos ir daqui do Rio mesmo, abro um sorriso enorme na direção de Daniel, que me observa com cautela.

— É o que estou pensando? — questiono, em um tom mais animado do que eu mesma estava esperando.

Ainda falta um tempo, mas ele vai, finalmente, visitar a família depois de tanto tempo, depois de tudo o que aconteceu. Meu peito se enche de orgulho diante de sua atitude corajosa.

— Sim — ele responde enquanto eu olho para o papel. — Comprei para essa data porque o cronograma da faculdade diz que o próximo semestre só iniciará na metade de fevereiro. Então, nós podemos ir para Alfenas primeiro, passar um tempo com a tua família. De lá, pegar um ônibus até Campinas, já que a tua cidade não tem aeroporto, e pegar o voo até Porto Alegre — explica, desviando o olhar para seus dedos vez ou outra, conforme fala. Ele está decidido, mas nervoso. Eu o entendo. — Bom, eu tomei a liberdade de comprar uma passagem pra ti, porque estava esperando que você fosse comigo, mas se não qui...

— Nem complete essa frase, Daniel — corto-o, colocando uma das mãos na sua boca. — É claro que eu quero ir com você, amor.

Ele sorri, ainda um pouco comedido, e segura minha mão que tapa sua boca para plantar um beijo na palma.

— Obrigado, Honey. Não sei o que esperar disso, mas saber que você estará comigo faz tudo ser muito mais fácil de enfrentar. E mais fácil de suportar, caso termine pior do que já está.

Largo o papel sobre a cama e seguro seu rosto com as duas mãos, afagando-o e fazendo-o olhar bem para mim.

— Não seja tão pessimista, Daniel.

— Desculpa. Estou nervoso, acho. — Suspira. — Eu quero fazer isso, sabe? Tenho pensado muito, conversado algumas coisas com a Laura, e todas as conclusões às quais cheguei me disseram que eu quero fazer isso. Tanto para resolver essa situação inacabada e poder seguir em frente contigo sem a possibilidade de tantas pedras no caminho, quanto para me sentir parte da minha família novamente, entende? Por mim, por nós, por eles... Eu quero muito, mas é quase impossível não ficar nervoso.

— Você fará a coisa certa, pode ter certeza. Não tem como dar errado — digo, com a voz firme, embora, lá no fundo, eu não consiga evitar o receio também. — Sei que talvez não vá ser tão fácil, e que nada vai se resolver num passe de mágica, mas estou muito orgulhosa de você. Da sua coragem de dar o primeiro passo, da sua vontade de resolver isso de uma vez por todas. E eu estarei com você. Não importa o que aconteça, lembra?

Daniel balança a cabeça positivamente e eu aproveito para confortá-lo com um beijo, que ele transforma em um abraço apertado seguido de carinhos incessantes e um beijo profundo, que reafirmam nossas palavras e me fazem esquecer por um instante o quão assustadora essa experiência pode vir a ser.

Mas estaremos juntos.

Não importa o que aconteça.

25. ESTÁ PRONTO?

Mel

Sempre amei esse clima bom de fim de tarde. Não importa o quão quente ou o quão frio o dia todo seja, o momento em que o sol começa a se pôr para dar lugar à noite sempre foi o meu horário favorito aqui em Alfenas. A casa dos meus pais tem uma varanda lateral no andar de baixo, e quando eu vivia com eles, meu passatempo preferido era levar várias almofadas para o pequeno sofá nesse horário com um bom livro, onde eu me perdia, viajava e me apaixonava a cada nova história, até minha mãe anunciar que o jantar estava pronto após o céu ficar escuro e cheio de estrelas.

Suspiro com a nostalgia, observando ao redor enquanto os raios de sol diminuem e o tempo vai ficando gradativamente mais ameno. O azul do céu e o branco das nuvens ganham alguns tons alaranjados ao longe, e eu fecho os olhos por um momento, aconchegando-me ao peito forte e macio que está substituindo as almofadas das quais sempre precisei para ficar confortável.

Já faz quase duas semanas que estamos aqui. Uma vez que o semestre na faculdade se estendeu até quase a metade de dezembro, decidimos viajar só após o Ano Novo. Estou simplesmente amando descansar esses dias sem toda a correria e a barulheira da cidade grande. O bairro onde minha família mora é pacato, e temos passado dias de muita preguiça, passeios curtos e calmos, pão de queijo recheado e cobertor tarde da noite assistindo a filmes e séries. Olivia também está aqui, aproveitando os dias com sua mãe, que mora a duas casas de distância da minha, antes de Arthur chegar semana que vem, para passar os últimos dias de férias com ela depois de visitar a família no interior do Rio de Janeiro.

Os braços de Daniel se apertam ao meu redor, e sorrio ao sentir seus lábios distribuírem beijos suaves no meu ombro, subindo pelo pescoço e demorando em minha mandíbula. Viro o rosto aos poucos até que minha boca encontre a sua por um breve instante.

— Em que está pensando? — pergunta, trazendo sua mão até meu rosto para afastar a franja longa dos meus olhos.

— Ah, sei lá. Em tudo, em nada... — respondo, afagando seu rosto. — E você?

— questiono de volta, já imaginando qual será a resposta.

Seu sorriso se desfaz aos poucos, mas sua expressão não muda para assustada ou preocupada. Ele só fica um pouco sério, o que me deixa aliviada.

— Estava pensando um pouco na semana que vem — confessa, dando de ombros, como se não fosse grande coisa. Mas eu sei que essa é apenas a sua reação externa, porque, por dentro, ele deve estar sentindo tudo e mais um pouco, bom e ruim, ao mesmo tempo.

Viajaremos para Porto Alegre na próxima semana e, embora Daniel tente disfarçar, percebo que ele fica um pouco mais tenso a cada dia. Em momento algum ele quis voltar atrás, mas nem sempre consegue mascarar o nervosismo.

Chegaremos lá um dia antes do seu aniversário, e nem isso consegue deixá-lo um pouco mais animado.

— Está preocupado? — indago, continuando a acariciá-lo, confortando-o.

— Um pouco. Não consigo parar de imaginar como será, sabe? E isso inclui cenários bons e ruins. É melhor eu me preparar para tudo.

— Isso eu entendo. Mas sabe a dona Ângela? Também conhecida como minha mãe? — O canto de sua boca se ergue em um sorrisinho divertido e ele balança a cabeça. — Ela sempre me disse que palavras e pensamentos têm poder. Mesmo no nosso pior momento, é preciso tentar pensar positivo. E nem venha dizer que você está sendo realista, e não pessimista. De um jeito ou de outro, é melhor acreditar que vai dar tudo certo.

Ele estala a língua e olha para frente, perdendo-se em pensamentos por alguns segundos enquanto encara o nada.

— Eu sei, Honey. Eu sei, mas, *bah*, às vezes, eu penso... eu estou disposto a perdoá-los, sabe? Eles também me magoaram, mas tudo aconteceu por minha culpa. E se... e se eles não estiverem com a mesma vontade que eu?

Sua última pergunta sai em um fio de voz, fazendo meu coração apertar. Ajeito-me de modo que possa acariciá-lo com as duas mãos, e penso em tudo o que Laura me contou, meses atrás. Estou assim, tão otimista, devido a isso. Os pais dele claramente sentem sua falta, e acredito que vê-lo tomar essa atitude fará com que tudo isso se resolva sem a necessidade de tanta animosidade. Eles não devem ser tão ruins a ponto de não terem aprendido, depois de todo esse tempo, o poder do perdão, tanto para quem perdoa quanto para quem é perdoado. Só é preciso que alguém dê o primeiro passo.

— Daniel, já se passou tanto tempo. Assim como você amadureceu, acredito que as opiniões deles também possam ter mudado. Você teve os seus motivos para se afastar, e está sendo muito corajoso por reconhecer seus erros, perdoá-los e pedir pelo perdão deles. Não tenha medo. Tudo vai se resolver, você vai ver. E eu estarei com você, independente de tudo e qualquer coisa.

Dou um beijo na ponta do seu nariz, acarinhando as maçãs do seu rosto, sentindo um pouco de alívio quando vejo um sorriso surgir em seus lábios. Planto um beijo neles também.

— Obrigado, amor — ele sussurra, segurando meu rosto para que nosso beijo dure um pouco mais. — Não sei o que faria sem ti. Às vezes, até me pergunto o que eu fiz de tão bom pra te merecer.

— Bom, você por acaso me salvou de um assalto, caso não se lembre. Acho que começou por aí. — Sorrio e bagunço seu cabelo.

Ele sorri junto comigo, leve outra vez, e segura uma mecha do meu cabelo, brincando com a ponta ligeiramente cacheada.

— Sabe, talvez não tenha sido *tão* por acaso assim — fala, como quem não quer nada, como quem não diz nada demais.

Franzo a testa e fico alerta com suas palavras.

— Como assim? — pergunto, porque realmente não consigo pensar em como aquilo não pode ter sido por acaso.

Daniel dá de ombros e olha para mim.

— Eu meio que segui vocês — confessa, um pouco envergonhado, mas rindo conforme fala.

— Você nos seguiu? — inquiro, um tanto perplexa.

— É, mais ou menos. Eu estava muito puto aquela noite. Nicole estava quase colocando a casa abaixo porque queria que eu devolvesse os biscoitos que comi para irritá-la. Aproveitei para dar uma volta quando saí e fui parar no mesmo mercado em que você estava com Olivia. Eu te vi rindo com ela e, quando dei por mim, estava seguindo vocês, por estarmos indo pela mesma direção, até que vocês viraram em uma esquina e eu tinha que continuar. A sinaleira estava fechada e eu fiquei lá, paradão, vendo vocês se afastarem e doido pra ver o teu sorriso mais de perto, até que aconteceu aquilo.

— E você acabou vendo de perto uma das minhas piores expressões — digo, lembrando-me do susto e do pânico que Liv e eu passamos naquela noite.

— E foi por isso mesmo que nem pensei duas vezes antes de ir para cima daquele cara. Odiei te ver assustada daquele jeito.

— E você nem me conhecia!

Não consigo parar de dar risadas nervosas, processando tudo isso.

Daniel desliza uma das mãos por meu braço, até entrelaçar os dedos nos meus.

— Ah, sei lá... Ali, na hora, parecia que eu conhecia, sim — fala, olhando profundamente nos meus olhos. — Aquele teu sorriso lindo parecia me dizer tantas coisas sobre ti, e me deixou com vontade de descobrir o que ainda parecia esconder. Mas, depois do que aconteceu, não tive coragem de dizer nada, e nem de ir atrás de ti depois, mesmo sabendo onde você morava. E, de algum jeito, foi exatamente no teu apartamento que fui parar quando estava procurando um lugar para morar. Parece que era para ser, sabe?

— Está me dizendo que acredita em destino?

— Sim... talvez — responde, levando minha mão até os lábios para beijar os nós dos meus dedos. — Sempre acreditei em destino associado a escolhas. A maioria das coisas que acontecem na vida de uma pessoa está destinada a acontecer, mas acredito que as escolhas determinam se será fácil ou difícil, se será cedo ou tarde... seja uma escolha feita automaticamente, ou através de uma decisão mais complicada.

Fico observando seu rosto conforme ele fala, admirando seus lindos traços, ouvindo atentamente suas palavras, tomando a minha vez de pensar o que eu fiz de tão bom para merecê-lo. Posso dizer que Daniel é maravilhoso, generoso, carinhoso, com um coração de ouro, o melhor namorado do mundo, e mesmo assim, todas essas palavras parecem muito fracas diante do que ele realmente é.

Subo as mãos por seu peito, passo-as pelos ombros, e o abraço, encostando a testa na dele.

— Bom, nesse caso... que bom que você escolheu comer os biscoitos da Nicole para irritá-la. — Ele gargalha quando ergo a palma para que bata nela com a sua. — Que bom que você escolheu dar uma volta naquela noite. Que bom que você escolheu o nosso anúncio de apartamento na faculdade...

— E que bom que você escolheu me deixar ficar. E não me refiro somente ao apartamento. — Ele corre uma mão pela lateral do meu corpo, até alcançar meu peito esquerdo, onde é possível sentir as batidas frenéticas do meu coração.

— Não tinha como ser diferente.

Palavras não são necessárias diante do beijo que acompanha nossos carinhos. A sensação de que nunca me cansarei disso é incrível. Seus lábios macios contra os meus, a língua ávida que duela e se entende com a minha, seu sabor indescritível que me leva a outro mundo... quero cada vez mais.

Aperto os dedos entre seus cabelos, puxando-os um pouco quando sinto uma de suas mãos tocar minhas costas por baixo da blusa, enquanto a outra acaricia minha nuca e guia nossos movimentos. Abraço-o com mais força, juntando nossos corpos o máximo possível naquela posição, invadindo sua boca com a minha mais uma vez, sentindo meu estômago se retorcer em contentamento quando seu toque migra para minha coxa, fazendo movimentos contínuos do cós do short até meu joelho.

Acho que, talvez isso não seja possível, mas posso jurar que ouço o barulho de água derramando sobre nós, com força, como em uma cachoeira. E ela é muito, muito gelada.

Daniel e eu nos separamos e nos olhamos por um instante, antes que eu vire um pouco a cabeça e constate que, apesar da sensação de água gelada sobre nós, estamos secos, e que isso se deveu ao pigarrear não tão discreto do meu pai, que está na porta da varanda, com metade do corpo dentro de casa, olhando para qualquer lugar, menos para nós.

A sensação fria do susto logo dá lugar ao fogo do constrangimento, que, com certeza, se faz evidente em minhas bochechas na forma de rubor intenso. Mal posso acreditar que meu pai acabou de presenciar nosso amasso.

Cadê o buraco no chão quando a gente precisa?

— Humm, Mel... A sua mãe está te chamando para ajudá-la no jantar — ele diz, ainda evitando olhar diretamente para mim e Daniel.

— Ahm, err... claro, pai. Estou indo — respondo, sentindo o peito de Daniel chacoalhar um pouco quando ele esconde o rosto.

— Daniel, não quer se juntar a mim na sala? — papai pergunta, pegando meu namorado de surpresa, que vira a cabeça para ele de uma vez, apertando os lábios para conter a risada. — Tem cerveja gelada e prometo não tocar em nenhum assunto constrangedor.

— Ah, claro, humm... senhor — meu namorado balbucia enquanto desvencilho-me dele.

— Já estou quase desistindo de insistir que me chame de Fernando, rapaz — meu pai replica, balançando a cabeça e fazendo um gesto para nos apressarmos.

Quando olho para Daniel, é impossível não cair na gargalhada com ele. Aperto a mão contra a boca, tentando conter o histerismo, e até lágrimas surgem nos cantos dos meus olhos. A situação do meu namorado não está diferente.

— Como diabos eu vou ficar sozinho na sala com o teu pai depois disso? E se ele quiser me dar uma surra? E se ele me odiar por corromper a filha dele? — Daniel coloca a mão na testa, rindo das próprias loucuras.

— Que besteira, Daniel! — Balanço a cabeça para ele ao segurar sua mão quando ele levanta do sofá. — Você sabe que o meu pai é muito tranquilo. Claro que flagrar a gente desse jeito provavelmente não estava em sua lista de "Coisas Para Ver Antes de Morrer", mas ele não vai fazer nada disso, uai — asseguro, ficando na ponta dos pés para lhe dar mais um beijo rápido. — Vai lá papear com ele enquanto minha mãe e eu preparamos o jantar. Falta pouco até minhas tias e minha avó chegarem; eu já deveria imaginar que ela não daria conta sozinha.

— Não quer que eu ajude vocês? Seria um prazer. Seria um prazer enorme! — Daniel sugere quando chegamos à porta da varanda, e sei que é uma tentativa de se livrar de passar um tempo com o papai. Dou risada e belisco seu braço.

— Para com isso. Até parece que não conhece o meu pai. Ele gosta de você.

— Acho que agora não tanto quanto antes de ver o que viu.

— Relaxa, amor — digo, rindo e puxando-o para dentro, separando-me dele quando chegamos à sala.

Sigo para a cozinha, encontrando minha mãe checando o forno.

— Ei, mãe — chamo e ela ergue um dedo, pedindo que eu aguarde. Alguns segundos depois, endireita a postura e vira-se para mim, retirando as luvas antitérmicas. — Papai disse que você precisa de ajuda.

Ela revira os olhos e começa a se mover pela cozinha, pegando uma travessa ali, um prato aqui, derrubando colher, procurando faca.

Tão típico da dona Ângela.

— Seu pai é exagerado. Eu disse que dou conta sozinha. Está vendo? — ela diz, mexendo algo na panela sobre o fogão e tentando alcançar os temperos que estão no balcão da pia.

Minha mãe sempre adorou cozinhar. E talvez eu seja suspeita para falar, mas sei que posso rodar o mundo e experimentar os mais variados sabores, e nenhum será tão bom quanto o que é feito pelas mãos dela. Parece até mágica. Nem a comida da minha avó é tão boa quanto a dela, e olha que a vovó é outra cozinheira de mão cheia. Acho que sou a única descendente dessa geração que, por mais que tente, não chega nem perto de ser tão boa quanto elas.

Por esse motivo, mamãe não gosta que eu me meta na cozinha com ela, a não ser para experimentar tudo ou ajudar a pôr a mesa. Eu sei que isso é só em parte verdade, porque o fato é que ela adora levar o crédito sozinha. Acho que poucas coisas a satisfazem tanto como ouvir alguém elogiar seus pratos, passando a mão na barriga após se estufar.

— Estou te vendo a ponto de colocar o molho no congelador e a sobremesa no fogão, mãe — respondo, andando ao redor da bancada para ver o que posso fazer. — Deve ter algo que eu possa fazer para ajudar sem que fique um desastre.

Ela ri e pega um prato grande e fundo, de plástico, indo até a geladeira em seguida. Após recolher algumas coisas de lá, vira-se para mim e me entrega junto com uma travessa de vidro.

— Você pode fazer a salada. Lave tudo direitinho, corte o alface e o repolho bem fininhos, rale a cenoura, arrume tudo na travessa sem misturar e distribua as rodelas de tomate e pepino por cima.

Começo a rir do jeito alvoroçado de me dar instruções e, após lavar tudo, começo a cortar a salada. Mamãe serve a comida nas travessas e tigelas de vidro para levar para a mesa, vez ou outra observando o que estou fazendo e me parabenizando por estar acertando. Balanço a cabeça e reviro os olhos, sem conseguir parar de rir, e meu olhar encontra o de Daniel na sala, que está gargalhando de alguma coisa. Ele pisca para mim antes de voltar sua atenção para o papai, e mordo o lábio discretamente para conter o sorriso bobo, concentrando-me nas rodelas de tomate.

— Cuidado para não cortar o dedo junto. Acho que esse é o tipo de ingrediente especial que ninguém gostaria de encontrar na comida — minha mãe diz, colocando-se ao meu lado e cutucando meu braço com o cotovelo.

Minhas bochechas esquentam quando olho para ela, e seu olhar pousa sobre meu namorado antes de voltar a me observar. Aperto os lábios.

— Estou prestando atenção, mãe — balbucio, mas eu não conseguiria disfarçar nem se quisesse. Principalmente para minha mãe, que não duvido ser capaz de adivinhar com o que estou sonhando ao me observar dormindo.

— Sei bem como é — ela começa, alternando olhares entre o que ela está fazendo e mim, o sorriso sugestivo nunca abandonando seu rosto. — Sentir cosquinhas no estômago só por ouvir a voz dele, sorrir à toa só por senti-lo perto, suspirar só por ouvir seu nome... é bom demais da conta.

Minha mão para quando estou a meio caminho de cortar mais uma rodela de tomate. Mamãe olha para mim e dá de ombros.

— Você também se sentia assim com o papai?

— Me sinto assim há quase vinte e cinco anos — ela responde, referindo-se ao tempo em que eles estão juntos. — Todos os dias.

Suas palavras me fazem sorrir e eu torno a observar Daniel, que continua a conversar e rir com meu pai. De repente, ponho-me a pensar se isso acontecerá conosco também. Se será para sempre.

Não é possível prever o futuro, eu sei. Mas a verdade é que, às vezes, quando me pego pensando em como a vida será daqui a cinco, dez, vinte anos, Daniel está lá. Nós não costumamos falar sobre ou planejar tanto o futuro, mas ele deixou claro que quer superar o passado para poder seguir em frente de verdade comigo. Não sei se isso quer dizer que ele me vê em seus planos futuros, mas tenho muitos motivos para acreditar que sim.

— Eu acho que sim. Do fundo do meu coração de mãe.

Não consigo disfarçar o espanto quando ouço minha mãe dizer aquilo.

— O quê?

— Que será assim com vocês — ela explica. — Vocês se cuidam, se amam, se respeitam. Não existe receita melhor para que seja duradouro.

Volto minha atenção para a salada, e sorrio um pouco sem graça, mesmo que, no peito, meu coração salte de expectativa.

— Ah, mãe... nós nem falamos sobre isso — digo, dando de ombros. — Quero dizer, às vezes, eu penso um pouco, mas... é melhor viver um dia de cada vez.

— Mel. — Mamãe toca minha mão e eu olho para ela. — Esse menino olha para você a cada cinco segundos quando não está te tocando. Ele te toca o tempo inteiro quando está perto de você. Ele está te levando para conhecer a família, com a qual ele nem sabia se iria fazer as pazes se não fosse por você, uai! — Sorrio timidamente e olho para baixo por um instante, antes de ela erguer meu rosto ao colocar os dedos em meu queixo. — Não temos certeza sobre o dia de amanhã e nem sempre tudo é fácil, mas, ó, vai por mim: se vocês continuarem assim, tem futuro aí, sim. Bem longo e bem feliz.

Minha mãe pisca para mim e se afasta para ir colocar algumas coisas na mesa de jantar, e não consigo evitar o suspiro após ouvir suas palavras. Passar o resto da minha vida com Daniel é tudo em que consigo pensar, é tudo que quero. Ele é o meu primeiro amor; ele representa quase todas as minhas primeiras vezes, e preenche lacunas que me fazem ter certeza de que não tenho nada a perder se ficarmos sempre juntos. Só tenho a ganhar, cada vez mais.

E, enquanto espero, do fundo do meu coração, que ele pense e se sinta da mesma maneira, sinto sua presença repentina, seguida de sua respiração próxima ao meu pescoço e sua voz ao pé do ouvido:

— Ei.

Ele logo se afasta, e sorrio enquanto o observo ir até a geladeira pegar uma cerveja long neck e uma lata de refrigerante. Pergunto-me qual dos dois — ele ou meu pai — já decidiu parar de ingerir álcool por ora. Ao passar por mim novamente, ele se aproxima, sorrindo, e planta um beijo carinhoso e demorado em minha bochecha antes de sussurrar:

— Te amo.

E então torna a se afastar, deixando-me com um sorriso congelado no rosto e sanando as dúvidas que me rondam a mente.

Assim que termino de arrumar a salada, encontro o olhar da mamãe, que ri conforme alterna olhares entre mim e meu namorado. Aperto os lábios e me apresso em ir colocar a travessa sobre a mesa.

— Então... estão ansiosos pela viagem? — ela pergunta assim que volto para a cozinha. Começo a separar talheres enquanto ela retira pratos do armário.

Alguns dias depois de chegarmos aqui, em uma conversa qualquer na qual mencionamos nossos planos de viagem, Daniel acabou se abrindo para minha mãe, contando-lhe sobre o que aconteceu e o que pretendia fazer. Apesar de continuar nervoso, contar com o apoio e conselhos da minha mãe o fez se sentir um pouco melhor. E eu também.

— "Nervosos" seria a palavra mais correta, mãe — respondo, dando de ombros. — O Daniel está bem inseguro, mesmo que na maior parte do tempo ele tente disfarçar. Nem posso julgá-lo, já que também estou nervosa demais da conta e tento não demonstrar para não dificultar as coisas.

— Posso imaginar. — Ela assente, levando a pilha de pratos para a mesa. Eu a sigo com os talheres. — Mas vai dar tudo certo. Tenho certeza de que os pais dele sentem sua falta.

— Eu também. Conversei muito com a irmã dele, quando nos visitou ano passado. Ela disse que a mãe sofre bastante com a falta dele, e não o procurou para não piorar tudo. Pelo menos, ela teve consideração com os sentimentos do filho, né? — Não consigo evitar o tom amargo em minha voz. Toda a situação me fez ficar um pouco com o pé atrás em relação aos meus sogros e, embora acredite que eles não sejam tão ruins quanto parecem, agiram tão errado quanto Daniel.

— Não fala assim, Mel. Cada pessoa tem seus motivos para agir como age, e não somos ninguém para julgar, uai. O que passou, passou, e o importante, agora, é reparar os erros. Sei que eles estarão dispostos.

— Também quero acreditar nisso.

Ela me alcança assim que termina de arrumar a mesa e prende uma mecha de cabelo atrás da minha orelha, plantando um beijo terno na minha testa.

— Acredite. Simples assim. — Mamãe afaga meu rosto, sorrindo. — Ok, agora vou tomar banho, porque estou horrorosa depois de passar o dia enfurnada nessa cozinha. Mamãe e suas tias devem chegar em uma hora, mais ou menos.

Assinto e vou para a sala, sentando ao lado de Daniel e roubando alguns goles do seu refrigerante. Ele continua falando com meu pai sobre algo que nem presto atenção, e não demora muito até que eu vá atender à porta e receba minha avó, minha tia Sônia com seus filhos gêmeos de quinze anos, e a tia Raquel, que trouxe o marido e meu primo de treze anos. Nos cumprimentamos e nos reunimos na sala, onde minha mãe já está pronta para receber todos, que também ficam felizes em rever Daniel, que conheceram nas férias do meio do ano passado.

Os adolescentes logo tomam posse da televisão e do videogame do meu pai, enquanto os adultos conversam até irmos todos jantar. Sinto meu coração cheio de alegria ao ver minha família reunida, batendo papo e dando risadas, e meu namorado fazendo parte de tudo isso. Fico feliz ao vê-lo tão animado e à vontade ao redor das pessoas que o tratam como um parente de sangue.

E, ao segurar sua mão, sentir seus carinhos e sorrir com ele, desejo, do fundo do meu coração, que ele possa voltar a se sentir assim com sua família.

Daniel

Não fique nervoso.

Não fique nervoso.

Não fiq...

Merda.

— *Atenção, senhores passageiros, vamos nos preparar para o pouso. Mantenham os cintos de segurança afivelados, as poltronas na posição vertical...*

Meu mantra silencioso é interrompido com esse anúncio, fazendo com que ele seja ainda menos eficiente. Respiro fundo e remexo-me um pouco, tentando acordar Mel, que acabou dormindo encostada a mim há mais ou menos uma hora.

— Honey — chamo, afagando seu braço repetidamente. — Acorda. Nós já vamos pousar.

Ela franze a testa e leva uma das mãos até os olhos, esfregando-os antes de abri-los. Seu olhar explora ao redor enquanto ela tenta se situar, e um sorriso preguiçoso surge em seus lábios quando olha para mim.

— Oi — murmura, mexendo nos cabelos para domar alguns fios revoltos e se espreguiçando sutilmente. — Eca! Acho que babei em você — diz, limpando o canto da boca e depois inspecionando meu ombro. Dou uma risada e balanço a cabeça.

— Ah, isso é o de menos agora, amor — falo, olhando para meu ombro também e constatando que está completamente seco. Eu pouco me importaria se ela tivesse mesmo babado em mim.

Mel aperta os lábios e afaga meu rosto com tanta ternura que é impossível não fechar os olhos por um instante e inclinar a cabeça em direção ao seu carinho.

— Você está bem? — pergunta, e eu apenas assinto, colocando minha mão sobre a sua e beijando seu pulso. — Vai dar tudo certo, tá? — complementa, dando um beijo reconfortante em minha bochecha e voltando a se sentar com as costas eretas, seguindo as instruções para o pouso.

Vê-la aqui comigo e senti-la perto de mim me deixa mais tranquilo. O nervosismo é inevitável — porra, minhas mãos estão até tremendo —, mas o apoio e o amor que Mel faz questão de demonstrar me encorajam a não desistir. Porque ainda há essa parte em mim que só quer deixar tudo como está, mas aprendi a não dar-lhe ouvidos, por mais alto que ela berre em minha mente.

Mel aperta minha mão ao sentirmos o avião pousar com um leve solavanco, e o caminho que ele faz até parar parece uma tortura. Após desembarcarmos e pegarmos nossa pouca bagagem, meu coração salta ainda mais no peito quando avistamos Laura girando no lugar procurando por nós. Espero até que estejamos mais perto para chamar seu nome e, como eu estava prevendo, dar-lhe um susto. Isso me faz dar risada e me distrai por alguns instantes, até abraçá-la e sentir seu coração tão frenético quanto o meu.

Percebo que seus olhos brilham, com lágrimas querendo enchê-los e transbordar por seu rosto, mas minha irmã se apressa em abraçar Mel, tentando esconder. O nó em minha garganta me dá uma ideia de como ela está se sentindo.

— *Bah*, vocês não fazem ideia do que passei nesses últimos meses! — Laura conta, quando entramos no táxi. — Estive a ponto de explodir por não poder contar nada. Uma tortura! Mas acho que a mamãe está desconfiando... Eu tenho feito o máximo para disfarçar, mas ela tem tocado muito no teu nome, ultimamente; fala que está sentindo muito a tua falta. Mas eu não disse nada, juro!

— Você fala tanto que não duvido ter contado sem ao menos perceber — digo, rolando os olhos.

— Eu não disse nada! — replica, quicando no lugar.

— Ela deve estar sentindo — Mel pondera, dando de ombros quando olhamos para ela. — Mães têm dessas coisas, sabe? Instintos fortes quando se trata dos filhos. Talvez, mesmo inconscientemente, ela esteja sentindo que irá rever você a qualquer momento.

Mordo a língua para não comentar que, se fosse assim, ela não teria me negligenciado também. Não é fácil deixar as mágoas para trás, mas quero muito fazer isso. Então, tenho sufocado meus rancores; deve passar com o tempo.

Eu espero.

— Então... nervoso? — Laura questiona, inclinando-se sobre Mel, que está sentada entre nós, e colocando uma mão no meu antebraço.

— Pra caralho — respondo, com uma risada sem graça.

Ela ri com Mel da minha resposta e aproveito para baixar a cabeça até o ombro da Mel, dando um beijo ali e deixando que o cheiro dela me invada e acalme conforme as ruas ficam cada vez mais familiares através da janela do carro. Laura começa a tagarelar com Mel sobre ter arrumado o quarto de hóspedes para ela, o que não faz o menor sentido, já que, se não chutarem minha bunda e eu não for expulso de lá, vou querer minha namorada comigo no meu quarto, e sinto minhas mãos começarem a tremer novamente quando viramos em uma esquina que me deixa com um bolo na garganta.

Laura me olha apreensiva conforme o táxi vai parando em frente à casa onde nasci e cresci; onde quase tudo aconteceu, e onde não piso há anos.

— Está pronto? — Laura pergunta conforme seguimos pelo pequeno caminho até a porta. Respiro fundo e olho para Mel, que abre um enorme sorriso para mim, entrelaçando nossos dedos, dizendo, com gestos, aquilo que ela diz desde o início: vai dar tudo certo.

— Não — digo sinceramente, sem desviar o olhar da minha namorada, que não se abala, porque logo complemento: — Mas vou mesmo assim.

26. ENFRENTANDO O PASSADO (PARTE I)

Mel

Minha mão aperta a de Daniel com força. Não sei se é o suficiente para machucá-lo ou deixá-lo desconfortável, mas estou fazendo isso na tentativa de esconder o quanto ela está tremendo. Sei que não está sendo fácil para ele, e acho que a última coisa que ele precisa é que eu pire junto.

Laura abre a porta e, por mais que eu tente não ficar impressionada, falho miseravelmente. Sei que meus olhos estão arregalados e meu queixo, quase no chão quando entramos e analiso o ambiente. Por fora, já é possível ter uma ideia de que se trata de uma residência grande e requintada, mas o bom gosto do interior me deixa deslumbrada e intimidada.

Os móveis estão minunciosamente posicionados e foram escolhidos com cuidado, visto que combinam e parecem pertencer a um conjunto exclusivo. O espaço é amplo, preenchido pelo necessário, e a luz do dia que ilumina o interior através das enormes janelas dá um ar bastante confortável ao ambiente. Observo os caminhos que levam a outros cômodos e a escada helicoidal de cerâmica clara para o segundo andar, deparando-me, em seguida, com o olhar divertido de Laura, que parece estar achando graça do meu estado embasbacado. Daniel não estava exagerando quando disse que a família dele tem muito dinheiro.

Quando olho para meu namorado, tento me recompor para não parecer uma boboca e continuo a afagar sua mão. Ele observa tudo com um ar nostálgico e inseguro, como se ainda estivesse tentando acreditar que é real.

— Eu sei — Laura diz, de repente, cruzando os braços. — Nada mudou, não é?

Daniel olha para ela e dá de ombros, abrindo a boca para fazer um comentário, mas acaba não dizendo nada.

Uma senhora, que assumo ter por volta de cinquenta anos, surge na sala, sorrindo para Laura. Ela tem a estatura diminuta, seus cabelos são curtinhos e ondulados, tão pretos quanto seus olhos, e as bochechas são rechonchudas, e percebo que não se trata de Cecília Mazonni. Nenhum traço dela é semelhante a algum da minha cunhada ou meu namorado. Ela usa roupas simples e está com um pano de prato no ombro, o que me faz deduzir que talvez ela trabalhe aqui.

— Oi, Rosa. Onde está a mamãe? — Laura pergunta para a mulher, que se prepara para responder, mas sua expressão passa de carinho para puro choque quando ela pousa o olhar no meu namorado.

— Oh, meu Deus... — ela balbucia, estreitando os olhos e colocando as mãos sobre o peito, como se estivesse tentando ver direito. — D-Daniel? Mas, mas...

Daniel dá um meio sorriso e ergue uma das mãos, tentando parecer casual.

— Humm, oi, Rosa. Quanto tempo, né? — ele a cumprimenta, recebendo um sorriso dela conforme sua ficha cai. Quase dou risada da situação. O que me impede é pensar em qual será a reação da mãe dele. Se a empregada está desse jeito...

— Põe tempo nisso, guri! *Bah*, você está tão crescido! E tão diferente! Tua mãe vai...

— Ok, Rosa, calma aí — Laura interrompe a empolgação da mulher, colocando as mãos em seus ombros. — A mamãe não sabia que ele viria. Então, não faça alarde, tudo bem? Pode ir chamá-la?

— Ah, claro que sim! — Rosa exclama, olhando para Daniel mais uma vez. — É até difícil de acreditar.

Meu namorado balança a cabeça e solta minha mão para ir até ela, tomando-a em um abraço que a deixa ainda mais surpresa.

— Agora você acredita? — ele pergunta assim que a solta. Rosa assente fervorosamente, aproveitando para apertar as bochechas dele e dizer o quão impressionada está com o quanto ele está diferente, em um sotaque gaúcho bem mais acentuado do que o dele. Seu olhar pousa em mim, de repente, e ela acena. — Ah, Rosa, esta é minha namorada, Mel. Vem aqui, amor. — Ele estende a mão e eu dou alguns passos até alcançá-la e ficar mais próxima deles. — A Rosa trabalha aqui há muitos anos.

— Oi, Rosa. Prazer em conhecer você — cumprimento-a, recebendo o meio abraço que ela me dá.

— O prazer é meu, querida! — ela guincha, dando um passo atrás para olhar para mim e Daniel, lado a lado. — Por favor, fiquem à vontade. Eu vou chamar a dona Cecília. Jesus Cristo, ela vai ter um treco!

O jeito animado e efusivo com que Rosa se afasta e sobe as escadas me faz rir um pouco, e sinto alívio ao ver que Daniel tem a mesma reação.

— É, a Rosa também não mudou nada, como você pode ver — Laura diz para o irmão. — Então, Mel... o que achou da casa? Mamãe decorou tudo. Ela tem um gosto ímpar para esse tipo de coisa.

Percebo que minha cunhada está puxando um assunto aleatório para aliviar um pouco da tensão, e estou prestes a seguir sua tentativa quando ouvimos vozes vindas da escada. Não consigo articular palavra alguma, conforme o barulho de passos ecoa pela sala subitamente silenciosa, em uma velocidade normal, mas que, no momento, parece durar uma eternidade torturante. Sinto Daniel congelar ao meu lado à medida que a figura que desce as escadas se faz presente aos poucos.

Pernas bem cuidadas, cobertas até os joelhos por um vestido azul-marinho de tecido e modelo sofisticados. Algumas joias aqui e ali, cabelos dourados e lisos, bem cortados na altura dos ombros, um rosto marcado pelo tempo, uma expressão de choque.

Ali está a mãe de Daniel.

Meu coração está batendo tão forte que, por um instante, penso que estou chacoalhando inteira.

— Meu. Deus.

As palavras saem num fio de voz, ao passo em que seus olhos percorrem todos na sala, buscando por alguma resposta, parecendo ainda mais incrédula do que Rosa quando viu Daniel.

Cecília abre e fecha a boca várias vezes, buscando as palavras que nunca conseguem sair. A mão de Daniel se solta da minha e, com um nó na garganta, o assisto dar alguns passos à frente.

— Oi, mãe.

Essas palavrinhas que ele murmura em direção à mulher que o encara como se tivesse sido presa ao chão a fazem desabar. Sua respiração se transforma em arquejos um tanto desesperados e, depois do que parece uma eternidade, ela dá os passos necessários para eliminar a distância entre eles. Em todos os sentidos.

— Eu não... eu não consigo acreditar. Daniel! É você mesmo! Meu Deus!

Suas palavras emocionadas soam embargadas pelo choro que ela não consegue segurar. A mulher o agarra com toda a força que consegue, ao passo em que ele se curva um pouco para que possam encaixar bem o abraço, envolvendo-a pela cintura e apoiando o queixo em seu ombro.

— Estou aqui, mãe. Está tudo bem. — Ouço-o dizer sobre o choro alto que ela não consegue controlar, afagando levemente suas costas.

Laura me abraça de lado e pousa a cabeça no meu ombro, deixando suas lágrimas correrem livres pelo rosto, e só então percebo que também não consegui controlar a emoção. Mal posso descrever o que significa presenciar essa cena. Meu coração se enche de alegria e alívio.

— Nem sei o que vou fazer se isso for só mais um sonho — Cecília diz, afastando-se para segurar o rosto do filho e passar as mãos por seus ombros, seus braços, analisando-o por inteiro, como se estivesse tentando certificar-se de que é real. — Você está aqui! Meu Deus, eu senti tanto a tua falta. Você não faz ideia do quanto sofri por ter te visto pela última vez daquele jeito! Eu não devia ter deixado tudo aquilo acontecer, meu filho, eu não devia...

— Shhh, mãe. — Daniel a segura pelos ombros, tentando acalmá-la. A felicidade e o alívio por rever o filho ficam tão claros em sua expressão e suas palavras desesperadas quanto seu sofrimento e arrependimento. Suas mãos agarram os braços dele com tanta força que é visível, como se ele fosse escapar a qualquer momento. — Nós temos muito o que conversar.

— Eu sei, eu sei. — Ela assente, com mais e mais lágrimas escorrendo por seu rosto. — Eu preciso te explicar, eu preciso que me perdoe...

— É para isso que estou aqui — ele a interrompe novamente. — Mas, agora, eu só quero que você me abrace de novo. Também senti muito a tua falta.

O sorriso que Cecília abre ao ouvir as palavras de Daniel é tão radiante, que posso jurar que ilumina a sala mais do que os raios de sol da tarde que penetram o ambiente através das janelas de vidro. Ela o abraça com força, afagando suas costas e seus cabelos, beijando-lhe o rosto e murmurando coisas que não consigo entender. Olho para Laura ao mesmo tempo em que ela olha para mim, e meu sorriso espelha o seu, que logo se torna uma risada alegre.

Cecília acaba percebendo e, no mesmo instante, ela afrouxa o abraço e olha incrédula para a filha.

— Você sabia, não é, Laura? — Ela anda na direção da minha cunhada e segura seu rosto antes de beijar sua testa. — *Bah*, mas vocês vão me contar essa história direitinho! — ela demanda, olhando de um filho para o outro e, finalmente, direcionando seu olhar a mim. Continuo sorrindo, apesar de sentir um frio na barriga. Ela franze a testa ao me ver, como se somente agora percebesse a minha presença, e olha para os filhos. — Quem é ela?

— É a Mel, mãe — Daniel responde, aproximando-se de mim. — Minha namorada.

A expressão de Cecília suaviza diante da compreensão, voltando a sorrir ao ver a mão de Daniel em minha cintura. Limpo a garganta e estendo a mão trêmula para ela.

— Oi, dona Cecília. É um prazer conhecê-la — digo, surpreendendo-me quando ela ignora a minha mão e avança para um breve abraço.

— Olá, querida! O prazer é meu. — Ela sorri, alternando olhares entre mim e Daniel. — Bom, suponho que você compreenda os motivos da cena que acaba de presenciar, certo? — questiona, e eu assinto. — Então, parece que há muitas histórias a serem contadas! Vamos levar as coisas de vocês lá para cima, para que possam se instalar. Estão cansados da viagem, não é? Já almoçaram? Não se preocupem, a Rosa pode preparar algo para vocês rapidinho...

Ela não consegue parar de falar conforme recolhemos nossas bagagens e subimos as escadas. É praticamente a versão mais velha de Laura. Seus olhos não desviam de Daniel em momento algum e, quando chegamos à porta do antigo quarto dele, ela pede desculpas por ainda não tê-lo limpado e arrumado essa semana, o que Laura rebate ao dizer que se encarregou disso.

Daniel dá risada assim que entramos. Ele começa a mexer em todas as coisas: quadros na parede, estante de livros, CDs e DVDs, televisão, videogame, jogos, computador e, finalmente, a cama, onde ele senta e continua a observar tudo ao redor. O ambiente é bem a cara dele: nada de mais, nada de menos. Tudo no lugar, tranquilo, aconchegante.

— Fiquem à vontade. Vou ajudar Rosa a preparar algo para vocês comerem. — Cecília se aproxima de Daniel mais uma vez, curvando-se um pouco para acariciar seus cabelos e beijar seu rosto. O olhar carinhoso e maternal que ela fixa nele faz os cantos da minha boca se esticarem sem que eu consiga controlar.

Ela me lança um sorriso carinhoso e toca meu ombro ao passar por mim e sair pela porta. Minha atenção agora está em Daniel, conforme seus ombros caem como se um grande peso tivesse sido removido dali, mas isso dura apenas alguns segundos. Sigo seu olhar e vejo que ele está encarando um porta-retratos sobre a escrivaninha, da qual me aproximo para descobrir do que se trata.

Na foto, ele está acompanhado de seus pais e Laura. Cecília mantém um braço ao redor dos ombros da filha, que está em sua frente e segura um algodão-doce enorme e cor-de-rosa enquanto descansa a cabeça no ombro de Daniel, que, por sua vez, segura uma casquinha de sorvete e sorri largamente para a foto, com seu pai ao lado, com um braço ao redor dos ombros da esposa e a outra mão no braço do filho, transmitindo um ar de proteção. Ao fundo, o azul do céu, os raios solares e uma superfície coberta por grama muito verde dizem que o dia estava lindo. Parece ser de uns seis ou sete anos atrás. Os traços de menino-quase-homem de Daniel me fazem sorrir, mas meu coração aperta quando me deparo com sua expressão agora.

Fico de frente para ele e seguro seu rosto, afagando suas bochechas com os polegares, sorrindo para tentar aliviar o vinco formado entre as sobrancelhas. Ele fecha os olhos por um instante, apreciando o contato, mas sua expressão pouco relaxa. Suas mãos serpenteiam por minha cintura e ele me puxa para sentar em seu colo, o que faço de bom grado. Uma das minhas mãos permanece em seu rosto, acariciando desde a orelha até o queixo, e a outra se infiltra por seus cabelos, subindo pela nuca e se perdendo em sua maciez, gesto que é reconfortante tanto para ele quanto para mim.

— Você está bem? — questiono, plantando um beijo em sua têmpora.

Ele suspira e balança a cabeça, olhando ao redor.

— Não sei — responde, franzindo ainda mais a testa. — Acho que sim. É tudo tão nostálgico... Nada nesse quarto mudou. Absolutamente nada. Está tudo no lugar que eu costumava manter. É como se eu nunca tivesse me afastado dele por tanto tempo, sabe? Como se nada tivesse acontecido. E, no entanto, a realidade ao meu redor é a minha mãe dividida entre chorar de alegria e tristeza e o meu pai, que ainda não faz ideia do que o espera em casa e, com certeza, não vai me receber de braços abertos.

— Daniel, eu entendo seus receios. Entendo a sua insegurança, mas... — Remexo-me e seguro seu rosto, para que olhe bem para mim. — Veja os passos que você já deu até agora. Veja como você tanto temeu e tem sido melhor do que esperávamos. Quero dizer, a sua mãe pareceu muito feliz em te ver.

— Eu sei, Honey. Eu sei, eu também senti isso e fiquei feliz por vê-la. Acho que a ficha não caiu direito ainda, e tem o meu pai...

— E dará certo também, amor — interrompo-o, tentando livrá-lo do seu próprio pessimismo. — Já passou tanto tempo. Tantas coisas já foram repensadas, tantas já foram curadas... não se preocupe, não se martirize com antecedência. Isso é só você visitando seus pais depois de muito tempo. Só isso. Pense assim.

Sorrio para ele novamente, surpresa comigo mesma. Sempre fui tão covarde. Otimismo nunca foi o meu forte. Segurança, então, nem me fale. Essa situação me deixa nervosa e ansiosa também, me fazendo pensar que, no lugar dele, eu já teria desistido e preferido viver na dúvida e na mágoa, mas, por Daniel, é incrível como ser forte e positiva se torna fácil.

— Eu, definitivamente, não sei o que faria sem ti — ele diz, beijando meu queixo, fazendo minha pele arrepiar como se fosse a primeira vez. Abaixo um pouco o rosto até que seus lábios encontrem os meus.

— Você nunca precisará saber.

Daniel fixa seu olhar em mim, deixando-me perdida naqueles olhos verdes e expressivos, que tanto dizem, tanto demonstram, tanto me deslumbram.

— Promete?

— Com todo o meu coração.

Envolvo seu pescoço, trazendo-o para mais perto de mim quando nosso beijo se aprofunda, cheio de amor e promessa, acompanhado do abraço mais carinhoso e confortável do mundo. Nossos lábios e línguas se acariciam com a voracidade e a suavidade de sempre, e, quando nos separamos, mantendo as testas coladas, nossas respirações se misturam e nossos sorrisos se espelham. Fico aliviada pela leveza momentânea, que se esvai mais cedo do que eu gostaria.

Sinto Daniel ficar tenso quando percebemos que sua mãe está entrando no quarto, após bater e perguntar se está atrapalhando. Meu rosto esquenta e fico inevitavelmente constrangida por ela nos ver assim.

— Rosa está terminando de preparar algo para vocês comerem — Cecília diz, aproximando-se. Ela não parece incomodada, mas engulo em seco e, lentamente, deslizo do colo de Daniel e sento ao seu lado na cama. A mãe dele puxa a cadeira de rodinhas da escrivaninha e a arrasta até posicioná-la diante de nós, sentando-se em seguida.

Seu olhar alterna entre nós várias vezes e, após piscar e limpar a garganta, começo a me levantar.

— Eu, humm... vou deixar vocês a sós. Vou procurar a Laura e...

— Ah, não, querida, você não precisa se retirar — Cecília me interrompe, inclinando-se para pousar a mão no meu joelho. — Eu quero conversar com o

Daniel, sim, mas você pode ficar. Percebi bem como é difícil, para vocês, ficarem longe um do outro por muito tempo, e não quero estragar isso — ela comenta com uma risada compreensiva, e a mão de Daniel aperta minha cintura, como se estivesse confirmando o que ela acabou de dizer.

O suspiro que ela deixa escapar ao pronunciar aquelas palavras vem seguido de um olhar culpado. Seu sorriso diminui, embora ela tente não demonstrar a dor que parece afligir-lhe. Ela move a boca várias vezes, tentando ser cautelosa, e começo a me perguntar se ela está sendo legal comigo apenas por medo de contrariar Daniel.

Ah, meu Deus, ela deve pensar que sou outra vadia escrota e interesseira.

— Mãe — Daniel começa, ora olhando para Cecília, ora para as próprias mãos, ora olhando para mim. — Eu sei que agi de um modo terrível naquela época, quando você e o papai foram contra o meu relacionamento, mas isso não significa que eu sempre irei me envolver com pessoas erradas, me revoltar e desaparecer, caso vocês não aprovem. Tudo isso mudou. Por isso, voltei.

Arregalo os olhos e o encaro, reprovando-o com o olhar e apertando seu braço. Acho que essa nossa sintonia nunca deixará de me surpreender. Ele acabou tirando a mesma conclusão que eu e apressou-se em me defender, mas, por mais que eu não queira que a mãe dele pense mal de mim, não a julgo por estar receosa.

Daniel me olha por alguns segundos e torna a encarar sua mãe, que ergue as mãos em defesa.

— Não, filho! Não estou dizendo isso só para não te contrariar. Estaria mentindo se dissesse que não estou com medo de você desaparecer a qualquer momento novamente, mas pisar em ovos não adiantaria, não é? — Ela baixa a cabeça por um instante. — Estou sendo sincera ao dizer que a Mel pode ficar. Você não tem nada a esconder dela, eu imagino.

— Não mesmo. — Ele é rápido em sua resposta. — Ela já sabe como eu ferrei tudo naquele tempo.

— Daniel, não fale assim...

— Mas é a verdade, mãe. Sinto-me muito culpado. Se eu não tivesse sido tão cretino...

— Daniel — ela o interrompe, a voz firme, colocando sua mão sobre a dele. — Você realmente não agiu certo, não tomou as melhores decisões, mas você era muito novo, ingênuo e, acima de tudo, humano. Você errou, sofreu as consequências e, mesmo assim, o jeito com que o teu pai e eu lidamos com isso não foi digno de congratulações. — Ela suspira mais uma vez, cravando em Daniel seus olhos enormes e tão verdes quanto os dele. — Eu mal sei te explicar, filho. Eu simplesmente... me deixei levar pelas reações do teu pai. Mesmo querendo intervir, mesmo querendo fazê-lo perceber que te impedir, te proibir, só iria piorar as coisas, eu só soube ficar do lado dele, porque também não concordava com aquele relacionamento e como estava te destruindo sem que você percebesse.

Sinto-me sem ar, de repente, e só então percebo que a tensão está me fazendo segurar a respiração. O nó em minha garganta cresce e engulo em seco na tentativa de deixá-lo menos incômodo, mas as palavras e o olhar de Cecília estão fazendo com que ele se desmanche através das lágrimas que ameaçam encher meus olhos.

Daniel puxa o braço que está ao meu redor para segurar a mão da mãe com suas duas mãos, que estão perceptivelmente trêmulas.

— Eu me arrependo tanto, mãe.

— Eu sei, meu amor. — Cecília aproxima o rosto de suas mãos entrelaçadas às do filho, pousando a bochecha ali por alguns segundos antes de depositar um beijo leve nos nós dos dedos do meu namorado. — Eu também. Me arrependo amargamente por ter ficado quieta, por ter te abandonado quando você mais precisou de mim. Eu quis, tantas vezes, ir atrás de ti. Mas, depois que a Laurinha fez isso e não terminou nada bem, fiquei com medo de piorar tudo. Eu sei, sou muito covarde, mas não suportaria te ver falar coisas absurdas e virar as costas para mim. Aquele simplesmente não era você. Então, decidi respeitar o teu tempo.

"Convenci-me de que passaria, que você precisava processar tudo no teu próprio tempo, mas os dias foram passando, se transformando em meses, anos... Teu pai e eu quase nos separamos, sabia? Em certo ponto, fiquei muito revoltada, e o culpei. Disse tudo o que sempre quis, mas nunca dizia por ter minha voz e autoridade sufocadas. Cheguei a fazer as malas e me preparar para ir até o fim do mundo, se fosse preciso, para te encontrar e implorar que me perdoasse, mas o Eduardo não deixou. Ele implorou de uma maneira que nunca o vi fazer antes. Chorou como nunca havia chorado, dizendo que morria aos poucos, todos os dias, com tantas mágoas guardadas, e que não aguentaria ter de viver sem mais uma das pessoas que ele mais ama na vida.

"Ele me fazia acreditar que a parte do coração dele que tinha sentimentos por ti havia simplesmente congelado, mas ali, naquele momento, eu tive a certeza de que ele sofria tanto quanto eu por você ter ido embora, Daniel. Embora ele desconverse, embora não admita, sei que ele também se arrepende por tudo o que aconteceu, por ter agido como agiu. Ele só é orgulhoso demais para admitir. Te ver confrontá-lo daquele jeito foi a gota d'água para ele."

Minha mão está no ombro de Daniel, acariciando vez ou outra, e posso sentir como seus músculos ficam retesados, devido à apreensão. Ele sempre fica assim quando pensa em seu pai, ou quando ele é mencionado. Cecília não consegue evitar o choro ao contar tudo, e, após passar o dorso da mão por meu rosto, percebo que também não fui capaz de segurar a emoção.

— Após conseguirmos salvar o nosso casamento, comecei a tentar convencê-lo a te procurar, mas ele ainda resistia. Dizia que era melhor esperarmos que você resolvesse dar notícias, mas sei que ele também tinha receio de piorar tudo. Mas não demorou muito até a tua irmã me confidenciar que sabia do teu paradeiro através do Alex. Fiquei aliviada, mas esse sentimento teve que dividir espaço com a tristeza de saber que ela e o teu primo estavam fazendo isso às escondidas, porque tu não queria que soubéssemos de ti. Respeitei isso. Continuei dando tempo ao tempo, com o coração mais calmo por saber que você estava bem, estudando, tentando construir a tua vida, o teu futuro... mas a lembrança que tenho de ti, da última vez que te vi, nunca deixou de me assombrar."

O misto de emoções dentro de mim faz com que eu leve uma das mãos ao peito, de tão sufocantes que elas chegam a ser, mas, quando olho de Daniel para sua mãe, sei que nem se compara ao que eles devem estar sentindo agora. Meu namorado, que tanto se conteve, agora não consegue mais evitar o choro, que, embora discreto, demonstra tanto alívio quanto pesar. E sua mãe, que praticamente não parou de chorar desde o primeiro momento em que o reviu, continua a verter lágrimas, embora seus lábios queiram se esticar em um sorriso.

— Eu sinto muito, mãe — Daniel diz, fungando e tentando limpar sua voz embargada. — Sinto tanto... esses anos longe não foram fáceis. Eu me afastei por estar muito magoado, e, por várias vezes, pensei em voltar. Mas tinha o mesmo receio. O mesmo medo de piorar as coisas, de vocês não me perdoarem. Não ter o apoio de vocês quando eu mais precisei me deixou péssimo, mas tudo aconteceu por minha culpa.

— Você precisa parar de se culpar, Daniel. — Cecília dá leves tapinhas no dorso da mão do filho antes de entrelaçá-las. — Você é humano, e seres humanos erram. Nós só não soubemos lidar com isso, aceitar isso. E então, compensando um erro com outro, tudo acabou do jeito que acabou.

Cecília dá de ombros, soltando as mãos de Daniel para enxugar o rosto, tentando se recompor. Dá para ver que ela usa pouca maquiagem, pois não há manchas pretas de lápis ou rímel sob seus olhos e sua pele não parece revestida por muitas camadas de corretivo ou pó compacto. Minha sogra é uma mulher bonita. Sofisticada e delicada, na medida certa, mas sem fazer questão de esconder as marcas do tempo com máscaras que são removíveis todas as noites. As poucas rugas ao redor dos olhos só surgem quando ela sorri e, apesar de sua pele não ser tão firme quanto deve ter sido há algum tempo, acho que eu arriscaria dizer que ela tem menos de quarenta anos — mas sei que falta menos de dois anos para que ela complete cinquenta, pelo que Daniel me contou.

O brilho em seu olhar por finalmente ter desabafado e por ter o filho ali, ao seu alcance, a deixa ainda mais bonita e jovial, apesar do choro.

— Você não sabe como estou feliz por você estar aqui, por poder ver o quanto amadureceu — ela diz, olhando para mim por alguns instantes antes de voltar sua atenção para meu namorado. — Admiro demais a tua coragem de admitir teus erros, perdoar e pedir perdão, filho. Isso me deixa tão, tão orgulhosa. Acho que não te criei de um jeito completamente errado, afinal de contas.

Daniel também limpa as lágrimas, sorrindo junto com ela.

— Você sempre foi uma mãe maravilhosa. Mesmo eu tendo sido exatamente igual ao meu pai quanto a ser orgulhoso demais para admitir as coisas até para mim mesmo, senti demais a tua falta. De todos vocês. Dessa casa, do meu quarto...

— E agora, você está aqui novamente. Você está aqui e isso me faz acreditar que tudo voltará a ser como era antes. Bom, não exatamente, porque você está bem estabelecido e estudando no Rio de Janeiro, mas não terei mais que conviver com a certeza de que você me odeia.

Daniel balança a cabeça e estica a mão para capturar mais uma lágrima da mãe, abrindo um sorriso enorme.

— Eu nunca te odiaria, mãe. Mesmo quando estava completamente cego e revoltado, eu sabia que não odiava vocês. Sei que eu dizia, mas não sentia. Eu te amo, mãe.

O sorriso de Cecília é tão exultante, que faz ser impossível não sorrir junto. Ela se inclina para frente, recebendo o abraço carinhoso do filho, que afirma suas palavras.

— Eu te amo, filho. Sempre amei, sempre amarei.

Minha visão fica embaçada pelas lágrimas e eu as afugento, mesmo que mais delas continuem a querer molhar meu rosto. O sorriso em minha boca é o atenuante em minha situação, já que estou chorando, mas de felicidade. A mãe de Daniel parece que vai explodir de euforia a qualquer momento, enquanto ele repete que a ama, e sei o quanto esse momento significa para ele. Por muito tempo, ele se torturou por, de acordo com suas palavras, fazer sofrer a quem ele amava. Arrancar um sorriso de felicidade, amor e alívio de sua mãe deve estar fazendo-o sentir bem de uma maneira que somente esse momento poderia fazer.

Meu coração salta no peito por estar tendo a oportunidade de presenciar isso. Por ver o amor da minha vida feliz.

Assim que eles se separam, Daniel me olha e passa um braço por meus ombros, trazendo-me para perto de si e beijando minha testa. Cecília inclina a cabeça para o lado, sorrindo para mim.

— Venha cá, querida — chama, puxando-me para um abraço. Retribuo, afagando suas costas timidamente, imitando o gesto que ela faz em mim.

— Estou tão feliz por isso — comento, conforme nos afastamos. — Eu disse ao Daniel que tudo daria certo...

— E ela é a principal responsável por eu não ter desistido, mãe — Daniel me interrompe para completar do seu jeito, deslizando a mão por meu braço até agarrar a minha. Balanço a cabeça e dou de ombros, olhando para nossos dedos entrelaçados antes de fitá-lo.

— Eu sempre tive fé em você. Nós tivemos nossos altos e baixos por causa dessa história toda, mas eu sempre soube que você é forte, em todos os sentidos, mesmo que você mesmo não acreditasse nisso. Assim como a sua mãe, estou muito orgulhosa de você.

Meu namorado abre um sorriso enorme e aperta sua mão na minha, olhando-me com pura ternura.

— *Bah*, como você pôde chegar a pensar que eu não ia gostar dessa guria, Daniel? — Cecília questiona, colocando as mãos na cintura ao brincar de falar sério. — Obrigada, querida. Obrigada por fazer o meu filho feliz.

Apenas sorrio, olhando para os dois, e Daniel ergue as sobrancelhas ao encarar sua mãe, como se tivesse acabado de lembrar algo.

— Mãe, e... e o meu pai? Onde ele está? — questiona, a ansiedade voltando ao tom de sua voz.

Cecília suspira.

— No trabalho. Acredito que ele virá para jantar — ela responde, inclinando-se para afagar o braço do filho. — Não se preocupe, meu amor. Sei que ele ficará feliz em te ver.

— Será?

— Claro que sim! Não se preocupe com isso. — Ela sorri e começa a levantar da cadeira. — Mas, então! Vamos descer para vocês comerem e me contarem tudo! Quero saber o que você andou fazendo, como se conheceram, há quanto tempo estão juntos...

Embora Cecília queira passar certeza com suas palavras, a insegurança está ali, mal disfarçada. Ela também não está certa de que o marido reagirá bem à volta do filho depois de tudo, mas quer acreditar que sim.

Assim como eu acredito, apesar de estremecer ao pensar nisso.

27. ENFRENTANDO O PASSADO
(PARTE II)

Daniel

Mal consigo descrever a sensação que me invade nesse momento.

Depois de passarmos o resto da tarde conversando com minha mãe, Mel e eu tomamos banho e nos trocamos, para depois passarmos mais tempo com ela.

Acho que nunca senti tanto medo na vida. Não parei de tremer no caminho do aeroporto para cá, enquanto entrávamos em casa e a nostalgia tomava conta de mim, e pensei que meu coração fosse atravessar o peito e se espatifar pelo chão a qualquer momento quando vi a minha mãe diante de mim.

Eu esperava que ela reagisse magoada. Esperei mesmo que ela perguntasse o que eu estava fazendo ali, pois não havia nada a ser feito, e me mandasse embora. Mas, quando ela pôs as mãos sobre o peito, deixou que lágrimas de emoção inundassem suas bochechas e não rejeitou o meu abraço, permiti-me ser simplesmente seu filho que precisava de conforto.

O cheiro dela ainda é o mesmo de sempre: amor e refúgio. Naquele momento, não existia passado sujo, não existia tanto receio. Apenas eu, recebendo o abraço e o alento daquela que, agora eu sei, me ama e sempre me amou, apesar de tudo. Apesar de eu ter dado todos os motivos para que ela não o fizesse.

E, agora, estamos na sala de casa: Laura, mamãe, Mel e eu, rodeados de álbuns de fotografias e porta-retratos, os quais minha irmã e minha mãe fizeram questão de desenterrar para mostrar à minha namorada e retomar memórias.

Elas dão risada a cada foto engraçada, suspiram a cada foto de família, e eu tento acompanhar tudo. Juro que tento. Mas é difícil fazer a tensão se dissipar quando tenho consciência de que meu pai entrará pela porta a qualquer momento, esperando ver tudo, menos isso.

Menos eu.

Para de tremer, caralho. Para de tremer.

— Ah, olha só essa aqui! — Laura exclama, erguendo uma foto na qual eu devia ter uns dez anos e estou vestido a caráter para uma festa junina da escola. Há uma garotinha ao meu lado, segurando minha mão, também vestida a caráter, olhando para a câmera, toda faceira, enquanto eu estou de cara fechada. — *Bah*, mãe, você pintou o rosto do guri com delineador para fazer uma barba falsa? Por que está toda borrada? E por que você parece tão zangado, Daniel?

Pego a foto para olhá-la mais de perto, franzindo a testa e dando de ombros.

— Não faço ideia — respondo, fazendo todas rirem. Minha mãe pega a fotografia da minha mão.

— Você não estava zangado. Só cansado. A barba de mentira está toda borrada porque você já havia se apresentado e suado muito — explica, encarando minha imagem de garotinho marrento.

— Essa foto é adorável, mas acho que nenhuma se compara a esta aqui! — Mel diz, abrindo mais o álbum que ela estava olhando.

Nela, estou sorrindo para a câmera, prendendo Laura, pequenina, em um abraço de urso, e ela gargalha tanto que seus olhos estão fechados. Estamos usando camisas de botão com a mesma estampa — xadrez vermelha — e bermuda e shorts jeans azul-claros. Acho que eu devia ter a mesma idade da foto da festa junina, o que me faz concluir que minha irmã tinha uns cinco anos.

— Olha essas bochechas! Esse sorrisão! Fofo demais da conta! — Mel não consegue conter o quanto está gostando de se perder naqueles registros. Ela ergue o rosto para beijar minha têmpora, e sorrir para ela é inevitável.

O apoio que ela tem me dado me deixa sem palavras para descrever ou agradecer. Eu amo tanto essa guria que mal cabe em mim. E vê-la se dar bem com a minha família e mergulhar em minhas lembranças só faz com que esse amor transborde ainda mais.

— Ah, meu Deus! — Laura guincha, afastando certa foto do alcance de sua visão. — Acabei de ver o meu irmão pelado!

Minha mãe não contém a gargalhada ao pegar a foto para analisá-la.

— Ah, por favor, Laura. O guri mal tinha um ano de idade — diz, passando a foto para Mel e mim.

— Nesse caso, vocês deveriam se envergonhar por tirar uma foto assim, tão explícita, de um bebê. Olha o *negocinho*... argh.

Dessa vez, minha risada é ruidosa. Laura nunca deixou de ser Laura mesmo.

— Porra, Laura! Isso é jeito de falar do meu pau? — Seus olhos se arregalam mais ainda e Mel me cutuca com o cotovelo, repreendendo-me, mas também está rindo. Quando vejo minha mãe com a mão na testa e balançando a cabeça, coloco a mão na boca, ainda que não consiga parar de rir. — Opa! Foi mal, mãe.

— Eca, nojento! — Laura joga uma almofada em mim e, quando devolvo, ela joga de novo. Mel, mamãe e eu estamos rindo tanto que mal conseguimos nos conter.

Contudo, o momento é interrompido pelo barulho de chaves na porta da frente. Gelo me percorre a espinha e minhas mãos suam no instante em que minha mente me informa o que está acontecendo. O jeito com que minha mãe e Laura diminuem os sorrisos quando olham na direção do barulho não me deixa dúvidas de que elas devem estar tão tensas quanto eu.

Puta que pariu.

A porta se abre e eu prendo a respiração. Posso sentir o olhar de Mel sobre mim, mas não consigo nem piscar ao ver meu pai entrando na sala, ainda prestando atenção nos movimentos que faz ao fechar a porta e voltar a trancá-la. Tento, ao máximo, controlar a porra da tremedeira em minhas mãos, que sei que Mel pode sentir por estar próxima a mim, mas fica quase impossível quando Eduardo Mazonni dá dois passos à frente e para, olhando para todos na sala, provavelmente buscando uma explicação.

Seus cabelos, que costumavam ter a mesma tonalidade dos meus, têm muito mais fios brancos do que da última vez que o vi. Os sinais do tempo ficam claros na falta de firmeza em sua pele e na barba crescente, que também apresenta muitos pelos brancos. Ele ainda tem a mesma postura imponente com a qual estive familiarizado desde que nasci, embora pareça cansado.

No entanto, o que me chama mais a atenção é o fato de sua expressão estar completamente neutra.

Não há surpresa, empolgação, emoção. Não há choque, ódio, repulsa.

Nenhuma expressão.

Nenhuma palavra.

Nenhuma ação.

Nada.

Minha mãe levanta e se aproxima, com cautela, e aproveito para ficar de pé também, torcendo para que o nervosismo não me faça vomitar.

— Olá, querido! Estávamos te esperando — ela diz, sem conseguir disfarçar o momento em que sua voz embarga um pouco.

Ela me olha, esperando que eu dê o próximo passo, mas não consigo me mexer. Meu pai mantém aquela expressão em mim, que está mil vezes mais assustadora do que as de pura raiva que tanto presenciei no tempo em que não fazíamos nada além de brigar, e nem sei mais como se abre a boca para falar.

Respiro fundo e forço-me a dar um passo à frente, mas, assim que consigo, meu pai marcha até as escadas, deixando no ar apenas o eco de seus passos para o andar de cima. O silêncio que preenche o ambiente é fúnebre e a tensão é palpável.

Eu já sabia que não seria fácil. Para isso, preparei-me com todo o pessimismo do mundo desde que comprei as passagens.

Mas me preparei para seus gritos, sua rejeição, seu rancor. Nada me preparou para essa total e completa indiferença. E isso não me faz sentir nem um pouco melhor.

— Ufa... foi melhor do que eu pensava — Laura é a primeira a falar, recebendo nossos olhares consternados por seu comentário. — O quê? Melhor do que ele reagir mal e começar a jogar coisas em ti — explica, levantando-se.

— Eu preferia que fosse assim — digo, jogando-me de volta no sofá.

— O que você está dizendo, Daniel? — minha irmã rebate, sem entender.

— Porra, agir com essa frieza doeu mais do que qualquer palavra que ele viesse a dizer ou soco que ele pudesse me dar.

Sinto Mel afagar meu joelho antes de ouvir sua voz.

— Acho que ele estava muito surpreso para falar ou agir — ela tenta buscar uma explicação que não existe.

— Não estava. Ele não estava sentindo nada. Não viu a cara dele? É quase como se eu fosse... sei lá, nada. Um desconhecido, ou algo assim — lamento, agarrando meus cabelos com força antes de bater minhas palmas nas coxas.

— Dê tempo a ele, Daniel — minha mãe pede, dirigindo-se para as escadas também. — Acredito que a Mel tenha razão. Ele deve estar processando isso, ainda. Quero dizer, ele não estava esperando...

— Você também não estava esperando e não reagiu assim — rebato, frustrado.

— Ah, filho, nós somos diferentes... — Ela franze a testa e estala a língua, inquieta. — Olha, eu vou subir e falar com ele, ok? Juntem essas fotos e depois vão para a mesa. Daqui a pouco, Rosa servirá o jantar.

Ela sobe as escadas, e não nos resta nada além de organizar as fotos e os álbuns, em silêncio, antes de sentarmos à mesa. Rosa começa servir o jantar, com um sorriso, distraindo Mel e Laura por um momento ao falar sobre o que preparou para comermos, e eu mal presto atenção nisso. Meu estômago está embrulhado.

Em questão de mais alguns minutos, minha mãe surge, sentando-se à mesa às pressas, tentando sorrir para nós, embora seja possível ver seu rosto vermelho e agitado, como se ela tivesse acabado de se exaltar.

— Ele está no banho. Logo se juntará a nós — diz, fazendo-me questionar o que ele pode ter dito a ela ou vice-versa para deixá-la certa de que irá mesmo comer aqui, onde seu filho insignificante também está presente.

Poucos instantes passam até que a certeza da minha mãe se faça verdade. Deixando todos mudos novamente, meu pai caminha devagar até seu lugar à mesa, prestando atenção aos próprios movimentos, servindo seu prato, ignorando mamãe e Laura quando perguntam como foi seu dia e, aos poucos, falam de mim.

Ele começa a comer, mantendo-se calado, deixando minha mãe e minha irmã sem resposta. Isso está começando a me irritar, à mesma medida em que me magoa. Sobressalto-me levemente ao sentir dedos frios e macios tocarem o dorso da minha mão, que descansa sobre o joelho. Olho para Mel, que, como tem feito desde o início, sorri e me lança um olhar firme, embora eu saiba que tudo isso a assusta pra cacete. Quase tanto quanto me assusta.

Viro minha palma para cima e entrelaço meus dedos nos seus, soltando em seguida para que ela possa comer, e mantenho minha mão sobre sua coxa, já que não faço questão de colocar nada na boca, mesmo que me sinta mal por fazer desfeita com Rosa. Tocar minha namorada e senti-la perto sempre me acalma, e é tudo o que preciso nesse momento.

— Eduardo? Ouviu o que eu perguntei? — minha mãe fala entre dentes, chamando minha atenção.

Meu pai dá mais uma garfada em seu jantar e balança a cabeça, discreta e lentamente, respondendo, com aquele gesto, que sim.

— Então, por que não me responde? — ela insiste, claramente alterada.

Ele termina de engolir e limpa os cantos da boca com o guardanapo, suspirando ao olhar para ela, com pouca vontade.

— Eu respondi.

Sua voz grave reverbera pelo ar, o eco logo sendo substituído pelo tilintar dos talheres quando ele volta a comer. Deixo meu suspiro sair com força pelo nariz, já perto de perder a cabeça.

Eu sei, a porra da culpa foi minha, eu fui um imbecil de merda com toda aquela porcaria que aconteceu, mas ele não foi a melhor pessoa do mundo comigo também. Foi exatamente por isso que fui embora, e estou conseguindo passar por cima do meu remorso. Por que ele não se esforça para fazer o mesmo? Por que ele nem ao menos me dirige a palavra? Por que ele não me dá uma chance, *caralho*?

— Balançar a cabeça e dar de ombros não é resposta, Eduardo — minha mãe o repreende, jogando o guardanapo sobre a mesa, impaciente. — Será que dá para você parar de agir como se o teu filho, que voltou depois de tanto tempo, disposto a ficar de bem conosco novamente, nem ao menos estivesse aqui? Será que você não sabe mais ser educado? Nós temos visita!

Meu pai solta os talheres mais uma vez, olhando dela para Mel, após engolir a comida. Ela retribui seu olhar, mas logo desvia de volta para minha mãe.

— Não se preocupe comigo, dona Cecí...

— Não, Mel. Após tantos anos juntos, sei que Eduardo foi educado para ser gentil com as pessoas, e não vou permitir que ele aja de modo diferente contigo. — Ela vira novamente para o meu pai. — Eduardo, esta é a Mel. Namorada do *Daniel*.

Mamãe enfatiza meu nome no final, apontando com a mão para minha namorada, que continua a olhar para eles, sem saber se fala alguma coisa ou não.

— Não vejo necessidade para essa cena toda — ele diz, tomando um gole de suco. — Tenho certeza de que a guria não se sentiu ofendida em momento algum, até porque eu mal abri a boca. — Ele olha para Mel, a expressão ainda impassível, enquanto ela tenta murmurar que está tudo bem. — Viu só? — ele aponta, bebendo mais de seu suco.

Ainda sem me dirigir o olhar.

Ainda sem me dirigir a palavra.

Porra!

Ele está me fazendo sentir ridículo. Um lixo, a pessoa mais covarde do mundo. Ao mesmo tempo em que penso que deveria reagir, temo, porque isso pode piorar tudo. Estou a um passo de explodir, e isso é tudo o que esse momento não precisa.

Minha mão se fecha em punho sobre a coxa de Mel, que se apressa em colocar a palma sobre os nós dos meus dedos e acariciá-los, pedindo, silenciosamente, que eu me acalme.

Minha mãe, no entanto, não faz questão de conter sua irritação.

— Como você pode ser tão frio em relação ao teu próprio filho, depois de tudo o que aconteceu e do que fizemos a ele? Como pode tratá-lo assim depois de tanto tempo longe dele? Não quero acreditar que você não está feliz com a volta dele. Quem está fazendo cena aqui é você!

Ela respira pesadamente ao terminar de falar, seus olhos brilhando devido à indignação e às lágrimas se formando. Meu pai, em contrapartida, não permite que sua expressão se altere e, como mais cedo, ele levanta e se retira, sem terminar seu jantar direito.

Exalo com força, balançando a cabeça e baixando o olhar, dividido entre a decepção e a revolta. O que é uma merda, porque nenhum desses sentimentos é bom. Nem de longe.

Mamãe respira fundo e tenta conter as lágrimas, piscando várias vezes e esfregando a testa, claramente estressada.

— Eu sinto muito — ela pede, olhando para mim e, depois, para Mel. — Desculpe, Mel. Sinto muito por você ter presenciado isso.

Minha namorada balança a cabeça ao meu lado.

— Tudo bem, não se sinta mal por isso. Ele... ele só precisa de um tempo — ela diz, tanto para minha mãe quanto para mim.

— Concordo com a Mel, Daniel — Laura se manifesta. — Posso apostar que ele está, sim, feliz por te rever. Mas, durão do jeito que é, não está sabendo lidar com isso, nem pronto para admitir. — Ela estica a mão sobre a mesa até alcançar meu antebraço, que está pousado sobre a mesa, para afagá-lo gentilmente. — Vai ficar tudo bem, maninho.

Esse conflito de sentimentos dentro de mim mal me deixa raciocinar ou relaxar, então, escolho acreditar nas palavras delas. Ou, pelo menos, tentar. Não faço ideia de como agir em seguida, e é impossível prever se ele irá tomar alguma atitude, então só me resta torcer para que o tempo que passarei aqui seja suficiente para que essa viagem valha completamente a pena.

Dói pensar na frieza dele. Dói pensar no modo como ele está agindo comigo, mas ele não pode me ignorar para sempre.

Não é?

— Vai ficar tudo bem — minha mãe repete as palavras de Laura, respirando fundo mais uma vez antes de pegar seus talheres. — Bom, não vamos perder o humor para o jantar. Nem cheguei a tocar na comida, e estou morrendo de fome.

— Ah! — A expressão de Laura fica animada, de repente, e ela começa a chacoalhar as mãos freneticamente. — Vamos aproveitar para falar sobre a comemoração do teu aniversário amanhã, Daniel!

Cacete, nem estava me lembrando disso.

— Acha mesmo que existe clima para comemorar o meu aniversário, Laura?

— *Bah*, se não existir, a gente inventa! Para de ser chato, porque não vou deixar passar em branco. Não mesmo.

Balanço a cabeça para ela, sentindo o coração um pouco mais leve quando olho para minha mãe e ela está rindo da efusividade da minha irmã, que logo engata uma conversa animada, que consiste em uma lista de possibilidades para comemorarmos meu aniversário. Ela até consegue me arrancar algumas risadas, distraindo-me por alguns instantes do clima tenso de momentos atrás. Mel também se mostra animada, deixando-me espantado ao concordar que sair para jantar e dançar pode ser uma ótima ideia.

É, talvez seja.

Talvez espairecer seja o melhor a fazer.

Talvez, assim, esperar pelo momento em que meu pai estará pronto não será tão torturante.

Se esse momento chegar.

— Humm, deixa eu ver... primeira vez que perdeu um dente.

Franzo a testa e olho para o teto, tentando puxar, no fundo da minha mente, a resposta para o questionamento de Mel.

Estamos há um tempo no meu quarto, na minha cama, vestindo roupas de dormir, e ela insiste em fazer perguntas sobre a minha infância e adolescência. As fotos mais cedo não foram suficientes, aparentemente.

Estou amando tê-la deitada sobre mim, encaixado entre suas pernas, acariciando suas coxas nuas pelo short do baby-doll, enquanto ela insiste com mais e mais perguntas.

— Caramba, sei lá. Acho que com seis anos. Faz tempo pra caralho — digo, rindo ao pensar que amanhã completarei vinte e três anos.

Mel aperta os lábios em um bico e olha para os lados, pensando na próxima coisa que quer saber. Estico a cabeça até alcançar seu queixo e mordo a carne macia ali, depositando um beijo em seguida.

— Primeira vez que andou de bicicleta sem as rodinhas de apoio.

— Seis anos, também.

— Primeira vez que foi para a escola sozinho.

— Acho que aos onze, no sexto ano. Eu ia no transporte da escola, mas estou deduzindo que por "sozinho" você quis dizer "sem os pais".

— Isso mesmo. — Ela balança a cabeça positivamente. — Que legal. Meu pai só parou de me deixar e buscar na escola quando entrei no ensino médio, e só porque tinha me mudado para uma escola mais próxima, para onde eu ia a pé com Olivia — lembra, baixando a cabeça para beijar minha mandíbula.

Minhas mãos sobem até agarrarem sua bunda, e eu viro o rosto para que minha boca encontre a sua em um beijo breve.

— Primeiro beijo? — inquire, balançando as sobrancelhas.

— Treze — digo, rindo. — Foi uma droga. A guria e eu estávamos praticamente sob pressão, com alguns amigos nos rodeando e dando cochichos de incentivo. Foi o primeiro beijo dela, também.

— Humm... — Mel me olha com uma expressão sapeca e as bochechas vermelhas, antes de fazer a próxima pergunta. — A primeira vez que você... sabe, a primeira vez.

Começo a rir do jeito que ela está falando. Estou convencido de que ela nunca perderá esse jeito tímido, e é uma das coisas que amo tanto nela.

— Primeira vez que transei? — completo por ela, fazendo-a rolar os olhos e ruborizar ainda mais. — Dezesseis. Já estava velho — completo, apenas para provocá-la.

— Ha, ha. Engraçadinho.

— Você que perguntou — rebato, envolvendo seu corpo com força e puxando-a para um beijo delicioso, que a faz perder o fio da meada, pois não me pergunta nada depois de desgrudar seus lábios dos meus e encostar a testa na minha. — E você? Com que idade transou pela primeira vez? — indago, só para me divertir mais um pouco.

Ela cai na gargalhada e esconde o rosto no meu pescoço. Quando o ergue novamente, olha para os lados, pensando, e dá de ombros.

— Ah, faz pouco tempo. Foi com um cara aí...

— Ah, capaz. Acho que me lembro de te ouvir dizer que ele era muito, muito gostoso.

— É. Deu para o gasto.

Ela ri quando aperto sua bunda com força, deslizando as mãos por suas coxas novamente e tornando a fazer o caminho inverso, infiltrando meus dedos por sua blusa e puxando o tecido conforme eles sobem por suas costas, deixando sua pele macia exposta, tudo acompanhado de mais um beijo de tirar dos eixos.

— Então, deixa eu ver o que mais eu quero saber... — Ela põe-se a pensar assim que nossas respirações voltam ao normal.

— Ah, não, Honey...

— Ah, sim, amor! Só mais um pouquinho.

— Mel, eu tô muito dividido entre simplesmente cair no sono aqui, ou arrancar esse teu baby-doll que me deixou de pau duro desde o primeiro momento em que te vi com ele.

— Ai, aguenta aí mais um pouquinho, Daniel.

— Por que você quer tanto saber dessas coisas, afinal?

— Porque sim! — Ela faz um biquinho e planta um beijo leve em meus lábios, antes de descer a boca por minha mandíbula até a orelha. — Me deixa perguntar só mais uma coisinha ou duas, vai.

Ugh, como eu amo essas armas de persuasão.

— O que você me pede com provocações que eu não faço cheio de tesão? — questiono, mordendo seu queixo novamente enquanto ela ri.

Ela pensa por alguns segundos e ergue as sobrancelhas quando a pergunta finalmente lhe vem à cabeça.

— Primeira vez que disse "eu te amo" a alguém. Além da sua família, é claro.

— Vinte e dois anos — respondo, sem pestanejar.

Ela ergue as sobrancelhas novamente, mas, dessa vez, de surpresa. E um tanto de incredulidade.

— O quê? Sério? Mas nem com a...

Balanço a cabeça, sabendo perfeitamente de quem ela está falando. Naquele tempo, eu pensei que a amava. Parecia forte o suficiente para eu pensar que era amor, mas nunca cheguei a usar as palavras, realmente, para ela.

Porque, como eu disse, só parecia.

Quase como mais um sinal do destino. Estava guardado para que eu dissesse somente quando fosse profundo e indubitável.

— Não — confirmo, recebendo um sorriso tímido seu. — Só contigo isso é verdadeiro e indiscutível.

Seu sorriso cresce e, após olhar para o lado mais uma vez, ela torna a trilhar beijos por minha têmpora até a orelha, dessa vez, sussurrando algo que me pega de surpresa.

— Feliz aniversário, meu amor.

Olho para o lado no mesmo instante, encontrando o relógio sobre o criado-mudo, que acaba de marcar meia-noite. Quando Mel volta a me encarar, fito-a, um tanto incrédulo.

— Você estava perguntando essas coisas para me manter acordado e distraído e poder fazer isso? — inquiro, erguendo o corpo para ficar sentado, com ela em meu colo, recebendo mais um de seus sorrisos contidos.

— Eu queria ser a primeira — explica, trazendo suas mãos até meu rosto. — Queria ser a primeira a te desejar parabéns por mais um ano de vida, e desejar que muitos e muitos mais venham pela frente. Queria ser a primeira a dizer que te amo muito, e que te desejar tudo de maravilhoso desse mundo e dessa vida ainda parece pouco, perto do que você merece. Queria ser a primeira a agradecer por você ser tudo o que eu quero e preciso, por estar comigo e me fazer feliz como eu nunca imaginei que poderia ser. Queria ser a primeira a dizer o quanto tenho orgulho de você e o quanto admiro a sua coragem, o seu caráter, o seu coração. Feliz aniversário, Daniel.

Fico perdido em suas palavras e no mel dos seus olhos lindos, sentindo, pela primeira vez em muitos dias, um nó na garganta que anuncia uma emoção boa. Uma emoção maravilhosa, na verdade.

É isso que ela faz comigo. É isso que ela faz *por mim*. Desperta os meus melhores e mais sinceros sentimentos, me traz as mais profundas e significantes sensações.

— Obrigado, Honey — digo, dando uma risadinha nervosa, ainda surpreso por sua atitude e suas palavras. Ela sorri junto comigo e acaricia meu rosto. — Eu que agradeço por te ter na minha vida. Você é quem traz à tona o melhor de mim. Muito obrigado por tudo, amor, por tudo. Eu te amo tanto...

— Eu sei — ela sussurra, abraçando-me com força e roçando o nariz no meu. — E a parte boa é que agora você já pode decidir se quer cair no sono de vez, ou tirar o meu baby-doll...

Não respondo. Apenas rio junto com ela e, hipnotizado pelo momento em que ela me encara profundamente, permitindo-me ver a lascívia tomando o lugar da timidez, acompanhada da mordida leve que ela dá no próprio lábio, mostro-lhe minha decisão, puxando sua blusa pela cabeça de uma vez e deitando-a de costas na cama, cobrindo seu corpo com o meu.

Palavras tornam-se desnecessárias diante de nossos olhares, presos um no outro, conforme nossas poucas roupas desaparecem e, junto com elas, qualquer tormento, qualquer medo, qualquer tensão. Restamos apenas nós, conectados, física e emocionalmente, de corpo e alma, provando que, sim, dois podem se fundir, até se tornarem um só.

28. CARA A CARA

Mel

Abro os olhos devagar.

Não há a necessidade de apertá-los, já que, ao me situar, percebo que o quarto ainda está escuro. Remexo-me na cama, sentindo o braço de Daniel sobre mim, envolvendo meu corpo, que está de costas para ele. O calor da sua pele emana para a minha, trazendo-me à mente a lembrança de horas atrás, quando nossas roupas fizeram-se desnecessárias diante do meu modo de lhe dar feliz aniversário e o modo dele de agradecer.

Afasto os fios de cabelo que estão em meu rosto e ajusto a visão para tentar enxergar o relógio no criado-mudo. Quase cinco da manhã. Esfrego um olho e, ao respirar fundo, percebo como minha garganta está seca. Preciso demais de um copo d'água.

Viro-me, lentamente, de frente para Daniel, para ver se ele sente os movimentos e acorda para me acompanhar até a cozinha, mas ele mal reage. O escuro do quarto ainda permite que eu veja a serenidade com que ele dorme, e penso no quanto ele precisa disso. Os últimos dias não têm sido fáceis para seu emocional e, principalmente depois dos altos e baixos de ontem, sei que ele precisa muito de descanso. Fico com dó de acordá-lo.

A total quietude ao redor me dá a certeza de que todos na casa estão dormindo. E, uma vez que é sábado, acredito que ninguém está planejando acordar cedo. Então, após acariciar suavemente o rosto lindo e pacífico do meu namorado -- porque não consigo evitar —, desvencilho-me do seu abraço, tentando não fazer movimentos bruscos, e levanto, tateando pela cama e pelo chão até achar a blusa e o short do baby-doll. O conjunto é feito de um tecido típico de pijamas e tem estampa de ursinhos fazendo as mais variadas caras e bocas, o que me faz balançar a cabeça e sorrir por pouco compreender por que Daniel gostou tanto da roupa em mim. Pelo menos, foi o que ele disse.

Procuro meus chinelos e abro a porta cautelosamente, deixando-a entreaberta ao afastar-me em direção ao corredor que leva às escadas. Ainda não estou familiarizada com a casa, mas conheço o suficiente para saber chegar à cozinha.

No entanto, ao me aproximar, paro de repente ao ver que a luz está acesa. Ouço barulho de cerâmica se chocando, e a primeira conclusão que chego é que Rosa está ali. Franzo as sobrancelhas ao pensar que ela provavelmente não folga nos fins de semana e continuo a andar, pronta para deparar-me com seu sorriso caloroso.

Mas congelo quando constato quem, realmente, está ali.

O pai de Daniel ergue o olhar ao sentir que me aproximo, e minha primeira reação é a mais comum e involuntária de todas: ruborizo inteira. Tanto por ainda sentir-me intimidada por ele quanto pelo estado em que me encontro: de pijama, descabelada e com a cara amassada.

Ele está sentado à pequena mesa redonda da cozinha, segurando uma caneca de café. O olhar que ele me lança é inquisitivo, mas mal consigo dar os passos necessários para continuar meu caminho até a geladeira para matar a sede, muito menos falar alguma coisa. Posso jurar que ele revira os olhos antes de voltar sua atenção para a caneca e tomar um gole.

Limpo a garganta e tento parecer tranquila. Esse senhor deve estar acostumado com tantos olhares inseguros em sua direção, o que provavelmente só alimenta em sua mente a ideia de que ele é intimidador e pode controlar tudo ao seu redor. De repente, sinto que não quero que ele pense que sou mais uma que tem medo de enfrentá-lo. Sei que tenho mais receio do que ele pode chegar a imaginar, mas acho que consigo fazê-lo pensar que seu olhar não me amedronta.

— Bom dia, Dr. Mazonni — cumprimento-o, repreendendo-me silenciosamente ao ouvir o tremor em minha voz.

— Bom dia. Err... — ele responde, sem olhar para mim, e fecha os olhos, com a testa franzida, como se estivesse muito empenhado em pensar. — Desculpe, não lembro o teu nome.

Isso não me surpreende tanto, mas fico meio chocada por ouvi-lo usar um pedido de desculpas, mesmo que para uma coisa mínima como essa.

— Melissa... Mel — esclareço, torcendo nervosamente o tecido do meu short, mas com uma tentativa de sorriso no rosto.

Os ombros do pai de Daniel chacoalham tão sutilmente que, se eu não estivesse olhando-o diretamente, não teria percebido que ele quase deu risada.

Será que estou mesmo acordada?

— Bom dia, Melissa Mel — ele diz, tomando mais um gole de café e me dando vontade de revirar os olhos e desmaiar de choque ao mesmo tempo. O mesmo senhor que, na noite anterior, foi completamente frio e hostil com meu namorado, o próprio filho, está fazendo brincadeirinhas às cinco da manhã com a nora que nem conhece. *Eu, hein!* — O que faz zanzando pela casa a essa hora?

Dessa vez, ele me olha, esperando por minha resposta. Limpo a garganta mais uma vez e tento não atribuir interpretações à sua pergunta sugestiva.

— Vim beber água. Estou com muita sede — explico, marchando, subitamente decidida, até a geladeira, dando graças aos céus por haver uma bandeja de copos perto. — E, humm... o senhor? O que faz acordado a essa hora? Se não se importar com a pergunta, é claro...

Despejo água em um dos copos enquanto aguardo o doutor decidir se me responde ou não.

— Preciso estar no hospital daqui a uns quarenta minutos — revela, tomando mais um gole de café.

Apenas assinto, ocupando-me em beber todo o conteúdo do copo e repetir o processo, sentindo alívio por sanar a sede que estava fazendo minha garganta arranhar. Guardo a água na geladeira, pronta para correr de volta para o quarto, quando algo me faz parar.

— Ele está tão diferente.

Giro em meus calcanhares, encontrando o olhar do doutor Eduardo fixo no mármore da mesa à sua frente. Por um momento, penso ter ouvido errado e, por isso, não perco a oportunidade de confirmar minhas dúvidas.

— O senhor está falando do Daniel? — inquiro, dando apenas um passo à frente, para que ele possa ouvir minha voz baixa.

— Sim — confirma, olhando-me por um ínfimo segundo antes de tornar a encarar o nada. — Está diferente da última vez que o vi.

— Bom, passaram-se quase quatro anos desde que...

— Não, não — ele me interrompe para se explicar. — Eu quis dizer que ele parece mais... vivo. Ele estava destruído na última vez que o vi. Destruído por mágoa e revolta.

Engulo em seco, tentando manter minha respiração em um ritmo normal. Não faço ideia da razão pela qual ele começou a falar essas coisas, mas estou mais do que interessada em ouvir.

— Entendo.

Sinto a adrenalina do nervosismo mais uma vez quando ele torna a me olhar.

— Vocês estão juntos há muito tempo? — quer saber, apoiando os antebraços sobre a mesa, mantendo a expressão neutra, como a que conheço desde a primeira vez que o vi.

— Quase nove meses. Não é muito, mas sinto como se o conhecesse a vida inteira. Talvez até de alguma vida passada, se isso existe mesmo. — Balanço a cabeça e dou uma risada contida, tentando não perder o foco. — Ele estava procurando lugar para morar no Rio, e minha amiga e eu estávamos procurando alguém para dividir o apartamento e as contas. Ele acabou chegando até nós através de um dos anúncios que espalhamos, e moramos juntos desde então.

As sobrancelhas do doutor Eduardo se erguem, mas nenhum sorriso acompanha esse gesto, como pensei que ele fosse fazer.

— É uma história interessante.

É possível vê-lo ceder aos poucos. A impressão que tenho dele desde que Daniel me contou toda a história só se confirmou diante do seu comportamento na noite anterior e, mesmo que ela não esteja desconstruindo-a somente por suas poucas palavras até agora, está se encaminhando para isso.

Sei o quanto Daniel temeu pelo momento em que reencontraria o pai. Não sei se posso dizer que entendo por que o doutor agiu como agiu diante da volta do filho, mas acredito que o choque não o tenha deixado agir de outra forma, embora eu ainda tivesse me sentido indignada por seu interesse inexistente de se esforçar. Se ele está falando agora, se ele está se esforçando agora, não posso deixar a oportunidade passar. Talvez, sem toda a pressão e tensão da noite anterior, ele possa agir diferente e pensar mais claramente.

— É. Começamos um pouco às avessas, mas tem funcionado perfeitamente para nós — comento, para manter a conversa. Cruzo os braços, tentando pensar em mais coisas para falar sem pisar no lugar errado nesse campo minado, mas o doutor se adianta.

— Fiquei muito surpreso ao vê-lo ontem — confessa, girando a caneca entre as mãos. — Sempre esperei que ele voltasse, mas acabei tendo que me conformar com a possibilidade de isso nunca acontecer.

Meu coração acelera. Queria tanto que Daniel estivesse aqui.

— O Daniel amadureceu muito durante esse tempo que esteve longe. Ele teve bastante tempo para aprender que, para seguir em frente, é preciso resolver assuntos não terminados, além de, é óbvio, ter sentido muita falta da família. E, assim, decidiu fazer sua parte, ao vir até aqui para dizer a vocês que não há mais rancor da parte dele. Para perdoar e pedir perdão.

Engulo com dificuldade novamente ao terminar de falar, e é a minha vez de desviar o olhar para minhas mãos, para não ter que fitar seus olhos, que agora prestam bem atenção em mim.

— Pelo visto, você conhece a história, não é?

— Sim.

— Então, você sabe o que aconteceu, o que ele fez, e...

— Sei sim, senhor — interrompo-o, prevendo qual será o final da sua sentença. Depois de ter dito que não pensava que o filho voltaria depois do que eles lhe fizeram, não acredito que ele está querendo culpar o Daniel. — Concordo que o que ele fez foi errado, mas não acha que o que aquela mulher fez a ele já havia sido castigo suficiente? Ele errou e sofreu, doutor Eduardo. Ao agir como agiu, juntamente à sua esposa, que se arrepende amargamente do que fez, um erro foi compensado com outro e vocês se separaram do seu filho. Por que alimentar rancores? Já passou tanto tempo. E ele continua avançando. Não tem sentido ficar remoendo algo que já passou só por orgulho, ou seja lá o que for. Seu filho errou, pagou por isso, reconheceu e agora está aqui, mostrando toda a sua coragem e maturidade ao querer fazer as pazes com as pessoas que ele mais ama no mundo, apesar de tudo.

O doutor Eduardo mantém-se atento à enxurrada de palavras que saem descontroladamente da minha boca, e não me vejo capaz de parar.

— Eu amo o Daniel. Eu o amo demais, e tudo o que eu quero é vê-lo feliz. Me orgulho dele, independentemente do que ele tenha feito, porque, para mim, o que importa é o quanto ele amadureceu e o quão corajoso ele tem sido, mesmo tendo pensado tantas vezes em desistir de vir por medo de ser rejeitado.

E, pela primeira vez desde que o conheci, seu rosto assume uma expressão. Não é completamente explícita, mas é possível ver a culpa em seus olhos. Nem a indiferença que ele tem usado como mecanismo de defesa consegue esconder o que ele está sentindo ao me ouvir falar. E continuo, aproveitando a coragem.

— Se faltei com respeito em algum momento, peço que me desculpe. E, por favor, entenda que não estou pedindo que o abrace e idolatre como se nada tivesse acontecido. Talvez o senhor pudesse ser um pouco mais... receptivo. Tentar ver o lado de alguém, além do seu. Ninguém saiu bem dessa história, doutor Eduardo. Então, acho que a oportunidade de ajeitar as coisas não deve ser desperdiçada.

Meu peito sobe e desce com a respiração pesada após o desabafo. Fico esperando que ele diga mais alguma coisa, mas ele volta a encarar a caneca à sua frente, sua expressão de "nada" novamente no rosto. A frustração ameaça me atingir, mas ele ouviu cada palavra que eu disse. Mesmo que ele não queira dar o braço a torcer, acredito ter-lhe dado algo em que pensar, pelo menos.

— Bom, eu... espero que o senhor tenha um bom dia — digo, virando-me de costas para retirar-me da cozinha.

— Obrigado, Mel.

Sua voz me faz parar, mas não viro. Não sei se ele me agradeceu pelo discurso ou por meu desejo de que seu dia seja bom, mas simplesmente continuo andando, subindo as escadas para chegar ao quarto, notando que o dia começa a clarear.

Assim que entro no quarto, fecho a porta e me encosto nela, sentindo minhas mãos trêmulas e meu coração disparado. Mal posso acreditar em tudo que disse para meu sogro durão, mas fico feliz por tê-lo feito. Tento não alimentar muitas esperanças, mas, ao olhar para Daniel, ainda dormindo pacificamente, o desejo em meu coração de que tudo se resolva logo entre ele e seu pai me faz acreditar que talvez isso não esteja longe de acontecer.

— Então... você está saindo com o DJ da festa? Vou mesmo ser obrigado a ver um guri de merda pegando a minha irmã a noite toda?

Laura revira os olhos, conforme entramos no táxi. Hoje, pela manhã, ela nos acordou para anunciar, toda animada, que já havia decidido como comemoraríamos o aniversário de Daniel. Minha cunhada está saindo com um cara que será DJ em uma boate que foi inaugurada há pouco tempo, e conseguiu nos colocar em uma espécie de lista VIP para que pudéssemos entrar gratuitamente e sem enfrentar fila. Daniel quis resistir várias vezes, pois não estava muito animado para comemorações devido a tudo que vem acontecendo, mas sua irmã não é do tipo que desiste fácil depois que coloca uma ideia na cabeça.

Cecília, Rosa e Laura o receberam com um bolo e sorrisos enormes assim que chegamos à cozinha, onde cantamos "parabéns a você", o fizemos soprar a velinha e fazer um pedido, e lhe entregamos presentes. Ele mantinha um sorriso de gratidão no rosto, mas sei que não parava de pensar no fato de que seu pai nem ao menos estaria presente durante o dia e, mesmo se estivesse, provavelmente continuaria tratando-o como se não estivesse ali. Bom, depois da conversa que tivemos antes do sol nascer, duvido um pouco que pudesse ser assim, pois ele parecia estar cedendo. Mas talvez fosse melhor ele não estar presente do que estar e acabar dando para trás, continuando a ignorar o filho.

Isso é só uma tentativa de ver as coisas pelo lado bom. Sei que, para Daniel, o melhor seria se seu pai fosse mais flexível e eles pudessem acertar as coisas. Não estar presente naquela singela comemoração de aniversário, ou estar presente, mas ignorando-o ou o tratando mal, deve doer na mesma proporção.

Sua mãe e Rosa fizeram questão de mimá-lo e distraí-lo o dia inteiro, pois ele merece aproveitar e deixar as preocupações de lado no dia que comemora mais um ano de vida. Juntando isso à alegria por ele ter voltado a visitar a casa onde foi criado e a família que ele estava disposto a perdoar, o dia foi agradável e, agora, Laura está nos arrastando para comemorar a noite inteira. Ela quer que o irmão possa se divertir e se distrair em seu dia, sem contar que eles não comemoram essa data juntos há anos. Não sou muito de baladas e festas noturnas, mas estou até animada com a ideia. O propósito dela, que é deixar Daniel feliz, me deixa feliz.

— Ai, Daniel, não enche o meu saco. — Ela balança a cabeça. — E não o chame de "guri de merda". Pra tua informação, ele é um cara muito legal, ok? Ele faz faculdade de Direito, e tocar como DJ é um modo de ele descolar um dinheiro extra, fazendo algo que gosta muito.

— Tá, né. — Daniel dá de ombros, desdenhoso, e Laura começa a rir.

— Daniel, me poupe dessa ceninha de irmão ciumento. Eu não tenho mais quinze anos — ela reclama, atingindo o braço dele com o dorso da mão. — Você poderia ser um pouco menos mal agradecido e simplesmente aproveitar.

Laura faz um bico zangado, mas Daniel exala com força e a cutuca com o cotovelo, repetidas vezes, até ela se irritar e revidar, fazendo com que os dois fiquem trocando cotoveladas como duas crianças, até não aguentarem mais e darem risada da situação. Ele pede desculpas e ela diz que irá pensar no caso, no exato momento em que o táxi começa a parar em frente ao nosso destino.

Daniel desce e mantém a porta aberta, ajudando-me primeiro e Laura em seguida. Minha cunhada segue na frente e meu namorado segura minha mão ao andarmos atrás dela. Passo a palma pelo vestido preto que estou usando, um empréstimo de Laura que agradou muito Daniel, o que posso afirmar devido aos minutos ininterruptos de elogios e beijos que ele me deu quando cheguei à sala, após nos arrumarmos. A calça jeans escura e a camisa preta de botões que ele está usando, com as mangas arregaçadas até os cotovelos e os primeiros botões abertos, também me deixaram babando, e aproveito para olhá-lo novamente, só para sentir aquele rebuliço bom na boca do estômago quando penso que ele é meu.

Levamos poucos minutos para entrarmos, sobre o qual não posso afirmar, nem de longe, estar acostumada, mas a primeira impressão não me faz querer ir embora correndo dali por não gostar da música alta demais ou das pessoas andando de um lado a outro, esbarrando umas nas outras. Apesar de não estar perfeitamente iluminado, posso dizer que é um lugar sofisticado. O jogo de luzes coloridas e piscantes me faze apertar os olhos vez ou outra, e andamos por alguns minutos até Laura conseguir encontrar o DJ, que está perto da pequena escada que leva até o local onde tocam. Ele abre um sorriso enorme ao vê-la, e ela o cumprimenta com um abraço e um beijo. Eles falam algo um para o outro que é impossível de ouvir, mas ela logo se vira para nós e o apresenta.

— Caio, este é o meu irmão, Daniel, e a namorada dele, Mel.

Ele aperta a minha mão primeiro, e eu sorrio ao cumprimentá-lo. Ele é tão alto quanto Daniel, parece já ter seus vinte e poucos anos e seus expressivos olhos castanhos encaram meu namorado com muita segurança quando eles trocam um aperto de mão.

— Prazer em conhecê-los — ele diz, alto o suficiente para que entendamos. — Ah, feliz aniversário, cara — ele deseja para Daniel, que acena com a cabeça e agradece, com um sorriso pequeno. — Que bom que vieram. Está na minha vez e vou tocar durante a próxima hora. Encontro vocês depois? — questiona, olhando para Laura, que assente e o beija novamente antes que ele suba para assumir o lugar do rapaz que estava tocando até agora.

— Ah, ele é o máximo! Vocês verão — Laura fala, animada, e Daniel, dessa vez, não revira os olhos. Acho que ele pode perceber que, como sua irmã disse, Caio é um cara legal. — Vamos nos acomodar perto do bar.

Andamos mais um pouco no meio das pessoas, que têm bebidas na mão, dançam e gritam animadas conforme o DJ anima a festa, e chegamos até o balcão do bar, onde, por alguma obra divina, há dois bancos vazios. Laura ocupa um deles e Daniel me põe no outro, ficando em pé, de frente para mim, apoiando as mãos em minha cintura, ao passo em que apoio as minhas em seus ombros. Minha cunhada acena para o barman e dá uma olhadinha no cardápio. Ela pergunta se Daniel e eu queremos, e eu apenas aceno negativamente, enquanto meu namorado pede uma bebida. Laura insiste que eu prove alguma coisa, mas não estou com sede e não costumo ingerir álcool, então declino.

Eu já deveria imaginar que ela não deixaria isso passar, já que, quando o barman traz os pedidos deles, vem uma bebida a mais, igual à de Laura. Olho para ela, torcendo o nariz.

— Laura, eu disse que não queria nada...

— Disse? Não me lembro de ter ouvido isso — ela brinca, pegando seu copo e levando o canudo à boca, assumindo uma expressão de satisfação ao tomar um gole. — Só experimenta, Mel. Você nem vai sentir que tem álcool aí. Deixa de ser careta. — Ela ri das próprias palavras, tomando mais um gole.

Olho para Daniel, que está entretido com sua própria bebida, embora esteja com os olhos em nós.

— Toma só um gole para essa chata te deixar em paz, Honey — ele pede, recebendo um soco no braço, dado por sua irmã. — Não estou te encorajando a ficar bêbada, mas um pouquinho não vai fazer mal.

Expiro com força e pego o copo com líquido rosado e consistente que transborda gelo e levo o canudo à boca, de uma vez, esperando ter que tapar o nariz para poder deglutir sem o risco de querer cuspir tudo, mas acabo gostando. O que é uma merda, já que agora terei de admitir para eles que gostei.

— É. Nem é tão ruim assim — digo, dando de ombros, tentando ser indiferente, e repouso o copo sobre o balcão novamente.

Laura começa a rir com Daniel, que se inclina e me rouba um beijo, deixando-me sentir em sua língua o sabor adocicado e alcoolizado de sua bebida, que se mistura com a minha e me faz querer tomar mais, só para que nossos beijos tenham mais dessa mistura deliciosa. Laura nos interrompe, alegando que não é justo a fazermos segurar vela e nos proíbe de nos beijarmos até seu ficante voltar.

Minha cunhada aproveita para perguntar por que Daniel me chama de "Honey" e, a partir daí, discutimos variados assuntos, o que mal me deixa perceber que, em certo momento, pego o copo novamente e fico bebericando enquanto falamos e rimos alto, sem parar. Laura tenta me fazer dançar, mas recuso, porque já é querer demais. Dançar, definitivamente, não é a minha praia.

Ela revira os olhos e fica dançando sozinha mesmo, perto de nós, e estou terminando a minha segunda bebida no instante em que Caio consegue nos encontrar, tratando logo de também se servir com algo para beber e trazendo ainda mais assuntos para nosso bate-papo, já que ainda o estamos conhecendo. Daniel está cada vez mais animado, trocando várias ideias com o quase-namorado da irmã e sempre fazendo questão de me tocar. Está tudo muito divertido, e fico feliz por estarmos relaxando e comemorando em nossos melhores humores.

— Acho que não consigo pensar em um jeito mais perfeito de comemorar meu aniversário — Daniel diz, próximo ao meu ouvido, aproveitando o momento em que Laura parece entretida demais ao dançar com Caio.

Abraço-o pelo pescoço e aproximo minha boca da sua orelha para falar.

— Viu só? Laura tinha razão.

Ele balança a cabeça e roça o nariz no meu.

— Não. Me refiro a você estar aqui comigo — esclarece, acariciando minhas costas e encostando os lábios nos meus, tão leve que quase nem sinto. — Qualquer outra comemoração seria perfeita, contanto que você estivesse comigo.

As luzes que batem em seu rosto começam a ficar engraçadas, de repente, e minha risada fica fácil, perdendo-se no momento em que ele toma minha boca em mais um beijo de fazer minha cabeça rodar. Seus lábios logo migram para meu pescoço, beijando minha pele sensível, enquanto sua mão me segura pela cintura. Fecho os olhos, sentindo sua proximidade e os efeitos dos seus toques e provocações, apertando os dedos em seus cabelos, o encorajando a atiçar-me com mais beijos. Quando ele ergue a cabeça, ficando cara a cara comigo, não resisto e capturo seu lábio inferior com os dentes, sentindo seu aperto ficar ainda mais firme ao meu redor, e sentindo-o vibrar em seu peito quando ele emite um som de satisfação. A provocação leva a outro beijo que não deveria ser visto em público, mas todos ao redor só parecem preocupados com suas próprias demonstrações escandalosas de afeto ou estão bêbados demais para se importarem.

Quando precisamos respirar, mantemos as testas encostadas, e sorrio ao ouvir Daniel dizer, mais uma vez, que está feliz por estar ali comigo, que não vê a hora de tirar meu vestido quando chegarmos em casa, e eu dou risada, apesar de sentir o mesmo que ele, que se inclina para pegar sua bebida e dar mais um gole.

Olho para o lado e encontro Laura gargalhando com Caio ao observá-lo fazer um passo de dança muito engraçado, mas, de repente, a expressão dela muda. Sei que estou vendo direito quando seu sorriso diminui enquanto encara algo ou alguém, incrédula. Franzo a testa e estou prestes a esticar o braço para cutucá-la e perguntar qual é o problema, quando ouço uma voz alterada, vinda detrás de Daniel.

— Ora, ora, ora! Daniel Mazonni.

Ele se vira no mesmo instante, e minha preocupação se eleva quando sinto quão tenso ele fica ao encarar a mulher que acaba de falar com ele. Pelo que consigo observar, ela tem os cabelos volumosos, pretos, pele pálida, usa um vestido tão justo que deve estar bem difícil respirar, e mantém os braços cruzados abaixo dos seios, fazendo com que fiquem exageradamente empinados. É possível ver seus olhos avermelhados ao redor das íris azuis, e a maquiagem carregada quase não lhe confere identidade.

O braço de Daniel aperta ao meu redor e ele traz seu corpo para ainda mais perto do meu. Consigo sentir que sua mão se fecha em punho na minha cintura e, diferente dos gestos anteriores, esse demonstra pura proteção. Estou quase aproximando a boca do seu ouvido para perguntar quem é ela, mas o que a mulher diz me faz ter uma ideia. E essa ideia me dá uma súbita vontade de vomitar.

— Te vi de longe e não acreditei. Precisava ver de perto. Quanto tempo, não é?

Meu namorado estremece diante das palavras dela. Vejo sua mão que segura a bebida chacoalhar, e ele me olha no mesmo instante, com uma expressão apreensiva. Quando olho para Laura novamente, seu semblante, tão horrorizado quanto o dele, e o que consigo ler no movimento dos seus lábios não me deixam dúvidas.

Suzana.

29. ACERTO DE CONTAS

Daniel

O álcool está me fazendo ter alucinações.

Estou dormindo e isso tudo é um pesadelo.

Alguém me deu um soco acidentalmente e acabei desmaiando.

Penso em várias possibilidades, durante um tempo considerado preocupante para que uma pessoa fique completamente muda, por não querer acreditar que isso está realmente acontecendo, que Suzana está aqui, na minha frente, com um olhar debochado e postura desafiadora, trazendo à tona coisas que odeio lembrar e sentimentos que, com certeza, não me permitirão responder por mim.

Olho para Mel, que muda sua expressão de confusa para horrorizada, assim que encara Laura e ela move os lábios para explicar-lhe de quem se trata.

Puta que pariu!

Ela fala, mas mal escuto. Ela gesticula, esperando que eu fale também, mas sinto que perdi a voz. Minha cabeça gira enquanto encaro aquela mulher, que pouco mudou fisicamente desde que a vi pela última vez. Aquela pela qual me deixei criar sentimentos que se confundiram com amor no calor do momento. Aquela que me fez perder a cabeça e brigar com minha família, com consequências ruins que estou tentando consertar. Aquela pela qual hoje não sinto nada além de raiva e repulsa, mesmo sabendo que nem isso vale a pena sentir por ela.

— Não vai falar comigo? *Bah*, isso é jeito de tratar uma velha amiga? — questiona, descruzando os braços e colocando as mãos na cintura, sorrindo, cínica. A maneira como a voz dela se arrasta me faz concluir que está bêbada.

Quando decidi voltar para acertar tudo com meus pais, nem pensei na possibilidade de reencontrá-la. Ela sumiu da minha vida depois de ferrá-la, mas, aparentemente, a vida quer que eu acerte as contas por todas as merdas que fiz, e Suzana, sem dúvida, foi a maior delas.

Sinto meu sangue ferver quando ela dá um passo à frente e fica mais próxima, deixando seu olhar se fixar em Mel, que continua estática, com uma das mãos agarrando meu braço com força. Meu primeiro instinto é largar o copo, tirar notas aleatórias da carteira, jogar no balcão, e lançar um olhar para Laura, que entende no mesmo instante e se apressa em chamar o barman, antes de segurar a mão da minha namorada, pronta para sair dali.

Mal damos dois passos antes de ouvir aquela voz asquerosa novamente.

— Nossa! E não é que ele continua sendo aquele mesmo guri rebelde? — Consigo perceber a risada zombeteira em sua voz, e sinto uma vontade enorme de sair socando todas essas pessoas que estão tumultuando meu caminho e fazendo minha tarefa de sair difícil demais.

— Daniel... — Ouço Mel me chamar, apertando minha mão com força, mas não me viro. Não quero perder tempo no mesmo ambiente que essa mulher.

— Ah, não vai embora agora! — A maldita tem a audácia de nos seguir — coisa que não é muito difícil, já que mal conseguimos nos locomover no tumulto — e tentar me tocar, gesto do qual me desvencilho rudemente. Ela ergue as palmas como se estivesse se rendendo, sem deixar de zombar por um segundo sequer. Sinto Mel se aproximando mais de mim, segurando-me com cada vez mais força e tentando me dizer alguma coisa, mas está ininteligível para mim. — Vem aqui, me apresenta à tua nova amiguinha. É por ela que você está se revoltando contra a tua família dessa vez? É meio novinha pra ti, não acha?

Bem, ela conseguiu. Desde sua primeira palavra, estava claro que estava tentando me provocar. E acaba de atingir meu ponto fraco.

Tenho o vislumbre da minha irmã vindo em minha direção, com o namorado atrás, mas ignoro o que quer que ela esteja tentando me dizer. Com as mãos fechadas em punhos com tanta força que minhas articulações protestam, dou dois passos em direção a Suzana, ficando bem próximo dela.

— Como você se atreve a me dirigir a palavra? — inquiro entre dentes, ficando ainda mais irritado quando ela continua a rir.

— Ui, ele está nervosinho — diz, cruzando os braços novamente. — Só estou tentando puxar um papinho com um amigo sumido, de quem eu senti muita falta. Isso é errado?

Olho-a de cima a baixo, perguntando-me onde eu estava com a cabeça quando me deixei levar por esse pacote desprezível.

— Você é inacreditável — cuspo, preparando-me para virar novamente e ir embora de uma vez, mas ela abre a maldita boca de novo.

— Você costumava adorar isso — rebate, avançando em minha direção para que eu ouça seus berros. — Tenho certeza de que você se lembra. Tenho certeza de que você não diria "não" caso eu estalasse os dedos, que adoraria relembrar os velhos tempos. Tenho certeza de que a guriazinha aí não faz nem metade...

Dessa vez, meus passos em sua direção são firmes e eu paro à sua frente, a poucos centímetros de distância, com tanta veemência e bufando tanto de ódio que ela cambaleia um pouco para trás, interrompendo-se.

— Vê se lava a porra da tua boca com água sanitária e soda cáustica antes de pensar em falar da Mel — ralho, pressionando meus punhos contra as laterais do meu corpo para não cair na tentação de fazer uma besteira.

— Daniel, por favor, calma — Mel pede, puxando-me pelo braço novamente. Posso sentir o receio em sua voz. Não sou de perder a cabeça assim. Pelo menos, não mais. — Vem, vamos embora...

Ela é bruscamente interrompida quando Suzana afasta com um safanão sua mão que me puxa, desequilibrando-a por um segundo.

Meu Deus, eu vou mesmo acabar fazendo uma besteira.

— Qual é o teu problema, porra? — ela berra para Mel, que encara, muito compenetrada, o local em seu antebraço onde Suzana tocou. Sua testa está franzida como nunca vi antes. Seus olhos brilham tanto que penso, por um instante, estarem marejados e que ela vai começar a chorar, mas está para chegar o dia em que conseguirei prever a próxima ação da minha namorada.

Ela lança um olhar quase mortal para Suzana, conforme dá passos à frente.

— Qual é o meu problema? Eu que pergunto qual o *seu* problema! — grita, empurrando-me quando tento impedir que ela se aproxime daquela mulher. — Além de vagabunda, é muito cara de pau. Como você tem a audácia de ao menos pensar em se aproximar dele depois do que fez?

Mel continua lutando contra minhas mãos, ficando mais alterada do que previ. Laura tenta intervir também, mas minha namorada parece querer cortar com as próprias unhas o pescoço de Suzana, que, por sua vez, a olha de cima a baixo com os olhos nublados e os lábios cerrados, mostrando-se pouco intimidada.

— Olha aqui, guria de merda, vagabunda é a sua...

— Não complete essa frase!

Por pouco, muito pouco mesmo, Mel não acerta o rosto de Suzana. No exato momento em que ela mede o tapa que pretende acertar naquela cara cínica, agarro-a pela cintura e a puxo para trás, impedindo que sua mão a atinja — o que também foi evitado pelo fato de Suzana dar um passo atrás e desviar. Algumas pessoas que estão mais próximas olham e cutucam umas às outras, esperando mais alarde. Mel está ofegando, tremendo inteira, e tudo o que quero fazer é tirá-la dali e fazer aquela vadia desaparecer da minha vida novamente.

— Epa, epa, epa! — uma voz grave e estrondosa grita, e eu reviro os olhos ao ver um cara careca enorme gesticular para nos acalmar. — Aqui não, gurizada! Vão resolver as confusões de vocês lá fora! Anda, anda!

Laura ainda tenta argumentar com o cara para não sermos expulsos, mas não adianta, então seguimos para a saída, ignorando os murmúrios das pessoas que nos observam.

Assim que alcançamos a calçada, vejo que Suzana também foi empurrada para fora pelo grandalhão, mas os dois se aproximam e sussurram algo um para o outro e, antes que ele se afaste, ela lhe lança um sorriso sugestivo e ele lhe dá um tapa na bunda.

— Tão típico — deixo meu pensamento escapar em voz alta e balanço a cabeça, virando as costas para ela para abraçar Mel e esperar Caio conseguir um táxi.

— Não lembro de te ouvir reclamar nem um pouco um tempo atrás.

Aquela voz, próxima de mim, faz com que eu me vire para, de uma vez por todas, acertar essa dívida e eliminá-la da minha vida.

— Vê se consegue entender uma coisa: você, para mim, não passa de lixo. — Fico cara a cara com Suzana novamente, que, de tão chapada, está com os olhos pesados e com toda sua confiança evaporando aos poucos. É notável na maneira como ela baixa o olhar antes de tentar se equilibrar ao olhar para cima, para mim. — Não percebe, Suzana? Eu te odeio. Some da minha vida, como você fez da outra vez.

Ela tenta retomar a postura para não se deixar abalar por minhas palavras. Porra, qual é a dessa mulher? A troco de que ela, depois de tantos anos, me reencontra e faz questão de se aproximar para me provocar? E, pior ainda, irritar a Mel, que é como me atingir ao cubo? Será que ela não acha que foi o suficiente o inferno no qual ela me colocou?

— Ah, não acredito que você ainda guarda rancores por isso — diz, dando uma risada sem graça.

— Olha só a merda que você está dizendo! — exalto-me, passando as mãos nervosamente pelos cabelos. — Está tão bêbada e, provavelmente, tão drogada, que não controla as porcarias sem cabimento que fala. Você me fez passar pelo inferno na Terra, Suzana. Por tua culpa, passei anos brigado com a minha família e me torturando por tudo. Você acha que foi pouco? Será que você é tão inacreditavelmente insensível e vigarista a ponto de não reconhecer que quase destruiu uma vida?

Paro quando vejo seu lábio inferior tremer, o que ela tenta disfarçar ao mordê-lo. Seu olhar desvia do meu várias vezes, e ela pisca como se eu a tivesse atingido fisicamente, como se estivesse doendo. Não tenho a intenção de pagar na mesma moeda. Tudo o que estou dizendo é verdade. Se a verdade é dolorosa, a única culpada é ela mesma.

Após um breve suspiro, ela fala:

— Eu... eu achei que, depois de todo esse tempo, você tivesse...

— Esquecido? — completo sua frase, incrédulo. — Suzana, tudo o que fiz, tudo o que me tornei e todo o inferno que causei, por tua causa, não se esquece da noite para o dia, principalmente quando as consequências perduram até hoje. Nem sei por que estou me dando ao trabalho de te explicar isso quando já deveria ter virado as costas e ido embora, mas acho melhor que fique sabendo que o estrago não foi pouco, não.

Seu olhar um tanto amedrontado me faz recuar um pouco ao perceber que estou gritando muito próximo ao seu rosto. Ela olha para os lados e respira fundo, por alguns segundos, como se estivesse pensando no que dizer. Balanço a cabeça e começo a dar o primeiro passo para trás, mas paro quando ela torna a falar.

— E-eu não fazia ideia... eu... — gagueja um pouco, erguendo o rosto para me olhar bem nos olhos. — Realmente te amei, sabe?

Eu daria risada, se não estivesse tão enraivecido.

— Caramba, você está mais chapada do que pensei. — Balanço a cabeça. — Tudo o que quero de ti é distância, e tudo o que posso sentir por ti é pena. Tenho pena do rumo que está deixando a tua vida tomar e de quem cruzar o teu caminho e tiver a coragem de acreditar em ti.

Ela luta para manter os olhos abertos, já marejados, fazendo com que certa parte em mim se compadeça por estar dizendo tantas coisas horríveis. Mas essa parte fica quieta quando penso em tudo que passei por sua culpa. Estive apaixonado, disposto a dar-lhe tudo, a fazê-la feliz, mas ela pisou em cima disso com a maior frieza. Não se espera que eu me sinta de modo diferente.

— Quer saber? Eu te desejaria algo bom, mas não seria sincero. Eu te desejaria algo ruim, mas não sou esse tipo de pessoa. Então, o que te desejo é: nada. Sei que disse que te odiava, mas acho que nem isso vale a pena. De mim, você não tem mais nada, Suzana. Não passa de uma lembrança ruim que fica mais distante a cada dia.

No momento em que a lágrima que dança em seu olho cai pela bochecha, me afasto e viro-me para encontrar Mel me encarando, seus olhos brilhando com emoção. Seguro seu rosto com as duas mãos, dizendo que está tudo bem, e pego sua mão para nos afastarmos, mas, novamente, a voz de Suzana insiste.

— Daniel. — Seu chamado é quase uma súplica. Penso em não parar, penso em não me virar. Mas o faço, para encontrar seu rosto choroso e suas mãos sobre o peito, como se ela estivesse segurando algo muito precioso. — Perdão.

De repente, penso no objetivo do meu retorno. Penso no alívio que senti ao perdoar a minha mãe, e ser perdoado de volta. Penso no quão realizado me sinto pela ideia de perdoar o meu pai e como eu me sentiria completo novamente se ele me perdoasse. A resposta para deixar o que tem que ir, ir de verdade, é essa.

Se seu pedido é sincero, não sei dizer. Se seu estado permitirá que ela se lembre disso amanhã, não sei dizer também. Se ela merece, tampouco sei dizer. Mas sei qual resposta devo dar ao seu pedido. Sei o que devo responder para que esse rancor não atrapalhe mais minha vida e possamos seguir sem esse peso nas costas.

No entanto, é difícil falar em voz alta. Sabendo, dentro de mim, que é sincero, e mesmo pensando que talvez ela não mereça, balanço a cabeça positivamente, fazendo com que ela chore mais ainda.

Viro as costas para o meu passado, literal e definitivamente, ficando de frente para o meu presente e futuro, que segura e acaricia minha mão, lançando-me um sorriso pequeno que demonstra orgulho, esperança e, acima de tudo, amor.

A mágoa pelo que Suzana fez comigo não é algo possível de se esquecer de uma hora para outra, mas, como lhe disse, ela e aqueles acontecimentos horríveis ficam mais distantes com o passar dos dias. E eu sei que agora que decidi perdoá-la, apesar do que aconteceu agora ou há quatro anos, livrei-me de um peso que nem sabia estar carregando. Pouco me importa se ela merece ou não. Não fiz isso por ela. Fiz por mim.

Assim que, finalmente, Laura, Caio, Mel e eu entramos em um táxi, minha irmã estica a mão para tocar meu ombro.

— Daniel, eu sinto muito. Insisti para virmos aqui, e nem pensei na possibilidade de isso acontecer.

— Você não tinha como saber, Laura. Não foi culpa tua — tento confortá-la, mas sua expressão preocupada não ameniza.

— Não queria que o teu dia terminasse assim — diz, pesarosa, encarando as próprias mãos.

— Ei, não fica assim. Não foi o jeito que nenhum de nós queria que terminasse, mas não se culpe. Sei que você teve as melhores intenções. Vamos embora e esquecer tudo isso.

Ela assente e me lança um sorriso pequeno, subindo a mão até meus cabelos, bagunçando-os e dando-me a chance de fazer o mesmo com os seus. Puxo-a para beijar sua testa rapidamente e volto minha atenção para Mel, que tem a expressão um pouco mais suave ao nos observar.

— Sinto muito por você ter visto isso, Honey — sussurro contra seu cabelo ao abraçá-la, referindo-me a toda a confusão lá dentro, afastando-me um pouco para pegar seu braço, inspecionando-o. — Ela te machucou?

— Não. Ela mal encostou em mim, na verdade — explica enquanto dou um beijo carinhoso em seu pulso. — Argh, mas todos aqueles absurdos que ela te disse e ainda se atreveu a tentar me machucar...

— Não vale a pena, Mel — interrompo-a, prendendo uma mecha do seu cabelo atrás da orelha, deixando que meus dedos acariciem sua mandíbula. — Eu também fiquei puto no momento em que a vi, e teria facilmente perdido a cabeça depois que ela começou a falar aquelas merdas, mas consegui perceber a tempo que não valia a pena. Eu só queria dar um basta nisso, de uma vez por todas, e acho que fiz isso do jeito certo.

Mel joga os braços ao redor do meu pescoço e eu a abraço pela cintura, correspondendo seu gesto com a mesma vontade, sentindo a paz que só ela é capaz de me transmitir. Sentindo-me em casa, como só ela me faz sentir.

— Você fez. Você fez, e eu não poderia estar mais orgulhosa. Apesar de achar que ela merecia a bela surra que você não me deixou dar, a lição que você deu valeu muito mais do que qualquer outra ação ou palavra — ela diz, e eu sorrio diante das suas palavras.

O táxi para por um instante porque Caio chegou ao seu destino, e esperamos um pouco enquanto Laura se despede dele. Fico grato quando ele diz que está tudo bem e não preciso me desculpar pelo que aconteceu, e a implicância natural que eu tive em relação a ele antes de conhecê-lo evapora de vez. Ele realmente é um cara legal, afinal de contas. Quero dizer, espero mesmo que ele nunca machuque minha irmã, em nenhum sentido, porque não medirei esforços — ou socos — para defendê-la.

Mel acomoda a cabeça no meu ombro quando seguimos para casa, permitindo-nos deixar o ocorrido para trás. Contudo, minha namorada ergue o rosto, de repente, e olha de Laura para mim, com uma expressão um tanto alarmada.

— Acha que ela pode voltar a te procurar? Ou fazer algo contra a sua família? — questiona, e, só então, penso nisso. Quero acreditar que não, mas sua apreensão me faz ter dúvidas.

Laura estende a mão até tocar o antebraço de Mel, em um pedido para que fique calma.

— Não se preocupe com isso. Eu duvido muito — afirma, com muita segurança. — Esbarrei com ela uma ou duas vezes nos últimos anos, e sei que ela me reconhecia, porque se espantava como um rato ao ver um gato e logo fugia. — Ela olha para mim. — Tenho certeza de que, se ela estivesse sóbria esta noite, não teria se aproximado de ti. E, por favor, depois de tudo que você disse, acho que nem mesmo chapada ela terá coragem de pensar em ti ou em nós.

Isso me deixa mais tranquilo e, pelo que posso ver na expressão de Mel e no modo como deixa seus ombros relaxarem, ela fica mais tranquila também.

— Não vamos mais nos preocupar com isso. Só quero ir pra casa e esquecer — digo, apertando Mel em meu abraço e pousando o queixo no topo da sua cabeça.

O caminho até em casa não demora muito mais que dez minutos, e não reprimo meu suspiro de alívio. Minha cabeça ainda gira um pouco, tanto pelo álcool quanto pelo estresse, e não consigo pensar em nada além de chegar no meu quarto, tirar as minhas roupas e as de Mel e dormir grudado nela.

Laura abre a porta da frente e tomamos o cuidado de não fazer muito barulho. Minha irmã liga a lanterna do celular, mas, quando nos dirigimos para a escada, algo me chama a atenção ao olhar para cima.

Há alguém ali e, após pegar a mão de Laura e fazê-la apontar a luz para o local, conseguimos ver que é o nosso pai. Ele está no topo das escadas, com um dos pés no degrau seguinte, segurando o corrimão com força com uma das mãos, enquanto a outra parece proteger os olhos da iluminação forte que apontamos para ele.

Minha irmã o chama, mas ele não responde. Ela pergunta se está tudo bem, mas ele continua sem responder. Ao mesmo tempo em que me preocupo com isso, fico um pouco irritado ao pensar na possibilidade de ele estar dando um gelo nela também. Mas esse incômodo logo se dissipa, pois, ao nos aproximarmos, podemos ver com clareza que ele está com a mão na testa como se estivesse com dor. Seu corpo parece balançar um pouco, como se para ele tudo estivesse rodando.

No exato segundo em que dou o primeiro passo para subir as escadas correndo para ver o que ele tem, um desespero sufocante me engole quando vejo seu corpo se desequilibrar e ele cair, rolando as escadas de um modo terrível, deixando no ar apenas o eco do choque dos seus membros contra os degraus de mármore.

Logo em seguida, um grito exasperado sai da minha boca.

— PAI!

30. SEGUIR EM FRENTE

Daniel

A espera é torturante.

Meu coração bate acelerado. Estou muito assustado.

E olhar para minha calça, perto do joelho, onde ainda há alguns respingos do sangue do meu pai de um corte em sua testa, não me deixa nem um pouco mais calmo.

Levanto mais uma vez e ando de um lado a outro na sala de espera, onde estamos somente minha mãe, dois desconhecidos e eu. Estamos no hospital há algumas horas, e, há poucos minutos, Laura convenceu Mel a sair do meu lado por um instante, para que pudessem arranjar um pouco de café para tentar afugentar o cansaço.

Não quis parecer um medroso egoísta e pedir para Mel não me deixar, mas agora me arrependo por não ter perguntado se Laura não podia ir sozinha. O toque e o cheiro da minha namorada são as únicas coisas que conseguem me acalmar e, apesar de saber que minha angústia só irá embora quando eu tiver alguma notícia sobre o estado do meu pai, ter o meu bálsamo particular por perto me ajuda a não pirar de vez diante de tanta espera.

E eu pensei que já havia sido ruim o suficiente encontrar a ex-namorada que quase destruiu a minha vida. Pelo menos, isso já está resolvido.

Minha mãe me observa andar impaciente, e meu coração aperta quando encaro seus olhos vermelhos e o lenço em sua mão, pronto para capturar alguma lágrima que possa cair a qualquer momento. Posso ver o quanto ela está arrasada e, então, enquanto as meninas não voltam, sento-me ao seu lado, pegando sua mão e acariciando o dorso, em um gesto silencioso para tentar assegurá-la de que tudo ficará bem. Não digo nada, pois não estou seguro da firmeza da minha voz, que pode entregar que estou ainda mais desesperado do que ela.

Não sei exatamente quantos minutos se passam, mas, após isso, avisto minha irmã voltando com minha namorada, cada uma segurando um copo. Mel vem até mim e senta ao meu lado, pousando uma das mãos no meu joelho e estendendo o copo para mim. Quando o pego, está cheio até a metade com café, e ela me incentiva a tomar um pouco. Agradeço com um beijo em seu rosto e bebo um gole, percebendo que Laura fez o mesmo com mamãe, mas ela recusa.

Minha irmã continua a insistir que a nossa mãe coloque pelo menos café no estômago, mas paro de prestar atenção quando Mel pousa o queixo no meu ombro e leva uma das mãos até meus cabelos para fazer carinho. Seus lábios raspam levemente em minha bochecha e ergo a mão para colocar a palma em seu rosto, inclinando-me em direção aos seus gestos de conforto, respondendo que sim quando ela pergunta se estou bem.

Sei que não estou, mas ficarei. Tudo ficará bem. A mesma garota que, direta ou indiretamente, me ensinou a importância de acertar contas com o passado e o valor do perdão também me mostrou que, mesmo em momentos que parece não ser possível, o melhor é pensar positivo, porque pensamento tem poder. Então, deleitando-me com seu cheiro e seu toque, penso que nada grave aconteceu com meu pai. Que poderemos cuidar dele e logo ele ficará bem.

Que *tudo* ficará bem.

Noto que minha mãe está começando a ceder ao sono, encostada ao ombro de Laura, e no momento em que sinto meus olhos pesarem também, os passos que ouço se aproximarem me põem em alerta. O médico surge na sala de espera, fazendo com que minha mãe fique de pé em um salto, levando todos nós junto com ela.

— E então, doutor? Como está o meu marido? — pergunta, mantendo certa distância do médico, mas erguendo as mãos como se quisesse puxá-lo pelo jaleco e espremê-lo até que responda.

O médico, que aparenta ter a mesma idade do meu pai, olha para ela com condescendência.

— Bem, o doutor Mazonni quebrou o braço esquerdo e fraturou algumas costelas, devido à queda. Descobrimos também que a fraqueza que ele apresentou deve-se a um estado anêmico, do qual já estamos cuidando e preparando recomendações para quando ele tiver alta. Podem ficar tranquilos, ele ficará bem logo.

Nós quatro respiramos aliviados ao mesmo tempo, olhando uns para os outros e trocando sorrisos esperançosos. Foi um susto do caralho, mas ele ficará bem. Como eu acreditei que ficaria.

— Podemos vê-lo? — pergunto, pigarreando um pouco.

— Podem, ele está acordado. Mas é melhor que não entrem todos de uma vez. E é importante também que não demorem, porque ele precisa descansar, e a medicação que aplicamos logo o deixará sonolento.

Olho para minha mãe e Laura, que abre mão de sua vez e me incentiva a ir junto com mamãe. Mel faz o mesmo, encorajando-me a ir enquanto ela espera com minha irmã. Dou um beijo no dorso de sua mão e ela sorri para mim antes de eu me virar e seguir o médico até o quarto.

Engulo em seco ao entrarmos. Observo meu pai, com o braço engessado, o tronco imobilizado e um curativo na testa, logo acima da sobrancelha esquerda, parecendo tão frágil e vulnerável. Tão diferente do sempre forte, decidido e inabalável Eduardo Mazonni.

Os passos da minha mãe em sua direção são apressados, enquanto mantenho os meus cautelosos, por ainda não ter certeza de que ele me quer por perto. Enfio as mãos, um tanto suadas, nos bolsos frontais da calça, parando a certa distância, observando enquanto mamãe fala com ele.

— Oi, querido. — Ela passa a mão pela testa dele e afaga seus cabelos. — Fiquei tão preocupada! Como se sente?

Ele a encara, fechando os olhos por um momento ao apreciar seu carinho, segurando a mão dela com a sua que não está imobilizada junto ao braço quebrado.

— Um pouco dolorido, mas ficarei bem. Não se preocupe. Não foi muito grave — ele responde, como se estar com anemia, rolar escada abaixo e se arrebentar todo fosse pouca coisa. Tão típico dele. É admirável o fato de que ele nunca quer pagar de vítima, mas não dá para fazer isso o tempo todo. Acaba fazendo com que ele se descuide, e isso, com certeza, não favorecerá sua tentativa de ser de ferro.

Minha mãe balança a cabeça para ele, dizendo que seguirão à risca tudo o que for recomendado e que cuidará dele, fazendo-o sorrir um pouco ao apontar que ele se descuida muito para um médico. Continuo quieto, apenas observando os dois interagirem, sem conseguir conter o pequeno sorriso por enxergar o amor tão forte ali. Digo forte porque eles estão juntos há anos, passaram por poucas e boas e, no entanto, estão ali, um preocupado com o outro, um sorrindo para o outro. É o tipo de coisa que você presencia e fica feliz por poder ver.

É o tipo de coisa que eu desejo para a minha vida, e meu pensamento vai direto até Mel. Não tem como ser diferente.

Sou pego desprevenido quando ouço a voz da minha mãe me chamar. Acabei me perdendo tanto em pensamentos que não percebi os olhares deles sobre mim. Sim, *deles*. Os dois.

Meu pai está me fitando, fazendo minha garganta secar e minhas mãos suarem ainda mais quando percebo que a frieza que testemunhei em seu olhar direcionado a mim, no momento em que ele me viu ontem, não está mais ali. Ele está me olhando exatamente como costumava olhar quando nos dávamos bom dia pela manhã antes de ele ir para o trabalho e eu, para a escola; do mesmo jeito que me olhava quando eu lhe pedia ajuda com o dever de casa e ele ficava alegre quando eu absorvia todos os seus ensinamentos; quando eu contava alguma piada sem graça, e ele ria como se fosse a coisa mais engraçada do mundo; quando eu dizia que o amava e ele se preparava para dizer de volta.

Não sei se devo me mover ou falar alguma coisa, mas faço isso, mesmo assim. Dou dois passos à frente, com as mãos ainda nos bolsos, e no instante em que abro a boca para dizer algo, ele se adianta.

— Oi, filho. Quanto tempo.

Engulo em seco e respiro fundo, deixando que meu sorriso fale por mim. As primeiras palavras que ele dirige a mim depois de tantos anos.

Minha mãe não esconde sua felicidade, sorrindo e deixando lágrimas correrem livres por seu rosto. Ela olha para nós dois ao se afastar um pouco, dando-me espaço para chegar mais perto do meu pai. Assim que paro bem ao seu lado, na cama, o rastro de sorriso em seus lábios e a suavidade em seu olhar, finalmente, me encorajam.

— Oi, pai. Senti tua falta.

— Acredite, eu também — responde, desviando o olhar do meu por um instante.

Ele fica pensativo, olhando para minha mãe, para as paredes do quarto, para o teto, e, por fim, para mim novamente, mas nada diz. Isso me deixa nervoso, então decido não segurar mais o filtro que me impede de falar.

— Pai, eu... eu sei que magoei muito vocês. Eu sei que...

— Daniel — ele me interrompe, erguendo um dedo. Entre a impaciência e a apreensão, me calo, esperando que ele volte a ser frio e hostil, como foi desde o momento em que nos reencontramos. Mas estou enganado. — Eu preciso te dizer. O último rosto que vi, antes de tudo ficar completamente escuro e eu pensar que ia morrer, foi o teu. E a única coisa em que consegui pensar antes de perder os sentidos foi que, naquele momento, eu poderia nunca mais voltar da escuridão, e seria engolido por ela sem ao menos ter a oportunidade de te dizer o quanto senti tua falta e o quanto me arrependo por tudo que aconteceu.

Minhas pernas chegam a ficar bambas por um instante, e tomo a liberdade de sentar-me na cama, ao seu lado, sentindo o nó na garganta ficar cada vez mais insuportável e meus olhos arderem ao anunciarem as lágrimas que os preenchem aos poucos. Isso era tudo que eu queria ouvir, mas somente agora, com esse desejo sendo concretizado, vejo que não me preparei o suficiente para isso. A surpresa é tanta que me deixa mudo, sem ação.

— Você não agiu certo — ele continua. — Você me decepcionou muito, mas o que acabei fazendo por estar me sentindo assim não me deixa orgulhoso. Você não deveria ter se rebelado e nos desafiado daquela maneira, mas nós também não deveríamos ter te abandonado. Eu sempre reconheci isso, mas a verdade é que fui fraco para admitir. E hoje, ver que você, sim, é forte e corajoso o suficiente para querer acertar as coisas e admitir o que estive tentando sufocar durante todo esse tempo, me fez, finalmente, aprender a ser corajoso também. Me perdoe, filho.

Sua voz está embargada ao final, mas ele não chora copiosamente como minha mãe, nem lágrimas tímidas de alívio escorrem por suas bochechas, como as minhas. Sua mão busca a minha e a aperta, afirmando ainda mais suas palavras e seu pedido, e tudo o que eu gostaria, nesse momento, era de poder abraçá-lo, mas acho impossível fazer isso sem causar-lhe dor.

Então, contento-me em segurar sua mão, sentindo o toque de amor incondicional paterno que sempre esteve ali, por mais que ele tivesse tentado esconder atrás de toda a sua armadura inflexível.

— Pai... — chamo, limpando minhas lágrimas com a mão livre. — Foi para isso que vim. Estava mais do que na hora de superar esses rancores, então eu vim pra dizer a vocês que sim, eu os perdoo. E para pedir que me perdoem também. Tudo aconteceu por minha culpa.

— Isso é verdade, mas você pagou bem caro por isso, e o que fiz só piorou tudo, não só pra ti, mas para toda a nossa família. — Ele olha para minha mãe por um instante, antes de voltar a olhar para mim. — Fico feliz que tenha voltado, Daniel. Sei que não foi isso que pareceu quando nos reencontramos, mas eu não soube como agir. Não soube lidar com o que senti.

— Tudo bem, pai. Não vou dizer que não fiquei triste por isso, mas consegui compreender que, talvez, você precisasse de tempo...

— Ou de alguém que me abrisse os olhos de vez.

Volto a atenção para minha mãe no mesmo instante, mas ela franze a testa, como eu faço, fazendo-me deduzir que ele não está falando dela.

Quando me viro para pedir que ele me explique, olhamos para a porta, que se abre, revelando Laura e Mel, perguntando com o olhar se podem entrar, e fazendo isso devagar quando acenamos positivamente.

— Oi — Laura diz, aproximando-se de nós. — Vocês estavam demorando, então convenci a enfermeira a nos deixar entrar rapidinho.

— Você quer dizer que quase a subornou, não é, Laura? — Mel completa, sua expressão deixando claro que desaprova o comportamento da minha irmã.

— Ah, cada um dá o jeito que pode. Principalmente quando é por uma boa causa — ela se defende, dando a volta na cama para ficar mais próxima do nosso pai e beijá-lo carinhosamente na testa. — Oi, paizinho. Que baita susto, hein! Como está se sentindo?

— Melhor do que nunca — ele responde, e eu sorrio junto quando o sinto apertar minha mão.

Vejo quando a expressão de Laura se anima, com um sorriso enorme e olhos brilhando, ao perceber nossas mãos dadas.

— Isso quer dizer que...?

Ela não conclui. Não precisa. O clima leve no ar, como não sinto há um tempo, os sorrisos, os choros emocionados, não deixam dúvidas.

— É — meu pai murmura. — Sabe, uma pessoa, certa vez, me disse que não faz sentido alimentar rancores, já que tanto tempo se passou, tanta coisa mudou e é isso que importa. Que a oportunidade de acertar as coisas não deve ser desperdiçada, e que, mesmo que eu tentasse negar, era isso que eu mais queria.

Fico surpreso quando sigo seu olhar e vejo que está em Mel, que está ao lado da minha mãe e sorri timidamente para ele. A confusão me faz franzir a testa e olhar para os dois, que parecem muito cúmplices.

— Hã? — balbucio, tentando entender.

— Assunto nosso — ele diz. — Trate de não deixá-la escapar, hein, filho. Aproveite que, dessa vez, não há como ou por que eu me opor.

LAÍS MEDEIROS

Risadas ecoam pelo ambiente e, apesar de eu estar um tanto chocado por ouvir o meu pai fazer piada, permito que a leveza do alívio me faça rir, e lanço, para Mel, um olhar grato que quer dizer "Depois você vai me explicar essa história". Ela pisca para mim, abrindo o sorriso que tanto amo, me deixando até meio bobo ao pensar que afirmar que ela é um anjo na minha vida não é exagero nenhum.

— Fico feliz que esteja feliz, Daniel — meu pai afirma, fazendo com que minha atenção volte para ele. — Eu te amo, filho.

Puta que pariu. Já estava começando a pensar que a minha cota de lágrimas havia esgotado, mas isso me prova que eu estava errado.

— Eu te amo, pai — digo de volta. — E eu te daria um abraço agora, mas não acho que seja uma boa ideia.

Ele ri quando aponto para seu corpo imobilizado.

— Teremos muito tempo para isso — assegura, e eu apenas assinto, confiando em suas palavras.

Minha mãe se aproxima de Laura, abraçando-a, e nossos sorrisos parecem permanentes ao rosto enquanto nos observamos. A família completa e unida novamente.

Ao sentir que, mesmo assim, ainda falta alguma coisa, viro-me em direção à Mel, estendo a mão e a puxo para perto, envolvendo sua cintura com um braço e recebendo o beijo que ela dá em minha testa quando olho para cima e suas mãos seguram meu rosto, os polegares fazendo um carinho suave ali.

O sentimento de plenitude é tudo nesse momento.

Pela primeira vez, na vida, eu me sinto completo.

Verdadeiramente pronto para seguir em frente.

31. PROMETO SER O SEU "PARA SEMPRE"

Daniel

Reviro os olhos pela centésima vez, enquanto tento me servir do mousse de chocolate que Olivia fez. O motivo: Arthur está monopolizando a travessa de doce, me atrapalhando e me acotovelando toda vez que tento.

— Porra, deixa de ser egoísta! — reclamo, empurrando-o de volta. — Olivia não fez só pra ti, Arthur. Isso foi o que eu entendi quando ela me disse que eu podia me servir.

Meu amigo faz careta para mim e enfia a colher no mousse mais uma vez, enchendo ainda mais a pequena tigela de plástico que pegou.

— Eu não vou comer tudo, idiota. Você é que não tem paciência — replica, como se não estivesse pegando quase metade do que Liv fez.

— Termina logo!

— Olha aí o que eu falei.

— Vai à merda e me dá logo isso, Arthur!

— Ei, vocês dois! Por que a discussão? — Olivia intervém, colocando as mãos na cintura e alternado olhares entre mim e o namorado, como se fôssemos duas crianças.

— O Daniel que é um guloso impaciente do caralho — Arthur responde, empurrando o doce para mim. — Tá aí! Engole a porra da travessa junto também!

— Você pegou metade do mousse e está me chamando de guloso? — Balanço a cabeça, servindo o que será suficiente para Mel e mim.

— Olha, eu estava tentando te poupar, mas lá vai. A Liv fez esse mousse com segundas intenções, que eu sei — meu amigo diz, aproximando-se de Olivia e abraçando-a pela cintura. Ela estreita os olhos para ele e em seguida ergue as sobrancelhas, ficando um pouco vermelha.

— Argh, Arthur! Cala essa boca — ela reclama, beliscando-o na barriga.

Franzo a testa.

— Hã? — inquiro, um tanto perdido.

— Digamos que mousse de chocolate nos traz boas lembranças. E me dá ótimas ideias... — ele explica, movendo as sobrancelhas e lançando um sorriso sugestivo para a namorada, que aperta os lábios para não sorrir junto e o belisca novamente, fazendo-o rir ainda mais.

É. Depois dessa, comprometo-me a nunca mais julgar qualquer ato estranho de Arthur. Isso pode significar coisas que eu realmente não gostaria de saber.

— Nem estou mais aqui — digo, apressando-me em sair dali, deixando para trás as risadas deles.

Assim que abro a porta do meu quarto, nem me lembro mais sobre o que ou com quem estive discutindo. A visão, *nossa*, é de tirar o fôlego.

Mel é linda. O tempo todo, de qualquer jeito. Mesmo que ela não perceba o quão sexy é apenas com o mais simples e tímido dos seus sorrisos.

E, nesse momento, é impossível não sentir o desejo arder em mim ao observá-la, sobre minha cama, deitada de bruços, com o tronco parcialmente erguido ao apoiar-se nos cotovelos, enquanto segura um livro, no qual está bastante compenetrada. Seus cabelos estão presos em um coque desarrumado no alto da cabeça, deixando à mostra sua nuca branquinha e macia, que praticamente implora por minha boca. Ela usa um pijama simples: blusa de alças e shortinho, deixando muitas partes suas expostas e minhas mãos impacientes para tocá-la. Seus pés balançam cruzados, no alto, seguindo um ritmo indefinido, enquanto ela vira as páginas do romance que lê, tão concentrada que não dá sinais de que percebeu minha presença.

De repente, fico completamente consciente do mousse de chocolate em minha mão, e penso em como Mel com chocolate seria uma combinação enlouquecedora. Me dá água na boca, só de pensar.

Aproximo-me devagar, devorando cada centímetro seu com o olhar, tentando congelar aquela imagem em minha mente para sempre. Ela se mexe um pouco quando encosto os joelhos na beira do colchão, mas não ergue o rosto para me olhar. Coloco a pequena tigela com o doce sobre o criado-mudo e subo na cama, apoiando-me nas mãos e nos joelhos ao pairar sobre seu corpo e aproximar o nariz da sua nuca, absorvendo seu cheiro, que faz com que meu pau comece a dar sinal de vida dentro da bermuda. Planto um beijo suave ali, permitindo-me sentir, sem pressa, sua pele sob meus lábios e, posteriormente, sob o sorriso que abro ao ver seu braço arrepiar. Ela mexe um pouco a cabeça, em um gesto que pede por mais, o que não me vejo no menor direito de negar.

Meus beijos se tornam mais insistentes, percorrendo toda a superfície delicada, desde sua nuca até seu ombro direito, e depois fazendo o caminho inverso até o esquerdo. O gemido baixo que ela deixa escapar só me dá ainda mais vontade de continuar, mas não consigo entender por que raios ela ainda não soltou o livro.

— Então, Honey... tem certeza de que esse livro está mais interessante do que o que estou fazendo e pretendo fazer? — questiono, bem próximo à sua orelha, mordiscando o lóbulo devagar. Ela dá uma risadinha e vira mais uma página.

— Ah, amor... eu não gosto de parar no meio do capítulo. Já está terminando, juro.

É a minha vez de rir contra sua pele, ficando dividido entre achar estranha e uma gracinha essa mania dela. Um ano juntos, e não há um dia em que essa guria não me surpreenda e não me faça amá-la cada vez mais.

Tudo parece estar tão bem encaixado. Voltamos de Porto Alegre no fim da primeira semana de fevereiro — e já estamos em abril —, alguns dias depois do que pretendíamos. Meus pais insistiram para que ficássemos mais um pouco, e recusar foi impossível. Passar esse tempo me reconectando com minha família foi tudo o que precisei para voltar renovado, com a consciência limpa, sentindo-me mais leve e pronto para continuar o meu caminho.

Hoje, quando penso no que passei, não me vem à cabeça o tal questionamento "Deu tudo certo. Estava com medo por quê?", porque meu receio tinha fundamento. Estou muito feliz, sim, por tudo ter dado certo, e confesso que não sei se ficaria tão bem assim caso tivesse sido o contrário. Meu pessimismo me fazia pensar no pior para que eu ficasse preparado, mas seria muito difícil ficar tranquilo caso minha família não me perdoasse. Eu teria que aprender a conviver com isso, mas não seria fácil, tenho certeza.

Bem, acho que é inútil pensar no que poderia ter sido. O tempo, com seu papel de melhor autor, tem nos dado o desenrolar de enredo perfeito. Com seus altos e baixos, tropeços e aprendizados, furacões e calmaria.

E agora estou aqui, sempre tentando cumprir com satisfação a minha missão de fazer a mulher que eu amo feliz. Que, nesse momento, prefere me trocar por um livro. Mas acho que posso dar um jeito nisso.

— Mel, não tem problema algum você parar no meio do capítulo. Parece até superstição boba — digo, trilhando beijos por sua pele novamente, tendo a certeza de que estou dificultando sua concentração.

— Só faltam duas páginas, Daniel. É rapidinho.

Suas palavras são gemidos misturando-se aos barulhos da minha boca contra sua pele, e isso me dá a evidência de que estou ganhando.

— Ah, larga isso aí, vai — peço, usando meus lábios e língua para dar um beijo estalado e demorado na curva do seu pescoço, levando uma das mãos até sua cintura, descobrindo-a e acariciando sua pele aquecida. — Por favor.

— Só falta um pouquinho, amor. — Sua voz sai em um sussurro e vejo quando ela vacila com o livro, quase o soltando. Contudo, ela trata de se recompor para terminar o maldito capítulo.

— Estou pedindo por bem, hein.

Finalmente, ela vira o rosto, encarando-me com os olhos semicerrados. Não consigo evitar a risada presunçosa quando percebo suas bochechas vermelhas.

— Humm, está me ameaçando?

— Talvez.

— Isso que você está fazendo não é jogo limpo.

Ela volta a atenção para o livro, desafiando-me. Mordo o lábio para conter mais uma risada quando, após passarem alguns segundos e eu ficar quieto, ela olha para trás, de rabo de olho, tentando prever meu próximo movimento.

O gritinho que Mel solta quando a agarro com força pela cintura e giro seu corpo, deixando-a de barriga para cima e colocando um joelho meu em cada lado do seu quadril, ficando por cima dela, é prova de que ela estava esperando tudo, menos isso. O livro escorrega da sua mão, e, mesmo que ela esteja com as sobrancelhas franzidas, demonstrando irritação, consigo ver a expectativa em seus olhos e o sorriso querendo surgir em seus lábios.

Por um instante, quase esqueço do joguinho que estamos fazendo, porque olhar para ela já me faz vacilar e o coração acelerar. O desejo de arrancar nossas roupas, sentir sua pele junto à minha, seu coração bater junto ao meu, invadi-la, ser envolvido por seu calor e maciez até que nos tornemos um emaranhado único de amor e prazer, me invade de uma forma quase incontrolável, mas torno a lutar com ela quando se contorce e estica o braço para tentar alcançar o livro.

Porra, como eu amo essa guria.

— Ah, Honey. Você ainda não me viu jogar sujo.

— Daniel, eu juro que...

Seu próximo protesto é interrompido quando começo a lhe fazer cócegas. Por experiência, sei que nada a desarma mais do que isso. Cutuco sua barriga, seu quadril, e ela me pede para parar, repetidas vezes, mas não obedeço. Continuo fazendo-a gargalhar e se contorcer ao tentar fugir, acertando-me com golpes cada vez mais fracos.

— Para, Daniel! Por favor, paraaaaa! — Seus pedidos desesperados acompanhados de gargalhadas me fazem rir também.

— Me dá um bom motivo para parar — desafio, falando alto o suficiente para que ela ouça algo além das próprias risadas histéricas.

— Merda, você me fez perder a página!

— Eu disse um *bom* motivo, Honey.

— O capítulo está acabando!

— Não está funcionando.

— Quem ouvir vai pensar que estou sendo torturada a caminho da morte!

— Mais uma chance...

Ela chacoalha as pernas, tentando me chutar para longe, mas aproveito que sou mais forte e lhe ataco com ainda mais cócegas, deixando-a fraca. Apenas um poço de risadas sob mim.

— E se eu disser que estou grávida?

Mel

Eu sabia que isso o faria parar.

É claro que não é verdade, mas já não estava aguentando tantas cócegas. Daniel é forte e muito bom nesse tipo de jogo sujo, e ele se engana se ainda pensa que não sou tão boa quanto. Eu só queria terminar o capítulo, poxa!

Minhas risadas ainda estão cessando, enquanto meu namorado paira sobre mim, olhando-me fixamente, com uma expressão de puro choque. Suas mãos estão estáticas, no exato lugar de quando ele estava me torturando. Posso jurar que vejo a cor fugir do seu rosto, deixando-o pálido. No momento em que decido abrir a boca para desmentir a brincadeira, ele se adianta, pegando-me de surpresa.

— Puta que pariu! Você está? Caralho! — exclama, saindo de cima de mim. Quando penso que ele vai desmaiar, sinto-o me puxar pelos braços, pondo-me sentada sobre a cama. Daniel se ajoelha à minha frente, tateando minha barriga com cautela. — Caramba, Mel! Você está falando sério? Porra, quando você descobriu? Cacete, nós não estávamos preparados para isso, mas vai ficar tudo bem, não é? Quero dizer, por mim vai sim, e por ti? Está assustada? Eu não estou assustado, talvez um pouco, mas, caralho, eu te machuquei? Eu *o* machuquei? Fala comigo, pelo amor de Deus! Eu...

— Daniel — chamo-o, segurando-o pelo rosto, espremendo tanto suas bochechas que seus lábios formam um bico hilário. — Eu estava brincando. Só falei isso para você parar.

Ele me encara com os olhos arregalados, ofegando, e sei que posso ter pegado pesado na brincadeira, mas não consigo evitar a risada diante de sua reação e da expressão com que ele me fita nesse momento.

— Porra, Mel, isso não é brincadeira que se faça! — exclama, quando finalmente volta a si. Ele passa as mãos pelos cabelos e levanta do chão, sentando-se na cama em seguida.

— Ah, e por acaso é justo me atacar com cócegas, quando tudo o que quero é terminar mais um capítulo do livro? — mando de volta, empurrando seu ombro.

Ele esfrega os olhos antes de olhar para mim.

— É.

Eu ficaria brava diante da sua resposta, mas só consigo pensar no modo como ele reagiu. As coisas que ele disse. Estava obviamente desesperado, mas nenhuma de suas palavras ou gestos demonstrou que ele não queria. Pensar nisso me deixa com um frio bom na boca do estômago e um sorriso bobo no rosto. Mais uma vez, Daniel está provando que, mesmo que às vezes eu pense que já o amo tanto que é impossível que eu o ame mais, meu amor por ele não tem limite.

— Eu pegaria esse livro e daria com ele na sua cabeça por essa resposta, mas seu ataque desesperado foi muito fofo — comento, rindo da expressão que ele faz.

— Eu não tive ataque!

— Ha, ha, claro que não! As perguntas vomitadas e o alvoroço todo foram uma reação muito serena, né, amor?

Ele balança a cabeça e sorri com minha ironia, baixando o olhar, parecendo tímido, de repente. Sua mão vem até meu joelho, subindo por minha coxa e começando a brincar com o tecido do meu short de pijama, seus olhos acompanhando esses movimentos o tempo todo.

— Eu... fiquei empolgado.

O sorriso quase rasga meu rosto, mas não me importo. O jeito que Daniel fala e me dá expectativas de futuro me deixa com cosquinhas internas de animação e transborda meu coração de sentimentos que só me dão vontade de abraçá-lo e beijá-lo muito, muito.

E é o que faço. Aproximo-me dele, ficando quase em seu colo, e envolvo seu pescoço com força, beijando suas bochechas, sua mandíbula, sua testa, seu nariz, seu queixo... todo lugar que consigo alcançar, fazendo-o rir e me abraçar de volta.

— Percebi. Foi a coisa mais adorável do mundo. — Olho em seus olhos, levando minhas mãos até sua nuca, para brincar com seus cabelos ali. — Você pensa nessas coisas?

— Às vezes, sim — confessa, dando de ombros e, finalmente, me olhando.

— Sério mesmo?

— Uhum. — Ele ainda parece tímido por ter que confessar, e assumo que talvez ele esteja receoso de me assustar por ter planos e nos imaginar no futuro. Só que é exatamente o contrário. — Penso sobre onde iremos morar, que animais de estimação teremos, se nossos filhos serão mais parecidos contigo ou comigo...

Suspiro ao ouvir suas palavras, permitindo-me imaginar tudo que ele está dizendo. É maravilhoso vê-lo divagar sobre o futuro e me incluir nele.

— E quantos filhos você quer ter?

Daniel faz um biquinho e aperta os olhos, olhando para os lados, pensando. Aproveito para ceder ao impulso de dar um beijo em seu bico antes que ele responda.

— Ah, sei lá. Quantos tiverem de vir — diz, dando de ombros. Sinto suas mãos se infiltrarem sob minha blusa, tocando diretamente minha pele, e desenhando padrões indefinidos com as pontas dos dedos. — Mas, sabe... Gosto de imaginar uma guria de olhos cor de mel, trancinhas nos cabelos escuros e um bico marrento...

Uma mini Mel.

Fico hipnotizada com suas palavras e o brilho em seus olhos quando ele fala. Imagens mentais de um futuro nem tão próximo, nem tão distante, no qual estamos formando a nossa própria família, fortalecendo laços, experimentando toda a plenitude que o amor pode alcançar, me dão um nó na garganta que anuncia iminentes lágrimas de emoção.

— Ou, quem sabe, um menininho de olhos verdes, cabelos cheios, macios e desalinhados, brincalhão e tranquilo... Um mini Daniel — digo, e ele abre um sorriso enorme, apertando seu abraço ao meu redor. Nossos rostos ficam mais próximos, nossos narizes se tocando e nossos corações batendo juntos, frenéticos.

— Seria incrível. — Daniel afasta-se um pouco para me olhar, a excitação estampada em sua expressão. — Talvez possamos ter um de cada. Ou dois de cada. *Bah*, até três de cada! Ou eles podem ser uma mistura nossa, já pensou? Um guri marrento com teus olhos e os meus cabelos, ou uma guria tranquila com os meus olhos e os teus cabelos?

— Você adora enfatizar que eu sou marrenta — aponto, dando um tapinha leve em seu ombro, percebendo, tarde demais, que isso só prova seu ponto. — Não entendo por que você está comigo, então.

Faço bico e viro o rosto, recusando-me a encará-lo e ceder às risadas que ele não faz questão de reprimir, mas ele segura meu queixo e me faz olhá-lo, desfazendo minha falsa expressão irritada com um beijo.

— É exatamente por isso que estou contigo. Cada detalhe teu te torna especial, e eu amo cada um deles.

Ah, eu nunca me canso disso.

— E eu amo quando você puxa meu saco — rebato, fazendo-o revirar os olhos e me lançar um olhar que questiona que porra estou dizendo, diante de sua tentativa de ser fofo. — Estou brincando, amor. Eu também amo absolutamente tudo em você, e acabei de descobrir que amo mais ainda quando você divaga sobre o futuro — digo, beijando seu queixo. — No que mais você está pensando?

Seu sorriso fica mais sugestivo e seu olhar, safado. Sua mão, que está sob minha blusa, desliza em minha pele até a curva do meu seio, onde ele raspa de leve com o polegar, provocando-me e fazendo-me estremecer.

— Bom, eu estou pensando que, já que nós queremos colocar no mundo as mais variadas versões de filhos que pudermos produzir, poderíamos começar fabricando o primeiro agora.

Minha risada é alta, dessa vez.

— Você sabe que agora não é...

— Eu sei. Foi só um jeito suave de dizer que tudo em que consigo pensar desde que entrei nesse quarto é em arrancar as tuas roupas e entrar em ti.

Suas palavras batem em forma de sussurro em meus lábios, e ele logo desfaz o sorriso que ostento ao fazer nossas bocas se encontrarem em um beijo profundo, permitindo-me sentir o sabor de expectativa, fazendo minha cabeça girar quando nossas línguas se acariciam. A necessidade por ar se faz presente, mas não nos desgrudamos, mesmo assim; nossos lábios continuam a se juntar uma, duas, cinco, cem, mil vezes, sem pressa, apenas sentindo, apenas aproveitando.

Não sou capaz de dizer quanto tempo se passa, mas meus braços continuam envolvendo-o firmemente, assim como os seus ao meu redor, e meu rosto descansa em seu ombro enquanto sua boca está próxima à minha orelha, raspando-a levemente, deixando-me arrepiada e esperando pelo momento em que ele vai puxar minha blusa pela cabeça.

— E se eu te pedisse para casar comigo?

O mundo parece parar de girar.

Fico alheia a qualquer coisa ao redor.

Meus olhos se arregalam e a garganta seca, e logo penso que talvez eu possa não ter ouvido direito.

Ergo a cabeça aos poucos, encontrando seu rosto, buscando algum indício de que ele vá repetir o que disse para eu saber que ouvi errado, mas ele só continua a me encarar, esperando, fazendo-me ter a certeza de que ele disse exatamente o que ouvi.

— O-o quê? — balbucio, sentindo minhas mãos tremerem um pouco. — Daniel, você ainda não entendeu que eu não estou realmente grávida?

Minha voz sai mais esganiçada do que esperei, e ele ri. Ao plantar um beijo doce na ponta do meu nariz, ele explica:

— Eu sei, Honey. Olha, não precisamos ficar oficialmente noivos, até porque eu nem tenho um anel aqui, mas... Pode ser um tipo de promessa, sabe? — ele tenta se fazer entender, posicionando-se melhor para olhar em meus olhos, transmitindo uma intensidade que faz meu corpo inteiro estremecer de uma maneira maravilhosa.

— Amor, quando eu imagino o meu futuro, eu não te vejo nele. Você é o meu futuro. E aqui, agora, com todo o meu coração, com todo o meu ser e a minha alma, eu prometo ser o teu *para sempre*, Melissa. E seria o cara mais feliz do universo se você aceitasse ser o meu, e pudéssemos embarcar nessa jornada onde os planos que começamos a fazer agora há pouco se concretizarão da maneira mais bonita possível, porque amor nunca irá nos faltar.

Sinto as lágrimas preencherem meus olhos aos poucos, combinadas ao sorriso que não consigo conter. Pensar em como começamos, na nossa história, no que vivemos e, principalmente, no que sentimos, só me dá ainda mais certeza sobre a minha resposta ao seu pedido e sua declaração.

Eu não imaginava que, um dia, encontraria alguém como ele. Menos ainda que, ao encontrar alguém como ele, fosse existir essa conexão forte que torna impossível ficarmos separados. E muito menos que eu fosse capaz de amar alguém como o amo; sentir a segurança inigualável do seu abraço, confiar em suas palavras e gestos de olhos fechados e planejar o futuro, que não fará sentido se ele não estiver lá.

— Eu te amo, Daniel.

Meu sussurro coloca um sorriso em seus lábios.

E então, com meu coração pleno de amor e certeza, seguro seu rosto lindo com as duas mãos e o acaricio, perdendo-me no olhar que me faz sentir completa.

— Eu prometo ser o seu *para sempre*.

EPÍLOGO

Mel
Três anos depois

Orgulho, dentre tantos outros sentimentos, está com certeza estampado no sorriso que ostento nesse momento. Meu coração bate forte e as borboletas no estômago que me acompanham desde que vi Daniel pela primeira vez dão o ar da graça, conforme ele se aproxima de nós.

Ele está lindo de beca. Lembro-me do momento em que ele se olhou no espelho e torceu o nariz por realmente não se tratar de algo tão atrativo, mas eu amei como caiu bem nele e o que ela representa, naquele momento. Ele segura o capelo em uma mão e o canudo com o diploma em outra, movendo-se entre as pessoas, falando com uma e outra, abrindo caminho até chegar ao local onde estou, esperando por ele, pronta para recebê-lo com os braços abertos. Seu sorriso me deslumbra antes que eu me jogue em seu pescoço e o abrace com força, sussurrando palavras de congratulações. Ele beija meu ombro e eu retribuo o gesto em seu rosto, ao afastar-me um pouco para olhá-lo.

— Parabéns, meu amor! Estou tão orgulhosa de você — digo, antes de beijar sua boca. Posso jurar que vejo suas bochechas ficarem avermelhadas.

— Obrigado, amor. Estou feliz por você fazer parte disso — responde e me beija mais uma vez. No entanto, isso dura pouco, pois somos surpreendidos por um puxão em meu ombro, exigindo que eu me separe dele.

— *Bah*, Mel, não dói dividir, né! — Laura reclama, arrancando risadas de nós dois. — Todos estamos orgulhosos do Daniel, e queremos apertá-lo até esbugalhar seus olhos!

Ao dizer isso, minha cunhada dá um abraço muito apertado no irmão, que apenas ri, assente e agradece o que quer que ela esteja lhe dizendo. Cecília e Eduardo logo se aproximam também, a fim de felicitá-lo, assim como meus pais, que fizeram questão de comparecer a esse momento importante.

— Meu filho, você estava tão lindo ao fazer o discurso! Não sobraram lenços para Ângela, e minha maquiagem está arruinada, mas valeu a pena. — Minha sogra o abraça e aperta suas bochechas, seguida pelo doutor Eduardo, que abraça o filho com gosto.

— Estou muito orgulhoso, filho. É evidente que o teu futuro será brilhante.

— Obrigado, pai. — Ele dá o mais genuíno dos sorrisos, olhando para cada membro de sua família com extrema satisfação.

— Eu sabia que deveria ter trazido lenços extras — diz minha mãe, ao dirigir-se a Daniel, tomando-o em um abraço carinhoso. — Parabéns, Daniel. Estou feliz demais da conta por poder presenciar esse momento especial. Você merece essa e muitas outras vitórias.

Acho adorável o jeito que Daniel recebe as felicitações, agradecendo com um olhar cheio de brilho e um sorriso tímido. Seu olhar cruza com o meu o tempo todo, mesmo que ele esteja dando atenção às outras pessoas, e o meu sorriso parece ter congelado no meu rosto. Anos juntos e, ainda hoje, é como se ele estivesse me olhando pela primeira vez, sorrindo para mim pela primeira vez, tocando-me pela primeira vez... A emoção e os sentimentos só ficam cada vez mais fortes, nunca deixando de me surpreender.

É tão bom.

Depois que meu pai o parabeniza, nossos amigos tomam de conta dele, abraçando-o animadamente. Carol, Nicole e Olivia quase o sufocam com apertos que o fazem rir e revirar os olhos, e Alex e Arthur o cumprimentam com tapas tão fortes nas costas que me pergunto como aquilo não dói.

— Ah, meu menino agora é um homenzinho! Estou tão emocionado! — Arthur brinca, gargalhando da própria piada e recebendo de Daniel um soco leve no ombro.

— Semana que vem será tua vez — ele responde, referindo-se à formatura de Arthur e Nicole. — Quero ver você aguentar essa roupa quente — completa, se remexendo em sua beca.

— Ah, é moleza. Para de ser reclamão.

— Vou me lembrar disso para jogar na tua cara.

Arthur mostra a língua para Daniel, recebendo uma reprimenda de Alex e repetindo o gesto para ele, que só revira os olhos. Ele só se comporta — ou finge — quando Olivia o cutuca e lhe lança um olhar de "Que porra você está fazendo?". Rio e balanço a cabeça, olhando para todos assim que Daniel se aproxima de mim e me envolve por trás, pousando o queixo no meu ombro.

Olivia e eu nos formamos há quase um ano, e eu continuo lecionando, algo que realmente gosto de fazer. Com o tempo um pouco mais livre, comecei a dar aulas em uma escola particular, além do curso no qual leciono há anos, e estou planejando fazer uma pós-graduação voltada para o mercado editorial, minha outra paixão. Daniel está prestes a ser efetivado na empresa na qual vem estagiando desde o oitavo período, e está bastante empolgado com isso, pois o trabalho é bastante promissor e ele ama o que faz. Nossos caminhos estão nos levando ao rumo certo, e isso me deixa muito feliz.

— Muito bem. Jantar para comemorar? Alguém? — o pai de Daniel anuncia alto o suficiente para todos nós ouvirmos, e concordamos animadamente.

— Só preciso trocar essa bata quente primeiro — Daniel diz, sem entender por que rimos da cara dele.

— É uma beca, amor.

Ele dá de ombros.

— Tanto faz.

Após Daniel se livrar da beca, seguimos para o restaurante. Ocupamos um espaço considerável, e tudo transcorre na maior alegria. Brindamos pela noite do meu namorado, e o bate-papo animado e a comida deliciosa são o modo perfeito de fechar o dia, antes do baile de formatura, que acontecerá no dia seguinte.

Estou no meio de uma discussão com Laura e Carol sobre qual tipo de penteado a namorada de Alex deve usar na colação de grau, de modo que o capelo não o bagunce, quando Daniel toca meu braço e aproxima a boca da minha orelha.

— Seria muito rude se saíssemos de fininho para que eu possa te mostrar uma coisa? — pergunta, e logo sorri e estreito os olhos.

— Mostrar o quê?

— Que eu aprendi uma posição nova ao espiar um Kama Sutra na seção de sexologia na livraria.

Meus olhos se arregalam e cubro sua boca com a mão, como se isso fosse apagar o que ele já falou. Felizmente, todos parecem muito alheios ao nosso pequeno momento.

— Isso não tem graça quando há o risco dos nossos pais ouvirem, Daniel — reclamo, vendo seus risos cessarem aos poucos.

— Mas sério, Honey, eu estou cansado. E ainda tem o tal baile amanhã... Vamos embora?

— Mas a comemoração é para você.

— Eu sei, mas tenho certeza de que não se importarão se nós sairmos agora. Vamos, por favor.

Ele afasta meu cabelo do ombro e me beija logo abaixo da orelha, fazendo mais um dos seus joguinhos sujos, por saber que não resisto. Reviro os olhos e cruzo os braços.

— Ok, mas você explica.

Ele ergue uma sobrancelha e aproxima os lábios do meu ouvido.

— Explico o quê? Que estamos indo embora porque sugeri sexo selvagem para uma comemoração mais íntima, você topou e mal pode se controlar?

Coloco minha mão em sua boca novamente e suas últimas palavras saem abafadas, enquanto ele cai na gargalhada diante do meu constrangimento, apesar de ninguém ter ouvido nada. Tenho certeza de que o rubor em meu rosto é tanto de vergonha quanto de expectativa.

— Porra, Daniel!

— Olha você entrando no clima...

— Se você não parar com gracinhas, não irei a lugar algum, uai — ameaço, cruzando os braços novamente.

Ele me abraça, rindo da minha cara, e me beija antes de começar a se levantar, anunciando para todos que vamos embora. Realmente, apesar do típico "Mas ainda está tão cedo!", ninguém acha absurdo Daniel querer sair no meio da comemoração da própria formatura. Abraçamos e beijamos todos para nos despedirmos, e seguimos de mãos dadas até o lado de fora do restaurante, onde meu namorado chama um táxi.

Fico ansiosa, de repente, já imaginando como será quando chegarmos em casa. Já imaginando a expressão que Daniel fará ao encarar minha roupa íntima cuidadosamente escolhida; pensando em como será delicioso abrir os botões da sua camisa, um por um, e sentir sua pele com minhas mãos e minha língua; prevendo o êxtase de senti-lo dentro de...

— Honey? Não vai entrar?

Pisco algumas vezes, só agora percebendo que o carro está parado à nossa frente e ele segura a porta aberta para mim. Seu sorrisinho e seu olhar sugestivo me dizem que ele faz uma ideia do motivo da minha distração, o que faz meu rosto esquentar mais uma vez, mesmo que eu sorria junto, em cumplicidade.

Alguns minutos depois, começo a achar estranho o fato de o taxista estar pegando um caminho diferente do que levará até nosso apartamento. Faltam apenas alguns quarteirões, mas ele entra em uma rua que leva ao sentido contrário, no bairro vizinho. Olho para os lados, imaginando se ele está pretendendo pegar algum atalho que não conheço ou deixar a corrida mais longa para que paguemos mais caro, e olho para Daniel, que parece não ter notado nada de estranho.

— Amor, nós deveríamos avisar ao motorista que estamos pegando o caminho errado, não acha? — sussurro, um pouco assustada. Daniel me olha de volta e sorri, tocando meu rosto. Sua mão está mais fria do que o normal.

— Não estamos pegando o caminho errado. Na verdade, estamos indo pelo caminho certo, Honey. Nunca tive tanta certeza disso na minha vida.

Seus olhos ardem nos meus, intensos, embora suaves, e engulo em seco ao perceber que há um duplo sentido em suas palavras, apesar de não estar absolutamente certa do significado.

Observo pela janela quando o táxi começa a perder velocidade em frente a um prédio em específico, e hesito depois que Daniel paga a corrida. Não sei exatamente se devo descer e, ao perceber isso, meu namorado se inclina sobre mim e pega a maçaneta da porta, abrindo-a, incentivando-me a sair. Então eu o faço, sentindo meu coração dar saltos furiosos no peito conforme piso na calçada e olho ao redor, sem reconhecer os arredores, apesar de ser a mesma coisa da rua onde moramos: prédios, comércios, pessoas para lá e para cá, veículos pela rua.

Daniel segura minha mão, e eu lanço um olhar inquisitivo para ele.

— Confia em mim, amor — pede, com uma expressão que não está serena o suficiente para esconder sua ansiedade. Ele sorri e leva o dorso da minha mão aos lábios, raspando-os levemente, e é o que basta para que meus pés desgrudem do chão e façam-me acompanhá-lo.

No elevador, ele aperta o botão para o quarto andar. Sei que ele não vai me contar o que está acontecendo, visto que não falou nada até agora, mas a curiosidade me incita a tentar.

— Para onde estamos indo, Daniel? Visitar alguém? — questiono, e ele balança a cabeça negativamente. — Vamos invadir algum apartamento alheio? — insisto, e ele continua negando com a cabeça, rindo dessa vez. — Por que não quer me dizer?

Ele se aproxima e segura meu rosto com as duas mãos, dando um beijo demorado e estalado na minha boca, deixando-me tonta quando se afasta e as portas do elevador se abrem.

— Você vai ver. Vem. — Ele me puxa pela mão novamente.

Poucos passos são necessários até que paremos em frente a uma porta. Lanço mais um olhar confuso para Daniel, que me encara com um misto de apreensão e expectativa, respirando rápido. Ele esfrega as mãos na calça repetidamente, deixando-me ainda mais preocupada com essa tensão toda.

— Amor, você está me assustando. Há cadáveres ou animais ilegais escondidos aí? — inquiro, apontando para a porta.

Ele não dá risada, dessa vez. Sorri, sim, mas não gargalha. Apenas sustenta meu olhar enquanto enfia uma das mãos no bolso frontal da calça social. Estremeço com a antecipação e ele, finalmente, retira um pequeno molho dali, com três chaves. Daniel segura minha mão e vira a palma para cima, depositando as chaves ali, olhando para a porta em seguida, antes de tornar a me olhar.

Ok. Uma dessas chaves abre essa porta. Ou as três. Não sei. Mas ele está me incentivando a abri-la, então, o faço. A primeira chave que enfio na fechadura gira até o fim, duas vezes, e eu abro a porta, perguntando-me se acertei de primeira ou se, realmente, qualquer uma das três a abriria.

Minha teoria de que pode haver algo bem cabeludo lá dentro me faz hesitar antes de empurrar a porta para entrar. Mas Daniel faz isso por mim. Ele abre a porta o suficiente para passar por ela e tatear a parede ao lado do batente, acendendo a luz. Ao ver que se trata apenas de uma sala limpa e vazia, tomo coragem e entro, ficando distraída com o local.

É bastante espaçoso. Há uma porta em uma das paredes, que me permite ver que dá acesso a uma pequena varanda. Logo mais à frente, aproximo-me e constato que uma outra abertura leva à cozinha. Outra porta me faz deduzir que ali se trata do banheiro e, ao andar mais um pouco, vejo que no pequeno corredor após a cozinha há mais três portas. É um ótimo apartamento, bem maior do que o que moramos atualmente com Olivia — e com Arthur também, visto que ele mal sai de perto da namorada.

Olho para Daniel e ele me fita com a mesma expressão apreensiva de minutos atrás. Ele olha ao redor por alguns segundos antes de voltar sua atenção para mim, e, aos poucos, a ficha parece cair.

Meu coração acelera.

Minhas mãos suam e tremem.

Meu estômago revira em expectativa.

Ah, meu Deus.

— Então... o que achou? — ele pergunta, abrindo os braços, gesticulando para o ambiente.

Minha respiração fica pesada conforme percebo o que está acontecendo. Movo meus lábios várias vezes, tentando encontrar o que falar, formular perguntas para sanar minhas dúvidas, mas nada coerente parece querer sair.

Daniel dá alguns passos em minha direção.

— Percebi que precisaríamos de um apartamento maior para realizar os planos que fizemos há alguns anos. Lembra? Dois guris e duas gurias? Ou até três guris e três gurias?

É claro que me lembro disso. E, justamente por termos tocado no assunto poucas vezes, desde então, estou surpresa com o que estou presenciando agora.

Daniel é o amor da minha vida. Não tenho dúvidas disso. Mas, ao ver assim de perto, tão real, nosso futuro começar a dar os primeiros passos, penso até que estou sonhando. Fui pega completamente desprevenida. Nem pensava que isso estava tão próximo de acontecer.

Estou maravilhada e chocada.

— Daniel... você está dizendo que...

Perco a voz novamente quando, automaticamente, olho para o molho de chaves. Não sei como não prestei atenção quando ele o colocou na minha mão, mas um dos círculos de aço que fazem parte do chaveiro é um anel. Franzo a testa, estreitando os olhos e aproximando-o para ter certeza de que, sim, é um anel. Um lindo anel.

Meu. Deus.

Olho para Daniel em busca de uma resposta, que só não está mais óbvia porque ele ainda não disse todas as palavras. As lágrimas surgem, embaçando minha visão por um instante, antes de correrem por minhas bochechas e desaparecerem no

LAÍS MEDEIROS

sorriso enorme que quase divide meu rosto. Fico ofegante quando ele fica bem à minha frente e segura minha mão, antes de se abaixar lentamente e apoiar-se em um joelho.

— Foi na mesma noite em que prometemos ser o *para sempre* um do outro. Lembra disso, Honey? — Apenas balanço a cabeça diante da minha súbita incapacidade de proferir alguma palavra. — Bom, acho que esse é o momento perfeito para simbolizarmos aquela promessa.

Ele retira o molho de chaves da minha mão e desengata o anel, com cuidado, deixando o chaveiro de lado antes de tornar a segurar minha mão e me olhar nos olhos.

— Eu te amo, Melissa Benevides. Isso está implícito e explícito em cada gesto meu, em cada palavra, em cada respiração minha. É você quem domina meus pensamentos, é você que tem meu coração inteiro. Tenho sido o cara mais feliz do mundo, a cada dia que passo do teu lado, e sei que nosso amor é forte e verdadeiro, mais do que o suficiente para durar até após o fim de nossas vidas. Eu sei que talvez nem seja necessário que pergunte isso, já que prometermos ser o para sempre um do outro já foi tudo o que precisamos, mas... Casa comigo, Mel?

Meu choro deixou de ser contido em algum momento do seu discurso e, agora, enquanto ele espera pela resposta, meu rosto está ensopado de lágrimas e estou fungando feito um pug.

Ele tinha razão. Nem era mesmo necessário fazer o pedido. Não só porque já fizemos essa promessa, mas porque a minha resposta é óbvia.

Não poderia ser diferente.

Ajoelho-me também, deixando nossos olhares da mesma altura.

— Sim, Daniel. O que mais eu poderia dizer? Você é o amor da minha vida. Você me faz feliz de uma maneira que eu não pensava ser possível até você me beijar pela primeira vez. É imensurável, inexplicável... e exatamente por isso é verdadeiro. Eu te amo. Sempre vou te amar.

Ele respira fundo ao me ouvir, mas nem isso reprime as lágrimas que começam a preencher seus olhos conforme ele desliza o anel no meu dedo.

Daniel me abraça e não leva um segundo até grudarmos nossas bocas no melhor beijo do mundo, cheio de amor, desejo, promessa. O movimento dos nossos lábios e o modo como nossas línguas se acariciam, como se quiséssemos consumir um ao outro, me enche dos mais lindos sentimentos, das melhores expectativas.

— Então — ele diz, assim que nos separamos para tomar ar. — Não sei se você percebeu, mas eu estava falando sério quando sugeri sexo selvagem de comemoração. Principalmente agora que temos motivos mais do que suficientes pra comemorar. — Ele me lança um sorriso carinhoso e safado ao mesmo tempo e, quando penso que meu agora noivo dará início à nossa comemoração, ele continua: — A não ser que você queira ir para o apartamento antigo, porque aqui pode ser um pouco desconfortável, já que nem tem móveis ainda, e...

— Daniel? — interrompo-o, já começando a abrir os primeiros botões da sua camisa.

— O quê?

— Cala a boca e vamos logo começar a fabricar as mais variadas versões de filhos que pudermos produzir.

Ele dá uma gargalhada gostosa, a mesma que deu na noite em que prometemos ser o para sempre um do outro, e me ajuda a retirar sua camisa.

— Eu te amo — diz e busca por minha mão para beijar o anel. — Noiva.

Sei que o sorriso que abro é radiante.

— Eu te amo, noivo.

O primeiro passo em direção à nossa eternidade juntos foi dado no momento em que nos encontramos. Eu não sabia disso naquele momento, mas, agora, nunca tive tanta certeza de algo na vida.

Mal posso esperar para ver o que essa caminhada nos reserva. Não tenho medo.

Estaremos juntos.

Sempre.

Não importa o que aconteça.

AGRADECIMENTOS

Tenho que começar os agradecimentos desse livro dizendo que nem acredito que estou escrevendo os agradecimentos desse livro. Ufa! Depois de anos escrevendo e lapidando esse romance tão importante para o meu coração, a história de Melissa e Daniel está criando asas da forma mais bonita possível, e eu não poderia estar mais feliz e grata.

Obrigada, Equipe Editora Charme, por abraçarem o meu sonho e por acreditarem nessa história. Verônica Góes e Andrea Santos, é uma honra publicar o meu primeiro livro com vocês, e serei eternamente grata por tudo o que fizeram por mim.

Um obrigada de coração e alma à toda a minha família, cada um deles, que estão sempre do meu lado, me apoiam independente de qualquer coisa e nunca duvidaram ou questionaram quando eu quis mergulhar de cabeça no mundo da escrita. Mãe, pai, irmãs, tios, tias, primos, primas, vovó... É por vocês que eu luto, é por vocês que eu ainda tento, é de vocês que vem a minha força. Amo muito cada um de vocês.

Todo o meu amor e gratidão aos meus amigos maravilhosos (sei que vocês sabem quem são <3), que me colocam para cima, torcem por mim e enchem a minha vida de alegria. Amo vocês. Vocês moram no meu coração para sempre.

Um obrigada muito, muito especial à minha amiga Daiane Batista, que está comigo desde que esse livro era um rascunho, e sempre foi a melhor migs desse mundo. Obrigada, migs, por não desistir de mim, pelas conversas longas e divertidas, por segurar a minha mão nos momentos difíceis — mesmo que à distância — e por estar comigo compartilhando essa experiência e vibrando por essa conquista. É bem mais especial por saber que você está comigo, mesmo estando longe. Das fanfics Twilight para o resto da vida!

Leitores: sem vocês, nada disso seria possível. É um clichê que todo autor fala, eu sei, mas eu sempre amei clichês, mesmo. Para mim, eles sempre são os mais verdadeiros. O apoio, a torcida e o carinho de cada um de vocês faz tudo isso ser real, me dá forças para continuar e me faz sentir que tenho um propósito. Obrigada a cada um que dá uma chance às minhas histórias. Obrigada por me incentivarem e me inspirarem a trazer cada vez mais mundos alternativos cheios de amor para vocês. Todo o meu amor e gratidão a cada um de vocês.

Deus, obrigada pela força que vem de Ti, pela Tua luz no meu caminho que nunca me falta, pela Tua bondade infinita que fortalece cada vez mais a minha fé.

E por último, mas não menos importante, quero agradecer à Alissa Nayer. Ok, ela sou eu — usei esse pseudônimo durante os meus primeiros quatro anos como escritora, depois de tê-lo adotado para criar coragem e expor meus escritos para o mundo. Mas, de alguma maneira, mesmo que se trate de mim mesma, sinto como se ela fosse uma "extensão" de mim. Ela me permitiu ter coragens que nunca me atrevi antes; ela me permitiu explorar um dom descoberto nos meus dias mais escuros; ela me ofereceu um refúgio quando nada mais parecia ter jeito. Ela me permitiu me descobrir, me conhecer; me ensinou que sou capaz, que sou digna de orgulho.

Missão cumprida, Alissa. Muito obrigada.

Agora, é comigo, e pra valer.

Que venham os próximos passos dessa jornada!

Estou pronta.

SOBRE A AUTORA

Laís Medeiros é uma aquariana de vinte e poucos anos, natural do Piauí, que encontrou em sua paixão por romances e finais felizes o incentivo para (tentar) criar os próprios.

Começou escrevendo fanfics por diversão e, após alguns anos, publicou os primeiros romances em formato e-book na Amazon sob o pseudônimo Alissa Nayer, dando o pontapé inicial em sua carreira de escritora.

É sonhadora, ansiosa, animada, enrolada, às vezes tímida, incondicionalmente apaixonada por seus personagens e não imagina mais a vida sem eles.

Entre em nosso site e viaje no nosso mundo literário.
Lá você vai encontrar todos os nossos
títulos, autores, lançamentos e novidades.
Acesse www.editoracharme.com.br

Você pode adquirir os nossos livros na loja virtual:
loja.editoracharme.com.br

Além do site, você pode nos encontrar em nossas redes sociais.

 https://www.facebook.com/editoracharme

 https://twitter.com/editoracharme

 http://instagram.com/editoracharme